A ILHA ALÉM DO VÉU

CB005596

A ILHA ALÉM DO VÉU

ROBERTA SPINDLER

Rio de Janeiro, 2024

Copyright © 2024 Roberta Spindler. Todos os direitos reservados.

Todos os direitos desta publicação são reservados à Casa dos Livros Editora LTDA. Nenhuma parte desta obra pode ser apropriada e estocada em sistema de banco de dados ou processo similar, em qualquer forma ou meio, seja eletrônico, de fotocópia, gravação etc., sem a permissão dos detentores do copyright.

Copidesque Mel Ribeiro
Revisão Daniela Georgeto e Natália Mori
Ilustrações de capa e miolo Joana Fraga
Design de capa Beatriz Cardeal
Diagramação Abreu's System

Dados Internacionais de Catalogação na Publicação (CIP)
(Câmara Brasileira do Livro, SP, Brasil)

Spindler, Roberta
A ilha além do véu / Roberta Spindler ; ilustração Joana Fraga.
– 1. ed. – Duque de Caxias [RJ] : Harper Collins, 2024.
368 p. : il. ; 23 cm.

Sequência de: A torre acima do véu.
ISBN 978-65-5511-581-9

1. Ficção brasileira. I. Fraga, Joana. II. Título.

24-92254 CDD-869.3
CDU: 82-3(81)

Índice para catálogo sistemático:
1. Ficção brasileira 869.3
Bibliotecária responsável: Gabriela Faray Ferreira Lopes – CRB-7/6643

HarperCollins Brasil é uma marca licenciada à Casa dos Livros Editora Ltda. Todos os direitos reservados à Casa dos Livros Editora LTDA.

Rua da Quitanda, 86, sala 601A – Centro
Rio de Janeiro/RJ – CEP 20091-005
Tel.: (21) 3175-1030
www.harpercollins.com.br

Para Paula e Davi

REVIVENDO O PESADELO

Depois de abraçar a morte, acordar longe de seus braços eternos podia ser bastante frustrante.

Ao abrir os olhos avermelhados, a primeira coisa que Rato se perguntou foi por que ainda respirava. A cabeça rodava e a dor no corpo era intensa, como se todo o entulho que caiu sobre ele ainda o esmagasse. Suas lembranças eram uma teia confusa. Recordava da luta ferrenha contra os Sombras, de como tinha se transformado em um deles para permitir que Beca e Edu escapassem pelo elevador.

Lembrava que a briga continuara com golpes cada vez mais violentos: paredes foram destroçadas com empurrões e socos, sangue havia manchado o chão já sujo e gritos ecoaram pelos corredores vazios. E que, no fim, ele conseguiu derrotar o último supersoldado de La Bastilla, mas o preço foi alto demais para seu corpo já tão debilitado. Caíra no chão, sufocado pela montanha de tijolos que havia ajudado a derrubar.

Tinha a vívida memória do sangue esquentando suas roupas e de sua respiração entrecortada levantando uma camada de poeira. Estranhamente, não se importou com sua morte, sabia que aquele era o único jeito de pagar por tantos erros. Quando a inconsciência o levou para a escuridão e tudo se transformou em um borrão, acreditou que nunca mais veria a luz.

Estava errado.

As lâmpadas fluorescentes quase o cegavam. Rato não sabia onde estava, mas, pelo cheiro forte de limpeza, podia dizer que aquele lugar não fazia parte da Nova Superfície. Tentou se mover, mas a dor o maltratou como várias agulhas cravadas na carne. Deitado sobre uma espécie de maca metálica, finalmente notou que seus pés e pulsos estavam presos por grilhões e forçou os músculos cansados, mas foi em vão. As algemas eram bastante resistentes e — o mais estranho — seus poderes sombrios haviam desaparecido.

Rato respirou fundo para se acalmar. Já tinha se sentido daquela forma antes, como se sua ligação com os efeitos nocivos do véu tivesse sido cortada por uma faca afiada. Olhou para baixo, e não se surpreendeu ao encontrar o conhecido círculo de metal fincado no peito, o mesmo que Legião usou para paralisá-lo. Era por isso que havia voltado ao normal, sem qualquer sinal das mutações, a não ser as veias azuladas um pouco inchadas na altura das costelas.

Estava nu, completamente exposto, naquele ambiente estéril. Para sua surpresa, não havia nenhuma marca de ferimento em seu corpo. Todos os cortes, hematomas e ossos quebrados tinham sido miraculosamente reparados.

Efeito dos seus poderes ou outra inexplicável obra dos desgraçados de La Bastilla?

Um medo irracional se esgueirou pelos membros paralisados e o fez estremecer. Se ele fora capturado, talvez Beca estivesse na mesma situação. Quem garantia que ela e Edu tinham conseguido escapar depois de entrarem no elevador? Começou a se sacudir na maca e a gritar alto, a ponto de machucar a garganta seca, mas não conseguiu nada além de uma pontada nos pulmões e intensa falta de ar.

Quando se recuperou, engoliu o pavor. Agir daquela maneira não o tiraria dali, muito menos ajudaria Beca, isso se ela estivesse mesmo nas garras de La Bastilla. Pela primeira vez, prestou atenção nos detalhes da sala que o abrigava. O chão de lajotas brilhava sob as lâmpadas, as paredes eram lisas e sem janelas. Havia uma porta metálica à sua frente, o único ponto escuro no meio de tanta brancura, e do seu lado esquerdo outra maca abrigava um corpo imóvel. Ao contrário dos seus, os grilhões ali se encontravam abertos: não havia motivos para prender um cadáver.

Rato engoliu em seco ao encarar os olhos vidrados do homem que conheceu apenas como Legião. O corpo dele também fora limpo, destacando ainda mais os buracos de bala na pele um tanto azulada. Pelo visto, ele havia sido colocado em refrigeração para evitar a decomposição. Então por que agora se encontrava na maca ao lado de Rato? Seria removido dali ou servia apenas como um lembrete, uma promessa de revide?

Ao observar o inimigo morto, Rato se sentiu vingado. Mesmo se tudo tivesse dado errado, pelo menos aquele desgraçado teve o que merecia. Se o objetivo dos legionários era que ele se preocupasse ao ver o cadáver, tinham julgado mal: Beca deu a Legião o que merecia, e isso enchia Rato de satisfação. Ele fitou o teto e se concentrou em clarear a mente, recuperar a praticidade de informante que já o tirara de inúmeras enrascadas. Sabia que estava em uma situação bem complicada, mas se encolher assustado não fazia parte da sua personalidade. La Bastilla pagaria por ter lhe negado o tão ansiado reencontro com sua irmã.

Acostumou-se com a dor que o maltratava, talvez fosse um resquício de todos os machucados que foram curados de maneira não natural. Obrigou-se a respirar profunda e lentamente, quase como se meditasse. A mente, porém, buscava uma saída. Se conseguisse tirar aquele maldito aparato do peito, talvez pudesse se transformar em Sombra e pôr aquele laboratório abaixo. O lugar parecia novo, bem diferente das instalações que ele, Beca e os outros visitaram durante a missão de resgate.

Além disso, havia outro fato bem estranho: quando fora preso por Legião e recebera pela primeira vez o neutralizador de poderes, ainda era capaz de sentir a névoa, algo como um peso sobre os ombros que nunca o abandonava. Só que aquele peso desaparecera; mesmo que se esforçasse, não conseguia sentir o véu. Ou estava muito fundo no subsolo, ou — e esta possibilidade mal lhe parecia plausível — em um lugar onde a névoa simplesmente não existia.

Seus questionamentos foram interrompidos pelo som de passos. Rato ficou tenso, olhos fixos na porta e coração acelerado mesmo com todos os esforços para permanecer calmo. Um grupo de quatro pessoas entrou na sala com uma familiaridade que demonstrava já terem feito aquele caminho várias vezes. Usavam jaleco branco e máscara cirúrgica, dois homens e duas mulheres com olhares frios que não pareceram surpresos quando o encontraram acordado.

Os quatro começaram a trabalhar com rapidez. Uma das mulheres foi para o canto do laboratório, onde uma mesa metálica guardava instrumentos que Rato não conseguia ver direito de onde estava. Os demais se aproximaram das macas. Um dos homens cobriu o corpo de Legião com um lençol que trazia debaixo do braço, a cabeça abaixada de maneira deferente. Rato pôde jurar que seus olhos estavam marejados. Os outros dois chegaram à sua maca. Com as mãos enluvadas, a mulher apalpou seus braços e pernas como se quisesse se certificar de que os grilhões ainda o prendiam. O homem o encarou.

Puxou a máscara para baixo, revelando um rosto marcado por leves rugas ao redor da boca fina, o nariz afilado e olhos pretos que pareciam duas poças de óleo.

— Olá, Nikolai. — Ele se esforçava para soar calmo, mas Rato podia reconhecer pessoas que o odiavam, já tinha lidado com muitas delas. — Espero que tenha dormido bem. Seus ferimentos foram quase fatais e nos deram bastante trabalho.

O informante forçou um sorriso.

— Ah, não precisava disso. Eu estava muito bem embaixo dos escombros daquele seu laboratório de *mierda*. Espero não ter feito muita bagunça por lá, levei amigos que não sabem se comportar.

A última frase foi intencional: queria alguma pista sobre o paradeiro de Beca e Edu. "Que eles estejam bem, por favor, que estejam bem." Contudo, o homem apenas lhe devolveu o sorriso falso.

— Nós explodimos o lugar junto com o outro laboratório que vocês ousaram prejudicar. Perdemos cobaias importantes, mas é assim que lidamos com falhas. Melhor começar do zero do que ficar em um ambiente contaminado.

Rato não conseguiu manter a máscara de indiferença. Já sentira na pele a maneira como La Bastilla tratava os abduzidos, e ficou furioso ao ouvir aquele homem falar de maneira tão indiferente de pessoas que sofreram e morreram por seus caprichos. Sacudiu-se na maca, assustando a mulher que o examinava.

— *Hijos de puta*! Vocês vão pagar por tudo o que fizeram!

O homem não se mostrou impressionado com o acesso de fúria. Os outros se aproximaram, como se Rato fosse um espécime digno de análise.

— São vocês que vão pagar. Aquele seu povo imundo que causou a morte de um de nossos líderes logo vai aprender que ninguém desafia a Legião.

O homem virou de lado para encarar a mulher que antes estava mexendo na mesa de instrumentos.

— Cadê o protótipo? — perguntou.

Ela ergueu a mão, mostrando uma espécie de coleira metálica com pequenas agulhas no lado interno. Rato foi tomado por calafrios e tentou resistir com todas as forças, mas bastou um pequeno soco da outra mulher na placa encravada em seu peito para cessar seus movimentos. O homem sem máscara sorriu de verdade pela primeira vez, mostrando dentes pequenos tão brancos quanto os ladrilhos daquele laboratório.

— Não adianta lutar, Nikolai. Você pertence à Legião.

A coleira fechou ao redor do pescoço de Rato, as pequenas agulhas perfurando sua pele em uma aguda pontada. A dor foi tamanha que ele desmaiou antes mesmo de conseguir gritar.

Quando acordou novamente, sua garganta estava tão seca que até respirar parecia difícil. A luz do laboratório ainda incomodava os olhos. Havia apenas uma pessoa ali: a mulher com jaleco branco se aproximou dele para verificar o soro que era injetado em suas veias. Ao olhar para o lado, Rato percebeu que a cama metálica que abrigara Legião estava vazia. Por quanto tempo ficou desacordado?

— Como estão os dados da coleira? — questionou uma voz distante, como se estivesse fora do quarto.

A mulher virou a cabeça na direção do chamado antes de voltar a atenção para o pescoço de Rato. Ele sentiu uma fisgada quando ela tocou no aparelho cravado em sua carne.

— Ainda precisa de ajustes. — O tom dela era de insatisfação.

— Coloque a cobaia para dormir, então — a voz masculina ficou ainda mais distante.

Rato só teve tempo de vê-la segurando a seringa antes de retornar à inconsciência.

Cenas como aquela se repetiram diversas vezes, até que ele perdeu completamente a noção de tempo — sabia apenas que, a cada despertar, uma nova dose de remédios era injetada em seu sangue e ele retornava à escuridão. Incapaz de raciocinar, seu único desejo era nunca mais abrir os olhos, mas, infelizmente, seu corpo se recusava a perecer.

Ao acordar mais uma vez, a mente nublada pelas drogas, sua resposta automática foi aguardar a aparição de um dos cientistas e uma nova picada de seringa, no entanto, a rotina não se repetiu. Algumas horas se passaram, tempo suficiente para que os pensamentos clareassem e ele conseguisse compreender que algo havia mudado.

Quando o homem de cabelo escuro, o único que não usava máscara, entrou no laboratório, Rato percebeu imediatamente a satisfação em seu olhar: o problema que vinham enfrentando fora sanado. Os três outros apareceram logo depois, trazendo equipamentos diferentes. A mulher que sempre cuidava do soro se aproximou com uma nova coleira metálica.

— Faça a troca — ordenou aquele de rosto descoberto.

Com habilidade, a mulher retirou o aparelho cravado no pescoço de Rato para em seguida substituí-lo por outra coleira. A dor foi intensa, mas não a ponto de ele perder a consciência. Quando o clique metálico ecoou pela sala, os demais pareceram soltar a respiração. A mulher meneou a cabeça, satisfeita, e em seguida voltou a atenção para a placa circular no peito dele, tocando-a com hesitação.

— Pode retirar o inibidor — incentivou o homem sem máscara. — Os dados da coleira estão perfeitos.

Um rasgo de dor tomou o peito de Rato quando a placa foi arrancada. A cientista depositou o aparelho em um prato metálico na mesinha ao lado para depois aplicar um antisséptico nas pequenas feridas no tórax dele. Sua mente ainda girava com a ardência na pele quando notou que os grilhões que o prendiam à maca foram, enfim, soltos.

Com o coração aos pulos, ele os observou, buscando uma rota de fuga, e tentou se mover, mas seus membros continuaram paralisados. O homem sem máscara acenou para que os companheiros se afastassem.

— Há tanta coisa para aperfeiçoar em você, Nikolai. — Os olhos dele brilhavam. — Levante-se!

A ordem foi bradada, e o que parecia impossível aconteceu. Contra sua vontade, Rato se viu levantando com movimentos duros, quase robóticos. Os músculos praticamente não sabiam mais como aguentar o peso de um corpo que passou tanto tempo deitado e mesmo assim obedeceram ao comando, como um cão adestrado.

— Ótimo. — O sorriso satisfeito do homem encheu Rato de horror. — Agora se ajoelhe e preste lealdade à Legião.

Nikolai tentou de tudo, a força com que desejou ficar parado fez seu rosto ficar vermelho e o nariz sangrar, mas nada o impediu de seguir o comando: ele caiu de joelhos, com as mãos sobre o piso gelado. O gesto de submissão rendeu risadas dos presentes.

— Avisem ao comando que a cobaia está pronta para a transferência.

Rato ouviu passos, mas não viu, já que sua cabeça estava voltada para o chão. A porta se abriu e, um a um, os legionários se retiraram, permanecendo só o chefe, que se agachou para sussurrar uma última provocação no ouvido do informante:

— Bem-vindo à La Bastilla, Nikolai. Temos grandes planos para você.

E, com isso, ele também partiu, deixando Rato acompanhado apenas de seus medos. O pesadelo de anos atrás estava prestes a recomeçar.

OITO MESES PARA O CHAMADO DE GUERRA DE EMIR

TRANSMISSÃO 24.009

Ano 53 depois do véu.

Você ouve agora Emir, direto da Torre.

Este é o noticiário número 17 deste mês. Vamos à situação de cada um dos quatro setores da Zona da Torre. No Setor 1, estamos concluindo a ampliação do heliponto da Torre. Agora temos um hangar para guardar as aeronaves e espaço suficiente para pelo menos cinco decolagens simultâneas. A proteção da Nova Superfície é imprescindível, e continuaremos nos fortalecendo para realizar essa missão.

Também aumentamos o policiamento nos setores 2 e 3. Sabemos que há um incômodo grande por parte dos moradores dessas regiões e estamos sempre ouvindo o que têm a dizer. Reconhecemos que os ataques sombrios aumentaram, por isso temos feito tudo ao nosso alcance para melhorar nossas defesas.

Os relatos de distúrbios no Setor 4 são inadmissíveis diante da situação tensa em que já nos encontramos. Estamos cientes de que gangues como o Sindicato criam discórdia nos blocos, e não vamos permitir que esse tipo de comportamento continue. A Torre é grande e forte, e quem se opuser a ela vai pagar um alto preço. Estejam avisados.

Os Sombras querem nos enfraquecer, mas não vamos aceitar. Acreditem na Torre, juntos somos mais fortes! Peço que continuem valentes como o grande Faysal, esta época obscura logo vai passar.

Agradeço a atenção de todos e desejo um bom dia.

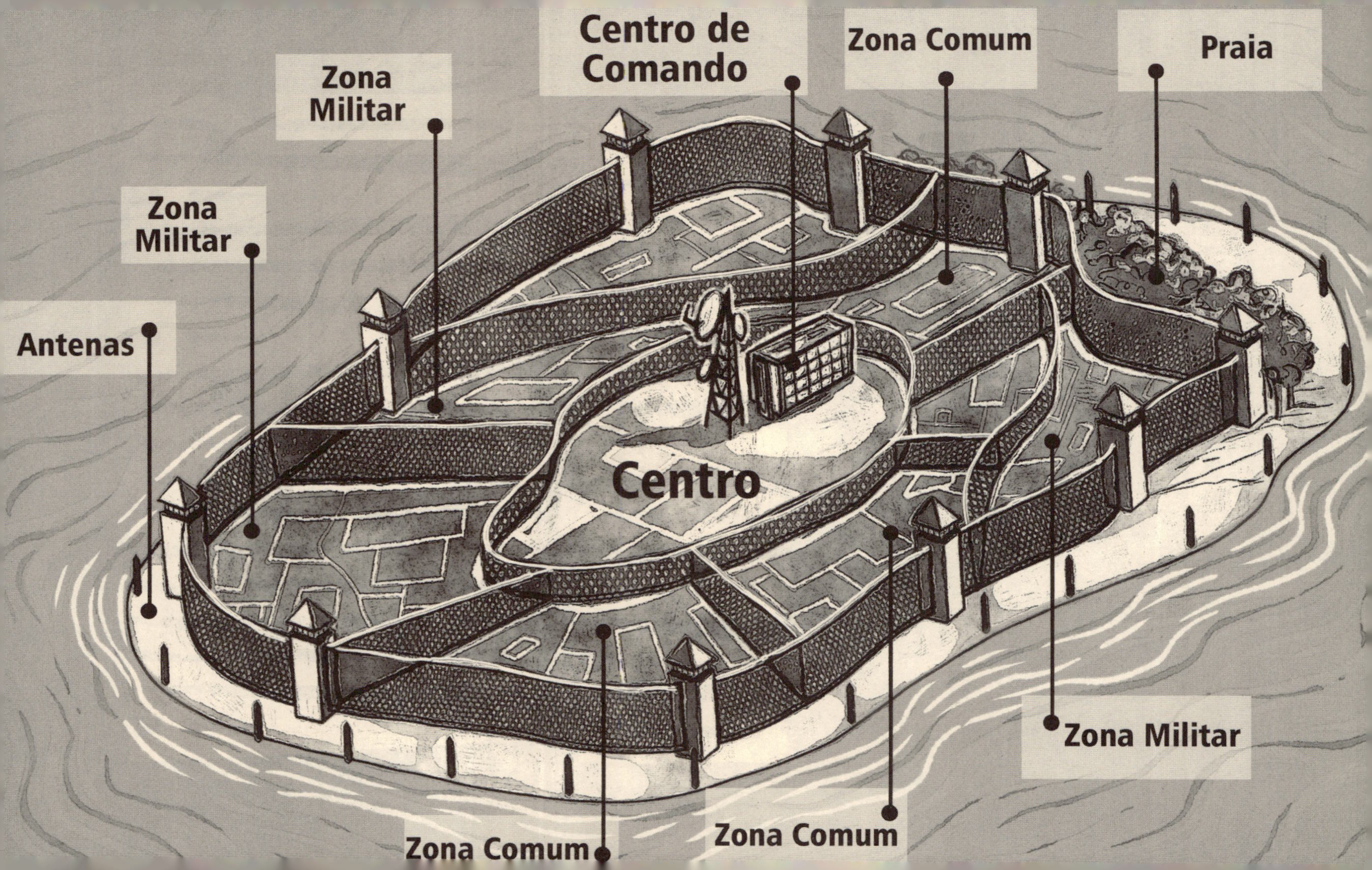
Centro de Comando
Zona Comum
Praia
Zona Militar
Zona Militar
Antenas
Centro
Zona Militar
Zona Comum
Zona Comum

BARGANHAS ARRISCADAS

De braços bem abertos e olhos fechados, Beca parecia voar.

Na verdade, estava apenas saltando, lutando contra a gravidade como tanto gostava de fazer. O vento forte agitava seu cabelo, as janelas do arranha-céu ao seu lado passavam rapidamente, e naqueles preciosos segundos se sentia viva, a mente se esvaziava de tudo — era o melhor remédio para expulsar todo o peso que se acumulara em seus ombros nos últimos tempos, mais eficaz para esquecer os problemas do que qualquer bebida servida no bar Fênix, deixando nela apenas o instinto de sobrevivência e a adrenalina da queda.

Seus movimentos eram precisos, resultado de anos de repetição e treinamento. Foi com essa confiança que puxou a *grappling gun* do cinto e atirou. A corda da arma fez um chiado estridente quando deixou o cano metálico e o gancho se prendeu em um grande vão na parede destroçada de um megaedifício, metros à frente. Beca girou o corpo para fazer um arco com a corda, diminuindo gradativamente a velocidade de sua queda e se direcionando para a construção.

Ela mal encostou nos tijolos descascados e já se impulsionou para um novo salto, dessa vez atirando a corda-gancho para cima. Ligou a tração da arma e subiu os andares fingindo uma corrida contra a gravidade, os pés tocando de relance nas janelas e paredes. Vinte pisos acima, chegou na cobertura.

O céu claro e sem nuvens deixava aquele dia ainda mais bonito, com temperatura alta para os padrões da Nova Superfície, fazendo com que uma camada de suor grudasse as roupas no corpo. Beca afastou o cabelo molhado do rosto, respirou fundo e ajeitou os óculos especiais no rosto, tocando levemente no aro lateral para ligar o zoom. As lentes retangulares piscaram e realçaram a imagem de um arranha-céu mais distante, com uma alta antena enferrujada em seu topo.

— Estou chegando perto — falou, um tanto ofegante. — Mais dois saltos e estarei lá. Algum sinal dos nossos clientes?

Um chiado rápido tomou seus ouvidos enquanto a frequência do rádio passava por uma breve instabilidade. Em seguida, a voz de Edu pôde ser ouvida.

— Não mandaram mais nenhuma mensagem. A troca deve, sim, acontecer.

Mesmo que o irmão se esforçasse para manter um tom neutro, Beca o conhecia bem demais para não reparar no nervosismo disfarçado: aquela era sua primeira missão depois de ser resgatado do véu. Foi uma luta convencê-lo de que já era hora de voltar aos negócios da família, porque ele ainda guardava muitos receios. Tinham se passado apenas dois meses desde que ele retornara à Zona da Torre, pouco tempo para superar o trauma de servir de cobaia para Sombras, mas Edu precisava de um pouco de normalidade e distrações para os problemas provenientes de sua volta.

— Certo. — Ela manteve o tom profissional mesmo com a mente rodando. Era melhor se mover logo: as preocupações já tinham encontrado um jeito de voltar a seus pensamentos. — Estou indo para o ponto de encontro.

Beca deu piruetas no ar e esperou até o último segundo para disparar a *grappling gun*. Fez movimentos arriscados e se cansou mais do que deveria, tudo para que aquela dose de adrenalina voltasse. Ao chegar à cobertura do megaedifício onde o encontro estava marcado, apoiou as mãos nos joelhos e puxou o ar com força. Nunca faria isso em uma situação normal, e sabia que depois ouviria reclamações de Lion.

Como se lesse seus pensamentos, o pai pigarreou alto, causando um leve chiado no comunicador auricular.

— Reporte a situação, *hija*. Não instalamos microcâmeras nos seus óculos para focarem o chão...

A censura em sua voz a fez se empertigar rapidamente. Observou a área da cobertura: o cimento do piso tinha rachaduras de onde surgiam tufos de musgo e a antena enferrujada se entortava para a direita, dando a impressão de que qualquer vento mais forte a derrubaria de vez. Beca se aproximou da estrutura metálica com passos lentos, ajeitou a mochila nos ombros. O peso das munições que deveria entregar incomodava, principalmente depois de quase uma hora de saltos pela Nova Superfície.

— Tem alguma coisa estranha aqui — falou, depois de se certificar de que não havia ninguém escondido no topo da antena. Coçou a cabeça. — Será que cheguei cedo demais? Onde estão nossos clientes?

— Não, Beca, você está no horário — disse Lion, preocupado. — Os Yeng já deveriam estar aí, nunca foram de se atrasar. Tem certeza de que não deixou passar nada?

— *Viejo*, olhe para esse lugar! Não tem nada aqui para eu deixar passar! Ou eles nos deram bolo ou algo os impediu de chegar. *Puta madre*!

O sol queimava sua pele e a fazia suar. Procurou a sombra da antena e se agachou, descansando as pernas trêmulas depois de tanto exercício.

— Edu, alguma pista na rede sobre o motivo de eles não terem aparecido? — perguntou Lion. Beca até podia imaginar a testa franzida do pai.

— Vou verificar — respondeu o garoto, apressado. — É realmente muito estranho. Quando acertamos o contrato, eles não deram nenhuma indicação de que teriam dificuldades de chegar. Até decidiram o local do encontro sozinh... Ah!

Quando o irmão se interrompeu, um silêncio incômodo tomou os comunicadores. Beca se levantou na hora, tomada por um mau pressentimento.

— Edu? O que foi?

O garoto não respondeu, mas sua respiração forte causou uma chiadeira incômoda. Beca cerrou os punhos. "Por favor, que não seja outro surto", pediu em silêncio. Da última vez, as marcas da névoa incharam e seu irmão gritou com a dor por quase toda a noite. Ela tremia só de lembrar daquelas horas difíceis em que achou que Edu se transformaria em Sombra. Felizmente, o pior não aconteceu, mas o medo continuava presente.

— Edu, responde! O que aconteceu? — insistiu ela, andando de um lado para o outro. — Edu!

— Calma, Beca! — Lion elevou a voz. — Estou aqui com ele, não é o que você está pensando.

— *Carajo*! Não façam isso comigo! O que aconteceu? — Mais uma rodada de silêncio, que só a irritou. — Estou perdendo tempo aqui. O que houve?

— Beca... — Edu soltou um suspiro pesado, parecia envergonhado. — A verdade é que... eu... Ah, *mierda*!

Dedos gelados pareceram subir pela espinha de Beca. Edu continuou com a voz cada vez mais baixa:

— Eu... Eu errei. O ponto de encontro não é esse.

Antes de sua queda, Edu nunca negligenciara uma informação ou se enganara em uma análise. Aquele era um erro bobo, mas que trazia um peso enorme consigo; era uma confirmação dos piores temores do garoto, um motivo para se recusar a trabalhar em outras missões. Beca não podia permitir que aquilo o puxasse ainda mais para baixo, que o paralisasse de vez.

— *Hey*, não tem problema. Eu estava precisando mesmo de um exercício extra. O dia está tão bonito que saltar mais alguns prédios não vai nem dar trabalho.

Suas tentativas de amenizar a situação soavam ridículas, mas Lion também entrou no jogo:

— Além disso, os Yeng gostam de verificar os locais de troca com bastante cuidado, devem estar fazendo isso neste momento. Nosso atraso nem será sentido. — Deu uma risada que não enganaria nem um bêbado do bar Fênix. — Vamos, *hijo*, passe as coordenadas para a Beca. Tá tudo bem.

A verdade era que nada estava bem. Nada seria como antes, por mais que eles fingissem que sim. Disfarçar os problemas não adiantava, fingir normalidade destacava ainda mais a mentira em que viviam. Maldita Legião, maldita La Bastilla! As marcas que deixaram em Edu terminavam aos poucos o trabalho iniciado no laboratório.

— Beca? — A voz do pai a trouxe de volta à cobertura. — Você ouviu as coordenadas que *tu hermano* passou?

Ela sacudiu a cabeça, recuperando o foco. Aquela missão tinha um motivo, não podia falhar.

— Desculpa, eu me distraí. Qual é o prédio certo? Vou ter que mudar de setor?

— Não, é no Setor 3 mesmo — explicou Edu, afoito para corrigir seu erro. — E não é muito longe daí. Está vendo aquele arranha-céu vermelho à sua esquerda?

— *Sí*. Aquele do lado de um megaedifício sem janelas?

— Esse mesmo! O encontro é lá. Juro que desta vez não me enganei.

Beca queria aliviar a culpa do irmão, mas não conseguiu pensar em nada para dizer, então decidiu que o melhor era terminar logo aquela missão que já tinha dado tanta dor de cabeça. Correu até a beira da cobertura e saltou. Não fez acrobacias desnecessárias, não demorou a atirar a corda-gancho, seguiu um caminho reto e limpo para o ponto de encontro. Seu pai dissera que os Yeng não se importariam com o atraso, mas na verdade eles prezavam muito a pontualidade e aquilo certamente traria atritos na hora da troca. Eram clientes difíceis, e a atual situação da Nova Superfície só os deixou mais desconfiados.

Quando chegou à parede de um megaedifício abandonado, pronta para fazer o último salto até o arranha-céu, um helicóptero atraiu sua atenção. Olhou para cima, ajustando o zoom dos óculos especiais, e não precisou aproximar muito para reconhecer que pertencia à Torre — nenhuma outra facção da Nova Superfície tinha aeronaves em tão bom estado. A garota seguiu a trajetória da aeronave com o olhar, notando pela primeira vez a coluna de fumaça que se erguia mais além. Pela distância, o prédio em chamas se localizava no Setor 4.

Ela franziu o cenho: qual seria a crise desta vez? Parecia que todo dia a segurança da Zona da Torre ganhava uma nova ameaça.

— Alguém sabe o que tá rolando no Setor 4? Aquele helicóptero era da Torre.

— Espero que não seja mais um ataque — disse Lion. — Não garanto que a Torre consiga controlar a revolta se os Sombras levarem mais pessoas de lá.

Depois que retornaram de dentro do véu, não foi só a situação de Edu que mudou. A sociedade que a Torre tanto se esforçou em manter de pé dava claros sinais de desestabilidade, uma bomba-relógio cujo contador todos desconheciam, mas que se aproximava cada vez mais da detonação, tudo por causa da retaliação dos Sombras. Eles pareceram triplicar de número. Os sequestros e ataques já não se limitavam aos setores mais distantes e ocorriam a qualquer hora do dia, alastrando o medo pelos blocos e causando explosões de descontentamento principalmente no Setor 4, o mais afetado.

— Eu acho que é mais uma revolta no bloco Boca. Se fosse um ataque dos Sombras, teríamos alertas na rede. — Edu digitava sem parar. — É, pelo que vi aqui, o Sindicato está tentando tomar mais um andar do Del Valle.

Richie e sua gangue não tinham perdido tempo para aproveitar aquela tensão na Zona da Torre. O Sindicato ganhou território no Setor 4, uma vez que os moradores exigiam explicações para os ataques constantes e se apoiavam em qualquer um que pudesse lhes dar respostas. Ainda que a Torre se negasse a contar sobre as descobertas no interior do véu, sobre a Legião que criou a névoa, as pessoas sentiam que os novos ataques tinham ligação com a missão de resgate a Edu. E tudo piorava com os surtos do garoto: boatos se espalhavam pelos blocos com teorias que não fugiam tanto da verdade e só causavam mais atritos.

Brigas e protestos eram diários e tomavam os corredores dos megaedifícios de todos os setores, e as transmissões de Emir pedindo calma não faziam nada além de deixar as pessoas mais tensas. Beca recebia olhares raivosos quando ia ao Fênix, ouvindo calada insinuações de que era a causadora do caos na Nova Superfície. Até os negócios foram afetados pela desconfiança, e conseguir missões como a dos Yeng era algo raro, pois a maioria dos grupos organizados não queria se envolver com quem irritara os Sombras.

— Esse *imbécil* do Richie ainda vai colocar o bloco Boca no chão — lamentou Lion. — Mas isso não importa agora, foque na missão, Beca. Se os problemas no Setor 4 piorarem, avisamos você.

— Tá certo, *viejo*. Eu realmente prefiro conversar com os Yeng a me meter com o Sindicato.

Aquela cobertura era bem menor do que a anterior. De formato retangular, não havia antenas ou cabos para atrapalhar a locomoção. O piso de cimento possuía uma camada escura de sujeira, quase como uma trilha que levava direto para a porta no lado oposto ao que Beca aterrissou. Enferrujada, uma corrente pendia do buraco onde um dia existiu a maçaneta, o cadeado na ponta estava aberto. Guardava a passagem para a escadaria de emergência.

Beca olhou ao redor. Não encontrou nenhuma corda de escalada presa na lateral do prédio nem sinais de que alguém passara por ali recentemente. Esfregou o pé no chão para verificar se a sujeira amenizava, mas aquela camada já estava ali há muitos anos. Se os Yeng realmente estiveram na cobertura, não seriam suas pegadas que os delatariam.

— Pessoal... Não tem ninguém aqui.

A tensão pôde ser sentida através dos comunicadores. Todos pensavam a mesma coisa: "Será que Edu havia errado de novo?". O único som que se ouvia era o digitar acelerado do garoto verificando os dados mais uma vez.

— Isso não é possível. É esse o lugar, juro! Eu...

Ele soluçou, e Beca sentiu o coração quase parar de angústia. Agarrou com força a alça da mochila.

— Calma, *hijo* — Lion se apressou em dizer. — Talvez nossos clientes tenham ido embora.

— Esperem — interrompeu Beca, olhando mais uma vez a entrada para a escada de incêndio. — Talvez eles só não estejam aqui na cobertura.

Deu passos apressados e puxou a porta já entreaberta. As dobradiças rangeram alto. Do outro lado, um muro de escuridão e poeira a cumprimentou, e seu nariz coçou com o forte cheiro de mofo. Mesmo sem máscara de gás, ela não hesitou em entrar. Os óculos rapidamente se adaptaram à falta de iluminação do local, fazendo-a notar a grande inscrição na parede oposta, que levava direto à escadaria. Algumas gotículas da tinta ainda escorriam pela superfície lisa, indicando que a mensagem era bem recente. Beca não entendia nada daqueles caracteres, mas se sentiu aliviada — pelo menos Edu não tinha cometido um novo erro.

— Vocês conseguem ver o recadinho dos nossos clientes? — Esperou pela confirmação do outro lado da linha. — Certo, e o que diz? Eles cancelaram o negócio?

Depois de alguns instantes para fazer a tradução correta, Edu revelou o significado da mensagem.

— Está escrito "desça dez andares".

Beca soltou um suspiro. Perder aquela troca seria péssimo, por isso não escondeu o alívio.

— Pelo visto, o negócio ainda está de pé. Isso é uma boa notícia, certo? O que me diz, *viejo*?

— Eu não sei, Beca. — Lion soava receoso. — Nós marcamos na cobertura, não vejo motivos para eles mudarem de lugar sem avisar, mesmo que seja no mesmo prédio.

— Vai ver eles só não queriam pegar sol aqui em cima.

Ela fez piada, mas aprendera desde cedo a confiar no instinto do pai. Infelizmente, aquele não era um negócio que podiam dispensar. Precisavam do pagamento, o bem-estar de Edu dependia daquela mercadoria.

— Beca... — O alerta de Lion não se concluiu. Ele também sabia o que estava em jogo ali. — Tome cuidado.

A garota alongou os braços e o pescoço, não havia outro caminho senão a descida.

— Eu sempre tomo, *viejo*. Meu sobrenome é cautela.

Ela desceu a escadaria devagar, sem se preocupar com o atraso; seus clientes podiam esperar mais um pouco. Aquele era um arranha-céu bem alto para os padrões da Zona da Torre, então dez andares para baixo ainda a deixava em uma distância bem segura do véu e dos Sombras escondidos por lá. Era com perigos bem mais próximos que Beca se preocupava. Apesar de serem clientes difíceis, os Yeng não tinham histórico de traições, mas, mesmo assim, diante do caos que tomava todos os setores, não custava nada manter os olhos bem abertos e a mão apertada na pistola presa à calça.

Quando Beca chegou no décimo andar abaixo da cobertura, não se surpreendeu ao encontrar tudo silencioso e vazio. Ela estava na intercessão de dois corredores, podia escolher se ia para a direita ou para a esquerda, e várias portas de madeira, algumas já destruídas, tomavam as paredes. Pelo visto, aquele lugar fora um condomínio residencial que prezava mais pela quantidade de apartamentos apertados do que pelo conforto. Em qual deles os Yeng estariam se escondendo?

A jovem encontrou a primeira pista gravada no chão. As lajotas rachadas e tufadas não dificultaram o entendimento e, desta vez, nem houve necessidade de tradução: uma seta indicava o corredor da esquerda.

— Acho que nossos clientes estão gostando demais de deixar migalhas para eu seguir — comentou em voz baixa.

Puxou a arma da cintura e retirou a trava. Ao final do corredor, só podia seguir para a direita; uma seta na parede confirmava que aquela era a direção certa. Nesse novo caminho havia portas de ambos os lados, e todos os seus instintos gritavam para que desse o fora. No comunicador, Lion também manifestou sua insatisfação:

— Eu não gosto nada disso, Beca, é melhor cancelar o negócio...

— Já estou aqui, não vou voltar. Além disso, finalmente encontrei o X do tesouro.

Ela indicou à frente, onde o corredor terminava em uma porta também marcada por tinta. Se os Yeng queriam se proteger, tinham escolhido muito bem. A única forma de sair dali era seguir pelo mesmo caminho, não havia janelas que pudesse usar nem espaço para aproveitar suas habilidades ao máximo. Estava cercada e apertada por paredes sujas.

— Vou entrar, *viejo*.

Beca ajeitou a alça da mochila no ombro e levantou a pistola, apontando-a diretamente para a frente. A porta não tinha maçaneta, mas estava bem conservada. Ela encostou o cano da arma na madeira e a empurrou prendendo a respiração, esperando uma recepção com saraivada de tiros, mas o silêncio continuou absoluto. Dentro da sala, na penumbra, três homens a aguardavam.

Naquela escuridão, todos usavam óculos de visão noturna. Dois dos Yeng estavam armados com rifles, mas seus canos apontavam para o chão. Jovens e magros, vestiam roupas que lembravam uniformes de soldado. O terceiro parecia ser o líder; mais velho que os demais, com um cavanhaque ralo no rosto redondo, protegia-se entre eles e segurava uma sacola escura. Ele encarou Beca com uma expressão irritada e apontou para a pistola dela.

— É assim que você cumprimenta seus clientes? Fizemos algo que alimentasse sua desconfiança?

Com rapidez, Beca analisou o quarto em que se encontravam: não havia móveis ou destroços em que outros pudessem se esconder. Pelo menos ali dentro não haveria uma emboscada.

— Você é o Chen?

O homem anuiu, mantendo a testa franzida.

— E você é Rebeca. Podemos dispensar as apresentações e ir direto ao que interessa?

Beca baixou a arma e forçou seu melhor sorriso de negócios.

— *Perdón*, hoje em dia, todo cuidado é pouco. Além disso, se não me engano, marcamos nosso encontro lá em cima.

O homem chamado Chen não fez o mínimo esforço para parecer simpático e cruzou os braços, abraçando a sacola com a mercadoria que Beca tanto desejava.

— Ficar plantado naquela cobertura enquanto você não aparecia não se mostrou uma boa ideia. Preferimos descer e evitar os helicópteros da Torre.

A explicação de Chen fazia sentido, mas o instinto de Beca lhe dizia que o homem não se entocara naquele lugar estratégico apenas para fugir dos olhos da Torre.

— Não puxe mais conversa e faça a troca de uma vez — disse Lion pelo comunicador.

Aquele foi o melhor conselho que ela ouviu naquela manhã. Devagar, retirou a mochila das costas e abriu o zíper, mostrando aos homens a grande quantidade de munição explosiva que eles encomendaram.

— Vamos logo ao que interessa, *chicos*? Sei que o tempo de vocês é precioso.

Chen ergueu uma das sobrancelhas e focou a atenção no conteúdo da mochila. Pareceu satisfeito, pois deu um passo à frente e abriu a sacola que segurava.

— Aqui estão os remédios que pediu. — Segurou um dos pacotes, sacudindo as ampolas em seu interior. — São analgésicos bem fortes, alguém deve estar sentindo muita dor.

O comentário não abalou Beca. Não era segredo que Edu sofria crises graves, afinal, ninguém podia conter seus gritos quando um surto o debilitava.

Ela encarou Chen com dureza.

— E o restante?

Ele devolveu o remédio à bolsa e retirou de lá um objeto metálico que tilintou com o movimento.

— Algemas de pressão magnética. Nem um combatente conseguiria escapar dessas coisinhas. Foi bem difícil de conseguir, mas sempre cumprimos com nossa parte do acordo.

Beca esperava mesmo que aquelas algemas fossem fortes como o prometido. Foi uma decisão difícil colocar aquele item na lista, mas Edu insistia que precisavam se precaver. Se ele perdesse o controle e machucasse alguém, não teriam como protegê-lo da Torre.

— Certo. — Ela assentiu com a cabeça e estendeu a mochila. — Vamos trocar.

Fechar acordos era sempre um momento tenso, qualquer um podia tentar tirar vantagem e ficar com as duas mercadorias. Beca apertou o cabo da pistola, pronta para atirar se algo desse errado. Os soldados também ergueram seus rifles. No entanto, a troca ocorreu como o acordado, Chen lhe entregou a sacola e recebeu a mochila de bom grado.

Enquanto Beca verificava se estava tudo em ordem com seu pagamento, o outro fez o mesmo com as munições.

— Parece tudo certo, *hija*. — Lion soava bem mais aliviado e ela também já se sentia melhor. A sensação, porém, não durou muito, pois a voz raivosa de Chen tomou a sala num eco de desgosto.

— Nosso pedido está incompleto! Você nos enganou!

Beca ergueu os braços, pedindo calma, assustada com o tamanho da ira de Chen.

— Deve haver algum engano. O que está faltando?

— Nós pedimos trinta clipes explosivos. Trinta! Aqui só tem vinte e nove.

— O quê? — exclamou ela, junto com seu pai e irmão pelo comunicador. Nenhum dos três acreditava no tamanho da fúria causada por apenas um item. — Espera, Chen. Você contou direito?

Aquela foi a pergunta errada. Os três homens ficaram mais exasperados. Engatilharam seus rifles enquanto Chen jogava a mochila no chão, espalhando munição para todos os lados.

— Você insinua que somos burros?

Ela engoliu em seco.

— Eu juro que não houve má-fé do nosso lado, Chen. Por favor, podemos resolver isso com tranquilidade. É só um clipe.

— Não! Você nos enganou. Achou que éramos tolos! Não aceitaremos nenhuma desculpa. Queremos nossa carga completa agora ou o negócio será desfeito.

— *Puta madre*! — Lion xingou alto. — Como é que um dos clipes foi sumir? *Hijo*, você fez a recontagem que eu pedi antes de entregar a mochila à Beca?

No meio de tanta tensão, todos os cuidados que Lion dedicava a Edu foram esquecidos. Beca se encolheu em seu lugar, pois sabia que o pai tinha cometido um erro e que aquilo podia piorar ainda mais uma situação que já era ruim.

— Err... Eu... — O garoto ficou desnorteado.

— Não temos tempo pra isso! — Lion manteve o tom hostil, as armas apontadas para Beca pareceram alimentar seu nervosismo. — Você verificou ou não?

Apesar de estar cercada por clientes enfurecidos, Beca temia mais pelo que acontecia a quilômetros de distância, em sua casa. Edu não estava mais habituado com aquela pressão e, caso tivesse mesmo negligenciado a contagem da munição, arcaria com uma culpa que poderia trazer reações desastrosas.

— *Viejo*... — murmurou ela, ignorando os olhares dos homens que a cercavam. — Não adianta nada gritar com ele. Por favor!

Lion pareceu se dar conta do risco que corria e suspirou.

— Tem razão. O que importa agora é tirar você daí com segurança.

"Acho que isso será um pouco difícil", pensou ela de maneira sombria. Engoliu em seco, desejando ter a lábia do finado Rato. Só assim conseguiria sair daquela enrascada.

— Escutem, ninguém precisa se exaltar. Falei com Lion e ele pode enviar o clipe de munição faltante agora mesmo. — Estava se antecipando, mas o pai confirmou imediatamente que iria preparar o helicóptero. — Vocês só precisam esperar um pouquinho mais e tudo vai se resolver.

Chen olhou para seus subordinados, ainda com as armas em riste. Por um instante, Beca teve esperança de que ele aceitaria a proposta, mas então a testa dele se franziu em uma teia de rugas, e ela soube que o momento de fazer acordos havia passado.

— Não confiamos em você e na sua família. Tentaram nos enganar de propósito e nada nos garante que a entrega do último clipe não será uma armadilha. Não, o contrato está desfeito. Passe a bolsa com os remédios de volta.

Ele estendeu o braço, pressionando-a a obedecer.

Só que Beca nunca foi boa em cumprir ordens, principalmente quando elas não faziam sentido. Agarrou a sacola com mais força, incapaz de se desfazer tão facilmente dos únicos analgésicos que aliviavam as dores do seu irmão.

— Beca... — Lion a conhecia bem demais, sabia que ela preferia enfrentar uma saraivada de balas do que falhar naquela missão. — Acabou. Entregue a sacola e saia daí, vamos dar outro jeito de arrumar os remédios.

A garota não respondeu, continuava travando uma silenciosa batalha de olhares contra os Yeng. As bochechas de Chen ficaram vermelhas de raiva. Ele puxou a pistola que escondia nas costas e fez mira.

— Não vou repetir, entregue a sacola. Agora!

— *Lo siento, lo siento...* — a voz de Edu, repleta de angústia, elevou-se pelos comunicadores. — Ah, por que isso está acontecendo?

Beca prendeu a respiração.

— *Hijo*! — Lion também percebeu o perigo, mas já era tarde demais, Edu não permitiu que ele falasse mais nada.

— Não! A culpa é minha, só minha. Eu disse que não queria voltar... Eu disse! Não aguento mais! Não aguento... AHHHHH!

O grito explodiu no comunicador auricular e trouxe pontadas ao ouvido de Beca. Ela se enrijeceu como se levasse um choque. Do outro lado da linha, fez-se uma verdadeira cacofonia. Os berros de Edu se misturaram com a voz assustada de Lion, objetos se quebraram ou caíram no chão, vidro se estilhaçou e um estampido alto quase deixou a garota surda.

Depois disso, estática. A conexão com sua família fora desfeita.

Um pavor gelado tomou todo o corpo de Beca e, por alguns instantes, ela se esqueceu de onde estava e dos homens que ameaçavam sua vida. Praguejou baixinho várias vezes e odiou La Bastilla um pouco mais.

— Será que a conversa com seus familiares é mais importante do que as armas apontadas para a sua cabeça? — Chen havia se aproximado, encarando-a com uma mistura de curiosidade e irritação.

Beca comprimiu os lábios, sentiu o coração retumbar no peito. Estava sozinha, sem qualquer ajuda ou plano de fuga, então teria que improvisar. Afrouxou o aperto à sacola, segurando-a com apenas uma mão enquanto baixava a outra com a pistola engatilhada. Se Lion ainda estivesse na transmissão, estaria berrando os mais variados palavrões em seu ouvido.

Ela analisou os três homens mais uma vez: os dedos deles tremiam sobre os gatilhos e seus olhares não mostravam o mínimo sinal de compaixão. Não havia como escapar deles e ainda levar a mercadoria consigo. No entanto, não duvidava de que, no momento em que seguisse as ordens de Chen e lhe passasse a sacola, seria alvejada pelos rifles. Havia apenas uma maneira de sair dali com vida.

Por que as coisas nunca eram fáceis?

Arremessou a sacola no rosto de Chen com toda a força e se ajoelhou para tentar escapar da primeira saraivada de tiros. As balas de rifle passaram perto e uma delas atravessou seu ombro direito, mas isso não a impediu de também atirar.

Tudo aconteceu em segundos: com uma mira impecável, Beca acertou os atiradores, um no peito e o outro na cabeça. Se não fosse sua habilidade de saltadora, já estaria estirada no chão sobre uma poça de sangue. Bem, sangue manchava suas roupas e a dor aguda do ombro se espalhava para o braço, mas pelo menos continuava respirando.

Levantou-se trêmula, observando o estrago. Chen era o único do bando ainda vivo, atordoado com o impacto da sacola e a morte dos companheiros, e a garota não tinha dúvidas de que, quando ele se recuperasse, explodiria de raiva. Beca não queria estar ali para presenciar isso, e desconfiava que os três homens não eram os únicos no prédio. Um grupo tão precavido com certeza teria colocado soldados em pontos ocultos, justamente para ter a vantagem se algo saísse errado.

Em uma ação apressada, Beca arrancou a sacola com remédios de Chen, chutou a porta e voltou ao corredor escuro.

Enquanto buscava uma saída de maneira desesperada, percebia o quanto os Yeng foram engenhosos. Sem nenhuma janela para se aproveitar de sua *grappling gun* e saltar para fora dali, ela se sentia presa em um labirinto. Mal tinha chegado na metade do corredor quando o primeiro soldado apareceu, também de rifle em riste, e não hesitou em atirar.

Sem diminuir a velocidade, Beca só pôde se jogar no chão, deslizando de joelhos sobre a camada de poeira e torcendo para que sua mira continuasse afiada. Acertou o homem no ombro e no tórax, fazendo-o cair, mas não escapou ilesa: um tiro a atingiu de raspão na altura das costelas, adicionando uma terrível queimação às pontadas intensas que tomavam seu ombro direito.

Ela não tinha tempo para se abalar, então se colocou de pé e voltou a correr. Dobrou para a esquerda, entrando num corredor, e ouviu novos passos. Mais dois soldados se aproximavam, e ela sabia que já não tinha balas nem fôlego suficientes para enfrentá-los. Seguindo seus instintos, abriu a primeira porta que viu pela frente e se escondeu lá dentro, puxando alguns móveis quebrados e entulhos para bloqueá-la de maneira precária.

Ouviu gritos do outro lado, palavras bradadas em uma língua bem diferente do idioma comum da Zona da Torre, que misturava português e espanhol. Os Yeng falavam em mandarim justamente para que ela não entendesse o que planejavam.

— *Mierda*! — praguejou baixinho. Como escaparia agora?

Um estrondo alto seguido por uma saraivada de tiros a fez estremecer. Pelo visto, os soldados tinham se dado conta de que ela se escondera atrás de uma daquelas portas, só não sabiam qual. Com o coração quase na garganta, Beca deu passos silenciosos para trás. Quanto tempo tinha até que chegassem no quarto certo?

Esforçando-se para controlar a respiração ofegante, observou o espaço apertado. Assim como a sala onde se encontrou com Chen, não havia janelas ali. Que espécie de gente louca tinha construído aquele prédio? Uma camada de poeira se elevava, quase como uma reprodução pálida da névoa metros abaixo, mas espera...

Ela só conseguia ver a poeira porque, em meio à escuridão, havia um fraco raio de luz. Beca se aproximou dele, notando, pela primeira vez, que a parede dos fundos do quarto estava rachada e com diversas falhas; uma delas era um buraco do tamanho de um punho fechado que permitia a entrada do sol.

Beca desejou ser pequena o suficiente para se enfiar ali e dar o fora. Socou a parede para testar sua estrutura e derrubou um pouco do reboco. Não parecia tão sólida, mas jamais cairia com empurrões. Ela encostou a testa no cimento sujo, respirando pela boca enquanto ouvia seus perseguidores estourarem outras portas. Estava tão perto de uma saída, mas ao mesmo tempo tão longe... O braço ensanguentado, que segurava a mochila com os remédios tão preciosos para Edu, já nem doía mais. Sentia frio e a cabeça leve, efeitos da perda de sangue. A mão com a pistola tremia a cada estampido vindo do lado de fora — não demoraria muito para ser levada por uma daquelas explosões de bala.

Explosões...

Arregalou os olhos como se tivesse descoberto a resposta para acabar com a própria névoa. Apressada, apalpou as roupas suadas com força suficiente para se machucar, mas não ligou nem um pouco, sorrindo satisfeita quando encontrou um clipe com balas explosivas usadas para matar Sombras. Era hora de fugir. Destravou o clipe de munição da pistola, deixando-o cair no chão com um clique abafado, e não perdeu tempo em encaixar o novo pente. Deu dois passos para trás e respirou fundo enquanto apontava a arma para a parede. Se aquele plano falhasse, os tiros delatariam sua posição.

Beca apertou o gatilho três vezes, sabendo que os próximos segundos seriam literalmente de vida ou morte, e as balas explosivas, piscando em vermelho, cravaram-se nos tijolos. Ela recuou um pouco mais, recolocou a pistola no cinto e puxou sua *grappling gun*. Os soldados pararam de atirar no mesmo instante e gritaram alto: já sabiam onde encontrá-la.

— Anda, anda! — repetia ela com os olhos fixos na contagem regressiva.

A explosão levantou uma nuvem de pó ainda maior, vomitando ar quente repleto de detritos sobre o rosto da garota. Felizmente, os óculos especiais protegeram seus olhos, que continuavam bem abertos, buscando indícios de que a parede havia caído. Os gritos dos Yeng ficaram mais altos e Beca não teve mais como aguardar a nuvem de pó amainar: correu às cegas para os escombros com a esperança de encontrar uma passagem grande o suficiente para sua salvação.

Quando o primeiro raio de sol atingiu seu rosto gelado, ela não conseguiu conter o sorriso. O azul do céu veio logo depois, então o cheiro de mofo finalmente ficou para trás. Suas pernas não encontraram mais apoio e ela mergulhou em uma queda de mais de duzentos andares, mas recebeu o puxão da gravidade como se reencontrasse uma velha e querida amiga.

Mesmo com a ventania da queda abafando os outros sons, Beca conseguiu ouvir os tiros de seus perseguidores, os quais, pelo jeito, tinham acabado de chegar na sala que ela abandonara. Ela sabia que ainda estava em perigo, por isso girou no ar e fez mira com a *grappling gun*. O puxão para cima cobrou seu preço: o ombro ferido doeu tanto que sua mão fraquejou, largando a mochila que ela se arriscou tanto para obter.

De olhos arregalados, Beca mal conseguiu acreditar quando os remédios do irmão foram engolidos pela névoa. Essa distração fez com que esbarrasse com força na parede do prédio onde havia cravado a corda-gancho, causando ainda mais dor. Ela xingou alto, exasperada e frustrada, mas os tiros dos Yeng logo a motivaram a se mexer.

A jovem demorou quase duas horas para atravessar o Setor 3 e chegar em casa, no bloco Carrasco do Setor 2. Os corredores do arranha-céu Miraflores pareciam dançar diante da vista turva, com muitas pessoas lhe lançando olhares chocados com a quantidade de sangue que a cobria. Ela já havia aparecido machucada antes, mas nada que se comparasse com as roupas encharcadas, as pernas trêmulas, deixando pegadas vermelhas e arquejando dolorosamente devido à falta de ar.

Tinha que parar de forçar sua sorte daquele jeito, ela já dava claros sinais de que não duraria para sempre.

Ignorando os comentários sussurrados e até algumas raras e surpreendentes ofertas de ajuda, Beca seguiu seu caminho. Precisou descer dois andares para chegar em casa e, a cada degrau percorrido, sentia o estômago revirar: apesar do estado precário, sua única preocupação desde que escapara era Edu. Como não recebera mais nenhum contato por rádio, presumia que a situação do irmão ainda era séria. E se encontrasse um Sombra descontrolado com o corpo do pai nas mãos? Um ataque de tosse a atrasou quando faltavam poucos metros para a porta do quartel-general de sua família. Ela sacudiu a cabeça com força, respingando suor frio e sangue.

"Vamos, falta pouco agora. Edu precisa de você."

A garota precisou digitar o código de acesso duas vezes por causa da vista embaralhada. Mal ouviu o estalo da tranca e já estava empurrando a porta, quase caindo no chão por causa da pressa. Depois de garantir que as pernas não iriam falhar outra vez, levantou o rosto e finalmente pôde focar sua atenção no amplo salão. O janelão à frente se encontrava aberto, permitindo que a luz forte do sol ressaltasse a confusão de cadeiras, caixas de mercadorias e peças de computador espalhadas pelo chão. Em pé, no meio de toda aquela bagunça, Lion a encarava como se estivesse diante de um fantasma. As mãos que seguravam uma seringa vazia tremiam.

— *Hija*!

Ele correu até Beca, segurando-a no exato momento em que o corpo dela decidiu desabar. Ela soltou um gemido fraco quando os braços fortes a guiaram até uma das poucas cadeiras ainda de pé. Sentou-se, mais ofegante do que antes.

— *Por Dios*! Você está ferida! — Lion tocou no seu rosto gelado, afastando o cabelo que grudava na pele.

Ela se obrigou a abrir bem os olhos, mesmo que no momento parecessem pesar toneladas.

— Edu... Como... ele... está? — A voz rouca quase não passou pela garganta.

O pai respirou fundo, mais abalado do que quando a viu entrar em casa. Desviou o olhar para o ombro machucado da filha e retirou seu casaco e camisa para verificar o real estrago. Beca o encarava, e viu que ele fechou a expressão quando notou o tiro de raspão nas costelas.

— O pior já passou — falou o pai, por fim, referindo-se a Edu. — Usei nosso último sedativo para apagar *tu hermano*. Agora ele só deve acordar ao anoitecer. Essa ferida no ombro está bem feia, Beca.

Arrepiada de frio por estar apenas de top no apartamento gelado, a garota forçou um sorriso.

— Não é nada. A bala atravessou. Só perdi um pouco de sangue.

— Um pouco? — Lion apontou para o casaco dela, pingando vermelho.

Ela não teve tempo de responder, pois o pai já estava de pé, indo atrás do kit de primeiros socorros. Conforme ele se aproximava novamente, a garota deixou que sua vista vagasse até a cortina que separava o quarto do irmão do restante do apartamento. Suspirou, sentindo o cansaço pesar ainda mais nos músculos.

— Ele teve alguma mudança? — perguntou quando o pai se ajoelhou à sua frente com panos limpos e um vidro de antisséptico nas mãos. — As veias aumentaram ou se espalharam?

— Não — disse Lion, concentrado na tarefa de limpar o ombro ferido. — Consegui usar o sedativo antes que o pior acontecesse.

Beca deixou a cabeça pender para trás e fitou o teto empoeirado.

— Nós pisamos na bola, Edu não estava pronto pra voltar à rotina. Deu tudo tão errado. *Puta madre*!

— *Hey, hija,* não adianta nada ficar assim agora. — Ele a confortou com tapinhas no joelho. — Também não podíamos deixar o Edu ficar daquele jeito, sem vontade de viver.

— Acho que só pioramos a situação.

— Nós vamos conversar com ele, dar apoio como sempre fizemos. É o que nos resta agora.

Ficaram em silêncio, cada um remoendo suas preocupações. Depois de terminar de limpar a ferida da filha, Lion pegou um kit de sutura e fechou a entrada e a saída da bala. Passou, em seguida, para o arranhão feio nas costelas.

— Ainda bem que os truques que aprendi como mergulhador ainda valem para alguma coisa. Você teve sorte que a bala no ombro passou limpa, sem atingir algum osso — falou, satisfeito com seu trabalho.

Lion cobriu o ombro e a lateral da filha com ataduras amareladas e se levantou. Seu rosto ficou sério, o olhar focado na mesa de trabalho de Edu, onde o computador que o garoto carinhosamente chamava de Angélica parecia mais bagunçado que o normal. Monitor torto, fios desconectados e teclado faltando algumas peças.

— Foi o pior surto que ele já teve — sussurrou, como se estivesse envergonhado. — Ele quase destruiu Angélica... *Mierda*, Beca, diga que trouxe os remédios, eu não sei como vamos ajudar *tu hermano* sem analgésicos e sedativos.

Ela continuou olhando para o teto, lutando contra as lágrimas.

— Eu não consegui, deixei a mochila cair no véu.

A dor no ombro era um martírio, ainda mais sem nenhum remédio para aliviá-la, porém o que mais machucava Beca era algo que nenhuma droga conseguiria resolver. Respirou fundo e fechou os olhos. Semanas de luta, semanas intermináveis de tensão, dor e ressentimento. Ela achava que seria forte o suficiente para lidar com a nova condição de Edu, que sua família se uniria e enfrentaria os experimentos, só que ninguém estava preparado para esse tipo de situação. Para o pavor.

Aquilo só a fazia admirar Rato e sentir sua falta. Como o informante encontrou forças para resistir aos efeitos da névoa estava além da sua compreensão. Infelizmente, ele não estava mais lá para dar conselhos a Edu, e nem Velma, que viveu de perto o drama do amigo, conseguiu ajudar.

Depois de tanto fugir e negar o inevitável, Beca se dava conta de que só tinham um caminho.

— Nós precisamos da Torre — falou com desgosto.

Seu pai olhou para ela como se Beca tivesse sugerido que assinassem a sentença de morte de Edu.

— Você sabe que, se levarmos *tu hermano* pra lá, ele não vai voltar...

Beca se ajeitou na cadeira e crispou os lábios.

— Vamos falar com Emir, pedir garantias de que o Edu poderá voltar pra casa depois dos exames.

Lion abriu os braços, exasperado.

— E se esses exames mostrarem que ele é uma ameaça? Você acha mesmo que o Emir não vai reagir?

— Nós temos que tentar! — Ela se levantou, sentiu a cabeça girar, mas manteve-se firme. — Eu odeio isso tanto quando você, mas não vejo outra saída. Precisamos de remédios, e a Torre é o único lugar onde podemos arranjar isso rápido.

Lion continuou com a testa franzida. Coçou a barba espessa enquanto refletia.

— Ainda acho tudo muito arriscado, mas é o Edu quem deve decidir isso. Se ele aceitar, não vou me opor. Mandarei uma mensagem a Emir para sondar um encontro.

Ele se aproximou da filha e passou o braço por sua cintura, como se pressentisse que ela não se aguentava mais em pé. Beca agradeceu com um aceno discreto, mas, antes que ele a guiasse para seu espaço pessoal, fez outro pedido.

— Preciso ver o Edu.

O pai a levou até o outro lado do salão e puxou a cortina com um movimento cauteloso — mesmo com Edu apagado por uma alta dose de sedativo, ele temia fazer barulho. Beca sentiu remorso ao ver o garoto deitado sobre o colchão, olhos fechados, boca entreaberta e respiração profunda. Ele parecia dormir um sono tranquilo, mas a garota sabia que esse não era o caso. A camisa rasgada dava indícios do que havia acontecido, assim como o sangue seco nos punhos e os arranhões no rosto. Ao lado da cama, ele ainda mantinha o estojo onde costumava guardar seus óculos remendados, perdidos para sempre na névoa. Mesmo que ainda os possuísse, não teria mais motivos para usá-los: os testes da Legião haviam recuperado sua visão.

Ela engoliu um soluço e se afastou amparada pelo pai.

— Temos que marcar o encontro o mais rápido possível. — Tentou disfarçar a voz embargada. — Se o Edu tiver outro surto antes de conseguirmos remédios, não teremos mais como barganhar com a Torre.

Seguiu para o seu quarto, também escondido por cortinas, e se deitou no colchão encalombado. Queria se manter acordada, mas a vista parecia um túnel escuro que só focava um longínquo ponto de luz.

— Descanse, você perdeu muito sangue. — Lion acariciou seu cabelo antes de deixá-la sozinha.

Ela não disse mais nada. Não tinha forças. A luz do túnel finalmente se apagou, deixando-a sozinha na escuridão.

LA BASTILLA

Rato permaneceu ajoelhado, forçado a seguir à risca os comandos da Legião. Os músculos gritavam, o suor havia empoçado os ladrilhos, mas nada o fez sair do lugar. A coleira apertada no pescoço sufocava, tornando sua respiração errática. A mente exausta ainda mandava ordens ao restante do corpo: "Fique de pé! Saia daí!", mas era completamente ignorada. Ele não tinha certeza se chegou a adormecer, mas jamais mudou de posição, nem quando as pernas dobradas começaram a formigar pela falta de circulação.

Em algum momento, as luzes foram apagadas, deixando-o no escuro. Não sabia exatamente quanto tempo havia se passado, mas, pela contagem da própria respiração, presumia que estava naquela posição por mais de dez horas. Além do cansaço, uma sede infernal o maltratava. A poça sob seu corpo lhe parecia cada vez mais convidativa, mas, mesmo que quisesse lamber o próprio suor, não poderia pôr sua vontade em prática. Estava condenado a obedecer aos legionários.

Rato ouviu passos e se perguntou se sua mente lhe pregava peças. As luzes foram acesas sem aviso, machucando os olhos. Quando se acostumou com a claridade, deparou-se com o mesmo homem de jaleco branco que o deixou naquela posição submissa. Seus olhos escuros brilhavam com divertimento.

— De pé.

Pior que ficar parado por horas foi enfim se mover: Rato sentia-se como em uma mesa de tortura, os membros se esticando mais do que era possível. A mente embranqueceu por um breve instante, tomada somente pelo repuxar doloroso dos músculos. Ele achou que, mesmo que a coleira o obrigasse a obedecer, seu corpo simplesmente entraria em colapso. Foi uma experiência terrível, mas ficou de pé.

— Ótimo. — O homem não escondeu a satisfação. Jogou um amontoado de roupas aos pés do informante. — Vista isso.

Com movimentos letárgicos, Rato cobriu o corpo nu. As roupas eram novas e, apesar de o tecido pinicar a pele, pareciam melhores do que qualquer trapo que ele já vestiu na Nova Superfície. O suor que o encharcava grudou o tecido branco no peito e nas pernas. Quando terminou, o homem o olhou de cima a baixo.

— Venha. — Com um aceno satisfeito, virou de costas e seguiu para a saída.

Passaram pela porta metálica e, finalmente, Rato descobriu o que havia além daquela sala. Imaginou que estariam em uma base subterrânea, escondidos tão fundo na terra que os efeitos da névoa tinham desaparecido, no entanto, foi pego de surpresa ao se deparar com um corredor bem iluminado, com janelas gradeadas em uma das paredes. Como não podia parar, ele conseguiu perceber apenas que estavam em uma instalação externa, que o sol brilhava distante e o céu era de um azul bem claro. Engoliu em seco com o nervosismo se espalhando pelo corpo exausto.

O longo corredor chegou ao fim, dando lugar a um saguão amplo com o pé direito alto que permitia a visão de diversos andares abaixo onde a iluminação era ainda mais clara, com o teto e boa parte das paredes dando lugar a espaçosas vidraças. Rato conseguiu captar mais coisas do lado de fora. Havia árvores tão verdes que ele se perguntou se não seriam falsas, além de outras construções mais distantes que se pareciam com prédios baixos.

Desceram três vãos de uma escadaria larga e igualmente branca. Parecia que toda aquela instalação primava pela limpeza. Ele jamais havia visto ambientes assim na Zona da Torre, e começava a ter uma ideia do quanto a vida dos legionários era diferente daquela que conhecia. Enquanto caminhavam, várias pessoas pararam para observá-los, funcionários de jalecos brancos que fizeram questão de saudar o companheiro e lançar olhares enojados para Rato.

No térreo do prédio, encontraram os primeiros soldados. Eram quatro, os únicos que se vestiam de preto; seguravam armas e vigiavam a porta automática como cães de guarda. Saudaram o legionário com respeito e dois passaram a acompanhá-lo, cercando Rato de ambos os lados.

— O carro já está esperando, senhor — avisou um deles.

Rato olhou de esguelha para observar a expressão do soldado, que lhe parecia bem novo. Achou curioso que a Legião, com todo seu aparente controle e alta tecnologia, precisasse empregar soldados adolescentes, assim como a Torre fazia. Será que tinham problemas com seus contingentes ou a intenção era apenas fazer lavagem cerebral o mais cedo possível? O legionário que o aprisionou com Beca no laboratório da névoa nutria uma devoção ensandecida à La Bastilla; será que todos os moradores dali tinham aquele fanatismo?

Do outro lado da porta automática, a paisagem se materializou em um mundo alienígena para alguém que só conhecia a decrépita Nova Superfície. A calçada sob seus pés era lisa, sem qualquer sinal das conhecidas rachaduras que tomavam a cidade dentro do véu e os andares dos megaedifícios. Não havia lixo pelo caminho, e, como no interior do laboratório, tudo era impecavelmente limpo. Mais à frente, o concreto dava lugar a um asfalto sem buracos onde um carro esperava com o motor ligado. Acostumado a ver aqueles veículos apenas como esqueletos metálicos, Rato ficou chocado ao se deparar com um em perfeito funcionamento. O jipe estava sem capota, tinha apenas um para-brisa retangular e um único limpador. Um homem os aguardava ao volante.

— Entre no carro.

A nova ordem veio de maneira inesperada para Rato, distraído com o mato verde e bem aparado que tomava os canteiros à esquerda. Grama! O reconhecimento veio das fotos e vídeos que ainda guardavam a história do passado. Que os Sombras o levassem, nunca imaginou que viveria para ver algo assim pessoalmente!

A ordem moveu seu corpo de forma abrupta e ele se virou na direção do carro para obedecer. Sentou-se no banco de trás sob um olhar desconfiado do motorista.

O homem que lhe dava ordens ocupou o banco do passageiro. Rato fez um esforço sobre-humano para vencer o controle da coleira, só precisava esticar os braços para agarrá-lo pelo pescoço...

— Senhor Boris, o comando o espera. Podemos partir?

Boris. Rato fez questão de guardar aquele nome na memória.

— Sim — respondeu o homem, e pelo retrovisor Rato pôde ver o sorriso cheio daquele ar de superioridade que o deixava louco de raiva. — Abra bem os olhos e aproveite o passeio, Nikolai. Tenho certeza de que um selvagem como você nunca viu nada igual ao que temos aqui.

O carro entrou em movimento. Incapaz de agir contra as ordens de Boris, Rato arregalou os olhos e absorveu a paisagem ao seu redor como se ela fosse o motivo de sua existência. Mesmo enfurecido, decidiu tirar o melhor proveito daquilo. Informação era poder, e memorizaria todas as árvores se fosse preciso. Um dia, aquilo poderia lhe ser útil em uma fuga.

O jipe ganhou velocidade ao deixar o complexo do laboratório por um portão metálico, e La Bastilla finalmente se desvendou diante de Rato. A primeira coisa que percebeu foi que estavam em uma área essencialmente militar. Vários jipes iguais ao que ele estava passavam pelas ruas, soldados marchavam em fileiras organizadas, hangares com helicópteros e tanques se espalhavam para onde quer que olhasse. Era um poderio impressionante, principalmente pelos equipamentos bem conservados e muito mais avançados que os da Torre.

Do lado de fora, o verde era ainda mais intenso, com morros cobertos por árvores no horizonte. Para alguém que considerava um vaso com dois galhos verdes algo especial, aquele lugar era um verdadeiro paraíso. Até o ar tinha um cheiro diferente daquele da Nova Superfície, ele podia sentir o sal nos lábios e narinas. O carro fez uma curva rápida e deixou a área de hangares para trás, tomando uma estrada solitária margeada por um longo muro repleto de torres de vigilância, holofotes e arame farpado.

Um som estranho, que Rato nunca ouvira antes, venceu o ronco do motor do carro, e, conforme a estrada se inclinou em uma leve subida, o que havia do outro lado do muro foi aos poucos revelado. Os olhos já arregalados do informante ficaram ainda maiores: ele viu água, mais do que considerara possível existir.

O mar.

Já vira fotos pixeladas em tablets rachados ou em algum arquivo perdido na rede, mas a sensação de se deparar ao vivo com algo tão grandioso era inigualável. Ele sentiu lágrimas escorrerem por seu rosto. Quanta beleza negada às pessoas da Nova Superfície, quantas maravilhas! Tudo por culpa de assassinos em massa que só pensavam em sua causa eugênica.

O mar era azul, mas perdia um pouco do brilho por causa da névoa que se erguia alguns metros depois da costa. Aquela, sim, era uma paisagem bem conhecida, o primeiro sinal de que La Bastilla foi construída sobre os esqueletos de incontáveis mortos. Rato queria perguntar como o véu não chegava até eles, mas não tinha permissão para falar. Pelo visto, a névoa circundava toda La Bastilla, mas não se aproximava o suficiente para fazer mal às pessoas dali. Era como um véu de verdade que escondia toda a feiura do mundo exterior.

Mais uma curva deixou o mar e sua parede de névoa para trás. Rato soltou a respiração de maneira pesada, atraindo a atenção de Boris.

— Algum problema, Nikolai? Não gostou da vista da nossa ilha? Seja educado em sua resposta...

Então La Bastilla era uma ilha? Mais uma informação importante para armazenar.

— Nunca vi nada mais bonito — respondeu com honestidade, saboreando na ponta da língua todos os xingamentos que gostaria de gritar.

A viagem continuou até chegarem a uma área bastante vigiada. Alguns soldados observavam de uma torre enquanto dois carros com metralhadoras acopladas no capô guardavam as laterais de um portão. O jipe parou a alguns metros dos veículos e o motorista deu um aceno firme. O homem atrás da metralhadora à direita acenou de volta, desceu do carro com um salto e destrancou o portão. A passagem liberada revelou outra camada de La Bastilla, uma verdadeira cidade, como as que Rato só vira em fotos antigas ou ouvira falar pelas histórias dos mais velhos.

As construções eram diferentes das ruínas do mundo antigo: casas baixas de no máximo três andares rodeadas por belos jardins e cercas de madeira pintada. Crianças brincavam nos quintais, correndo e gritando com uma inocência que Rato nunca viu antes.

Seu coração ficou apertado de raiva e inveja.

A quantidade de carros naquela área era bem menor do que na militar, e o principal meio de locomoção parecia ser a bicicleta. Observar a paisagem se tornou uma tarefa quase dolorosa, ele nunca imaginou que algo tão bonito pudesse significar um pesadelo. Queria fechar os olhos e esquecer todas as cores que desnorteavam sua visão acostumada com o cinza, queria apagar os cheiros diferentes da memória ou o som calmo das ondas que parecia persegui-lo mesmo depois de o mar ficar para trás. Infelizmente, não recebeu essas ordens.

Eles não demoraram a se afastar da cidade, chegando enfim ao coração de La Bastilla após passarem por outro portão, igualmente vigiado. A área do outro lado era menor, com casas mais discretas, sem jardins ou paredes coloridas. Ruas largas e bem iluminadas pareciam convergir para um prédio central, bem mais alto e opulento do que qualquer outra construção que Rato vira por ali. O lugar estava cercado por grades altas e pontiagudas, e a entrada era protegida por homens fortemente armados. A cancela foi erguida depois de uma conversa rápida, dando passagem para o jipe continuar até um prédio de cinco andares ao lado de uma enorme antena.

Rato teve um mau pressentimento. Algo tão grande em um lugar que prezava discrição e conforto só podia ter alta importância estratégica.

Quando o carro parou, o motorista saltou apressado e deu a volta para abrir a porta para Boris, que desceu como se fosse uma espécie de celebridade.

— Venha. — Ele olhou para Rato, que só então conseguiu sair do lugar.

A cada ordem obedecida, ele sentia que morria um pouquinho por dentro, mas seguiu Boris para o interior do prédio. Diferente do laboratório de onde saiu, percebeu que aquele lugar não era uma instalação médica, mas militar, um comando central, talvez. O branco não cobria as paredes nem o piso, dando lugar a um cinza discreto. Soldados andavam pelos corredores vestindo uma variedade considerável de uniformes, todos predominantemente pretos. Rato já tinha convivido com o pessoal da Torre tempo suficiente para saber identificar quem eram os analistas, os guardas e os membros do alto comando. Naquele lugar, os trejeitos que os denunciavam não eram diferentes.

Enquanto caminhava, percebeu que Boris continuava sendo tratado com deferência. Só podia presumir que ele fazia parte do alto escalão da Legião, mas, pelas conversas que ouvira, sabia que existiam pessoas ainda mais importantes. Quem seriam? O que pretendiam?

Pegaram um elevador que os levou para o último andar. O corredor por onde caminhavam era bem menos movimentado do que os dos andares inferiores e terminava de maneira abrupta em frente a uma grande porta metálica. Boris se aproximou e digitou um código no display numérico acoplado nela. A porta aberta revelou uma ampla sala pouco iluminada.

Lá dentro, havia uma quantidade enorme de computadores instalados em estantes metálicas que ocupavam todas as paredes. A parca luz que iluminava o ambiente vinha de monitores ultrafinos mostrando imagens de todos os setores de La Bastilla: o perímetro urbano, o Centro de Comando e até o laboratório militar de onde saíram.

Para cada computador havia uma poltrona de encosto alto acolchoado. Quem quer que trabalhasse ali tinha direito a um conforto que nem Emir possuía na Torre. Rato demorou a notar que apenas uma delas estava ocupada.

— Salve o comando da Legião, protetor da humanidade! — falou Boris em tom apaixonado.

"Protetor da humanidade meu *culo*", pensou Rato mal-humorado, mas sua atenção logo se desviou de Boris para a pessoa misteriosa escondida atrás da poltrona. Ela deixou os monitores de lado e girou o assento devagar. O informante notou primeiro as botas pesadas que chegavam às canelas, em seguida a calça militar e a camisa de mangas compridas que grudava no corpo. O rosto da mulher era negro, e seu cabelo, cortado tão rente à cabeça que quase desaparecia para um olhar desatento. O queixo fino e os lábios cheios traziam beleza a uma expressão severa, mas os olhos escuros eram tão cheios de frieza que podiam congelar o mais desavisado.

Rato prendeu a respiração ao encarar aquele olhar. Ela se levantou e se aproximou com confiança. Alta e esguia, movia-se com leveza e de maneira contida, como se estivesse preparada para atacar a qualquer atitude suspeita. Boris continuava com as costas bem eretas e o queixo erguido, parecendo orgulhoso de estar diante daquela mulher. Finalmente, quando ela decidiu prestar atenção nele, a frieza em suas feições amenizou um pouco.

— Comandante! Aqui está a cobaia, conforme o prometido. Desculpe pela demora.

— O tempo de espera foi necessário — disse ela em um tom neutro, a voz um pouco rouca. — A coleira está funcionando?

— Sim, perfeitamente! — Boris se virou para Rato bradando sua próxima ordem: — Repita a saudação que eu fiz à Comandante! Fale com emoção, essas palavras são nossa missão neste mundo.

— Salve o comando da Legião, protetor da humanidade!

Rato soou tão fervoroso quanto o mais fiel legionário. Queria cuspir, lavar a boca por ter dito tamanha atrocidade. A mulher ergueu uma das sobrancelhas finas, parecia notar os sentimentos conflitantes que Nikolai trazia nos olhos.

— Ótimo, ele parece obediente o suficiente. Bom trabalho, Boris.

O homem pareceu contente com o elogio e baixou a cabeça com respeito exagerado, mas Rato viu seus ombros assumirem uma postura mais altiva e o sorriso largo cheio de orgulho.

— Não mereço tamanho apreço, Comandante. Deseja assumir o controle?

Mesmo que Rato não o conhecesse, podia jurar que ele falava daquela maneira só para aparentar humildade. Toda sua linguagem corporal dizia o contrário, e ele parecia ansiar por mais elogios.

— Sim, Boris, isso seria o ideal.

O cientista assentiu com a cabeça em um movimento firme e se virou para o prisioneiro. Seu rosto sério mostrava que pretendia agir como o soldado mais eficiente da Legião.

— Você agora obedecerá a todas as ordens da Grande Líder. Será o seu servo fiel e jamais contestará suas decisões. Diga que entendeu e se compromete.

— Entendi e me comprometo.

Cada palavra arranhava a garganta de Rato como uma lixa, e a coleira em seu pescoço pareceu se apertar ainda mais.

A mulher sorriu pela primeira vez, mostrando os dentes perfeitos. Rugas surgiram no canto dos olhos e na testa, dando indícios de que não era tão jovem, mais perto dos quarenta do que dos trinta.

— Boris, pode ir. Não preciso mais de você por hoje — ordenou a mulher com os olhos fixos em Rato. Parecia devorá-lo.

— Desculpe a ousadia, mas seria sensato, Comandante? — contestou Boris. — Isso é contra as normas. Ainda mais depois do que aconteceu com o seu...

— Eu mandei você ir.

Ela não elevou a voz ou demonstrou irritação, apenas tornou a entonação mais enérgica. Boris engoliu em seco e deu um passo para trás, as bochechas ficaram coradas diante do olhar cortante que recebeu. Partiu acuado, o que trouxe um pouco de satisfação a Rato. Toda sua pose lá fora não valia de nada ali: ele era obrigado a obedecer mesmo sem coleira.

Quando a porta se fechou, deixando Rato e a Comandante sozinhos, ela se aproximou dele.

— Nikolai — falou como se fosse um insulto —, finalmente nos encontramos.

Ela estudou suas feições como se contasse todas as falhas na pele, todas as cicatrizes, rugas e cabelos brancos de preocupação. Aquele era o mesmo tipo de olhar que Rato recebera dos Sombras quando passou por testes dolorosos nas profundezas da névoa: como se fosse uma coisa, sem vontade ou desejos.

— Confesso que esperava mais da famosa cobaia. Nas fotos e vídeos você sempre me pareceu mais forte.

Ela caminhou de volta à poltrona, mas não se sentou. Apanhou um tablet maleável e o ligou com um toque. Com alguns comandos, projetou fotos dele nas telas a sua frente: imagens de Rato sendo testado; na Nova Superfície depois da fuga; com Beca no laboratório onde Edu fora aprisionado.

— Nos últimos meses, você foi minha pequena obsessão, então talvez isso tenha aumentado minha expectativa para este encontro. — Ela deu de ombros, fingindo desapontamento. — Mas não se preocupe, meu interesse não diminuiu nem um pouco. Tenho grandes planos para você.

Quando ela sorriu, seus lábios formaram um arco cruel. Brincou com o tablet mostrando mais fotos para ele, algumas inclusive de Irina.

Rato queria gritar.

— Tivemos muito trabalho para mantê-lo vivo depois que o recolhemos do laboratório.

A mulher finalmente encontrou a imagem que procurava; um vídeo, na verdade. Com um toque, ativou a reprodução. Não havia som, e a qualidade também não era das melhores, mas ele reconheceu Beca e o homem que se autointitulou Legião. A garota atirou nele antes de carregar o irmão e sair correndo.

— Perdi a conta de quantas vezes vi esse vídeo. — Ela o encarou, olhos estreitos e raivosos. A máscara de frieza caíra completamente, o ódio que sentia era pessoal. — Algumas pessoas diriam que é uma ingrata tortura se obrigar a ver o assassinato do próprio marido por tanto tempo, mas eu não concordo. Enquanto assistia àquela selvagem apertar o gatilho, planejava minhas próximas ações, esperava você se recuperar.

Rato foi tomado por arrepios.

— Vejo que está abalado. Fique à vontade para me fazer perguntas, nunca gostei de falar sozinha.

A ordem liberou sua garganta fechada e ele tossiu. Estava livre, pelo menos para expor a infinidade de dúvidas que rodavam em sua mente.

— O que pretende? Por que se esforçou tanto para me salvar?

— Não gosto de lhe dar essa importância, mas a verdade é que você é uma cobaia muito promissora. Depois de escapar de um dos nossos laboratórios, poucos decidiriam retornar, ainda mais para resgatar um dos sequestrados. É de fato um feito surpreendente! — Ela recuperou o ar de superioridade. — Temos muito o que estudar em você, muito a aprender e aperfeiçoar para nossos futuros projetos.

— Eu não vou ser seu rato de laboratório outra vez!

Ela sorriu, deu as costas para ele e se aproximou dos monitores.

— Você fará o que eu mandar, Nikolai. Venha até aqui. Quero lhe mostrar algo.

Enquanto ela digitava algo no teclado mais próximo, Rato parou ao seu lado, absorvendo tudo o que podia. As imagens dos monitores mudaram de repente, deixando de transmitir as câmeras de segurança espalhadas por La Bastilla para mostrarem cenas de um ambiente bem diferente.

A primeira linha de telões exibia um lugar escuro e empoeirado, móveis quebrados, paredes rachadas. Tudo era captado da altura dos olhos de uma pessoa. "Seriam microcâmeras acopladas em visores, como era costume na Nova Superfície?", Rato prendeu a respiração. Naquele momento, mãos inchadas e repletas de veias azuladas apareceram no campo de visão. "Impossível", pensou, sem conseguir desviar a atenção. O ângulo da filmagem mudou e revelou serem Sombras a captarem as imagens, cinco deles no total. Nada de visores ou câmeras, o que era mostrado nas telas vinha direto de suas retinas.

"Para onde eles vão?", Rato se perguntou, aflito, mas não externou seus receios por ter consciência de que era exatamente isso que a Comandante da Legião queria. Ela o observava como se a preocupação dele a alimentasse. Então, Nikolai focou a atenção nos monitores de baixo, o céu azul um contraste chocante com a escuridão das cenas acima. Imagens aéreas com alguma interferência mostravam prédios que ele conhecia muito bem. Não precisou de muito tempo para deduzir que via o mesmo que o bando de pássaros batedores controlados pela Legião. Eles voavam pelo Setor 4, dando rasantes bem próximos aos arranha-céus e megaedifícios que formavam o bloco Boca. Algumas pessoas nas janelas apontavam em sua direção, assustadas por ver, àquela hora do dia, animais essencialmente noturnos.

Alguns membros de gangues sacaram as armas e começaram a atirar. Se um dos pássaros que transmitia as imagens era atingido, outro logo tomava seu lugar. Rato ficou tonto com os mergulhos rápidos e os ângulos em constante mudança. Voltou a olhar para cima, onde os Sombras continuavam sua subida pelas entranhas de um edifício, e teve um terrível pressentimento.

Uma porta metálica que guardava a passagem para os andares povoados foi arrombada com socos dos poderosos braços e, do outro lado, três soldados da Torre começaram a atirar. As imagens não tinham sons, mas Rato podia sentir os gritos. Seu estômago embrulhou. Os Sombras pularam sobre os homens e os destroçaram, só para seguirem seu caminho logo depois, certamente deixando um rastro de sangue.

A cada morte transmitida pelos monitores, Rato sentia como se os golpes dos Sombras também o atingissem. Com a garganta apertada, viu o grupo avançar com a violência e eficácia de supersoldados criados exatamente para aquele tipo de crueldade. As poucas pessoas que defendiam aquela área do bloco Boca logo foram eliminadas, restando apenas os moradores e as gangues, nenhum deles preparado ou armado o suficiente para lidar com tantos Sombras. Depois de mais alguns minutos de carnificina, Nikolai queria vomitar. Tentou fechar os olhos, mas sentiu os dedos gelados da Comandante em seu braço.

— Assista, esta é minha lição pra você. Se ferir algo que amo, vou responder cem vezes mais forte.

Assim, Rato continuou testemunhando o ataque pelos olhos dos Sombras. Do lado de fora, o turbilhão de pássaros investia contra qualquer helicóptero que ousasse se aproximar. Enfim, ele reconheceu em qual parte do bloco Boca a invasão se concentrava: estava no ME Del Valle, sede da gangue Sindicato. Um combatente de Richie foi agarrado por um dos Sombras e sua tatuagem com o símbolo do grupo ficou bem em foco. O homem gritou, tirando uma granada das vestes, e uma forte explosão sacudiu metade do andar, levando o Sombra, o combatente e, provavelmente, muitos inocentes junto.

— Por que faz isso? — Rato não conseguiu mais ficar calado. — Por que não acaba de uma vez com a Zona da Torre? Se somos tão desprezíveis como diz, por que não usa sua tecnologia e nos enterra no concreto?

A mulher deu de ombros, como se a resposta fosse óbvia.

— Nós poderíamos fazer isso, sim. Seria lógico e o que vocês merecem, além de fácil demais. Infelizmente, isso atrasaria nossa pesquisa em anos. Medidas corretivas como essa são o suficiente, por enquanto. — Apontou para os monitores. — Além disso, gosto de observar como o seu líder age. É Emir o nome dele, não é? É um dos poucos que ainda têm cérebro no meio da sua gente. Se bem que não parece tentar escapar da nova pressão que coloquei sobre ele. Será que vai sacrificar peças? O que são alguns setores destruídos se ele puder manter a liderança, certo?

Aquilo foi demais para Rato. Imaginou Beca no meio da loucura que tomava a Zona da Torre, nenhum setor estava seguro, ninguém teria paz até que a Legião concretizasse sua vingança.

— *Desgraciada*! *Perra loca*! *Vete al carajo*! *Bruja*!

— Cale a boca! — a Comandante ergueu a voz.

Imediatamente, o ímpeto dele foi sufocado e seus lábios se fecharam com força, amordaçando os xingamentos.

— De joelhos! Agora!

Rato obedeceu com uma prontidão quase mecânica. Será que sua vida se resumiria a ficar ajoelhado diante de monstros e lhes lamber as botas? Ela puxou uma faca de caça do cinto, grudando-a no pescoço dele.

— Cuidado com suas palavras, Nikolai. Eu poderia ordenar que você mesmo se matasse, que se degolasse da maneira mais lenta e dolorosa possível. Não me tente.

Um fio de sangue escorreu pelo pescoço dele, a raiva evidente nos olhos dos dois. A mulher se controlava para não ceder aos seus desejos e Rato queria ter sua voz livre para provocá-la mais, ou mesmo usar as mãos para enfiar a lâmina mais fundo na própria carne. Qualquer coisa era melhor do que ser uma marionete de gente doente.

A Comandante logo se conteve e guardou a faca de volta na bainha presa à calça. Deu um passo para trás, observando o informante com uma mistura de irritação e nojo.

— Meu marido era um homem incrível. Um líder bom, com planos que trariam glória e justiça. Pensávamos da mesma maneira, guardávamos a mesma certeza na causa da Legião. — Ela voltou a fitar os monitores, que ainda transmitiam o ataque ao bloco Boca. — Nosso desejo de defender La Bastilla sempre foi intenso. Foi devido a esse comprometimento que, quando soubemos de um ataque inesperado a um dos nossos laboratórios, ele insistiu em verificar a situação pessoalmente. Eu autorizei sua partida. Eu... Eu o mandei para a morte.

Ela se aproximou do painel que controlava os monitores e digitou alguns comandos, fazendo-os voltar a transmitir as imagens das câmeras de segurança de La Bastilla. Parecia ter perdido a vontade de ver a destruição que causava na Nova Superfície. Virou-se novamente para Rato.

— Quando você foi resgatado, Nikolai, minha vontade era apenas terminar o que os supersoldados não puderam fazer, mas eu sabia que não seria esse o desejo do meu marido. Não, ele usaria você a nosso favor, continuaria os testes e beneficiaria toda a Legião com o conhecimento contido nesse seu corpo desprezível. E é isso que vou fazer. — Ela endireitou a postura, orgulhosa da sua decisão. — Mas não se engane, minha vingança acontecerá. Os ataques ao lixo que seu povo chama de lar são apenas o começo.

Rato não duvidou de suas palavras, via em seu olhar o mesmo fanatismo do marido. O que aquele desejo de vingança ainda escondia? Quais seriam os planos para a Nova Superfície e seus habitantes? Mais ataques em plena luz do dia? Infligir tanto medo que a Torre desmoronaria em meio ao caos? Todas essas possibilidades eram muito reais e assustadoras e, em meio à preocupação que sentia, o temor por Beca ganhava cada vez mais força. Foi ela quem atirou em Legião, e isso com certeza não era algo que a Comandante deixaria passar.

A mulher inclinou a cabeça de leve, como se pudesse ler os sentimentos ocultos de Rato. Dirigiu-se à porta da sala e a destrancou com um digitar de código.

— Levante-se.

Os quatro soldados que vigiavam a saída receberam autorização para entrar.

— Escoltem o prisioneiro até uma cela, já terminei com ele por hoje.

Prontamente, os soldados cercaram Rato. A mulher abriu passagem entre eles e parou diante do informante.

— Vá com eles e descanse. Preciso de você disposto nos próximos dias, temos muito o que conversar. Quero que me conte tudo o que sabe sobre o seu líder e os outros, principalmente aquela garota selvagem.

Pelo sorrisinho que surgiu nos lábios da Grande Líder, ele sabia que sua situação só iria piorar.

Sua cela consistia em um cubículo apertado, sem janelas ou qualquer iluminação artificial; a única luz vinha da porta de vidro. Um catre estreito e um penico para fazer suas necessidades ocupavam quase todo o espaço. Quando a porta foi fechada, ele finalmente sentiu o aperto da coleira afrouxar, como se de repente acordasse de um pesadelo. As pernas fraquejaram e Rato caiu de joelhos; andar era quase impossível sem a força da coleira. Fitou as próprias mãos, encantado ao ver seus dedos se mexerem de acordo com sua vontade.

A coleira continuava contendo sua força, e qualquer tentativa de tocar o pescoço era respondida com um choque intenso que se esgueirava por suas terminações nervosas. Quando se convenceu de que era inútil tentar arrancar o aparelho, ele se arrastou até o catre e se sentou. A mente continuava enevoada pela exaustão. A ordem para descansar não era mais uma obrigação, era o que ele mais queria fazer.

Sacudiu a cabeça com força para tentar se manter desperto. Repassou a viagem de carro até o Centro de Comando, reavivando na memória o caminho que fizeram, o tempo de percurso e o número de seguranças em cada portão que atravessaram. Alguns detalhes lhe escaparam, deixando-o irritado a ponto de bater a testa contra a parede, como se quisesse fazer suas sinapses funcionarem na marra.

Foi tudo inútil; quando se deu conta, estava deitado de lado no colchão fino. Seus pensamentos já não seguiam nenhuma linha e acabaram focando em Beca. A última imagem que tinha dela era de seu rosto sujo e abatido enquanto carregava o irmão para o elevador. Ela sorriu quando Nikolai lhe entregou o capacete, não havia mais sinal de ressentimento por todas as mentiras que ele contou. Mas Rato ainda sentia que possuía uma enorme dívida com ela, principalmente depois de ter visto todo o estrago que os Sombras causavam na Nova Superfície, depois de ouvir a voz traiçoeira da Comandante prometendo que ele revelaria tudo o que sabia.

Em meio às lembranças, receios e cenas dignas de pesadelos, acabou adormecendo.

PROPOSTAS IRRECUSÁVEIS

O helicóptero pousou na Torre com uma sacudida mais forte que o normal. Lion se desculpou através dos fones que abafavam o barulho das hélices e Beca fingiu não reparar, mas sabia que aquele descuido se devia ao nervosismo do pai. Nenhum deles queria estar ali, colocando sua vida nas mãos de Emir, no entanto, tempos desesperados pediam por medidas desesperadas.

Enquanto Lion desligava o motor da aeronave, a garota se desprendeu do cinto de segurança e abriu a porta. O vento soprado pelas hélices sacudiu seu cabelo, emaranhando-o junto ao rosto tenso. Ajudou o irmão a se soltar no banco traseiro e forçou um sorriso de apoio naquele momento tenso. Segurou em seu braço para que Edu não se desequilibrasse ao descer e, quando o sol o cobriu, ele franziu a testa e levantou a mão trêmula para se proteger. A última vez que esteve fora de casa foi exatamente naquele lugar, dois meses antes, quando Beca e Lion trocaram o cubo de luz e o soro antinévoa por sua liberdade. Desde então, Edu se isolara, afogando-se no medo de virar um Sombra.

Vê-lo trêmulo sob o sol forte tornava as mudanças que sofreu ainda mais notórias: a magreza evidenciada pelas roupas frouxas, os olhos assustados empoçados por olheiras, a barba rala que se acumulava no queixo, o andar receoso e arrastado como se qualquer vento mais forte pudesse derrubá-lo. Uma mão invisível espremia o coração de Beca toda vez que ela se dava conta do mal que a Legião causou ao seu irmão. Sentia vontade de gritar, mas aquele não era o momento para expressar revolta, precisava parecer forte e dar segurança a Edu.

Tomou a mão dele na sua, apertando-a com firmeza. Ainda com a testa franzida devido à luz, Edu pareceu relaxar um pouco com aquele toque, meneando a cabeça de leve em reconhecimento.

Parado no heliponto acompanhado por quatro guardas, Emir observava a aproximação de Beca e sua família como se catalogasse na memória todas as mudanças em Edu. As veias altas que escapavam pelas mangas da camisa pareceram atrair o seu olhar, mas teve a cortesia de não comentar nada.

— Rebeca. Eduardo. Confesso que fiquei surpreso quando entraram em contato conosco, mas estou feliz que tenham deixado as desconfianças de lado e pedido ajuda.

"Aposto que você está mesmo muito feliz. Trouxemos Edu de bandeja para os seus médicos", pensou Beca, amargurada. Contudo, engoliu a antipatia e se esforçou a ser cordial, não ganharia nada irritando um dos homens mais poderosos da Nova Superfície.

— Estamos aqui pelo bem do Edu. Você realiza alguns dos seus testes em troca dos remédios que solicitarmos — falou com uma segurança que não possuía de fato. — Depois disso, a gente volta pra casa. Esse é o combinado.

Antes que Emir pudesse responder, Lion chegou ao lado deles mais devagar, devido ao seu velho ferimento na perna. Cumprimentou o líder da Torre com um forte aperto de mão, mas as feições carregadas mostravam a verdade: o que Emir fez durante a missão de resgate estava longe de ser perdoado.

— Sua filha estava me lembrando do nosso acordo, Lion. Alguma coisa a acrescentar?

— Não, ela disse exatamente o que pensamos. — O homenzarrão cruzou os braços sobre o peito.

Em meio àquela tensão, Edu puxava a manga da camisa em um movimento inconsciente.

— Eu sou um homem de palavra — disse Emir. — Se Eduardo não é uma ameaça às pessoas, então vocês não têm com o que se preocupar. Faremos os testes e o deixaremos ir exatamente como combinamos.

Beca sabia que não era bem assim. Emir podia manipular as informações dos testes como bem quisesse, inventar qualquer coisa para manter Edu na Torre. Era exatamente por isso e pelas traições passadas que ela e seu pai se mantinham céticos.

— Estamos perdendo tempo — disse Edu, encerrando o assunto, cada vez mais desconfortável. — Não viemos aqui para bater papo.

Com olhos frios, Emir analisou o jovem. Sem dizer nada, ajeitou o cachecol quadriculado no pescoço e ergueu o braço indicando o caminho para o interior da Torre.

— Então, vamos logo ao que interessa. Vejo que vocês estão bastante ansiosos para começar.

Liderando o grupo, Emir caminhou até o elevador. Os guardas fechavam a marcha, armas em punho e atenção redobrada. Não agiam como se estivessem lidando com convidados, mas sim com ameaças que deveriam ser neutralizadas a qualquer sinal de perigo. Aquilo fez o coração de Beca dançar no peito. Ainda estava enfraquecida devido à confusão do dia anterior, o tiro que levou no ombro latejava pela falta de remédios, e, se precisasse lutar, com certeza levaria a pior.

O grupo desceu alguns andares até a conhecida enfermaria da Torre. Ao retornar àquele lugar, Edu soltou um lamento baixo. O tempo que passou ali logo após ser resgatado das profundezas do véu não foi nada agradável. Beca tocou em seu ombro com cuidado, sem querer sobressaltá-lo ainda mais.

— *Hey*, *chico* — falou com carinho —, vai ficar tudo bem.

Edu acenou com a cabeça, mas tornou a puxar a manga da camisa, nervoso. Os olhos se fixaram no janelão de vidro que mostrava o quarto preparado para ele. O local já estava movimentado: duas mulheres faziam as últimas medições nos equipamentos, e Beca reconheceu uma delas como a médica que a tratou quando retornara da névoa. Mais atrás havia um homem virado de costas que parecia digitar algo muito importante em seu tablet maleável. Beca não precisou que ele se virasse para confirmar que já o conhecia.

— Idris! — chamou sem disfarçar a raiva na voz.

Como se tivesse ouvido seu nome através da porta fechada, o homenzinho deixou as anotações de lado e encarou os recém-chegados pelo vidro. Ele deu um sorriso satisfeito, e Beca franziu o cenho diante daquele nariz adunco e do olhar de ave de rapina.

— O que esse *desgraciado* está fazendo aqui?

— Idris é um dos melhores especialistas em Sombras que a Torre possui — disse Emir. — Além disso, ele conhece o caso melhor que ninguém, pois esteve presente em boa parte da missão de resgate.

— Missão que ele ajudou a forjar, não é mesmo? — reclamou Beca. — Esse *puto* estava pouco se lixando se eu, Gonzalo ou Bug morrêssemos por lá, tudo o que queria era um espécime para estudar!

De dentro do vidro, as médicas pararam de trabalhar para observar o lado de fora. Idris, motivo de toda a discórdia, continuava com o odioso sorriso no rosto. Diante das reclamações, a paciência de Emir finalmente acabou.

— A Torre tem total liberdade para escolher quem e como realizará os testes. Se não concorda, pode partir agora mesmo e ficar sem os remédios que tanto quer.

Beca recuou e olhou para o pai, angustiada. Sentia-se péssima em deixar Edu nas mãos de Idris, mas o que poderia fazer? Lion fez um leve movimento com a cabeça, indicando que Emir havia vencido aquele argumento. Ao seu lado, Edu também parecia resignado.

Emir voltou a assumir o tom impessoal de sempre, mas seus olhos dourados ainda fitavam a garota.

— Agora que deixamos essa questão bem clara, tenho outro assunto a discutir com vocês antes de começarmos. Além dos testes, quero fazer outra proposta. Como sabem, temos estudado o soro antinévoa que vocês nos deram. Conseguimos confirmar que ele realmente funciona, protegendo o inoculado por quarenta e oito horas.

Beca prendeu a respiração enquanto ouvia Emir falar.

— Graças aos nossos analistas, criamos um protótipo que segue o mesmo princípio, mas, infelizmente, ainda não temos tecnologia ou recursos para reproduzir a vacina com a mesma qualidade que nossos inimigos, muito menos em larga escala.

Emir não precisou falar mais nada para que Beca desvendasse qual seria sua proposta e sentisse toda a empolgação inicial escorrer por um ralo de desprezo. Não havia nenhum ganho ali, todo aquele discurso ensaiado era mais uma manobra para beneficiar a Torre. Por que testar uma droga potencialmente perigosa em seus homens quando tinha a chance de usar um infectado como Edu? Se o garoto morresse, paciência, ele se livraria de um constante incômodo que só aumentava a tensão nos demais setores da Zona da Torre.

Ela cerrou os punhos, fervendo de raiva. Emir a leu como um livro aberto e se adiantou:

— Não estou obrigando seu irmão a usar nosso protótipo, Rebeca. Como disse antes, isso é uma proposta. Os riscos são altos e não sabemos o que pode acontecer, especialmente em alguém já infectado como Eduardo. A decisão é dele, óbvio, mas acreditamos que essa é uma chance única e que podemos aprender muito com ela.

"Aprender às custas da vida de *mi hermano*", Beca continuou irritada. Emir queria se fazer de generoso, mas ela já não caía naquela jogada. A proposta tinha um tom de escolha, mas era óbvio que eles não tinham condições de negar. Trocou olhares preocupados com Lion e o irmão. O pai também não estava nada feliz com a manobra, mas o olhar de Edu trazia uma esperança que há muito fazia falta.

— Essa vacina pode me curar? — perguntou ele baixinho.

Beca se sentiu mal, pois o milagre que o irmão tanto queria não passava de uma ilusão. Pensou em dizer isso a ele, mas sabia que não tinha o direito de interferir em sua decisão. Emir encarava Edu de maneira séria.

— Não mentirei para você, Eduardo, é difícil prever o que irá acontecer. Acreditamos que o efeito seja menos potente que o do soro original, por isso as chances de o protótipo curar sua infecção são mínimas. Para falar a verdade, existe até a possibilidade de sua condição piorar. — Ele fez uma pausa para garantir que o garoto prestava atenção. — Como já falei, todos estamos assumindo um risco aqui. Se você aceitar, é claro.

Edu franziu a testa e levou as unhas roídas à boca. Beca só podia imaginar como os pensamentos dele estavam confusos, mas ficou um pouco aliviada por Emir não esconder os riscos.

— Mas a chance de eu me curar existe, não é? Mesmo pequena, ela está lá!

Beca baixou o rosto, evitando ao máximo que o irmão visse sua tristeza. Ao seu lado, Lion se remexeu incomodado.

— *Hijo*...

— Eu preciso saber! — gritou Edu. — Vocês não fazem ideia de como é estar infectado. Estou me tornando um monstro pouco a pouco, *mierda*! Não quero ferir ninguém, não quero ter sangue em minhas mãos, muito menos o de vocês. Se há uma chance, vou tentar, qualquer coisa é melhor do que esse inferno.

Edu levantou a manga da camisa até o cotovelo, mostrando as veias azuladas que lhe saltavam da pele. Algum desconhecido que visse aquelas marcas tomaria um baita susto, mas Emir e os médicos que ainda observavam não demonstraram nenhuma reação.

— A chance é mínima, mas existe. Só não coloque todas as suas esperanças nela — falou o líder.

O silêncio retornou, mais pesado que antes. Não havia mais nada a argumentar. O garoto assentiu com a cabeça, decidido.

— Então eu aceito. Pode usar o tal protótipo, não me importo.

Beca mordiscou o lábio inferior, nervosa. A explosão de Edu a havia deixado ainda mais angustiada e culpada. Ele tinha razão em dizer que ela e o pai não sabiam o que era ser um infectado, mal podia imaginar o tamanho do desespero que o irmão sentia, do medo de perder o controle, de machucar inocentes, de ferir quem o acolheu tão novo. Apesar de suas desconfianças, ela não tinha o direito de tirar aquele fiapo de esperança de Edu. Seu pai, porém, não foi tão forte.

— Edu, eu não gosto dessa ideia. É muito perigoso, as chances não valem o risco!

O garoto encarou o pai com raiva.

— É a minha vida! Eu decido se quero enfrentar esse risco, não você! Estou pronto, Emir, podemos começar.

Assentindo, o líder abriu a porta para o quarto onde os médicos aguardavam. Edu respirou fundo e entrou sem olhar para a família. Beca até tentou segui-lo, mas Emir indicou para que ficasse.

— Vocês poderão observar os testes daqui de fora. Somente pessoal autorizado entra no quarto.

Beca já esperava algo do tipo, mas era sua última chance de tentar mudar os planos de Emir. Talvez houvesse um jeito de garantir uma segurança maior ao irmão. Respirou fundo e externou a primeira ideia que lhe veio à mente:

— E se eu tomasse a tal vacina?

Sua pergunta fez Lion arregalar os olhos, mas, antes que o pai pudesse se manifestar, ela continuou o raciocínio:

— Sou uma Alterada, certo? Isso quer dizer que tenho pelo menos um pequeno grau de infecção pela névoa. Posso ser testada antes do Edu só para garantir que nada de ruim aconteça. Ele já sofreu demais.

O coração de Beca batia forte. Depois de presenciar o que acontecia com o irmão, especialmente toda a dor que ele ainda sentia, vez ou outra pensava no fato de que suas habilidades eram um efeito colateral da infecção do véu e acabava tendo pesadelos com a ideia de se transformar em um Sombra. Os Alterados viviam com aquela condição, mas, por causa do caos na Nova Superfície, nunca tiveram a chance de aprender tudo sobre ela. Por tudo o que Beca sabia, sua agilidade acima do normal podia ser impactada a qualquer momento pelas tais nanomáquinas que compunham a névoa.

— Ser uma Alterada é muito diferente de estar infectada — disse Emir, sério. — Na verdade, suas habilidades são o resultado de uma falha nas nanomáquinas que pode ter alterado o DNA dos seus pais, ou até mesmo de seus avós, e que veio se manifestar somente em você. Os Alterados são um imprevisto, uma prova de que nem os planos mais diabólicos da Legião são imunes ao inesperado.

Beca sabia que a Torre vinha estudando os Alterados depois que descobriu a verdade sobre a névoa, mas não esperava que Emir revelasse o que sabia. Informações como aquela eram valiosas demais para serem repassadas sem que houvesse um interesse oculto, e, apesar do alívio que sentiu com as palavras, sabia que havia algo estranho ali.

— Admiro sua obstinação em proteger o seu irmão, Rebeca — continuou Emir. — Mas entenda que usar o protótipo em você não trará as respostas imediatas que queremos. Precisamos de um infectado para isso.

Beca sacudiu a cabeça, inconformada; contudo, ela sabia que havia perdido aquela batalha. Ao constatar que não haveria mais argumentos, Emir acenou com a cabeça e se virou para entrar no quarto. Lá dentro, aproximou-se das duas médicas que terminavam de preparar Edu.

Beca observava tudo pelo janelão de vidro com o coração apertado, focada na figura magra do irmão, que estava visivelmente incomodado diante daqueles estranhos. Idris se aproximou, ansioso por iniciar suas medições. A lembrança do homenzinho tirando amostras dos híbridos mortos durante a missão dentro da névoa retornou à mente da garota.

— Nós não devíamos ter vindo aqui — disse Lion, inconformado.

— Fizemos o possível — respondeu Beca. — As coisas não podiam continuar como estavam.

Pai e filha não falaram mais nada. Quando a primeira agulha perfurou o braço de Edu e cabos foram grudados em seu tórax, Beca cravou as unhas na palma das mãos. Tinha uma bola de angústia na garganta, prendendo suas palavras.

Os testes duraram pelo menos duas horas. Retiraram amostras de sangue, pele, cabelo e saliva de Edu, ele passou por diversas salas que continham aparelhos variados, foi analisado dos pés à cabeça, mas não reclamou uma única vez. Estava convicto da sua escolha, mesmo que o rosto franzido deixasse claro que nada daquilo era fácil para ele.

Beca e Lion compartilhavam do mal-estar de Edu como se fosse seu. Quando os testes terminaram, chegou o momento mais temido: Idris, tinha que ser ele, aproximou-se da cama com uma seringa na mão. Seu conteúdo era transparente, mas a agulha fez o garoto estremecer. Ele esticou o braço receoso, fazendo uma careta quando o analista da Torre começou a empurrar o protótipo da vacina para sua corrente sanguínea. Beca conseguiu ler em seus lábios a reclamação: "Arde muito".

— *Carajo*, eu não aguento mais isso — desabafou a garota. Sentia vontade de socar a janela e gritar para todas aquelas pessoas saírem de perto do seu irmãozinho.

Idris fez um sinal de positivo para Emir, que observava os testes em um canto afastado. Depois disso, todos os presentes passaram a observar o garoto com grande expectativa.

Os aparelhos continuaram mostrando os sinais de sempre, e Edu não apresentou nenhuma reação fora do normal. As veias azuladas espalhadas por seu corpo não diminuíram, mas também não aumentaram. Mais meia hora se passou até o consenso de que nada iria acontecer. Emir saiu da sala dando um breve suspiro.

— A vacina não funcionou? — perguntou Lion, preocupado.

— Não podemos afirmar nada ainda. Normalmente, vacinas demoram para fazer efeito, mas esse não é um caso comum. O soro da Legião que vocês nos cederam cria imunidade à névoa em questão de minutos. O nosso protótipo não demonstrou nenhuma alteração em Eduardo nesse tempo que esperamos, então presumimos que as chances de sucesso são baixas. Vamos continuar analisando as respostas de Eduardo por mais algumas horas só para termos certeza de que não haverá efeito colateral. Nos próximos dias, vocês devem ficar atentos para qualquer mudança nele, entrem em contato imediatamente se notarem algo. Pode ter um efeito tardio, como as vacinas tradicionais — explicou. — Enquanto isso, vou pedir que os remédios solicitados sejam providenciados.

— *Gracias* — disse Lion, que voltara a observar o que acontecia dentro do quarto.

Edu tinha adormecido. De olhos fechados e imóvel, parecia ainda mais abatido. Beca queria perguntar se podiam entrar para ficar com ele, mas Emir nem a deixou falar.

— Ele vai continuar isolado até ser liberado.

Então o líder a encarou de uma maneira diferente, os olhos dourados pareciam em dúvida, os lábios comprimidos milimetricamente.

— Rebeca, eu gostaria de falar com você em particular.

A garota ficou surpresa com o pedido. O que tinham para conversar que seu pai não podia ouvir? Olhou para o lado e notou que Lion tinha as mesmas dúvidas.

— Eu fico aqui de olho no Edu, *hija*. Qualquer coisa, entro em contato pelo rádio.

Ela anuiu, olhos focados no líder da Torre.

— Mostre o caminho.

Sem dizer mais nada, Emir a guiou até o elevador, sem nenhum soldado em sua cola desta vez. Beca tentou conter a ansiedade, mas, quando o viu digitar um código especial no painel, marcando um dos andares restritos, sua curiosidade voltou em uma enxurrada. Quando as portas metálicas se abriram, ela hesitou um pouco em sair. Por que Emir a levava para um lugar onde ninguém de fora da Torre deveria pisar? Depois de passarem por um corredor bem iluminado, chegaram a uma nova porta, também trancada por um código especial que Emir rapidamente digitou no painel de cristal rachado.

Do outro lado, Beca foi agraciada com a visão mais bonita de toda a Nova Superfície. Finalmente entendeu por que aquele lugar era guardado por tantos códigos e travas: estavam em uma estufa, onde uma horta era cultivada. Havia uma grande sacada na qual o sol brilhava forte, e, como as portas estavam abertas, o vento agitava o cabelo dos dois. Um arco alto de ferro e plástico transparente cobria as plantas e as protegia do vento. O chão tinha uma grossa camada de terra escura, resgatada no que foram provavelmente incontáveis viagens para as profundezas do véu. Finas mangueiras perfuradas em diversos locais esguichavam água para todos os lados, causando uma chuvinha artificial quase imperceptível.

Atordoada com o que via, Beca passou pela cortina de plástico pisando cuidadosamente no caminho de terra que se estendia entre as verduras cultivadas. Arregalou os olhos quando se deparou com um tomate vermelho ainda pendurado no pé. Ficou com água na boca. Quanto tempo fazia que não comia algo orgânico? Meses? Anos? Poucas pessoas trabalhavam ali, revirando a terra com espátulas e colhendo os produtos maduros. O olhar de Beca cruzou com o de uma mulher que limpava as mãos sujas em um pano encardido. Ela era muito bonita, tinha longas sobrancelhas escuras, olhos quase amarelos e feições harmoniosas. O cabelo preto estava preso em um coque, e a pele bronzeada parecia brilhar sob o sol que adentrava a estufa.

A estranha logo focou sua atenção em Emir, mas não fez menção de perguntar por que os dois estavam ali. O líder da Torre lhe endereçou um rápido aceno e, como se uma mensagem silenciosa tivesse sido passada, ela retomou seu trabalho.

— Por que me trouxe aqui? — perguntou Beca, a voz soou trêmula no meio de todo aquele verde.

Emir continuou caminhando até o fundo da estufa, longe de qualquer ouvido curioso. Ele escondeu as mãos no bolso da calça, parecendo relaxar pela primeira vez desde que se encontraram no heliponto. Olhou para a plantação e se permitiu sorrir. Aquilo chocou Beca.

— Este é o meu lugar favorito em toda a Torre. Ele sempre me lembra de que tudo o que faço é para reconstruir o que nos foi negado pela Legião. A situação em nossa frágil sociedade está se tornando insustentável. — Ele voltou a fitá-la, sério. — Nossos inimigos nos provocam a cada ataque, querem nos amedrontar, destruir a pouca organização que lutamos tanto para conseguir, mas não será assim. Juro que não será.

— Vocês conseguiram alguma informação no helicóptero que recolheram? Ou no cubo de luz? Foi por isso que me chamou aqui? — questionou Beca, preocupada.

— Não, ainda não sabemos a localização de La Bastilla. Nossos analistas estão dando tudo de si, mas a tecnologia da Legião é difícil. — Ele franziu o cenho em desagrado. — Obteremos a informação que tanto queremos, mas não será rápido.

Beca cruzou os braços, cansada de tanto mistério.

— Então qual é o assunto?

Os olhos de Emir esquadrinharam o rosto dela como se pesassem as escolhas que o levaram a trazê-la até ali.

— Quero falar sobre Richie — disse por fim, como se cada palavra lhe custasse um pouco do orgulho.

Beca não escondeu a surpresa:

— Richie? O chefe do Sindicato?

— Ele mesmo. A seita que criou nas entranhas do bloco Boca ganha cada vez mais adeptos, o ambiente de medo em que vivemos está beneficiando isso.

Cada palavra era dita com uma raiva que Beca nunca vira nele antes. Talvez aquela horta realmente baixasse sua guarda. Ainda assim, não deixou que o espanto nublasse seu julgamento. Nada do que o líder fazia era por acaso. Se ele a levou até ali e deixou sua máscara de homem importante de lado, foi com algum propósito.

— O que eu tenho a ver com o Richie? — perguntou, desconfiada.

— Você conviveu com ele e seus capangas no Setor 4 antes de ser adotada por Lion. Estou certo? — Ele esperou a confirmação dela para continuar. — Além disso, também teve contato direto com ele mais recentemente, inclusive recrutando uma teleportadora do Sindicato para o resgate do seu irmão.

— Isso tudo é verdade, mas não tenho qualquer ligação com o Sindicato, se é isso o que está pensando.

A ideia de Emir cogitar que ela poderia estar ajudando Richie a ganhar adeptos a deixou bem assustada.

— Sei que não, mas você claramente tem fácil acesso a ele. Caso necessário, tenho certeza de que não encontraria dificuldades em descobrir o que ele planeja.

As pretensões de Emir se revelaram como se uma cortina tivesse sido erguida, mas Beca não ficou nada satisfeita com o que viu do outro lado.

— Você quer que *eu* espione o Sindicato para a Torre? É isso?

— Eu não diria espionar — contrapôs Emir. — Você não precisa se juntar a eles para fazer o que peço.

A garota percebia que toda aquela conversa soava mais como uma ordem do que como uma proposta que ela poderia aceitar ou não.

— E o que eu *preciso* fazer?

— Como falei, você pode entrar no território do Sindicato muito mais facilmente do que se eu mandasse um dos meus homens ou um freelancer desconhecido. Richie simpatiza com você.

— Essa ideia não faz sentido! — reclamou ela. — Mesmo que eu conseguisse uma reunião com Richie, o que falaria? Não tenho nada pra tratar com aquele cara. Ou você sugere que eu me ofereça para entrar no culto?

Emir franziu a testa e crispou os lábios, impaciente. A garota sentiu uma leve satisfação. Ele não estava acostumado a ver suas vontades contrariadas, mas aprenderia que nem Beca nem sua família serviriam de joguete nas mãos da Torre sem reclamar.

— Está sendo injusta com a Torre e comigo, Rebeca. Já disse que não precisa se juntar a eles, mas, a cada dia, Richie e o Sindicato se beneficiam do caos criado pela Legião, recrutando Alterados e pessoas comuns. Se não tomarmos uma atitude logo, enfrentaremos uma ameaça real de revolta. É isso o que quer? Que a ordem que lutamos tanto para manter seja despedaçada por alguém como ele?

"Eu não sei se ele é assim tão pior que você", pensou ela com amargura. No entanto, teve a sabedoria de guardar aquilo para si. Respirou fundo, esforçando-se para ignorar o ressentimento que nutria por Emir e sua organização, e decidiu tratar aquela conversa como uma reunião de negócios, uma entrega ingrata que fora contratada para fazer.

— Digamos que eu fosse até Richie para ver com meus próprios olhos o que ele anda fazendo lá no Setor 4. Qual seria minha desculpa para marcar uma reunião? Ele não é burro, Emir.

— Não precisa se preocupar com o motivo da visita — respondeu ele, seguro. — Você levará mais uma das relíquias religiosas que ele tanto gosta. Além disso, tenho certeza de que um grupo repleto de

Alterados iria se interessar em saber um pouco mais sobre a origem dos seus poderes.

Beca arregalou os olhos, entendendo enfim o tamanho da barganha de Emir. Os motivos de ele ter lhe revelado informações cruciais sobre os Alterados ficaram mais do que claros: tudo calculado para que ela usasse o que descobrira como moeda de troca com o Sindicato.

— Você quer que eu conte ao Richie sobre as nanomáquinas? — perguntou Beca, incrédula.

— Não precisaremos chegar a esse ponto. As informações que quero repassar serão armazenadas em um *microcard* que você receberá junto da relíquia, caso aceite me ajudar.

É claro que ele não revelaria segredos de graça. Beca deu um sorriso falso, daqueles que usava com seus clientes mais chatos. Enfim entendia por que o líder da Torre a tinha chamado para uma conversa particular. Lion nunca aceitaria um acordo daquele, principalmente depois da traição durante a missão de resgate.

— E o que eu e minha família ganhamos com isso? Como pretende me convencer a topar essa parada *loca*?

— Sabe muito bem o que eu ofereço, Rebeca. Mas o que você quer?

Emir a encarou com intensidade. Aquela era sua deixa para que ela delimitasse o próprio valor.

Em outros tempos, aquele olhar a faria tremer da cabeça aos pés, Emir tinha um magnetismo quase impossível de se ignorar. Contudo, todo o encantamento que Beca um dia nutriu por ele fora destruído diante de tantas mentiras. Ao fitar os olhos repletos de segredos, ela só sentia decepção.

— Você vai fornecer os remédios para o Edu sempre que eu precisar. Queremos acesso a tecnologias melhores — exigiu. — Além disso, quero garantias de que *mi hermano* não será incomodado por vocês. Ele vai ficar em casa e nós vamos poder cuidar dele em paz.

Emir franziu o cenho, e Beca soube que tinha forçado demais seu valor, mas não se arrependeu. Precisava tentar.

— Isso não posso aceitar, Rebeca. Terá os remédios que precisar a qualquer hora, assim como os equipamentos que quiser. Só que Eduardo não pode receber um indulto desse. Eu vou deixar que ele vá embora hoje porque assim prometi, mas, se algo acontecer lá fora, se seu irmão machucar alguém, vou intervir.

— Ele não vai machucar ninguém!

— Nem você tem certeza disso, não precisa negar.

Beca comprimiu os lábios e deixou a vista se perder no verde da horta enquanto recuperava a calma. O que podia fazer? Se negasse o pedido de Emir, perderia uma chance única de conseguir remédios quando precisasse. Sabia que seu pai não iria gostar nada daquilo, mas na situação em que estavam, e depois do desastre com os Yeng, suas chances de arranjarem trabalho tinham diminuído sensivelmente.

— Se remédios e equipamentos não forem suficientes, ofereço também comida. Pelo menos uma saca com o que há de melhor nesta horta — pressionou Emir. — O que me diz? Temos um acordo ou não?

Nem o maior detrator da Torre resistiria a tamanha oferta. Remédios, equipamentos e comida orgânica! Odiou Emir um pouquinho mais por ele ter tanto poder para manipular as pessoas. Foi por isso que ele a levou até ali, para que o encantamento da horta funcionasse como última moeda de barganha.

— Eu... — Beca hesitou, ainda não tinha certeza de que aceitar aquela tarefa era a melhor solução. Voltou a encarar o líder da Torre. — Preciso fazer apenas uma visita ao Richie?

Emir esboçou um esgar de sorriso, mas sua voz continuou controlada.

— Se só uma visita conseguir me dar as respostas de que preciso, não pedirei mais nada a você em relação a isso. Quanto mais dados me der, melhor.

Beca anuiu, já repassando na cabeça o que precisaria para transformar aquela missão em algo único, sem qualquer chance de repetição. Ela correria muitos riscos se sua ligação com a Torre fosse descoberta pela gangue de Richie, mas todo trabalho que já fez na vida envolvia uma dose de perigo.

— Certo, eu...

O som de uma explosão interrompeu suas palavras, que foram substituídas por um frio glacial de pavor. Beca arregalou os olhos, encarando Emir. Ele também demonstrou surpresa, virando o rosto rapidamente na direção do barulho, a máscara controlada dando lugar a uma expressão preocupada. Correu até a porta dos fundos da estufa e foi para a sacada, apoiando-se na murada de concreto. Beca o seguiu enquanto novas explosões ecoavam pelo que parecia ser toda a Zona da Torre.

Daquele ponto alto, a primeira coisa que a garota avistou foram longas colunas de fumaça escura que se erguiam à distância. Prendeu a respiração, apertando os dedos na murada.

— Acha que é mais uma revolta?

Emir negou com a cabeça; estreitava os olhos como se quisessem vencer a distância e ver com detalhes o que acontecia, tamborilando os dedos com impaciência.

— São muitos focos de ataque para uma revolta comum. Isso é diferente.

Beca também pressentia aquilo. Mesmo longe, tinha a nítida sensação de que algo muito grave acontecia. A porta da estufa se escancarou de repente e a mulher que estava trabalhando lá dentro apareceu sem fôlego.

— Emir! — a voz trazia uma angústia intensa. Ela agarrou o braço dele com uma intimidade que surpreendeu Beca. — O Setor 4! São *eles*! É algo grande, como nunca vimos antes. Precisam de você com os analistas!

O rosto dele ficou branco, como se todo o seu sangue tivesse sido drenado. A informação deixou Beca apavorada: a maneira como a mulher falou não deixava dúvidas, os Sombras realmente atacavam o Setor 4 em plena manhã e de uma maneira inédita! O que pretendiam?

O abalo no líder da Torre não durou muito. Emir se desvencilhou do braço da mulher e saiu correndo. Sem saber o que fazer, Beca encarou a desconhecida, que também estava pálida; algumas mechas de cabelo tinham escapado do coque e se arrepiavam diante do vento forte.

— Vamos atrás dele! — disse ela para Beca.

Chegaram no elevador quando as portas metálicas se abriam. Emir nem lhes deu atenção, conversava baixinho pelo rádio enquanto marcava um novo andar no painel de controle.

— Quantos Sombras? Alguém conseguiu contato com os soldados que estavam lá? Envie pelo menos dois novos esquadrões agora!

Ele ficava cada vez mais soturno com as respostas que Beca não conseguia ouvir. A garota começou a devorar as unhas, com medo de que a Legião finalmente tivesse decidido acabar com a Nova Superfície.

Na sala de análise, o caos era generalizado. Vários analistas andavam de um lado para o outro, gritando e erguendo tablets com informações sobre a situação do Setor 4. Aqueles sentados diante dos computadores digitavam sem parar, encarando os monitores ultrafinos e bem preservados como se suas vidas dependessem daquilo. Beca se sentiu uma intrusa, mas também queria saber o que estava acontecendo. Se ninguém a mandasse embora, não desperdiçaria a chance de obter respostas.

Emir parou diante de um dos computadores com a mão sobre o ombro da analista que o controlava. Ela parecia em choque, suas mãos tremiam, mas continuava trabalhando.

— Temos algum visual? — perguntou o líder, mantendo a voz firme.

Beca parou ao lado deles, junto à mulher que a acompanhava desde a horta. A analista digitou alguns comandos no teclado luminoso e o monitor foi tomado por imagens de câmeras de segurança mostrando o lado de fora de alguns megaedifícios do Setor 4. Um bando enorme de pássaros voava ensandecido, atrapalhando a visão como se soubesse exatamente onde as câmeras foram colocadas, mas sem conseguir esconder completamente a destruição. Beca notou paredes quebradas, fogo e muita fumaça.

— Já enviaram os drones para dentro? Mostre as câmeras — ordenou Emir.

— Sim, senhor! Luca está no controle do drone que conseguiu entrar.

A analista digitou novamente. Dessa vez, as cenas de violência foram claras e chocantes. Beca sentiu o ar faltar ao ver Sombras avançarem sobre pessoas indefesas.

— São pelo menos dez Sombras, senhor — explicou a analista com a voz trêmula. — Estão espalhados pelo bloco Boca. Até agora só tivemos notícia de um deles abatido.

— Algum padrão no ataque? Eles parecem querer algo? — Emir mantinha os olhos fixos nas cenas de horror no monitor.

— Não, senhor. Parece que querem apenas matar o maior número possível de pessoas.

A mulher baixou a cabeça e deu uma fungada, controlando-se para não chorar. Emir parecia pronto para explodir, sua respiração estava acelerada e ele abria e fechava as mãos ao lado do corpo.

— Vamos enviar todos os esquadrões do Setor 3 para lá agora mesmo! Enquanto isso, aumente a guarda da Torre e ponha todos em alerta máximo.

Um homem se aproximou correndo, trazendo dados sobre o possível número de mortos. Emir ouviu atentamente, mas seu olhar acabou se fixando em Beca, dando-se conta de que ela ainda estava ali. Dispensou o analista com um aceno e se aproximou dela.

— Vá para a enfermaria e fique com seu pai e irmão.

Beca tentou protestar, mas ele já estava ocupado com mais uma informação que outro analista lhe dera. A mulher da horta tocou de leve no braço da garota.

— Venha, levo você até o elevador.

Mesmo contra sua vontade, Beca a seguiu. Enquanto caminhavam, aproveitou para observar melhor a desconhecida. Ela era muito mais que uma simples trabalhadora da horta. Nenhum dos soldados e analistas se incomodara com sua presença na sala de controle, e alguns chegaram a saudá-la de maneira formal. Quem seria?

Chegaram no elevador e a mulher marcou o andar da enfermaria no painel, mas não entrou. Encarou Beca uma última vez.

— A Torre vai resolver essa situação, pode ter certeza.

— Quem é você? — perguntou Beca.

A mulher deu um sorriso tímido, como se guardasse aquela informação com muito cuidado. O elevador se fechou, e só houve tempo para ela dizer uma palavra:

— Hannah.

Beca guardou aquele nome com a suspeita de que não seria a última vez que o ouviria.

* * *

A espera na enfermaria foi carregada de tensão. Beca e Lion estavam totalmente no escuro quanto aos acontecimentos do Setor 4, e mesmo depois de Edu acordar eles não tiveram autorização para deixar o quarto com cheiro de remédio e álcool. A espera durou três horas. Naquele meio-tempo, Lion sondou Beca sobre a conversa secreta com o líder da Torre, mas ela foi evasiva, não queria falar sobre Richie naquele momento — o chefe do Sindicato podia estar morto junto com tantas outras pessoas do bloco Boca.

Beca também colocou o irmão a par dos últimos acontecimentos, e, se ele já estava se sentindo mal depois de tantos testes, ficou ainda pior.

— Estamos juntos. — Ela o abraçou com força como há muito queria fazer. — A Torre vai dar um jeito nesses Sombras.

Edu recebeu bem aquele contato e a garota olhou para o pai, ansiando por ter a família unida pelo menos naquele momento conturbado. O homenzarrão se aproximou dos filhos e beijou a cabeça de cada um antes de envolvê-los com seus braços.

Nesse momento, Emir finalmente apareceu com um olhar cansado que não escondia o quanto as últimas horas foram difíceis, mas pareceu envergonhado de interromper o momento dos três, dando um passo atrás e olhando para o chão. Ele carregava uma sacola escura, provavelmente contendo os remédios, e a entregou para Lion quando a família se separou do abraço.

— Acabou — disse para eles. — Matamos o último Sombra faz menos de quinze minutos.

— Qual a situação do Setor 4? Quantos mortos? — perguntou Beca, ansiosa por explicações.

— Ainda não temos a contagem total, mas o último boletim afirmava que perdemos 122 pessoas.

"Cento e vinte e duas almas! Que a névoa levasse todos aqueles Sombras e sua maldita Legião!"

— *Hijos de puta*! — Lion externou as mesmas frustrações que a filha.

Emir mantinha o olhar perdido, como se não quisesse estar ali. Para falar a verdade, Beca não entendia por que ele fora vê-los mesmo com incontáveis problemas para resolver. Toda a Zona da Torre devia estar se afogando em medo.

— Venham comigo, vou levá-los até o heliponto. Está na hora de partirem, conforme o prometido. — Ele encarou a garota, e ela teve uma resposta para suas dúvidas: ainda havia um assunto a resolver.

O heliponto tinha muito mais soldados do que o normal, além de vários helicópteros prontos para voar. O estado era de alerta total. Lion e Edu se dirigiram para sua velha aeronave, deslocada no meio daquelas máquinas de guerra mais tecnológicas e bem preservadas do que as do restante da Nova Superfície.

Beca ficou para trás de propósito; parou de caminhar e se virou para Emir. Estava exausta e o machucado no ombro latejava sem parar, mas queria resolver a pendência logo. Observou o cabelo do líder da Torre sacudir com o vento de tantas hélices ligadas, seu cachecol parecia uma serpente do ar. A garota não perdeu tempo e perguntou:

— Richie sobreviveu aos ataques, não é?

— Sim, ele está vivo. Na verdade, o Sindicato foi de grande ajuda na luta contra os Sombras, muitos já o veem como herói. — O desgosto na voz de Emir ficou evidente. — Preciso saber sua resposta quanto à minha proposta.

A garota olhou para o helicóptero da família, de onde Lion e Edu a observavam com interesse.

— Eu aceito — disse, com os olhos fixos nas duas pessoas mais importantes de sua vida.

Ela faria qualquer coisa por eles, até espionar uma das gangues mais perigosas da Nova Superfície.

TESTES SOMBRIOS

Rato foi tirado de sua cela antes mesmo de o sol nascer e obrigado a patrulhar La Bastilla. Depois de passar três longas semanas sendo interrogado pela mulher que todos chamavam de Comandante, revelando os mais diferentes tipos de informações sobre a Zona da Torre, uma nova rotina veio maltratar seus dias.

A mando de sua captora, passara a andar com um grupo de soldados que o tratava como lixo, ordenando-lhe que fizesse as coisas mais ridículas quando nenhum superior estava por perto. No dia anterior, ficaram encarregados de vigiar a zona comum da cidade e ele foi obrigado a passar a maior parte do tempo dentro de um bueiro sujo só porque seus captores acharam que seria divertido. Rato não tinha paz: ou estava com a Comandante, respondendo forçosamente às perigosas perguntas que ela fazia, ou era um joguete nas mãos de soldados com complexo de superioridade.

Naquela manhã, apanharam um jipe e foram rumo à praia. Rato já havia decorado a maior parte dos caminhos da cidade e entendia melhor seu funcionamento. Como sua prisão ficava na zona militar, cada vez que saía conseguia mais uma pequena informação de como as patrulhas funcionavam e seus horários de troca. Na área residencial de La Bastilla havia uma presença menor de soldados, mas também era vigiada. O interesse dele, porém, concentrava-se no Centro de Comando, uma espécie de quartel-general da Legião. Era lá que ele supunha ser a base do centro de controle da névoa — a alta antena localizada ao lado do prédio e a sala repleta de computadores deram pistas suficientes para essa teoria.

Além disso, ele escutava atentamente as conversas e, como era quase um robô sem autonomia, os soldados e demais funcionários simplesmente não se importavam com o que ele ouvia, revelando pequenos segredos aqui e ali. Como bom informante que era, Rato catalogava tudo em sua mente para usar quando necessário; uma hora, sua chance chegaria, e ele se aproveitaria de tudo o que aprendeu ali. Só esperava que, até lá, as sessões de interrogatório da Comandante não fossem suficientes para prejudicar Beca e a Zona da Torre. Toda vez que retornava à sua cela depois de um encontro com a legionária, era tomado pelo pavor de que suas palavras fosses responsáveis pela morte da garota que tanto queria proteger.

O jipe em que se encontrava sacudiu quando deixou a estrada perfeitamente asfaltada e entrou na estreita trilha de terra batida que o levaria à praia. Rato se preparou para mais um dia de humilhações.

— Odeio quando eles nos mandam verificar os bloqueadores da névoa — reclamou um dos soldados no veículo que não parava de pular.

— Alguém tem que fazer isso, Poe. Ou você quer que um deles falhe e a gente acorde com névoa na nossa cara? — retrucou a motorista.

— É claro que não, Maria! Mas toda vez somos nós que vamos lá fazer a revista. — Deu um suspiro irritado, observando Rato com o canto dos olhos. — E agora ainda temos que trazer esse aí.

O soldado ao seu lado chamava-se Henri. Sacudiu a cabeça concordando com Poe, sentado no banco da frente.

— Isso é verdade. Sabe o que é pior? Acho que estou ficando com alergia de tanto andar perto desse verme. Meus braços não param de coçar!

Acostumado com as provocações, Rato apenas revirou os olhos e observou a paisagem. A areia da praia era dura e úmida, propiciando que o jipe avançasse sem atolar. O cheiro de maresia era mais forte ali, o som de pássaros marinhos se espalhava pelo ar junto ao vento forte que pinicava o rosto. A beleza daquele lugar impressionava: se Rato tivesse sua liberdade de volta, ficaria deitado no chão por horas, fitando o céu azul e sentindo as ondas molharem suas costas.

Em sua condição atual, porém, só conseguia notar as antenas metálicas encravadas na areia em uma fila a perder de vista, que pareciam ganhar mais destaque no meio de tanta beleza e natureza. Os bloqueadores de névoa tinham mais de seis metros de altura e a grossura de um tronco de árvore, escuros como monólitos que guardavam segredos impensáveis. Era a segunda vez que Rato acompanhava a expedição de fiscalização.

Maria estacionou o carro e desceu, sinalizando para que seus companheiros a seguissem; os homens obedeceram de imediato. Ela era a líder daquele bando e a mais fechada. Henri puxou uma pesada caixa metálica do chão do veículo e a empurrou para Rato.

— Carregue isto e venha conosco.

Durante as horas seguintes, verificaram todas aquelas antenas. Havia um painel na base de cada uma delas onde os soldados acoplavam medidores e faziam a manutenção. Rato, que só servia como burro de carga, observava a atividade com bastante interesse. Se apenas um dos bloqueadores desse problema, será que a névoa avançaria para mais perto da ilha? Ou seria necessária uma pane generalizada nas estações eólicas e solares, em que todos parassem de funcionar, para a segurança do local ser realmente ameaçada?

Depois de quase três horas trabalhando, os soldados decidiram fazer uma pausa. Rato ficou tenso, porque normalmente era naquele momento que as brincadeiras cruéis começavam. Não se enganou. O soldado chamado Poe o encarou com um sorriso, seus dentes brancos pareciam ainda mais claros sob o forte sol daquela manhã.

— Ei, verme, que tal se refrescar um pouco? Largue a caixa no chão e vá até o mar.

Maria e Henri observaram, calados, Rato seguir as ordens. Ele caminhou até as ondas engolirem suas botas. Apesar da situação, ficou encantado com a água gelada e com o vaivém que pintava formas na areia. Distraído, não se deu conta de que Poe estava ao seu lado, e só quando recebeu uma rasteira que o derrubou de cara no chão se lembrou de sua condição.

— De joelhos, verme. Engatinhe comigo.

Amassando a areia com os dedos, Rato avançou para mais fundo no mar. As ondas começaram a acertar seu rosto, quebrando com mais violência. O sal da água ardia em seus olhos e lábios, fazendo-o tossir algumas vezes. Poe deu risada.

— Aqui está bom — disse ele quando Rato, completamente encharcado, mal conseguia manter a cabeça para fora da água. — Agora, que tal dar um mergulho?

A mão pesada o agarrou pelo cabelo e o empurrou para o fundo. Todos os sons e cheiros foram abafados pelo mar. Ele tentou se mover, mas a coleira o mantinha à mercê do seu carrasco. O ar começou a faltar, fazendo a vista escurecer. Seu corpo foi tomado por espasmos enquanto engolia água de maneira involuntária. Chegou a pensar que morreria ali, castigado por um idiota. No entanto, foi puxado para cima com os pulmões queimando e cuspindo água.

Poe ria alto, acompanhado por Henri. Até Maria deu um sorriso discreto. Rato não teve nem tempo de recuperar o fôlego quando afundou de novo. Dessa vez, seu rosto chegou a encostar nas pedras que se escondiam debaixo de toda aquela água. Sentiu um ardume forte na bochecha e teve certeza de que a tinha cortado. Ainda conseguia ouvir as risadas altas, mas elas vinham distorcidas, como se fossem fantasmagóricas.

Quando foi puxado para cima novamente, sua visão era um amontoado de pontos pretos. Tossiu alto, lutando contra uma forte ânsia de vômito. Poe lhe acertou um tapa na orelha, disposto a continuar com a tortura, mas a voz feminina o interrompeu.

— Chega! Saiam da água.

A contragosto, Poe ordenou que Rato voltasse à areia. Ele se arrastou para fora da água, observando a mulher que mantinha o comunicador grudado à orelha. Seja lá qual fosse a notícia que recebeu pelo rádio, não parecia lhe agradar nem um pouco.

— O que foi, Maria? — perguntou Poe ao chegar perto dela.

Ela apontou para Rato, que continuava caído na areia como o sobrevivente de um naufrágio.

— Estão solicitando a presença do verme. Imediatamente.

Henri já começava a guardar os aparelhos na caixa de metal, preparando-se para a partida.

— Vamos levá-lo para o Centro de Comando?

— Não. — Maria fez uma careta de desgosto. — Nós pegaremos um helicóptero, as ordens são para transportar o verme até um dos laboratórios de fora.

— Tá falando sério? — Poe empalideceu com a notícia. — Mas eu nem tomei minha dose do soro hoje!

— Ordens são ordens — retrucou Maria, que também não parecia nada feliz com a mudança de planos. — Vamos, a Comandante odeia atrasos.

Eles retornaram ao jipe e chegaram à área militar em menos de quinze minutos. Maria estava realmente apressada. Enquanto os três soldados vestiam seus trajes antinévoa e preparavam um helicóptero, Rato foi deixado de lado. Continuava encharcado por causa da água do mar, o sal irritava a pele junto com a areia acumulada, mas sua única preocupação era o novo plano da Comandante. Por que ela pretendia levá-lo até um dos laboratórios dentro do véu? Que tipo de monstruosidade havia preparado?

É claro que ele não recebeu nenhuma proteção contra a névoa. Quando o helicóptero adentrou o paredão cinza, seu corpo pareceu ferver, como se as nanomáquinas tivessem acordado de uma só vez. A dor foi tanta que achou que se transformaria ali mesmo. Na verdade, até desejou virar um Sombra para derrubar aquela aeronave e acabar com os planos da Legião, mas seu desejo não foi atendido. A coleira cravada em seu pescoço aguentou a pressão do véu e manteve sua aparência humana. O único sinal de que sofria com a névoa era o tom brilhoso em suas veias saltadas, algo que Poe e os outros não pareciam temer.

A viagem até o laboratório demorou cerca de meia hora. Os prédios destruídos começaram a ganhar destaque na paisagem enevoada, como lápides de um cemitério. Maria pilotou com habilidade, pousando ao lado de uma construção piramidal que trouxe arrepios em Rato. Os espinhos metálicos que brotavam das paredes brilhavam com ferrugem, e os postes erguidos ao redor da pirâmide enviavam energia até o topo através de cabos que piscavam em azul. O lugar parecia ter sido construído com os destroços da cidade em ruínas, mas tudo não passava de um engodo para assustar os moradores da Nova Superfície, uma máscara para alimentar o mito dos Sombras.

Os soldados entraram como se fossem donos do lugar — o que era verdade. Rato os seguiu até o elevador e, obediente, marcou o andar mais profundo quando lhe foi ordenado. Enquanto desciam, as lembranças dos testes que sofreu voltaram com tudo. O coração doía a cada batida e um suor frio veio se misturar à água do mar, que ainda umedecia seu corpo.

Chegaram em um longo corredor iluminado por lâmpadas fluorescentes, e várias portas numeradas davam acesso aos cômodos onde Rato sabia que as cobaias eram testadas. Esperava ser guiado para um deles, mas seguiram até o final do corredor, de onde descia uma escada metálica.

— Há quanto tempo não usamos um porão? — comentou Poe baixinho, a voz distorcida por causa da máscara de gás que se recusou a tirar mesmo dentro do laboratório sem qualquer sinal de névoa.

— Pelo menos seis meses — respondeu Maria, séria, sem o capacete.

Desceram em fila: Maria na frente, seguida por Poe, Henri e Rato fechando a retaguarda. Seus passos ecoavam no metal enferrujado. As luzes ali embaixo eram mais amareladas e intensas, esquentando o ambiente, quase como uma pequena sauna. Quando o prisioneiro deixou o último degrau, deparou-se com um salão amplo do tamanho de um dos galpões que guardavam armas na área militar de La Bastilla. Apesar de o cômodo ser comprido, o pé-direito não era muito alto, e não havia nada ali a não ser sujeira e quatro pessoas que os aguardavam.

A Comandante era uma delas. Ela vestia um traje antinévoa preto, mas não usava máscara. Ao seu lado, um homem conhecido, de jaleco branco, encarou Rato. Boris. Atrás deles, outros dois homens aguardavam, ambos com trapos cinzas que um dia foram roupas, seus rostos sujos repletos de arranhões e hematomas. Um não tinha qualquer sinal de cabelo, só um caminho de veias avermelhadas que mais pareciam calombos na cabeça. Uma coleira muito parecida com a de Rato envolvia seu pescoço magro, o olhar aéreo, como se não soubesse nem se importasse onde estava ou o que o aguardava. O outro, igualmente esquelético, tinha as mãos repletas de veias azuis e alguns tremores lhe sacudiam os braços. Parecia mais consciente, analisava Rato com um misto de curiosidade e tristeza.

Eram cobaias como ele.

Os três soldados cumprimentaram a Comandante com a tradicional fala apaixonada, baixando a cabeça em sinal de respeito. Maria tomou a frente e acenou para que Rato se aproximasse.

— Aqui está o verme, conforme o ordenado.

A Comandante tocou em seu ombro, agradecida.

— Obrigada, soldado. Agora preciso que formem uma linha de defesa, trouxeram armas?

Maria, geralmente muito controlada, parecia eufórica com a atenção que sua líder lhe dedicava. Puxou a pistola do traje e assentiu com a cabeça, ansiosa por se mostrar útil. Com rapidez, acenou para que seus companheiros a seguissem, então posicionaram-se nos cantos do amplo salão, armas em punho e posição de sentido, como guardas que vigiam um tesouro.

Rato permaneceu parado no meio do salão, de frente para a Comandante, que parecia cada vez mais satisfeita.

— Nikolai. — Os olhos frios notaram as roupas úmidas e a areia acumulada. — Vejo que esteve na praia. Espero que não esteja cansado, mas tivemos avanços e fiquei animada para realizar alguns testes.

Ela falava com ironia, como se Rato fosse um velho conhecido, e não seu prisioneiro. Durante as sessões do interrogatório, percebeu que ele odiava aquela forma de tratamento, e por isso mesmo passou a só tratá-lo daquele jeito.

— Hoje vou mostrar a você o que fizemos com nossa nova geração de cobaias.

A Comandante gesticulou para a frente e os olhos dele pousaram sobre Boris, que estufou o peito e chamou o homem com marcas avermelhadas.

— Esse é o futuro dos nossos supersoldados.

O cientista sorriu, orgulhoso, antes de recuar com a Comandante, deixando os dois homens encoleirados frente a frente. O prisioneiro de veias azuis tinha a expressão cada vez mais apreensiva; permaneceu onde estava, a uma distância que indicava que não participaria do que iria ocorrer, mas que poderia se envolver caso fosse solicitado.

A tensão tomou o salão enquanto Rato encarava a cobaia de veias vermelhas. Aquele momento parecia carregar um ar de importância. A Comandante escondeu os braços nas costas, os olhos frios e calculistas focados no homem diante de Rato e, no mesmo momento, Boris ordenou:

— Iniciar primeiro teste. Cobaia 113, está liberada para se transformar.

Aquela autorização causou uma verdadeira revolução no comportamento do homem: a postura, antes desleixada e trêmula, tornou-se rígida, os punhos se cerraram e os olhos se estreitaram com um novo propósito. Um pequeno lamento escapou dos lábios rachados quando as veias em seus braços e pernas começaram a brilhar. Rato ficou tenso e quis se afastar, mas não recebeu a ordem. O homem dobrou de tamanho e seus braços incharam, ganhando músculos que antes não existiam. Os sons de estalos e tecido rasgando ecoaram pelo salão. O tamanho do Sombra assustava — parecia bem maior do que os monstros que Rato se acostumara a ver dentro do véu.

— Você também, Nikolai — disse a Comandante. — Use todo o seu poder e enfrente meu novo supersoldado.

O fervor controlado que ele sentia desde que entrou na névoa chegou a níveis insuportáveis. Reconhecia o que estava acontecendo, convivera com aquela dor durante anos. A diferença era que agora sabia que aquele fogo que parecia tomar suas entranhas era causado pelas nanomáquinas.

Rato caiu de joelhos, encolhendo-se como uma criança amedrontada, e, mesmo tentando conter os espasmos como fizera quando estava na Nova Superfície, as veias em seu corpo começaram a inchar. Sua respiração ficou entrecortada e a visão se transformou em um borrão amarelado e disforme. As unhas das mãos cresceram como verdadeiras garras, as costelas estalaram enquanto o tórax ganhava mais massa e arrebentava as costuras da camisa. Conter a transformação sombria já era difícil com todas as suas faculdades mentais livres, mas tornava-se impossível com a coleira presa em seu pescoço, alimentando os impulsos que o tornavam um Sombra.

Quando se deu conta, já estava completamente convertido. À sua frente, a Cobaia 113 o observava com olhos vermelhos vazios. Mesmo depois de transformado, ela ainda era maior e mais forte.

— Lutem! — gritou Boris com empolgação.

O impulso assassino contido em Rato se tornou impossível de ignorar. O homem que o desafiava agora lhe parecia o pior ser do mundo, e tudo o que seu corpo queria era destruí-lo. Pelo rosnar raivoso da Cobaia 113, ela se sentia da mesma maneira, e os dois avançaram com a violência acumulada. Um soco atingiu Rato no peito, tirando-lhe todo o ar dos pulmões. Ele caiu no chão desnorteado, abrindo brecha para que seu atacante ficasse sobre ele, punhos em riste preparados para novos golpes. Quando Rato ergueu os braços para se defender, recebeu um impacto que estraçalharia os ossos de uma pessoa normal; só que ele era um monstro, e deveria agir como tal.

Rato segurou os punhos do homem e lhe deu uma cabeçada certeira, estourando seu nariz. Ele recuou na mesma hora, mas não teve tempo de se recuperar, pois Rato já estava ao seu lado, socando seu estômago com força suficiente para fazê-lo vomitar. O líquido avermelhado cobriu o chão e o encheu de nojo, mas ele não podia parar, a coleira simplesmente não permitia nenhum recuo. Lute, lute, lute. Essa era a única ordem que movia seu corpo.

Ainda cuspindo sangue, a Cobaia 113 não deixou Rato sem resposta: para cada golpe que recebia, respondia na mesma moeda, talvez com até mais força. Não importava quanto sofresse, o quanto sua cara estivesse amassada ou a quantidade de sangue manchando o chão, os dois só parariam com a derrota do inimigo ou quando este o matasse.

Rato perdeu a noção de tempo, da dor ou daqueles que o observavam. Seus pensamentos foram ofuscados pelo instinto de sobrevivência e ele parou de tentar resistir. Deu tudo de si naquela luta. Prendeu o corpo do adversário contra o chão, enfiando os joelhos em seu peito para mantê-lo lá. Depois de seus dedos quase serem arrancados pelos dentes do outro, conseguiu enfiar as unhas em seus olhos, afundando até que ele parasse de se debater. Em uma luta normal, já teria vencido, mas estava enfrentando um Sombra, olhos perfurados não eram nada para um ser controlado por nanomáquinas.

Então, aproveitou a cegueira da Cobaia 113 e quebrou seus braços e pernas com estalos altos perturbadores para que ficasse imóvel e, assim, pudesse encerrar de uma vez por todas aquele espetáculo macabro. Seus punhos se moveram como pilões que moíam o que tinham pela frente, destruindo o crânio do outro até que não restasse nada além de uma massa disforme.

Sua mente finalmente clareou e Rato fitou as próprias mãos ensanguentadas com um nojo tremendo. O lado esquerdo de seu rosto estava completamente inchado de tanto que apanhou, mas o que importava era que estava vivo. Às custas de uma vida inocente, de alguém que sofreu tanto ou mais do que ele, mas vivo. Nunca se odiou tanto por ainda respirar.

— Cobaia X-10, absorva a transformação, vamos precisar desses dados — a voz de Boris era séria e tensa.

Ainda como Sombra, Rato continuava imóvel, aguardando novas ordens. Passos chamaram sua atenção, e ele virou a cabeça bruscamente para o lado, pronto para lutar. O homem esquelético se aproximou, e seus olhos repletos de lágrimas faziam de tudo para ignorar a massa disforme que se tornou a Cobaia 113. Parou na frente de Rato e envolveu o rosto dele com as mãos repletas de marcas azuladas, que começaram a brilhar no momento do contato.

Foi como se uma descarga elétrica passasse pelo corpo de Rato. Ele sentiu a pele formigar de uma maneira diferente, como se seu sangue borbulhasse ou vibrasse. Aos poucos, os efeitos da transformação foram amenizando sem a intervenção da coleira ou de sua vontade, retornando seu corpo ao tamanho normal. Ao mesmo tempo, os braços da Cobaia X-10 ficaram bem mais inchados e um suor intenso começou a escorrer pelo rosto dolorido. Rato nunca imaginou que aquilo fosse possível, mas o homem parecia estar absorvendo o seu lado Sombra.

Depois de alguns momentos, as veias do corpo do homem voltaram a ser apenas calombos azulados na pele e o brilho se apagou como uma lâmpada que queima de forma inesperada. A Cobaia X-10 finalmente o soltou, e Rato foi tomado por uma fraqueza intensa. Caiu para a frente, maltratado pelos machucados no próprio corpo enquanto engolia ar e poeira pela boca, o rosto praticamente grudado ao chão. Botas escuras se colocaram à sua frente, e ele ergueu os olhos o suficiente para fitar a Comandante.

As feições dela já não tinham aquele ar de satisfação do início do teste. Pelo jeito, não estava contente com a derrota da Cobaia 113.

— Ainda temos ajustes a fazer — disse ela a Boris.

O cientista, que também se aproximara, parou ao lado do homem esquelético e acenou, decepcionado. A Cobaia X-10 ainda tremia e suava sem parar, mesmo com os braços de volta ao tamanho normal.

— As nanomáquinas de Nikolai e da Cobaia X-10 já se comunicaram, vamos estudar esses dados com muita atenção.

Aparentemente ainda insatisfeita, a Comandante ordenou que os três soldados responsáveis pelo deslocamento de Rato se aproximassem.

— Levem Nikolai de volta a La Bastilla. Quero que seja tratado.

Poe e Henri o puxaram pelos braços. Maria segurou suas pernas, levantando-o apenas o suficiente para que não fosse arrastado pelo chão. Rato queria se desvencilhar deles, cada sacudida em seu corpo trazia uma nova onda de dor. No entanto, nem se estivesse livre da coleira seria capaz de se mexer.

— Obrigada, Nikolai. — A Comandante o encarou uma última vez. — Com sua ajuda, vamos desenvolver supersoldados melhores e mais fortes. Até o próximo teste.

Rato queria gritar, mas de sua boca só saía sangue. Deixou-se vencer pela exaustão, a cabeça pendendo para trás. Seu olhar se cruzou com o da Cobaia X-10 e, por um breve segundo, identificou pena em suas feições.

De alguma forma, isso foi pior que qualquer tortura.

O PODER DO SINDICATO

Beber no bar Fênix já não trazia satisfação a Beca. O destilado continuava amargo o suficiente para fazer seus olhos revirarem, a mesa de sinuca, uma relíquia de eras passadas, ainda servia de palco para campeonatos acalorados e Velma continuava uma boa amiga, observando-a com preocupação enquanto limpava copos atrás do balcão. Contudo, os outros clientes transpiravam animosidade, como se a garota fosse uma delatora que entregara alguém querido para a Torre.

Conversas em voz baixa ganharam as mesas do bar. Algumas pessoas apontavam para ela, sentada sozinha diante do balcão, como se preparassem uma conspiração. Beca já desconfiava que seria recebida assim, principalmente depois de mais um dos surtos de Edu, cujos gritos pareceram ecoar por todo o Setor 2. Três semanas após o ataque dos Sombras, ninguém estava disposto a deixar acontecimentos suspeitos de lado, nem quando diziam respeito a Lion e sua família.

Ela tomou mais um gole da bebida e fez uma careta quando o líquido passou queimando pela garganta. Na verdade, ela nem queria estar ali, mas ultimamente nada ocorria de acordo com sua vontade. Pelo menos nenhum dos valentões usuais do bar tinha vindo tirar satisfações... Do jeito que seu humor estava, compraria uma briga fácil, precisava liberar um pouco da raiva que ardia em seu peito.

Se Rato estivesse ali, com certeza a distrairia com suas provocações.

— Mais um pouco? — Velma se aproximou, trazendo uma garrafa na mão.

Beca só empurrou o copo vazio para a frente, indicando que aceitava outra dose.

— Dia difícil? — A dona do bar manteve o olhar fixo na bebida, tentando dar às palavras um tom casual.

— E que dia não é assim por aqui? — respondeu a garota, retomando o copo entre os dedos e despejando seu conteúdo na boca.

Sacudiu a cabeça para aliviar a queimação e bateu o vidro no balcão, pedindo mais. Velma franziu o cenho, mas obedeceu.

— Alguns dias são piores que os outros — disse, baixinho.

— Então acho que estou numa onda de má sorte, só tenho dias de *mierda*.

Beca levou a mão ao ombro, tateando o ferimento que já havia cicatrizado. Pontadas inoportunas ainda a incomodavam quando menos esperava, ia demorar até recuperar o movimento completo.

Velma notou o desconforto e estreitou os olhos.

— Ouvi falar da sua confusão com os Yeng. Está tudo bem?

Beca deu de ombros, fazendo pouco caso.

— Além do fato de me odiarem e terem prometido nunca mais fazer negócios com *mi padre*, está tudo na mais perfeita paz.

— Beca...

Velma olhou para os lados, sabia que praticamente todos os clientes do bar as observavam. Queria falar com a garota de maneira mais aberta, mas não diante daqueles curiosos que só buscavam um motivo para iniciar uma guerra. Respirou fundo, decidindo deixar o papel pessoal de lado e recuperando a postura da dona de bar que jogava conversa fora com uma cliente.

— O que achou da resposta do Emir aos ataques?

Conversar sobre os Sombras era a última coisa que Beca queria, mas se esforçou para não ser grosseira. Desde a morte de Rato, as duas tinham se aproximado bastante. Ela sabia que Velma se importava de verdade e que aquelas perguntas eram sua forma de dizer que estava ali para ajudá-la.

— Na verdade, ele não deu resposta nenhuma, né? Só lamentou os mortos e pediu união. Blá-blá-blá...

Esconder o desagrado em relação à política da Torre estava se tornando uma tarefa impossível, em especial depois daquelas semanas tensas. A Zona da Torre vivia um pesadelo, e o medo pairava no ar tal qual a névoa, tornando as pessoas cada vez mais imprevisíveis. Brigas eram comuns até nos setores considerados mais seguros, e pichações contra a Torre já não se limitavam às gangues do Setor 4.

E, em meio a todo aquele caos, Emir continuava mentindo para a população. Ao todo, duzentas pessoas inocentes morreram no ataque dos Sombras, mas ele se manteve calado sobre La Bastilla e sua Legião. Beca bateu o punho contra a mesa, deixando-se levar pela raiva. As pessoas tinham direito de saber, as famílias que perderam entes queridos mereciam respostas. Até quando a Torre se esconderia, com medo de perder o poder que já escorria por seus dedos?

Não havia um dia, desde que retornara do véu, que Beca não pensasse em Rato e nos companheiros que perdeu, especialmente no falecido Gonzalo e em Bug. Pensava até nos Falcões, que tiveram coragem de se voltar contra a Torre e foram banidos como consequência. Eles foram os primeiros a entender que Faysal, e depois seu filho Emir, não tinham outro interesse senão o benefício próprio.

— Você acha que ele deveria ter feito mais? — Velma a encarou como se quisesse ler o que ela escondia no olhar cansado.

— Já faz um mês desde os ataques e nada mudou! Você sabe *muy bien* o que eles deveriam falar. Estou cansada de mentiras, cansada de ser um joguete nas mãos dessa gente...

Apesar de Velma não saber sobre a Legião, ela tinha conhecimento suficiente sobre os testes dos Sombras para entender qual verdade Beca queria espalhada pelos quatro setores da Zona da Torre. A mulher mais velha segurou na mão da amiga, que ainda apertava o copo de vidro.

— O que veio fazer aqui hoje, Beca?

— Trabalhar — respondeu ela, voz baixa e cortante. — Ou melhor, vim ser uma marionete.

Ela mal disse aquelas palavras e a porta do bar se abriu, atraindo a atenção de todos. Um homem com cara de poucos amigos entrou, vestido com roupas escuras, casaco repleto de furos e botas gastas. O rosto sujo lhe dava uma aparência de descaso, mas sua expressão intensa não condizia com a de um simples morador do Setor 2.

Velma trocou olhares com Beca e recebeu a resposta que precisava. Deu um passo para o lado, fingindo interesse em limpar algo no fundo da prateleira de bebidas. O homem se aproximou apressado, sem se dar ao trabalho de esconder o interesse na garota sentada em frente ao balcão. Parou ao lado dela e tirou do casaco uma caixa de plástico bem amassada.

Beca nem se moveu quando ele se sentou ao seu lado e colocou a caixa sobre o balcão. Observou-o, fingindo desinteresse, e aproveitou para dar mais um trago.

— Aqui está a moeda de troca — sussurrou o homem, sem se importar com os olhares curiosos. Sobre a caixa, ele pousou delicadamente um *microcard*, que Beca sabia conter as informações sobre os Alterados. — Aguardamos informações.

Ele se levantou, ajeitou o casaco puído e foi embora do mesmo jeito inesperado como entrou. Um silêncio incômodo tomou o bar. Enquanto guardava o *microcard* no bolso, Beca podia sentir uma nova onda de desconfiança no ar, como se fosse o cheiro de algo estragado.

— O que é isso? — Velma voltou a se aproximar.

Beca tocou na caixa e sentiu a mão praticamente queimar. Encarou a dona do bar e forçou um sorriso.

— Minha entrada para o culto do Richie. — Ela se levantou, ignorando a surpresa no rosto da amiga. — Ponha as bebidas na minha conta, *sí*? Pago quando puder.

Partiu sentindo todos os olhares cravados em suas costas. Sabia que aquilo se tornaria mais um motivo para fofocas conspiratórias, mas não podia fazer nada: a Torre escolhera aquele local de encontro, e ela não estava em posição para desobedecê-los. Tocou no comunicador preso à orelha e ouviu o sinal do rádio.

— Beca? — Seu pai soava cansado. Há quanto tempo não dormia direito?

— Estou com o pacote. Indo para o Setor 4 agora mesmo, só queria avisar.

Ouviu a respiração profunda de Lion do outro lado da linha.

— Quer mesmo fazer isso? — A pergunta soou como um apelo para que ela mudasse de ideia.

— Não tem jeito, eu não posso recuar.

— É claro que pode, eu converso com o Emir!

— Chega! — ela quase gritou, atraindo olhares curiosos ao caminhar pelos corredores do ME Potosi. — Estou indo, vai me dar suporte ou não?

Outro suspiro pesado encheu seus ouvidos de estática.

— Estarei sempre com você, *hija*.

Beca chegou no ME Del Valle com os músculos em chamas, depois de saltar por entre os prédios até ali. Dessa vez não pôde relaxar como gostava de fazer ao usar suas habilidades, pois o percurso mais longo foi algo necessário, para ter tempo de planejar melhor sua visita a Richie. Ao chegar, estava mais cansada que o esperado e precisou de alguns instantes para recuperar o fôlego. Malditos tiros que a deixaram mais lenta, malditos Yeng!

Foi recebida por um membro do Sindicato logo na ponte que interligava o Del Valle ao ME Magallanes. Aquilo era bem incomum, já que a gangue de Richie costumava dominar somente os últimos andares daquele megaedifício. Não importava para onde a garota olhasse, não havia nenhum sinal de guardas da Torre por ali. Seria mais uma consequência do ataque dos Sombras?

Como de costume, o garoto do Sindicato era bem jovem, mas seu olhar carregado indicava já ter visto muito mais do que a maioria das pessoas comuns. A tatuagem da gangue, um S estilizado em tinta preta, fora gravada no lado direito do rosto, um sinal de devoção acima de tudo. Ele encarou Beca com desconfiança, apontando a arma em sua direção. Sem se deixar ameaçar, ela ergueu as duas mãos em sinal de paz e manteve a voz firme enquanto falava:

— Vim conversar com Richie. Diga que Beca tem uma mercadoria pra ele.

O jovem a observou como se tentasse ler alguma armadilha em sua postura. Por fim, buscou o rádio preso ao casaco e fez a ligação, uma conversa rápida e de poucas palavras. Beca recebeu autorização para entrar, e uma integrante do Sindicato que descansava próximo a uma escada ficou responsável pela vigília enquanto o garoto entrava com a visitante.

Beca achou que iriam subir para os níveis controlados pela gangue, mas ele continuou caminhando por aquele andar. Na verdade, deu apenas uma volta, dirigindo-se à outra ponte que interligava o ME Del Valle ao arranha-céu Blanes. Quanto mais se aproximavam dessa saída, mais gente aparecia nos corredores, membros não só do Sindicato, mas de outras gangues menos conhecidas. Moradores dos andares mais altos também marchavam em direção à ponte: homens, mulheres, idosos com olhares obstinados de quem se preparava para uma batalha.

“O que você está tramando, Richie?”

Não demorou muito para ela conseguir sua resposta. Bem ao lado da saída do ME Del Valle, um palco fora erguido com entulhos, e o chefe do Sindicado caminhava de um lado para o outro sobre as placas de madeira entortadas, discursando com palavras obstinadas. Ao seu redor, uma verdadeira multidão se amontoava, e mais pessoas chegavam pelos corredores, como diferentes rios que escoavam no mar.

Assim como aqueles que caminhavam ao lado da garota, os presentes não se limitavam a guerreiros. Havia gente que claramente nunca participou de gangues, mas que segurava facas e pedaços de pau, assim como pessoas feridas nos diversos ataques sombrios que o bloco sofria. Sangue seco manchava suas roupas, tipoias foram improvisadas com trapos, algumas mal conseguiam ficar de pé, mas concordavam com cada acusação bradada por Richie.

— A Torre vomita mentiras todos os dias! — gritava Richie, agitando no braço esquerdo um pequeno livro de capa preta. Uma Bíblia. — Eles dizem que querem nos proteger, que farão de tudo para nos manter a salvo, mas quando cumprirão essa promessa? Quando nós morrermos? Quando não sobrar mais ninguém além deles? Olhem ao redor, minha gente, vejam o que os Sombras fizeram ao nosso bloco, a todo o Setor 4. Onde estava a grande Torre? Onde estava Emir e seus capachos quando isso aconteceu? Onde estão eles enquanto somos massacrados por aqueles monstros do inferno?

Ele tinha a aparência bem diferente da última vez que Beca o viu. Havia cortado o cabelo bem curto e raspado o cavanhaque; os dentes, antes bem esverdeados, tinham perdido boa parte do tom forte, indicando que parara com o consumo de *marihu*. Quando Beca chegou mais perto, empurrando alguns ombros para ganhar passagem, ouviu sussurros elogiosos à coragem de Richie e comentários de como era diferente de Emir. As pessoas o miravam como a um verdadeiro salvador ou um herói de guerra.

— O que está acontecendo? — perguntou ela para o garoto que a guiava.

— Hoje é dia de culto — respondeu ele. Seu olhar brilhava com admiração, assim como o de todos ali.

— Eu vivia no pecado, cometi muitos erros e atos condenáveis, mas tudo mudou quando as palavras de Deus tocaram meu coração. Ele me acolheu como uma ovelha perdida, me mostrou o caminho. É por isso, irmãos, que estou aqui com vocês, porque Ele me deu uma missão: ajudar as almas sofredoras. Salvá-las do mal que a Torre faz será a minha redenção, e eu juro, pela fé, que dedicarei minha vida a espalhar Sua palavra!

Se Emir queria conhecer a situação do Sindicato dentro do bloco, a resposta era muito clara: nenhuma transmissão apaziguadora mudaria as convicções daquelas pessoas, menos ainda depois do que passaram nos últimos ataques. O ódio que nutriam pela Torre pairava no ar como um miasma.

— Eu estou cansado de ser tratado como *mierda*. Somos o abatedouro dos Sombras e a Torre não faz nada para mudar isso. Chega! — Richie abriu os braços. — Chega de depender de gente que não se interessa, chega de baixar a cabeça, chega de viver com medo. Se a Torre não se importa com a gente, nós também não vamos nos importar com eles! Está na hora de tomarmos as rédeas de nossas vidas, de lutarmos a nossa luta. Sem a ajuda daqueles *desgraciados*. Somente a bênção do Senhor importa, e Ele está do nosso lado! "Bem-aventurados vós, os pobres, porque vosso é o reino de Deus."

As pessoas ergueram os braços, vibrando e concordando, alguns chegaram a brandir armas. Richie abriu um sorriso orgulhoso que também tinha um ar de predador, e Beca estremeceu quando o olhar dele finalmente cruzou com o dela. Ele sinalizou para que um homem velho subisse no palco. De idade avançada, o senhor precisou de ajuda para chegar lá, mas parecia saber o que fazer: com uma reverência, aceitou a Bíblia das mãos de Richie e a folheou, procurando um trecho do seu agrado. Quando o encontrou, começou a leitura em tom emocionado.

O líder do Sindicato desceu do palco, sendo recebido com tapinhas nas costas e abraços. Depois de um pequeno tumulto, conseguiu se desvencilhar dos seus fiéis e chegar onde Beca e o guarda o esperavam. Deu seu usual sorriso de lobo para a garota, repleto de dentes e ameaças veladas, e eles se afastaram da multidão fervorosa.

— Há quanto tempo, Beca! Pensei que não tinha mais nada para tratar comigo depois que me entregou o último presente da Bug. — Ele tocou no terço de contas escuras pendurado no pescoço, que balançava sobre seu peito.

Beca relembrou o último encontro com o líder do Sindicato, quando cumpriu sua promessa a Bug. Não foi fácil revisitar o momento da morte da companheira, mas teve que descrevê-lo em detalhes para um Richie cada vez mais irado por ter perdido um de seus Alterados. Ela não imaginava que ele se importasse tanto, mas a raiva em seus olhos era bem real. Desde aquele dia, meses atrás, Beca sabia que o Sindicato causaria cada vez mais problemas à Torre e decidiu manter o máximo de distância possível.

Até Emir forçar sua mão e a jogar de cabeça naquela confusão.

— As coisas mudaram, Richie. — Ela se esforçou para manter o tom de negócios. Retirou a caixa do casaco. — Quero fazer uma troca, acho que isso pode ser do seu interesse para se tornar o novo messias.

O *microcard* permaneceu em seu bolso, a última cartada precisava ser dada no momento certo. Richie alargou o sorriso diante da provocação e assentiu com a cabeça, como se merecesse.

— Admito que comecei tudo isso com esse plano, mas as coisas mudaram, ninguém está acima do Senhor.

Diante dessa fala, Beca ergueu uma sobrancelha. Poderia ter acreditado se não conhecesse tão bem o líder do Sindicato, que coçava o queixo e observava a caixa de plástico nas mãos dela.

— O que tem aí, *chica*?

— Por que não vê por si mesmo?

Richie estreitou os olhos.

— Eu não gosto de jogos, Beca.

Ela não recuou, sequer piscou diante do olhar duro que ele lhe endereçava. Pelos comunicadores, Lion pediu que fosse mais cuidadosa. Só que ele não entendia que Richie não pensava como seus clientes usuais: ele era imprevisível e gostava daquilo. Para impressioná-lo, era necessário andar de braços dados com a surpresa. Essa era uma barganha arriscada, uma navalha que poderia cortar para os dois lados, mas não havia meio-termo. Não com um homem como ele.

— E quem disse que estou jogando? — Beca ofereceu-lhe a caixa. — Vamos, tá com medo?

Ficaram em silêncio, estudando-se como se tentassem prever o próximo passo do outro. Ela chegou a pensar que perderia aquela aposta quando Richie comprimiu os lábios, mas a expressão de desgosto logo foi substituída por um sorriso e ele pareceu relaxar.

— Faz um tempo que ninguém me trata desse jeito, *chica*. Você tem *cojones*.

Puxou a caixa da mão dela, abrindo-a sem titubear. Beca já sabia o que ela continha, e mesmo assim prendeu a respiração. A cruz dourada lhe pareceu ainda mais brilhante do que da primeira vez em que a viu. As joias incrustradas tinham recebido um belo polimento, assim como o metal, apagando as marcas dos anos de abandono. Richie até tentou disfarçar a admiração, mas seus dedos se agarraram ao crucifixo com tanta força que ficaram brancos.

— Onde encontrou isso? — perguntou ele, a voz quase um sussurro.

Para quem começou aquela história de culto por interesses egoístas, ele realmente se mostrava bastante devoto. Certa de que o tinha fisgado, Beca iniciou sua negociação.

— Dentro do véu, quando fui resgatar o Edu. Escondi essa belezinha porque sabia que ela podia ser útil algum dia.

Era uma mentira sólida, discutida com Emir e Lion durante os dias de preparação para a missão, e mesmo assim Beca sentiu um incômodo frio na barriga quando as palavras deixaram sua boca. Se Richie desconfiasse da verdade, com certeza não a deixaria sair dali com vida.

— E por que só decidiu usar isso agora? — Ele tirou os olhos da cruz e encarou a garota. Parecia satisfeito, irritado e curioso, tudo ao mesmo tempo.

Beca engoliu em seco. A melhor maneira de preservar uma mentira é rodeá-la com verdades, e foi exatamente o que fez.

— Edu está doente — falou, séria. — Preciso de remédios para ele, mas não consigo fechar negócios, todos acham que ele tem algo com os Sombras, que é um deles. Não confiam na palavra de *mi padre*, muito menos na minha. Você é minha última opção.

Richie guardou a cruz no bolso interno do sobretudo, assentindo com a cabeça como se entendesse a situação da garota; entretanto, seus olhos ficaram mais duros.

— Que tipo de doença é essa que *tu hermano* tem? Será que o povo não está certo em achar que os Sombras fizeram algo com ele?

— Mesmo que tenham feito, Edu ainda é minha família e vou fazer de tudo por ele! — respondeu ela, cansada da desconfiança que todos nutriam sem saber o que se passava de verdade com seu irmão. — Ele não é um monstro.

— É claro que não, *chica*, nunca disse que era. — Richie cruzou os braços sobre o peito. — Mas, se espera que eu me meta nessa história apenas por causa desse presentinho, você não entendeu nada sobre a minha fé. Relíquias servem para resgatar o que perdemos, mas, no final, a única coisa que realmente importa é a Palavra.

Ela soltou um suspiro cansado, mas muito bem calculado. Era hora de usar sua carta na manga. Beca retirou o *microcard* do bolso e o revelou, segurando o pequeno objeto com dois dedos.

— E se eu desse mais um incentivo para você me ajudar? Aqui nesse *card* eu tenho algo sobre a origem dos Alterados, informações bem quentes às quais ninguém mais tem acesso.

Richie ergueu as sobrancelhas, e Beca conteve o alívio ao notar que seu interesse havia aumentado. Além da Torre, o Sindicato era o grupo que mais reunia Alterados. Antes do discurso de salvação, a gangue atraía os mais jovens e desiludidos com promessas de proteção e alimentação, coisas que poucos eram capazes de recusar. Beca sabia muito bem o quão tentador era o assédio daquela gangue, principalmente para pessoas com poderes especiais, mas sem qualquer noção de como usá-los de forma proveitosa. Ser um Alterado podia trazer grandes vantagens, mas viver na Nova Superfície era um desafio, independentemente do caminho que a pessoa escolhesse. Viver em grupo era mais fácil, por isso tão poucos preferiam permanecer freelancers.

— *Puta madre*, Beca, quer dizer que agora você também está trocando segredos? O que foi, assumiu o lugar do falecido Rato?

A menção ao informante foi como um tapa inesperado no rosto da garota, que tentava evitar ao máximo pensar nele, pois seu coração doía com sentimentos que não queria desvendar.

Tinha que fechar aquele acordo de uma vez, antes que Richie tivesse tempo de pensar na origem daquelas informações.

— Se você quiser, pode verificar o *card* antes de fecharmos o acordo, vai ver que o que tenho aqui vale a pena.

— Como você conseguiu essas informações? — Richie estreitou os olhos. — Por que esse súbito interesse na origem dos Alterados?

Mentiras rodeadas por verdades: o único jeito de ganhar aquela discussão.

— Eu sou uma Alterada, Richie. Depois de tudo o que vi quando resgatei meu irmão, precisava saber mais sobre minhas habilidades. Aí está tudo o que descobri. É do seu interesse ou não?

O ultimato serviu ao seu propósito. Richie esticou a mão, pedindo o *microcard* para si. Beca sorriu, tinha vencido.

Ou não.

Sua certeza acabou se desfazendo assim que os dedos compridos dele se apertaram sobre seu pulso. O líder do Sindicato sorriu como um lobo que tinha enfim capturado sua presa.

— O seu discurso foi muito convincente, Beca, muito mesmo. Mas sabe o que é estranho? Você ter vindo me procurar só depois de ter levado seu querido Edu até a Torre. Quando foi mesmo? Ah, *sí*, três semanas atrás. No dia dos ataques, para ser mais exato. Estou errado?

— *Carajo*! *Puta madre*! Richie, seu grande *hijo de puta*.

Os xingamentos de Lion quase deixaram a garota surda, mas ela disfarçou bem. Richie a pegou na própria mentira, jogou melhor do que ela, e estava prestes a vencer. Como ele sabia da visita à Torre? Será que tinha espiões lá dentro ou apenas olheiros que seguiam os passos da garota? Engolindo em seco, Beca tentou encontrar uma saída para sua difícil situação.

— Eu não consegui um acordo com a Torre. Eles queriam prender o Edu para realizar testes nele, isso não podíamos aceitar.

— E como conseguiram ir embora sem qualquer problema? — Richie não parecia convencido. — Emir é tão bonzinho que até deixou você ficar com esse *card*?

A ironia em suas palavras cortava como uma faca afiada. Beca deixou que ele tomasse o *microcard* de sua mão, ciente de que nada do que dissesse iria ajudá-la. Richie pareceu recuperar o bom humor diante da feição derrotada da garota.

— Sabe, Beca, eu admiro você. Continuo lamentando que não tenha se juntado ao Sindicato. Infelizmente, agora que sei que sua lealdade já está tomada, minhas esperanças foram enterradas. É uma pena mesmo.

Continuar mentindo não era uma opção, por isso Beca partiu para o tudo ou nada. Despejou as palavras como se fossem socos raivosos:

— Eu faço o que é melhor para *mi hermano*. Sempre. Você se acha melhor que a Torre, mas mente para essas pessoas exatamente como Emir faz. A única diferença é que tem um livro nas mãos e ele, não.

Richie gargalhou como se tivesse ouvido uma ótima piada. Quando se recuperou, respirou fundo e aumentou o aperto no pulso da garota. Ela pensou em reagir, mas conteve seu instinto. Richie não parecia ter intenção de machucá-la, só a puxava em direção ao palco, onde o velho terminava a leitura de mais uma passagem.

— O que pensa que está fazendo? — perguntou Beca.

— Eu sei por que você veio até aqui, *chica*. Sei de onde recebeu essa linda cruz e as informações sobre os Alterados, sei qual foi o preço de troca. Vou dar exatamente o que eles querem, não precisa nem espionar. Quem tiver olhos para ver, que veja, quem tiver ouvidos, que ouça. — Ele parou diante do palco, as mãos pesadas nos ombros dela e a expressão séria. — Ah, e outra coisa: eu realmente acredito ter uma missão aqui. Sim, me converti de verdade. Fiquei tão surpreso quanto você, mas encontrei a fé.

Ele largou a garota e subiu no palco com um novo ímpeto, o *microcard* devidamente guardado nas vestes. Os murmúrios da multidão aumentaram, o ambiente parecia elétrico. Beca prendeu a respiração. Richie abriu os braços e todos se calaram no mesmo instante. Soldados apertavam as armas com mais força, os feridos pareceram ignorar suas dores e ficaram de pé, idosos aparentavam relembrar seus momentos de juventude. O homem que ainda segurava a Bíblia se aproximou e colocou um rádio na mão estendida do chefe do Sindicato. Em meio a toda aquela espera, Beca só pôde fazer o que Richie lhe pedira.

— Povo do Setor 4! — Richie levou o rádio à boca, falando tanto para a multidão à sua frente como para incontáveis pessoas nos outros prédios. — Vocês estão prontos para conquistar sua liberdade?

O urro que veio em resposta foi ensurdecedor, parecia que todo o ME Del Valle havia estremecido. Richie abriu o sorriso de lobo.

— A hora chegou, nunca mais seremos pisados pela Torre. Nunca mais! Peguem suas armas e marchem!

O comando foi como uma fagulha sobre rastro de pólvora. A marcha se iniciou em meio a cânticos e palavras de ordem contra a Torre. Como uma onda viva, aqueles que assistiam ao culto rumaram para a ponte que dava acesso ao arranha-céu Blanes. Beca tentou se desvencilhar da multidão, mas acabou sendo levada contra sua vontade, incapaz de escapar daquela massa que avançava sem medo.

Uma mão pesada a agarrou pelo cotovelo, puxando-a para o lado. Ela virou o rosto e se deparou com Richie, que parecia ainda mais alegre.

— Fique ao meu lado, quero que assista a tudo de camarote, assim vai poder contar todos os detalhes para os seus amiguinhos da Torre.

Ela pensou em se defender, dizer que não era amiga de ninguém da Torre, mas suas palavras seriam tão inúteis quanto uma resistência à corrente da multidão.

— Beca! — a voz de Lion quase não podia ser ouvida com tanta gritaria. — O que está acontecendo, para onde toda essa gente vai? Devo avisar a Torre?

— Eles estão indo para a guerra — respondeu em um tom sombrio. — E, pelo visto, eu também.

Se seu pai falou algo mais, as palavras foram abafadas pelo estrondo alto que levantou uma nuvem de pó alguns metros à frente. O sorriso vencedor de Richie se alargou. Ele puxou Beca consigo, abrindo passagem por entre seu exército, e, ao chegarem na origem da explosão controlada, exatamente no portão da ponte que interligava os dois prédios, o espaço, que antes permitia a passagem de no máximo uma pessoa por vez, havia virado uma cratera, permitindo o acesso de boa parte da multidão na ponte sem se espremer. Não havia sinal de soldados da Torre nem no Del Valle nem na entrada para o Blanes.

Richie fez questão de ser o primeiro a pisar na ponte. Com Beca ao seu lado, cercado por três soldados com fuzis em riste, ele caminhou com toda a confiança do mundo. Parou bem no meio do caminho e olhou para os lados. A paisagem do Setor 4 continuava a mesma através dos janelões da ponte fechada, mas para a garota, que tremia de tensão, o céu parecia cinzento, assim como a névoa que engolia os blocos. O líder do Sindicato levou o rádio à boca outra vez, dando novas ordens.

— Esquadrão aéreo, *la fiesta* é de vocês.

Não demorou muito para o tal esquadrão aéreo responder. Três helicópteros cruzaram o céu chuvoso, seus motores barulhentos indicando que eram de um tipo bem antigo e fora dos padrões das máquinas usadas pela Torre. Seguiram para direções diferentes, mas não havia dúvidas de que saíram do ME Del Valle e trabalhavam para Richie.

— Desde quando o Sindicato tem acesso a aeronaves? — perguntou Beca, sem tirar os olhos do ponto escuro que avançava para o bloco Palermo.

— Eu tenho meus segredinhos assim como você tem os seus, *chica* — respondeu Richie. — Quando tudo isso acabar, o Setor 4 terá um novo comando.

A distância prejudicava um pouco a visão do bloco Palermo, mas a explosão que veio a seguir deixou claro quais eram os planos do Sindicato. Beca sentiu o suor frio escorrer pelo rosto enquanto observava as chamas se erguerem nos andares mais próximos da névoa.

— O que você pensa que está fazendo? Vai matar todos que moram lá só para conseguir o que quer?

— Acho que ainda não entendeu, Beca. — Richie a encarou sem qualquer sinal de remorso. — Meu alvo é a Torre, somente a Torre. Não tenho nenhum motivo para matar gente do Setor 4.

Ele deu as costas para a garota e acenou, indicando que a multidão podia segui-lo pela ponte. Um grupo apressado passou por eles para armar a bomba que alargaria a passagem para o outro arranha-céu. A explosão controlada derrubou a parede e inflamou os ânimos. Pela primeira vez, sons de dentro do Blanes puderam ser ouvidos: gritos, tiros, correria. Pelo visto, o exército de Richie estava mesmo em todos os cantos do Setor 4.

— Vamos ajudar nossos *hermanos*! Que Ele esteja conosco! — gritou Richie, tirando do casaco a cruz que Beca havia lhe entregado e erguendo-a acima da cabeça.

A correria foi generalizada, fazendo a ponte tremer. Beca continuou ao lado de Richie, acompanhando o passo rápido que ele impôs ao grupo. Puxou a pistola da calça e a segurou com força, não podia confiar que os soldados da Torre a reconheceriam no meio dessa loucura.

Quando entraram no Blanes, a batalha já tinha tomado o saguão. Havia um contingente considerável de soldados da Torre, talvez todo o batalhão que protegia o arranha-céu estivesse concentrado ali para impedir a invasão; no entanto, não contavam com o ataque dos próprios moradores. Pegos em sua retaguarda, não puderam fazer nada para deter a multidão vinda do ME Del Valle.

Richie não estava mentindo quando afirmou querer que Beca assistisse à ação do Sindicato de camarote. Sangue manchou suas roupas, granadas levantaram detritos que não a atingiram por muito pouco, ela pisou em mortos e empurrou feridos. A confusão era tamanha que ela não teve outra opção senão atirar — atingiu membros do Sindicato e da Torre, qualquer um que a ameaçasse. Não mirava para matar, mas, no meio de tanta loucura, não tinha como saber se poupara vidas.

— Beca, você está bem? Fala comigo! — gritava Lion desesperado.

— Estou um pouco ocupada! — respondeu ela, fugindo de uma saraivada de balas que um soldado da Torre mirava sobre o grupo de Richie. — Por que diabos o Emir ainda não enviou reforços? Isso aqui está fora de controle.

— Falei com ele, mas não vai mandar reforços, Beca — disse seu pai, sombrio. — Não houve nenhum movimento da Torre desde que os ataques começaram, estão só assistindo. Os soldados do bloco Palermo já recuaram, não deve demorar muito para esses também serem ordenados a fugir.

— *No jodas*! Ele vai deixar que o Sindicato fique com o Setor 4? Por que *carajos* estou aqui então?

Ela não conseguiu ouvir a resposta do pai, porque um dos soldados da Torre se esgueirou por trás de um monte de entulhos e a pegou desprevenida. Se não fosse por seus reflexos, Beca teria levado uma facada no meio das costas, mas rolou para o lado bem na hora. O ombro reclamou de dor e ela errou o tiro que mirava em seu atacante, mas Richie tomou a iniciativa e acertou três tiros no peito do soldado, que caiu aos pés da garota.

Richie estendeu uma mão suja para ela.

— Acabou.

Beca recusou a ajuda e ficou de pé sozinha. Ao seu redor, o exército do Setor 4 comemorava, alguns arrastavam os corpos de soldados da Torre até as aberturas nas paredes e os atiravam para a névoa. Os opositores sobreviventes já tinham fugido com o rabo entre as pernas.

— O que você pretende com tudo isso, Richie? Sabe que a Torre nunca vai deixar esse ataque impune! — ela extravasou toda a raiva. — A retaliação virá, e essa gente vai sofrer por sua causa!

— Que Emir venha então! Vai ter que pôr o Setor 4 no chão para retomar o controle! — respondeu Richie, praticamente rosnando. — Conte isso a ele, *chica*. Diga que estou preparado e que, se ele quiser guerra, o Sindicato vai saber revidar!

Ele a segurou pelo antebraço, o que lhe causou pontadas de dor, e a puxou rumo a uma cratera na parede do arranha-céu. Do lado de fora, um dos helicópteros do Sindicato pairava, aguardando. Os soldados que saudaram Richie quando ele se aproximou tinham tanta paixão em seus olhares que a garota teve certeza de que o seguiriam até debaixo da névoa.

— Esta é a última vez que você pisa no Setor 4, Beca. Deixarei que vá embora para passar meu recado a Emir e em memória de Bug, que gostava de você. Agora, se tentar retornar, será recebida exatamente como os soldados da Torre. — Richie a empurrou para a beirada da abertura na parede. — Adeus. Tudo seria bem diferente se tivesse aceitado entrar no Sindicato. Uma pena. Deus a proteja.

Beca se desvencilhou dos braços dele e o encarou com raiva.

— O que você fez aqui ameaça toda a Zona da Torre. Um conflito entre setores agora é tudo o que os Sombras querem.

— Que eles venham também. Eu tenho noção de que minha missão não será fácil. — Richie abriu os braços. — Mas tenho fé de que estou pronto para qualquer batalha.

Beca saltou para o helicóptero com facilidade. Os soldados do Sindicato a ajudaram a subir, mas também apontaram as armas para ela como se temessem um ataque. Aguardaram as novas ordens de Richie.

— Levem a garota para a fronteira com o Setor 3. De lá, tenho certeza de que uma saltadora pode se virar para chegar até a Torre e contar tudo o que aprendeu aqui.

Os soldados pareceram ainda mais desconfiados depois disso, mas cumpriram as ordens de Richie à risca. Beca ficou encolhida em seu canto durante a viagem até a fronteira entre os setores.

Pelo comunicador, Lion lhe passava informações mais claras sobre a tomada do Setor 4 pelo Sindicato. Os ataques aconteceram de maneira cronometrada e organizada, e moradores de todos os blocos ajudaram, provando que a influência de Richie era muito maior do que se imaginava. O número de mortos não foi alto; como o líder do Sindicato prometera, ele realmente não queria prejudicar as pessoas daquele setor. Mesmo assim, muitos andares dos blocos Boca, Palermo e Boedo estavam inabitáveis depois de danos causados pelos Sombras e, agora, também pelas pessoas que lá viviam.

A mente de Beca ainda revivia a violência da invasão ao arranha-céu quando ela deixou o helicóptero e aterrissou na cobertura de um prédio abandonado. Retirou a *grappling gun* do cinto e se preparou para uma longa jornada até sua casa.

— *Viejo,* entre em contato com Emir. Temos muito o que conversar.

Beca fez mira no prédio mais próximo e se largou no abismo, mas nem os saltos conseguiram limpar da memória os gritos que ouviu.

Infelizmente, aquele parecia ser o futuro da Zona da Torre: afogar-se cada vez mais na violência e no caos.

Beca chegou em casa suada e beirando a exaustão. Não havia dia em que não se sentisse daquela maneira. Digitou o código no painel eletrônico grudado à porta ansiando por um bom banho e comida, nem que fosse a detestável ração. No entanto, assim que entrou em casa, deparou-se com Emir à sua espera. Piscou algumas vezes para ter certeza de que não imaginava coisas, era no mínimo inesperado encontrar o líder da Torre sentado à mesa redonda no meio da sala segurando um copo com água amarelada.

Assim que Beca entrou, todos os olhares se voltaram para ela. Seu pai, que manquejava de um lado para o outro, ficou visivelmente assustado com a sujeira que a cobria.

Em frente ao computador, Edu, que parecia pesquisar algo na rede, cumprimentou-a com um aceno preocupado. Beca sabia que, na verdade, ele só queria ignorar a presença de Emir sem ser mal-educado.

— Beca! Você está bem? — perguntou o pai antes que ela dissesse qualquer coisa.

— *No te preocupes* — respondeu ela, devolvendo o abraço que recebeu de Lion. — Esse sangue não é meu, mas dos soldados dele.

Apontou para Emir, que continuava sentado. Ele desviou o olhar para o copo de vidro e tomou o restante da água. Só então se levantou, encarando a garota com uma expectativa muda.

— Nunca imaginei que teria a honra de receber o líder da Torre em minha humilde casa. — Beca não escondeu o sarcasmo.

— Achei que seria melhor nos encontrarmos aqui — disse ele. — Ninguém me viu chegar, vim com um teleportador.

— E onde ele está agora?

Emir cruzou os braços.

— Ele voltará quando eu o chamar pelo rádio. Já disse que é seguro.

Beca passou as mãos pelo rosto, espalhando uma camada de sujeira com os dedos igualmente encardidos, e anuiu devagar, enquanto largava o corpo em uma das cadeiras metálicas. Seu pai lhe trouxe um copo de água, que ela não hesitou em beber. Em seguida, respirou fundo e contou sobre as horas que passou ao lado de Richie, deu todos os detalhes que conseguia lembrar; mas, depois que a confusão da invasão começou, só a violência se destacava. Emir a ouviu com uma atenção genuína.

— As pessoas do Setor 4 tratam Richie como se fosse o escolhido para derrubar a Torre — finalizou Beca. Tinha a boca seca de sede e de temor. — Vocês perderam totalmente o apoio que tinham por lá.

Richie era muito mais perigoso do que imaginavam. Se as palavras dele se difundissem pelos outros setores, a Zona da Torre corria o sério risco de desmoronar sem qualquer interferência da Legião.

— Ele vem planejando essa ação há tempos. — Emir passou a mão pelo queixo, de repente aparentando muito cansaço. — Organizar todos os blocos e ainda conseguir helicópteros não é algo que se faça de um dia para o outro. Não posso negar que é um homem muito sagaz.

— E perigoso — completou Lion.

Beca esperava que Emir concordasse com o argumento de seu pai, mas ele ficou calado. Ela não havia se arriscado tanto para ficar sem resposta.

— O que você vai fazer?

O líder da Torre pareceu despertar, encarando-a com os intensos olhos dourados.

— Não há nada para fazer agora, o Setor 4 pertence ao Sindicato.

A garota arregalou os olhos.

— Tá falando sério?

As sobrancelhas de Emir se franziram em desagrado e Lion se apressou para o lado da filha, como se quisesse protegê-la.

— Se era isso que pretendia desde o início, por que me mandou espionar o Sindicato? — pressionou Beca. Não queria acreditar que tinha corrido tamanho risco para nada. — Esperava que eu ficasse por lá e liberasse seu caminho até o Edu?

Aquela era uma acusação bem grave. Edu finalmente deixou o fingimento e desviou o olhar do monitor do computador, aparentemente chocado com a ousadia da irmã.

— Eu nunca pretendi deixar o Setor 4 nas mãos de Richie. — A voz de Emir continuava firme, mas seus olhos brilhavam com raiva reprimida. — Queria evitar essa situação a todo custo, mas agimos tarde demais. Os ataques dos Sombras tiraram qualquer chance de evitarmos a perda do Setor 4. Diga, de que adiantaria causar uma guerra civil quando temos outra muito mais importante para lutar?

Beca desviou o olhar. Era duro admitir, mas a Torre não tinha a mínima condição de brigar contra Richie; todas as suas defesas deveriam focar nos Sombras e na luta contra a Legião. A verdade era que não havia resposta certa, e ela precisaria confiar no melhor julgamento de um homem que já provara diversas vezes não ser nada confiável.

— Pense nesse recuo como uma estratégia. — Emir puxou o rádio do bolso da calça e chamou o teleportador. — Até vencermos a Legião, o Setor 4 e o Sindicato terão que provar que podem se virar sem a Torre, como tanto gostam de alardear.

Um homem vestindo o uniforme dos soldados da Torre apareceu no meio da sala, bem ao lado de seu comandante. Ele segurava uma sacola escura que parecia bem cheia e pesada. Cumprimentou Emir e aguardou novas instruções.

— Deixe a mercadoria sobre a mesa, Rebeca mereceu esse pagamento.

A garota abriu a sacola e encontrou remédios, roupas, comida orgânica e alguns equipamentos que ajudariam muito nas próximas missões — isso se conseguissem arrumar clientes. Seu pai soltou um palavrão quando viu todos aqueles itens e Edu se aproximou, curioso.

— É muito mais do que o combinado! — falou Beca, espantada.

— Você se arriscou bastante, considere isso um abono. — Emir segurou no braço do teleportador. — Sou um homem de palavra, mesmo que não acredite nisso. Espero que possamos trabalhar juntos outra vez, Rebeca. Até logo.

Uma brisa suave tomou a sala quando o teleportador e seu comandante desapareceram em um piscar de olhos. Beca ajeitou o cabelo arrepiado e olhou mais uma vez para a sacola, que continha uma verdadeira fortuna.

— *Carajo*, eu preciso de um banho. — Ela esfregou os olhos cansados e arrastou os pés até seu quarto.

— Eu não gosto disso, Beca — falou Lion, de testa franzida e olhos fixos na sacola. — Emir não é caridoso, isso tudo é um plano para nos ter na palma de sua mão.

Beca apanhou sua toalha de cima do colchão e voltou até a mesa. Puxou da sacola as peças de roupas, algumas em ótimo estado de conservação, e escolheu as que pareciam servir em seu corpo.

— Provavelmente é isso mesmo que ele pretende — comentou, caminhando em direção à área que servia de banheiro, contente pelo galão de água gelada que a esperava do outro lado. — Mas eu não vou negar roupas limpas e comida orgânica, não depois de toda a *mierda* que vi hoje.

Ela demorou no banho, decidida a se livrar de qualquer mancha da batalha sem sentido que foi obrigada a presenciar. No final, a pele ganhou uma tonalidade avermelhada de tanto ser esfregada. Saiu do banheiro vestindo as roupas novas e com a toalha na cabeça, secando o cabelo úmido. Esperava encontrar o pai de cara feia, mas ele não estava em lugar algum. Edu, distraído com o tablet ofertado por Emir, deu de ombros quando ela perguntou:

— Ele foi para a Zona Vermelha, não é?

— Você sabe que é para lá que ele vai quando fica irritado. — Edu pousou o tablet sobre a mesa com cuidado. — E então, nós vamos mesmo ficar com todas essas coisas? E se o Emir quiser algo em troca?

— Eu já dei o que ele queria. — Beca se aproximou para tirar algumas verduras da sacola, lembrando da horta da Torre e de todo o verde que viu lá. — Não vejo sentido em não aproveitarmos esse pagamento, mesmo que venha de alguém como o Emir. E então, tá com fome?

Comeram com gosto, aproveitando os sabores quase alienígenas de tão bons. Até Edu, que nos últimos tempos costumava apenas beliscar os pratos de ração, deixou-se levar pela novidade e encheu a barriga. Evitaram conversar sobre Richie ou a Torre para manter aquele clima de amenidade, que lhes era tão raro. Encantado com o novo tablet maleável, Edu mostrou à irmã o que havia aprendido naquele meio-tempo em que brincara com o aparelho. Chegou a dar algumas risadas quando seus comandos o levaram para um diretório completamente diferente do que pretendia.

— Sei que estamos passando por um momento difícil, Edu — falou Beca quando um silêncio confortável se colocou entre eles —, mas vamos superar isso juntos. Estou aqui por você e quero que se sinta à vontade para me contar o que sente, mesmo que sejam coisas ruins.

O rapaz ficou sério, mas anuiu devagar.

— *Gracias*. Por tudo o que vem fazendo, por lutar tanto para me ajudar e manter nossa família unida.

Beca ficou aliviada ao vê-lo calmo mesmo se tratando de um assunto tão delicado. Segurou em sua mão com força. Tinha tanto para falar, mas sabia que o melhor era aproveitar aquele momento único.

— Isso é o que irmãos mais velhos fazem, protegem os caçulas.

Edu recebeu bem a piada. Seu sorriso a encheu de esperança e fez com que todos os perigos para conseguir aquela sacola tivessem valido a pena.

— Ei, você é só dois anos mais velha que eu, pare de se achar! Lembra quando éramos crianças e você insistiu pra gente ir mergulhar naquela caixa d'água gigante do Setor 3 mesmo sem sabermos nadar? Fui eu quem te puxou pra fora da água, então caçulas também protegem os mais velhos!

Aquele argumento foi tão inesperado que Beca precisou gargalhar. Lembranças felizes da infância eram coisa rara, e ela guardava todas com carinho em seu coração.

— Você só me salvou porque ficou com medo de pular! — Ela beijou a testa dele, abraçando-o com força. — *Te quiero, hermanito*!

Aquele momento de normalidade era um tesouro muito mais precioso do que qualquer pagamento que a Torre pudesse lhe oferecer.

INTERROGATÓRIO DA LEGIÃO

Como das outras vezes em que se encontrou com a Comandante, Rato estava sentado em uma cadeira metálica em uma sala totalmente branca, cuja iluminação forte doía a vista. Sua mente estava a mil, preparando-se para aguentar mais uma sessão de interrogatório. Se soubesse que acabaria ali, nunca teria se tornado um informante quando estava livre — agora ele sabia demais.

A Comandante tinha chegado pouco depois de os soldados o colocarem na cadeira, e, como era comum suas sessões de interrogatório não contarem com a presença de mais ninguém, eles se retiraram. Rato sabia, desde quando a conheceu, que sua motivação era pessoal, e a cada reencontro ela deixava mais evidente que seus planos de vingança vinham em primeiro lugar. Os intermináveis testes realizados nele se manifestavam mais como uma punição macabra do que como um interesse em melhorar os supersoldados.

— Como está, Nikolai? — perguntou, repleta de ironia.

Sentou-se na cadeira em frente a Rato e sorriu enquanto observava os diversos ferimentos espalhados por seu corpo magro. A última luta contra uma das cobaias de Boris acontecera no dia anterior; apesar da vitória, ele ainda se recuperava dos socos fortes que levou. Não precisara de auxílio da Legião para se curar naquele combate, mas as nanomáquinas que regeneravam seu corpo mais rápido que o normal estavam longe de deixá-lo invencível. Cada corte, cada hematoma, cada osso quebrado era sentido da forma mais dolorosa possível, algo com que a Comandante parecia se deleitar em saber.

— Espero que não esteja muito cansado, tenho algumas perguntas para você. Sei que já me contou diversos segredos do seu povo bárbaro, mas hoje vamos nos ater a algumas pessoas.

Ela se levantou e parou bem ao lado do informante, erguendo o tablet maleável no nível do olhar dele. Havia uma foto brilhante na tela, rostos conhecidos que fizeram o coração de Rato acelerar. Emir e Beca se encontravam na sacada de um local que parecia ser a Torre, junto de outra mulher, e pareciam observar algo a distância, talvez aquilo que os fotografava. Rato devorou a imagem com os olhos para gravar na memória todos os detalhes da garota que nunca deixava sua mente. Não sabia há quanto tempo a foto havia sido tirada, mas presumia que fosse recente. Beca lhe parecia mais magra e abatida do que se lembrava.

Quando o choque inicial passou, Rato começou a se preocupar com os motivos daquele interrogatório. É claro que a Comandante já havia demonstrado interesse em Beca e Emir antes, mas por que decidira voltar a eles naquele momento? Pela outra mulher na foto? Por que requisitar um novo encontro com ele quando aquelas conversas sofríveis já pareciam ter esgotado tudo o que ele poderia lhe contar? Temeu que algo novo tivesse acontecido, algo importante o suficiente para atrair ainda mais a atenção da legionária sobre os dois. Ou talvez ela só quisesse torturá-lo plantando essas incertezas em sua mente exausta.

— Vamos nos focar primeiro em sua amiguinha, Rebeca. — A Comandante voltou à cadeira, cruzando as pernas. — Da última vez que nós nos vimos, você mencionou que ela preza a família acima de tudo, pai e irmão. Quero saber mais sobre eles, principalmente sobre o garoto que também foi uma das nossas cobaias.

Rato estremeceu, agarrando os braços metálicos da cadeira e os apertando, como se aquele gesto pudesse impedi-lo de falar. É claro que era inútil, mas ele ao menos precisava tentar resistir. Cada palavra que deixasse sua boca era uma arma nas mãos daquela mulher, uma forma de prejudicar Beca. E o culpado, mais uma vez, seria ele. Queria engolir a própria língua, perder a voz para sempre, queria ter virado Sombra na primeira vez que foi capturado.

— Fale — ordenou a Comandante.

Essa única palavra bastou para fazer os esforços dele colapsarem por completo. Com um tom cadenciado e frio, revelou tudo o que sabia sobre Edu e Lion. Não deixou nada de fora, nem mesmo as idas do pai de Rebeca à Zona Vermelha. A Comandante ouviu tudo atentamente, como sempre fazia naqueles interrogatórios, abrindo, de vez em quando, um sorriso sinistro que enchia Rato de receio.

Ele contava como a perda de Edu, quando caído na névoa, tinha sido dura para Beca, deixando-a transtornada, quando alguém bateu na porta da sala de interrogatório. Com o cenho franzido, a Comandante ordenou que Rato se calasse. Boris entrou instantes depois, a expressão contrariada ao avistar o informante ali.

— O que quer, Boris?

— Comandante... — Ele a saudou, mas sem o entusiasmo característico. — Desculpe-me, mas achei que tínhamos acertado que essa rotina de interrogatórios já havia terminado. A atenção da cobaia não deve ser dividida se quisermos resultados precisos nos testes.

A mulher forçou um sorriso para o cientista, meneando a cabeça.

— É claro, Boris. Esta é apenas uma conversa rápida, nada que vá atrapalhar seus estudos.

Boris comprimiu os lábios, claramente se policiando para não contestar a superior. Ele olhou para Rato como se avaliasse um equipamento com grandes chances de ser danificado por uso indevido.

— Sei que não preciso lembrá-la de que devemos ter em mente o melhor para os interesses da Legião, Comandante, mas é possível que, com essas conversas, estejamos nos afastando do que realmente importa.

A Comandante estreitou os olhos.

— Você questiona minha lealdade?

Boris engoliu em seco e deu um passo para trás, como se estivesse pronto para fugir pela porta. Rato queria rir, sempre soube que no fundo o cientista era um grande covarde.

— É claro que não, Comandante — ele se apressou a responder. Fez uma pausa incerta e suspirou. — Só temo que seu foco esteja um pouco abalado depois de tudo o que aconteceu.

O barulho da cadeira caindo no chão foi como um tiro na sala silenciosa. A Comandante se colocou de pé em um pulo, encarando Boris com uma raiva que Rato se acostumara a ver endereçada em sua direção.

— Eu dispenso os seus temores, Boris, você não sabe nada sobre meus planos — disse ela, cortante. — Assim que minha conversa com a cobaia terminar, você poderá fazer seus testes como bem quiser. Agora saia, está me atrapalhando.

O cientista cerrou os punhos. Rato chegou a pensar que ele desafiaria as ordens da Comandante, contudo, com um suspiro pesado e um meneio na cabeça, abriu a porta. Antes de sair, ainda teve um pouco de ousadia:

— Cuidado, Comandante. Não esqueça que a Legião é muito maior que nossas perdas pessoais.

Quando ele saiu, a mulher permaneceu de costas para Rato, respirando pesado, como se contasse até dez para recuperar a calma. Ao se sentar novamente, voltou a encarar o prisioneiro com a mesma intensidade de antes, como se o cientista nunca tivesse interrompido a conversa. Rato sentia a garganta seca, a mente ainda girava com a discórdia que presenciou; sabia que, se tivesse a chance, provocaria a mulher, mas a expressão dela indicava que aquela seria uma péssima escolha.

— Vamos mudar um pouco o nosso foco. Acho que já tenho informações suficientes sobre os familiares de Rebeca, quero saber sobre Emir. — Ela apoiou os cotovelos nos joelhos, inclinando-se. — Pelo que você me disse das outras vezes, ele é a base que mantém sua sociedade decrépita em pé. O que aconteceria se os bárbaros perdessem sua liderança?

A resposta foi imediata, com uma certeza que vinha carregada pela verdade:

— O caos completo. A Zona da Torre já não é um bom lugar para viver mesmo com a liderança de Emir, mas é a Torre que traz uma sensação de ordem, e, a cada descoberta compartilhada nas transmissões, as pessoas sentem que ainda têm algo pelo que acreditar e viver. Sem a Torre... A sociedade pode até continuar de pé, mas viver ali se tornaria muito pior do que é.

A Comandante abriu um sorriso largo. Os olhos brilhavam diante de tantas possibilidades.

— Uma pessoa tão importante como Emir deve ter muitos segredos, fraquezas que ele não deseja ver exploradas. Você era um informante, deve saber algo sobre isso, não é? Por exemplo, quem seria essa mulher na foto? Já registramos os dois juntos outras vezes nesse mesmo local, parecem ser próximos. Diga, Nikolai, sabe o nome dela?

Emir era muito cauteloso com sua vida pessoal, mas nem tudo podia ser ocultado para sempre. Rato tinha informações que nunca revelara para ninguém, pois fazer aquilo seria brincar com a fúria de um homem que não devia ser desafiado. Infelizmente, ele as revelaria para um inimigo ainda maior. Ser o espião perfeito não tinha o mesmo brilho de antes.

— Hannah — disse de maneira automática. — O nome dela é Hannah.

CHINATOWN

Os gritos cortaram o silêncio da noite como uma navalha. Beca sentou-se na cama, assustada. Levou alguns instantes para que sua mente sonolenta entendesse o que estava acontecendo, mas, quando a voz do irmão e os sons de vidro quebrando ficaram mais altos, sentiu como se uma forte corrente elétrica passasse por seu corpo, fritando qualquer vestígio de letargia.

Em um salto, afastou a cortina do quarto. As luzes estavam apagadas e as janelas de proteção já tinham sido baixadas, mesmo assim, ela conseguia ver Edu se contorcendo de dor no chão da sala, as veias brilhando em um forte tom de azul. Beca já tinha presenciado muitas crises do irmão, mas a sensação de desespero que a assaltava era sempre a mesma. Um gosto amargo tomou sua boca enquanto corria para buscar os remédios na caixa de provisões da família; a mão tremia ao enfiar a seringa em uma ampola de sedativos e puxar o conteúdo transparente para o seu interior.

Aplicou a dose de costume no braço de Edu, usando o corpo para mantê-lo quieto no chão. O garoto chorava, qualquer sinal do sorriso de horas atrás completamente apagado. Ao seu redor, havia copos quebrados, assim como uma poça de água da garrafa que tomaram no jantar. O tablet que Emir lhes deu como pagamento também não resistiu ao surto e foi rasgado em dois como uma folha de papel.

— Vai ficar tudo bem, Edu, estou aqui com você — sussurrou Beca, tentando disfarçar ao máximo o tremor na voz.

A garota passou as mãos na testa dele, limpando o suor que se acumulava ali, e desenhou um padrão em sua bochecha para acalmá-lo. O remédio demorou mais que o normal para fazer efeito, mas, depois de longos vinte minutos, Edu parou de se remexer.

— Eu não aguento mais, Beca. — Soluçou, incapaz de conter as lágrimas. Virou o rosto de lado quando a irmã se levantou para acender as luzes.

Com a garganta apertada, Beca o ajudou a se sentar e começou a recolher o lixo espalhado pelo chão. Ele acompanhou seu trabalho com o olhar, soltando um lamento quando notou o estado do tablet de que tinha gostado tanto. As lágrimas passaram a cair mais grossas.

— Você devia ter me deixado morrer lá na névoa.

As palavras dele carregavam tanto desespero que Beca parou tudo o que estava fazendo e foi abraçá-lo. O corpo magro e suado estremeceu, tão frágil...

— Não fale desse jeito! — Segurou seus ombros. — Você pode controlar isso. Se o Rato conseguiu...

O soco que o garoto desferiu na mesa amassou o alumínio e derrubou boa parte do lixo que Beca havia recolhido. Ele fitou a irmã com uma raiva quente.

— Eu não sou o Rato!

Edu se levantou e empurrou a irmã para trás como se ela não pesasse nada. Sacudiu a cabeça, mas seu olhar pareceu ficar ainda mais perdido.

— Edu, calma... — falou Beca com cuidado quando viu que as veias no braço dele voltaram a brilhar com força.

"Por que o sedativo não está fazendo mais efeito?", pensou, assustada, observando o irmão andar de um lado para o outro.

— Estou cansado de ter calma! Estou cansado de toda essa *mierda*! — Ele socou a mesa mais uma vez, abrindo um buraco no tampo metálico. Arregalou os olhos diante da própria força, mas seu espanto durou apenas alguns segundos, sendo substituído pelo horror. — Sou um monstro, Beca. Um maldito Sombra!

— Nós vamos dar um jeito. Vou pegar mais sedativo...

— Não! — gritou Edu. — A culpa é sua! Você me trouxe de volta, você quis que eu vivesse desse jeito! Você é egoísta, Beca!

As palavras machucaram mais do que qualquer golpe que a garota recebera naqueles últimos dias. Aproximou-se devagar, tentando tocar no braço trêmulo, mas foi rechaçada com mais um empurrão. Sentindo pontadas no ombro, caiu sentada no chão e virou o tornozelo, causando uma nova fisgada de dor.

— Edu... Por favor...

Assim que viu Beca caída, com as duas mãos apertando o pé machucado, Edu perdeu o controle. Soltou um grito que mais parecia um urro e foi tomado por um surto diferente de tudo o que Beca já havia visto. A força raivosa do irmão só parecia aumentar. Ele terminou de destruir a mesa de jantar, transformando-a em um monte de metal retorcido, e a cada golpe seus braços ficavam maiores, como se ganhassem massa, e as marcas da névoa brilhavam mais. Em seguida, ele mirou a mesa do computador e deixou Beca horrorizada quando nem hesitou em destruir sua querida Angélica. Cabos voaram junto com placas e circuitos, os monitores foram rachados e, no final, só restou uma fumaça fedorenta.

Ofegante, Edu finalmente pareceu se dar conta do que havia feito. Olhou para as mãos inchadas e soltou um choro de horror. Beca tentou chamá-lo, mas Edu correu para a porta, fugindo como se um verdadeiro exército de Sombras o perseguisse. Ela praguejou enquanto tentava se colocar de pé. Queria correr atrás de Edu, mas o tornozelo doía como se uma faca o tivesse transpassado. Mancou até seu quarto e apanhou o comunicador.

— Vamos, *viejo*, atende essa *mierda*! — falou, mantendo os olhos fixos na porta escancarada.

Percebeu alguns vultos do lado de fora, provavelmente curiosos que ouviram a confusão e vinham saber o que se passava. Engoliu em seco ao lembrar das marcas azuis que ainda brilhavam quando o irmão deixou o apartamento. Pela primeira vez desde que soube da nova condição de Edu, teve medo de que ele machucasse alguém. Um estalo do outro lado da linha a tirou daqueles pensamentos sombrios. Beca não esperou que o pai fizesse as reclamações habituais por ser interrompido em um momento de relaxamento, jogou a bomba no colo dele sem qualquer restrição ou pena.

A mudança no comportamento do pai foi imediata: seu tom ficou sério e ele avisou que estava a caminho, desligando sem esperar resposta. Beca não teve dúvidas de que ele moveria mundos para voltar o mais rápido possível. Olhou ao seu redor, observando a destruição causada por Edu. Mancou até a caixa de remédios e apanhou dois analgésicos. Só então percebeu que suas mãos tremiam. A verdade era que estava apavorada. Se a Torre soubesse do que aconteceu... Tomou os comprimidos a seco, sentindo as bolinhas arranharem a garganta, torcendo para que a maldita dor no tornozelo passasse até seu pai chegar. Precisaria de toda sua habilidade de saltadora para trazer Edu de volta.

As horas seguintes foram marcadas por muita tensão e medo. Beca e Lion chamaram Velma para ajudá-los na busca por Edu — ela era a única pessoa, além deles, que já havia convivido com um transformado antes. Além disso, não confiavam na Torre e muito menos em desconhecidos, que não entenderiam a condição do garoto. Durante a madrugada, eles se separaram e varreram praticamente todo o Setor 2 sem encontrar sinal de Edu.

O tornozelo machucado de Beca havia parado de doer graças aos analgésicos, mas ela mal podia contar com o apoio, era como se caminhasse com uma pedra no lugar do pé. Quando o sol nasceu e os corredores do ME Miraflores começaram a ficar movimentados, ela decidiu retornar para casa. Ao chegar lá, encontrou Lion e Velma à sua espera. O pai tinha a cara amassada, o cabelo volumoso parecia mais arrepiado, a barba não escondia as rugas de preocupação.

A dona do bar a recebeu com más notícias: ouvira relatos de uma grande confusão no bloco Lapa, no Setor 3, mais precisamente na área dominada pelos chineses no ME Redentor.

— Ninguém sabe ao certo o que está acontecendo por lá, mas meu contato disse que um homem com a descrição de Edu parece ser o responsável.

Beca levou as unhas à boca, não sabia se corria desesperada para o Setor 3 ou se rezava para que o tal homem não fosse Edu. Seu corpo parecia pesar toneladas.

— Se ele machucou alguém por lá, a Torre já deve estar a caminho — falou a garota, odiando-se por esperar o pior.

Seu pai fez uma careta como se a condenasse por tamanho pessimismo, entretanto, já tinha em mãos o rádio improvisado que se safou do ataque e ligava para alguns dos seus contatos no Setor 3.

Beca largou o corpo em uma cadeira para massagear o pé inchado. Percebeu que Velma a observava com preocupação.

— Estou bem — garantiu. O foco ali deveria ser em Edu, não nela.

A dona do bar se aproximou e se ajoelhou, segurando em suas mãos trêmulas.

— Nós vamos achar *tu hermano*.

A jovem sentia que estava perto de desmoronar. Não era uma pessoa que se desesperava fácil, que chorava diante de uma situação impossível, mas, depois de tudo o que passou naqueles meses infernais, não se sentia nem um pouco forte.

— A culpa é minha, Velma, eu falhei — soluçou. — Não sei lidar com o que está acontecendo, ninguém sabe. Se ao menos Rato ainda estivesse aqui...

As mãos da dona do bar se apertaram mais sobre seus dedos.

— Não pense no Rato agora. Talvez ele fosse capaz de ajudar, talvez não. Vamos nos focar em trazer o Edu de volta.

Beca respirou fundo e anuiu sem muita vontade.

— Você é uma boa amiga, Velma. *Gracias.*

— Eu faço o que posso.

Naquele momento, Lion encerrou a ligação e se virou para as mulheres com uma expressão ainda mais tensa.

— Pelo que ouvi, um dos grupos chineses capturou o homem. Usei todo o resto de influência que tinha para impedir que eles o matassem. Precisamos ir agora mesmo, soldados da Torre já estão por lá e mais helicópteros estão a caminho. A nossa sorte, se é que posso dizer isso, foi que quem capturou o homem foi Zhao e não os Yeng. Só assim para conseguirmos um encontro.

— Eu vou sozinha. — Com a ajuda de Velma, Beca se levantou e encarou o pai. — Precisarei de suporte mesmo sem acesso à rede. Tem que ser você aqui no rádio, *viejo.*

— Você está ferida. Se as coisas saírem de controle, como vai tirar *tu hermano* de lá?

Ela forçou um sorriso repleto de falsa confiança.

— Eu dou meu jeito, sempre dei.

— Beca...

Lion não parecia nada satisfeito com aquela decisão, mas nem conseguiu completar sua fala: a garota já tinha mancado até seu quarto para separar os equipamentos. Ele olhou para Velma, que também tinha claros receios quanto ao plano.

— Quando ela põe algo na cabeça, é difícil argumentar.

— Já percebi — respondeu a dona do bar. — Eu posso ir com ela. Não tenho experiência, mas sei atirar e pilotar um helicóptero.

— Nem pensar, Velma. — Beca retornou antes que seu pai pudesse concordar com a proposta. — Eu vou sozinha, Edu é minha responsabilidade. Você fica aqui e prepara os remédios para quando voltarmos.

— Alguém precisa levá-la até lá — retrucou Velma. — Ou você pretende saltar até o Setor 3 e chegar bem depois dos homens da Torre?

— Ela está certa, *hija* — insistiu Lion.

Beca ainda queria negar, pois colocar Velma na mira da Torre não estava em seus planos, no entanto, como sempre desde que decidira saltar na névoa, Edu era sua prioridade. Faria de tudo para protegê-lo.

O helicóptero que Velma pilotava nem precisou pousar no ME Redentor para Beca perceber a crise que imperava por ali. As três aeronaves da Torre paradas no heliponto eram prova suficiente de que algo de errado ocorria dentro do megaedifício. Além disso, os poucos funcionários que cuidavam da cobertura tinham expressões fechadas, como se esperassem uma catástrofe a qualquer momento.

Ao pisar no chão, a garota lançou um olhar agradecido a Velma, puxou sua pistola e se preparou para correr. Pelo comunicador, ouviu a voz do pai reverberar:

— Velma vai sobrevoar o bloco. É melhor ficar no ar do que arriscar ser presa aí pela Torre.

— Entendido — respondeu Beca, descendo as escadarias do megaedifício em pulos largos. Precisava chegar no andar dominado pelos grupos chineses o quanto antes. — Quando tiver Edu comigo, entro em contato com ela e marco o ponto de encontro.

Cerca de quinze andares depois, Beca chegou no conhecido reduto chinês. Ofegava bastante, tinha uma camada brilhante de suor sobre a pele, mas nem pensou em parar. Olhou ao redor, absorvendo toda a diversidade daquele gueto que ainda preservava muitas das tradições de seus antepassados. Lanternas de papel vermelho iluminavam os corredores, dando ao ambiente uma coloração diferente do branco artificial das lâmpadas fluorescentes. Placas de todos os formatos e cores, grafadas em mandarim, tomavam as paredes e as barracas, que vendiam produtos dos mais variados, de pacotes de ração a amuletos feitos de animais e insetos mortos — prometiam proteção contra a névoa e os Sombras. Os cubículos que serviam de moradas e lojas sofreram alterações com o passar dos anos, mas estar ali era como adentrar um pedaço esquecido do passado, quando o véu não cobrira todos com suas desgraças.

Infelizmente, o efeito não durava muito, pois as paredes cinzentas do megaedifício continuavam visíveis e as transmissões da Torre explodiam pelas caixas de som espalhadas pelo andar. Além disso, um grupo de soldados caminhava mais à frente, armas em punho e rostos determinados. Beca os evitou, tomando um corredor paralelo no qual pôde ver os primeiros sinais de destruição: várias barracas quebradas, mercadorias espalhadas pelo chão em um tapete colorido, cheiros fortes. Vendedores conversavam entre si, as expressões variando entre indignação e medo.

— Aquele moleque apareceu do nada, gritando como um *loco*.

— Os olhos dele brilhavam como os de um Sombra.

— Que o véu o engula e não devolva nunca mais!

Assim que ouviu aquelas palavras raivosas, Beca acelerou ainda mais o passo. A maioria das pessoas a ignoravam, preocupadas com seus próprios problemas, mas algumas pararam para prestar atenção à sua passagem. Os olhares que recebeu não podiam ser mais antagônicos.

— Aqui está uma zona, só espero que ninguém do bando dos Yeng me reconheça — comentou Beca em voz baixa ao recordar a troca frustrada que quase lhe custou a vida.

Ao parar em frente ao local indicado, reparou que ele parecia ser uma loja de antiguidades, com itens variados que foram resgatados das entranhas do véu por mergulhadores clandestinos. Beca abriu a porta destrancada com um empurrão. Apesar do espaço apertado, havia uma enorme quantidade de produtos nas prateleiras da loja. Garfos tortos escurecidos, copos trincados, livros com páginas amareladas carcomidas. Nada era tecnológico, pois a Torre passava um pente fino em itens que poderiam lhe ser úteis, mas a variedade de bugigangas impressionava. Em outra situação, Beca pararia para dar uma olhada mais atenta, mas naquele momento só Edu importava.

Ela pulou sobre o balcão de ferro no canto oposto à entrada e se dirigiu para uma porta escura atrás dele. Ao girar a maçaneta, encontrou-a travada. Não teve opção senão dar batidas fracas na madeira, que mesmo assim lhe pareceram altas o suficiente para chamar a atenção de todos os soldados nas redondezas. O estalo da fechadura destrancando encheu a garota de receio. Um rosto magro e desconfiado apareceu, e o homem a observou da cabeça aos pés sem dizer uma única palavra.

— *Hola*, sou *hija* do Lion. Zhao sabe que eu viria.

Uma voz abafada veio de dentro da outra sala. Beca não entendeu o que dizia, mas foi o suficiente para o homem abrir o caminho. Ela entrou devagar, com péssimas recordações da última vez que negociou em um lugar isolado, porém manteve o rosto imperturbável. A sala era menor do que o restante da loja. Quatro pessoas estavam lá dentro: o homem que a recebeu, uma mulher com uma cicatriz antiga na bochecha esquerda, um garoto encolhido num canto segurando o braço, que parecia quebrado, e, deitado entre eles, o causador de todo o caos no megaedifício.

Até aquele momento, Beca alimentava a esperança de que encontraria um desconhecido chapado demais com *marihu* para se dar conta do que tinha feito, no entanto, o rosto desacordado lhe era muito familiar. Engoliu o ar como se tivesse tomado um soco no estômago.

— É o Edu — sussurrou para o pai.

— Você é filha do Lion? — perguntou a mulher. — Eu sou Zhao.

Beca anuiu, com dificuldade em formular palavras diante do irmão desacordado. O grupo de Zhao havia amarrado os braços dele para trás, a cabeça pendia pesadamente para a frente, o queixo afundado no peito magro. Suas roupas estavam rasgadas e sujas, o rosto repleto de arranhões.

— O que aconteceu com *mi hermano*?

Zhao guardou sua pistola na parte de trás da calça, um sinal de paz que Beca não deixou passar e lhe facilitou a respiração.

— Ele apareceu logo ao amanhecer, saiu quebrando tudo como se estivesse com um demônio no corpo. No fundo, acho que está mesmo. — Ela olhou para as marcas sombrias nos braços do garoto, pelo menos elas não brilhavam mais. — Ele machucou muita gente, incluindo meu companheiro ali.

Beca olhou com pena para o garoto que lamentava baixinho, mas sabia que de nada adiantaria pedir desculpas. Ela mordeu o lábio inferior, tensa. Uma pergunta lhe atormentava os pensamentos, mas tinha muito medo de fazê-la. Zhao pareceu ler o receio em seu olhar.

— Creio que ele não matou ninguém.

Aquela informação não diminuiu o peso no peito de Beca, mesmo assim, ela sentiu certo alívio. Edu havia machucado pessoas e a Torre não perdoaria isso, mas pelo menos ele não viveria com a culpa de ter matado alguém.

— Como vocês o pararam? — Ela procurou sinais de ferimentos mais graves no irmão.

— Ele simplesmente desmaiou — respondeu Zhao, dando de ombros. — Depois de quebrar tudo, sua força pareceu se esgotar e ele desabou. As pessoas estavam com medo de chegar perto, então pedi para meus garotos tirarem ele de lá, achei que poderia me dar alguma vantagem. Pelo visto, estava certa.

O sorriso cobiçoso que ela endereçou a Beca foi o sinal que a garota precisava para começar uma negociação.

— Qual é o seu preço? — disse, encarando os olhos escuros de Zhao.

A mulher cruzou os braços magros sobre o peito, em seu elemento.

— Não é apenas uma questão de preço. Você sabe que só não avisei Emir sobre o garoto porque tenho uma velha amizade com o seu pai, e, além disso... soube o que você fez com os Yeng. — Ela sorriu, mostrando os dentes pequenos e amarelados. — Gosto de conhecer aqueles que prejudicam meus adversários.

— Eu só quero ajudar *mi hermano*, nada mais. — Beca não estava com paciência para aquele tipo de jogo. Cada vez que olhava para Edu, sentia como se uma mão invisível comprimisse sua garganta. — Qual é o seu preço?

— O que você tem para me oferecer? — Zhao contrapôs, sem pressa.

Beca mordeu o lábio para não falar alguma bobagem. Estava tão nervosa que não conseguia raciocinar direito, a combinação de dores no corpo e uma péssima noite de sono só piorava a situação.

— Ofereça o pagamento que recebemos da Torre, *hija* — disse Lion, sem mostrar qualquer remorso em se livrar de verdadeiros tesouros. — Comida orgânica, armas, tudo. Ofereça!

Beca não hesitou. Repetiu as palavras do pai e sentiu uma pequena ponta de satisfação quando viu os olhos de Zhao se arregalarem.

— Isso é o suficiente? — provocou ao final, esperando pela resposta.

— Onde estão todos esses itens? — questionou Zhao, recuperando-se depressa para esconder a cobiça sob uma máscara de cautela. — Como posso confiar que vão me entregar o que estão prometendo?

— Você não é uma velha amiga de *mi padre*? Deveria saber que nós nunca desfazemos um acordo.

Zhao ficou em silêncio por alguns instantes, refletindo. Trocou olhares com seus companheiros antes de tomar sua decisão.

— Tudo bem, mas, se mentir para mim, saiba que sou muito mais rancorosa do que os Yeng.

Beca apenas acenou com a cabeça, reconhecendo a ameaça. As duas se encararam por um minuto que pareceu interminável antes de Zhao autorizar que ela fosse até Edu. A garota se ajoelhou ao lado dele e chamou por seu nome, mas o garoto continuou desacordado.

— Nem tente — explicou Zhao. — Ele está sedado pra valer, não queríamos que acordasse irritado e machucasse mais alguém.

Com um aceno, Beca pegou o irmão pela cintura e o colocou de mal jeito nas costas. Ela sentiu uma dor fina no ombro e no pé, e precisou de alguns momentos respirando forte pelo nariz. Além de tudo, aquela posição lhe trouxe mais lembranças ruins, de quando fugia do laboratório da Legião. Sentia-se à beira de um colapso, mas precisava prosseguir.

Encarou Zhao uma última vez.

— Lion vai acertar os detalhes da entrega do seu pagamento. — Pensou duas vezes antes de continuar, mas decidiu falar, apesar de tudo. — *Gracias* por manter *mi hermano* seguro.

Zhao ficou séria.

— Espero que consiga ajudar esse garoto. Cuidado lá fora.

Beca não perdeu mais tempo e saiu, o rosto retesado pelo esforço. Só queria correr pelos corredores do gueto o mais rápido possível, mas sabia que qualquer descuido a levaria para onde a Torre desejava.

— Qual caminho, *viejo*?

Como a resposta do pai demorou a vir, ela supôs que ele estava com dificuldade de achar uma boa saída sem o auxílio do computador.

— Eu não tenho como lhe dar direções exatas, *hija* — lamentou ele. — Mas estou ouvindo o rádio dos soldados, parece que eles se concentraram na ala leste do gueto. Então, vá para o outro lado, vou marcar o ponto de encontro com a Velma no ME Carioca.

Beca não gostava de agir com informações escassas, mas precisava trabalhar com o que tinha. Saiu da loja olhando para todos os lados. Além dos vendedores, havia alguns compradores que se convenceram de que o perigo passara e, felizmente, não viu sinal de soldados. Tomou a direita e tentou caminhar pelas sombras. Ela não era rainha da discrição, e de nada ajudava carregar um garoto desacordado consigo, mas, se corresse como se um Sombra a perseguisse, tudo estaria perdido.

Não conseguiu ir muito longe até se deparar com problemas. Um soldado que caminhava sozinho, arma em punho e expressão desconfiada como se estivesse perdido do restante do seu grupo, deu de cara com Beca ao dobrar uma esquina. Os olhos de ambos se arregalaram e ele logo voltou sua atenção para o garoto nos ombros dela. Sem tempo para tomar uma decisão melhor, a única reação de Beca foi girar o corpo com força, acertando a cabeça do soldado com as pernas de Edu. Ele se apoiou na parede buscando equilíbrio, e ela correu em disparada, sentindo cada passo. Os gritos dele pedindo reforços ecoaram pelo corredor como se a perseguissem.

— Eles me acharam! — gritou pelo comunicador.

Lion praguejou e ela conseguiu ouvir seus socos contra a mesa de casa. Queria alfinetar, dizendo que destruir o que restou dos equipamentos não a tiraria daquela situação, mas teve que engolir as palavras ao avistar um grupo de homens da Torre no fim do corredor pelo qual corria. Freou bruscamente, soltando um gemido dolorido quando os pés deslizaram pelo piso acidentado. Armas foram apontadas em sua direção junto a ordens para que ficasse parada, mas ela nem pensou em obedecê-las. Avistou um vão entre duas lojas, uma falha nas paredes de compensado, que a levaria para a rua do outro lado. Enfiou-se lá o mais rápido que conseguiu, ouvindo balas zunirem e gritos se levantarem diante dos estampidos.

— O que eu faço? — perguntou, enquanto espremia a si e o irmão para a saída no outro corredor. — Eles vão me cercar!

— Acabei de falar com um teleportador — disse Lion, apressado. — Ele vai aí te pegar. Onde você está?

Ela olhou ao redor do novo corredor. Muitas barracas de feira tinham pedaços de carne seca pendurados em ganchos, provavelmente ratos caçados nos níveis mais baixos do bloco, mas havia também algumas aves depenadas.

— No mercado de carne!

— Certo, vou passar as coordenadas para o Vlad. Tente se esconder até ele chegar.

— Você entrou em contato com o Vlad?! — Beca não escondeu a surpresa enquanto se esgueirava pela fileira de barracas que exalava odores azedos. — Ele é o teleportador mais caro da Zona da Torre!

— Isso não me interessa — falou Lion, irritado. — Além disso, ele era o único disponível no Setor 3. Depois que Richie tomou o Setor 4, está cada vez mais difícil encontrar Alterados que não pertençam à Torre ou ao Sindicato.

— Com o que nós vamos pagar esse cara? — insistiu ela. — Já prometemos tudo o que tínhamos para a Zhao.

— Nem tudo — Lion tinha o tom sombrio. — Concentre-se na fuga, *hija*.

Beca não insistiu, realmente precisava se focar. Colocou um Edu ainda desacordado no chão, devidamente escondido atrás de um amontoado de caixas vazias, e acariciou o rosto dele para limpar o suor gelado que se acumulava nos lábios e na testa, prometendo baixinho que daria tudo certo. Um vendedor magro com rosto enrugado apareceu de repente e Beca colocou um dedo sobre a boca pedindo silêncio.

O homem não teve tempo de reagir, porque as vozes altas dos soldados armados logo ganharam o corredor, causando um pequeno caos entre as pessoas que circulavam. Beca enrijeceu, agachada em seu precário esconderijo, quando viu um novo grupo de soldados aparecer no lado oposto dos demais. Praguejou em silêncio: sua única saída também fora bloqueada.

Os soldados se aproximavam com cautela, alguns andavam por trás das barracas, derrubando lixo e entulho acumulados pelos vendedores. Em breve, nem mesmo as caixas vazias conseguiriam escondê-la. Um deles gritou, prometendo boas recompensas para quem lhe desse informações sobre Beca.

Ela percebeu o olhar cobiçoso do vendedor ao seu lado, mas, antes que ele falasse algo, a garota sacou a arma e encostou em sua barriga, repetindo o sinal de silêncio com o dedo, dessa vez pontuado pelo aperto do cano da arma. O velho engoliu a delação como se tivesse um gosto amargo e fez um aceno curto com a cabeça.

Ela puxou o homem para se aproximar de Edu. Não tinha como carregá-lo e manter a pistola grudada no velho ao mesmo tempo, mas ficar parada por mais tempo era eliminar qualquer chance de fuga. Precisava tomar uma decisão.

— Cadê o Vlad? — sussurrou pelo comunicador.

— Ele está indo, Beca. Espere só mais um pouco.

— Não tenho esse tempo!

Encurralada, ela perdeu a paciência. Rapidamente, ergueu-se e acertou o vendedor com um golpe certeiro da coronha da pistola. Ele gemeu baixinho, mas na queda suas mãos acabaram puxando boa parte da carne seca para o chão, causando um belo estrondo. Beca não teve tempo para amaldiçoar sua falta de sorte. Puxou o irmão desacordado de pé e apontou a arma para o soldado mais próximo.

— Parado! — gritou, tentando expulsar o receio que fazia seu corpo tremer. — Nem mais um passo!

O soldado parou, mas manteve o rifle apontado para Beca. Ela tremeu com o laser vermelho sobre si, mas não recuou. Precisava ganhar tempo.

— Você está cercada. Entregue o garoto e venha sem resistir — falou uma voz feminina às suas costas.

Beca não se virou, mantendo a mira fixa no soldado parado à sua frente. Sabia que, no momento em que se distraísse, perderia o irmão. Deu um passo para o lado, desviando-se das caixas e caminhando para a rua. Moradores do megaedifício a observavam como se fosse um dos Sombras. Ela não ligou; seu plano era se aproximar deles e dificultar a mira dos soldados. Eles não atirariam no meio de tanta gente, não enquanto pudessem evitar.

— Vou repetir: entregue o garoto e se renda — insistiu a soldado às suas costas.

— Isso não vai acontecer. — Beca forçou um sorriso. — Podem avisar o Emir que em *mi hermano* ele não toca.

Edu pesava em seu braço, escorregando a cada passo que dava. Os soldados perceberam isso e se prepararam. No comunicador, o silêncio de Lion era como um mau agouro. Mais pontos vermelhos surgiram sobre a garota e Edu enquanto os moradores do gueto pareceram prender a respiração. Beca queria chorar, gritar e atirar, mas se manteve parada. Restava-lhe apenas uma opção, algo que ela odiava cogitar.

A pistola se moveu devagar, ainda assim alertando os soldados. Eles não atiraram, e aquilo deu a Beca um pouco mais de segurança.

Quando encostou o cano gelado da arma na testa do irmão, recebeu olhares e exclamações incrédulos de todos ao seu redor. Respirou fundo, tentando conter a tremedeira no braço, que doía cada vez mais. Seus olhos marejaram.

— Eu sei que o Emir quer *mi hermano* vivo, mas... — falou com um sopro de voz. Não conseguia encontrar forças nem para ameaçar.

O soldado à sua frente desviou o olhar para os companheiros, provavelmente aguardando ordens. A mulher que parecia liderar o grupo pigarreou incomodada.

— Você não quer fazer isso — disse, descrente.

— Tem razão, não quero — respondeu Beca. — Mas vocês não me dão outra saída.

Ela nunca seria capaz de machucar o irmão, mas esperava que os soldados não enxergassem além do seu blefe. Culpava a exaustão pelas lágrimas que caíam livremente naquele momento. Lembrou do rosto desesperado de Edu na noite anterior, do quanto ele lamentava ter sido resgatado, e se perguntou se um dia aquela condição maldita desapareceria. O momento de indecisão dos soldados não durou muito, suas palavras de ordem ficaram mais enérgicas e Beca apertou mais a arma contra o irmão. Ela o ouviu soltar um suspiro e sentiu seu coração paralisar. Edu estava acordando.

"Não, não, não!", pensou, apavorada. Se Edu despertasse numa situação como aquela, nada garantia que não tivesse outro ataque. Além disso, o que pensaria dela ao notar a arma engatilhada em seu rosto? Será que a odiaria ainda mais? Uma pequena ventania chamou a atenção de Beca, que sentiu seu peito se encher de esperança. A figura magra de Vlad ganhou foco ao lado da garota, como a imagem de um monitor recém-ajustado. Ele agarrou o braço dela em um aperto firme.

— Mais um pouco e eu me atraso para *la fiesta*, não? — Sua voz grossa tinha um forte sotaque russo, característico do grupo alguns andares acima.

— Tire a gente daqui! — gritou Beca, incapaz de aguentar mais tensão.

A mira dos soldados sobre si foi tudo o que Vlad precisou para agir. Beca sentiu a familiar fisgada no abdome ao ser teleportada.

Fechou os olhos, pois os estampidos dos tiros vieram antes do que esperava, porém não sentiu dores novas.

Ao abrir os olhos outra vez, deparou-se com uma sala escura e fedida. Vlad, com seu cabelo escuro que chegava até os ombros, preso em um rabo de cavalo malfeito, continuava com a mão pesada sobre seu ombro. Ele grudou o indicador ao lábio, pedindo silêncio, em seguida apontou para uma janela nublada por sujeira. Mesmo com a camada que dificultava a visão, Beca conseguiu observar que ainda estavam no gueto chinês.

— Já vamos, só preciso me concentrar. Teletransportar duas pessoas não é tão simples, *chica*. Preciso recuperar o fôlego — disse ele com um sorriso cansado, como se pedisse desculpas.

Beca assentiu, tensa. Sabia das dificuldades do teletransporte, mas isso não significava que aceitava de bom grado ainda estar na zona de perigo. Mesmo porque os gritos dos soldados pareceram mais próximos. Abraçou Edu com força, sentindo que aos poucos o corpo dele se tensionava. Logo despertaria completamente.

— Temos que dar o fora.

Vlad parecia pronto para dar uma resposta sarcástica, mas pensou duas vezes ao prestar atenção no braço trêmulo da garota, que se agarrava ao irmão como se fosse sua corda de salvação.

— Se eu não chegasse a tempo, você iria mesmo atirar? — perguntou.

Beca não respondeu, mas sentiu a arma pesar em sua mão. A vontade que tinha era de jogá-la contra a parede, mas se forçou a colocá-la na cintura.

Vlad pareceu se divertir com o mistério. Tocou de leve no ombro de Beca, sinalizando que estava pronto. Ela prendeu a respiração e sentiu um novo empuxo. Repetiram aquele processo por mais cinco vezes, teleportando para uma região mais distante do megaedifício, esperando alguns minutos para Vlad se recuperar e partindo outra vez. Demorou quase meia hora, mas chegaram no ME Carioca, onde um helicóptero conhecido a esperava com os motores ligados.

— *Chica*, sei que não é da minha conta o que perguntei antes... — Vlad deu de ombros. — Só fiquei curioso, *tu padre* me ofereceu um pagamento fora de série para, no fim, você ameaçar *tu hermano*... Não deixa de ser irônico.

— O que o Lion te prometeu? — perguntou com medo da resposta, sem achar graça naquela situação.

— Ah, isso você vai ter que ouvir da boca dele.

Além de Velma, concentrada no lugar do piloto, Beca se surpreendeu ao avistar seu pai. Ele abriu a porta da aeronave, surgindo bastante descabelado com a ventania das hélices, agarrou Edu com força e beijou o rosto do filho como se fosse a última vez que o veria. O garoto, que já tinha despertado e parecia abatido, não retribuiu o carinho, mas pareceu relaxar. Lion o colocou para dentro e estendeu a mão para ajudar a filha a subir.

Mesmo exausta, Beca notou a troca de olhares entre o pai e o teleportador. O serviço estava feito, e o pagamento era exigido.

— Aqui está o código de entrada. Faça bom proveito da sua nova casa.

Vlad deu um largo sorriso.

— Foi muito bom fazer negócios com você, Lion. Prometo que vou cuidar da cobertura com carinho. — O freelancer sumiu com uma lufada de vento, afoito para ver o pagamento com os próprios olhos.

— *Puta madre*! Você deu a nossa casa pra ele? — Beca não escondeu o choque. — Isso é sério?

Lion suspirou, fechando a porta do helicóptero e sinalizando para que Velma partisse. Ele sentou-se ao lado da filha e a abraçou conforme o vento sacudia a aeronave.

— O que fazemos agora que não temos nem casa? — perguntou ela, deixando que o calor do corpo do pai confortasse um pouco as dores que sentia.

— Não podemos mais ficar na Zona da Torre, *hija*. — Lion a encarou com uma expressão triste. Era duro para ele abandonar tudo o que havia construído. — Não se queremos *tu hermano* em segurança.

— Para onde vamos?

Lion esfregou os olhos cansados e se afastou dela para abraçar Edu, que estava cabisbaixo. As pálpebras do garoto tremiam.

— Vamos ficar com os Falcões — sussurrou o pai, derrotado. — É o único jeito.

UM MÊS PARA O CHAMADO DE GUERRA

TRANSMISSÃO 24.111

Ano 53 depois do véu.

Você ouve agora Emir, direto da Torre.

Depois dos últimos acontecimentos no Setor 3, sinto que devo uma explicação ao povo da Zona da Torre. É com o coração pesado que assumo essa responsabilidade. Sei que minhas próximas palavras vão mudar completamente o modo como vivemos, mas a hora de revelar a verdade chegou, vocês merecem saber o que de fato habita dentro do véu. Peço que escutem com atenção e não se deixem levar pelo medo. Não agora.

Desde o retorno de Eduardo Gonçalves à Nova Superfície, nós descobrimos informações muito importantes sobre os Sombras. Não há forma fácil de contar o que sabemos, por isso serei o mais direto possível. Os Sombras não são monstros ou criaturas saídas de livros da fantasia, muito pelo contrário. Eles são ferramentas, soldados que seguem ordens claras de seus comandantes.

E quem são esses? Eu respondo com toda a certeza: são pessoas assim como nós, mas desprezíveis, que se intitulam de Legião. Monstros que acreditam que a eugenia é a solução e destroem toda uma civilização, que assumem a responsabilidade total pela desgraça causada ao nosso mundo.

A Legião criou a névoa e agora a utiliza a seu favor. A Legião criou os Sombras e nos oprime com eles. A Legião é a nossa nêmesis, e eu juro pelo nome de meu pai, o grande Faysal, que farei de tudo em meu poder para derrotá-la.

Os tempos mudaram, precisamos estar juntos para o que vem pela frente. Aos Alterados que deram as costas para a Torre em busca de propostas tentadoras, ainda há tempo de voltar atrás, nosso recrutamento continua.

Nos próximos dias, darei todos os detalhes sobre nossas descobertas, tudo o que precisam saber será revelado. Sem mentiras, sem demagogia.

Quero deixar claro que Eduardo Gonçalves e sua família foram exilados por minhas ordens, que não permitirei infectados entre nós. Não aceitarei que o povo da Zona da Torre corra perigo por causa de pessoas que se recusam a aceitar sua condição de ameaça.

O momento é de cautela. Imagino que todos vocês devem ter muitas perguntas, e me comprometo a responder o que puder. Não se enganem, não ficaremos acuados diante de nossos inimigos.

Pensem e pesem com cuidado tudo o que contei a vocês. Sinto por trazer notícias tão perturbadoras, mas já perdemos tempo demais com conflitos internos. Temos que nos unir! A guerra se aproxima de um jeito ou de outro, a Zona da Torre precisa se preparar antes que seja tarde.

E eu garanto, a Torre vai lutar! Vamos acabar com a Legião e seu reino de terror, mas para isso precisamos de tempo, união e coragem. Mostrem que são como o grande Faysal, não se deixem levar pelas incertezas. Acreditem na Torre!

FALCÕES

Os gritos de incentivo tomavam o salão em ruínas. O cheiro de suor impregnava o ar, resultado das várias pessoas amontoadas ali para assistir a mais uma luta. Homens e mulheres batiam palmas, comemorando cada golpe. Beca se mantinha afastada, sentada em uma das poucas mesas em bom estado. O barulho a incomodava, mas ela preferia estar ali, no meio dos agitados membros do bando dos Falcões, do que sozinha em seu quarto, aguentando o silêncio que pesava cada vez mais em seu coração.

Pequenas peças metálicas, partes desmontadas de uma pistola bem enferrujada, se espalhavam pela superfície da mesa, um quebra-cabeça que, quando terminado, traria mais morte. Com paciência, Beca lixava a camada de sujeira, espalhando um tapete de poeira acobreada sobre si. Um berro mais alto, completamente empolgado, acabou atraindo sua atenção para a luta, e ela se virou a tempo de ver a lutadora acertar uma joelhada no peito do adversário, que caiu sentado como um boneco desconjuntado. Ele nem teve tempo de se recuperar e ela já o pressionava contra o chão, desferindo socos em seu rosto inchado.

Beca não precisava ver o resto da luta para saber qual seria o resultado, por isso voltou a trabalhar na arma. A faca que usava para lixar a ferrugem já estava perdendo o fio, tornando a tarefa mais demorada do que deveria ser, mas ela até achava bom. Precisava manter a mente distraída, principalmente com a montanha-russa de emoções que seu exílio forçado ainda ocasionava. Suspirou ao pensar em problemas que pareciam insolúveis.

Já fazia seis meses que ela e sua família haviam deixado a Zona da Torre. Seis meses desde que Emir praticamente jogou sobre as costas de Edu a culpa pela verdade sobre a Legião ser ocultada. Ele afirmava que a Torre preferiu manter segredo sobre o que descobriu a respeito dos Sombras para ajudar alguém que, no final, não queria ser ajudado.

Beca nunca imaginou que o desgraçado usaria o que aconteceu no gueto chinês para enfim explicar a origem do véu e ainda tentar se eximir de qualquer responsabilidade sobre a ocultação da verdade, bancando o protetor preocupado. A jogada, porém, não pareceu funcionar bem: a situação da Torre nunca estivera tão tensa. Mesmo distante, os Falcões recebiam notícias sobre os conflitos internos cada vez mais recorrentes, sobre ataques sombrios que só alimentavam a descrença da população.

Como agora os inimigos passaram a ter nome e origem, as pessoas exigiam uma retaliação que a Torre talvez nunca estivesse preparada para executar. A pressão sobre Emir era enorme, e ele continuava pregando união e paciência, garantia que a Torre nunca se acovardaria, mas, com o passar dos meses, suas palavras soavam vazias. Beca não sabia o que ele pretendia, e temia que os outros setores seguissem o rumo do Setor 4. O Sindicato parecia cada vez mais preparado para expandir seu território, o que não era nada bom para a manutenção da Zona da Torre.

Mesmo exilada, ela sabia que uma possível queda da Torre também traria consequências graves para os Falcões. No passado, Beca quis muito que a verdade fosse revelada para as pessoas, mas as consequências disso se mostravam desastrosas. Era impossível não sentir saudades da eficácia da mentira, e a ironia a deixava com um gosto amargo na boca. Em momentos como aquele, perguntava-se o que Rato pensaria da situação, afinal, mentiras e subterfúgios sempre foram seu forte. Será que defenderia a revelação da verdade ou teria guardado os horrores consigo?

Beca balançou a cabeça e passou uma flanela imunda no cano desmontado, verificando que ainda havia pontos esquecidos na limpeza. Praguejou baixinho com vontade de jogar todas aquelas peças para o alto, mas sabia que, nas condições em que os Falcões viviam, mesmo a arma mais envelhecida tinha grande utilidade. Persistiu.

— Quer ajuda?

Lion puxou uma cadeira torta de encosto quebrado, sentando-se ao lado da filha. Apoiou o cotovelo na mesa para observar o que ela fazia. Sua juba espessa parecia ainda mais desgrenhada depois de meses de descaso, e a barba tinha ganhado mais volume.

— Achou esse lixo onde? — perguntou ele, cutucando uma das peças que Beca havia terminado de raspar.

— Na última exploração daquele arranha-céu vizinho — respondeu a garota, testa franzida em concentração para tirar a última mancha do cano.

— Não me admira ninguém ter pegado essa arma antes, não deve nem atirar.

Aquele comentário lhe rendeu um olhar zangado, o que fez o pai repensar sua linha de conversa, concentrando-se por um momento na luta agora encerrada.

— Gina venceu de novo.

— É óbvio que Gina venceu — comentou Beca, sem esconder a irritação com o papo-furado do pai. Sabia que ele estava ali por algum outro motivo. — Quantas lutas dela você assistiu e o resultado foi diferente?

Ele deu risada, sacudindo a cabeça como se tivesse merecido o sarcasmo.

— Da próxima vez, vou apostar nela para ganharmos uma carne de rato para incrementar o jantar.

Beca teve que conter o arrepio. É claro que o bando dos Falcões não tinha acesso à ração criada pela Torre, e ela nunca pensou que sentiria tanta falta daquela gororoba. Na Periferia da Névoa, rato assado era uma especiaria que todos desejavam. Ela deixou a limpeza de lado.

— Por que está aqui, *viejo*? Aconteceu alguma coisa? É o Edu?

Como sempre, sua preocupação inicial era com o irmão, que não sofria um surto sério havia duas semanas, mas vivia apático e irritadiço. Graças ao racionamento, ainda tinham remédios que ganharam da Torre, uma das poucas coisas que Lion pegou em casa antes do exílio.

— *Tu hermano* está bem, Beca. Vim aqui a pedido do Ernesto, ele quer falar com você.

Ao ouvir o nome do líder dos Falcões, a jovem endireitou a postura.

— Falar sobre o quê?

— Não sei, provavelmente mais uma missão de exploração.

— Bom, antes isso do que uma reclamação sobre o Edu — comentou ela. Levantou-se, esticando os braços doloridos pelo trabalho. — Acho melhor ir logo saber o que ele quer.

— Beca... — chamou o pai. Os olhos azuis se estreitaram enquanto ele parecia debater se deveria continuar falando ou não. Com um suspiro cansado, completou: — *Hija*, você não precisa ir em toda missão que o Ernesto pede.

Ela comprimiu os lábios e desviou o olhar. Do outro lado do salão, Gina era cumprimentada por seus admiradores. Estava coberta de suor e com um hematoma feio na bochecha, mas parecia radiante com a nova vitória. Ela era musculosa e entroncada, cabelo preto grudado no belo rosto redondo. Mais um pouco, e viraria uma lenda como Gonzalo.

— Preciso, sim — desabafou. — Quanto mais formos úteis aqui, melhor.

Até o momento, ainda que os surtos do irmão causassem desconforto entre o bando, não era nada comparado com o que acontecia na Zona da Torre. Ainda não havia animosidade, os Falcões se mostravam receptivos com os novos moradores, principalmente pela ajuda que Beca dava nas missões de exploração e pelas informações exclusivas sobre a Legião. Conhecer os verdadeiros inimigos da Nova Superfície era de interesse de todos, não só de quem tinha a proteção de Emir. Para manter aquela boa convivência, ela se esforçava ao máximo, mesmo que em certos momentos seu corpo implorasse por descanso.

— Eles não vão nos chutar daqui na primeira oportunidade, *hija*. — Lion tentou racionalizar, ciente dos medos dela. — Ernesto é meu amigo!

— Você não sabe disso — sussurrou Beca. — Edu é imprevisível. E se ele atacar alguém?

Depois de tudo o que aconteceu, aquela era sua maior fonte de pesadelos. Sonhava constantemente com o bando dos Falcões dizimado pelas mãos do irmão, completamente transformado em Sombra e perdido para sempre.

— Acredite em *tu hermano*.

"Eu realmente gostaria", pensou com tristeza, mas preferiu não deixar que o pai soubesse de suas incertezas. Suspirou, cobrindo seus medos com a máscara de força.

— Essas explorações me lembram do nosso velho negócio, *viejo*. É bom voltar a saltar pelos prédios, mesmo que não seja pelos mesmos motivos.

Seu pai lhe endereçou um sorriso cúmplice, mas triste.

— Eu também sinto falta do trabalho — compartilhou, passando as mãos pelo cabelo —, mas a nossa situação é bem diferente agora, você não precisa provar nada a ninguém.

Ainda cheia de dúvidas, Beca simplesmente começou a se afastar.

— Beca — chamou ele, depois de vê-la dar alguns passos. — O quarto do Ernesto é para o outro lado.

A garota deu um sorriso envergonhado.

— Eu sei, mas preciso pegar algo no nosso quarto antes. — Seu pai ergueu uma das sobrancelhas, e Beca desviou o olhar. — Encontrei um brinquedo para *la niña*. Está na minha mochila.

As emoções que passaram pelo rosto do pai a deixaram ainda mais desconfortável. Sentiu as bochechas corarem e não esperou por qualquer comentário.

Beca percorreu os corredores sombrios com passos experientes. O bando dos Falcões ocupava somente três andares daquele arranha-céu, mantendo-se reunido para facilitar a proteção contra os ataques dos Sombras. Depois de meses ali, ela já gravara todos os caminhos, as imperfeições das paredes, e conhecia a maioria das pessoas que preferiam ficar jogadas pelo chão. Algumas lamentavam suas dores, outras apenas descansavam, mas para Beca já eram como vizinhos de longa data.

Ela empurrou a porta do quarto apertado que dividia com o pai e o irmão. Do outro lado, as paredes encobertas por plástico preto, que escondiam a tinta descascada e as infiltrações, a receberam como um véu de luto. Deitado no colchão fedorento, de olhos fixos na parede, Edu parecia estar em transe.

— *Hola* — falou Beca, esforçando-se para engolir o desconforto. Quando foi que conversar com o próprio irmão se tornou tão difícil? — Eu só vim buscar um negócio aqui, não vou demorar.

Edu continuou imóvel, o aperto firme na manga do moletom largo era a única indicação de que ouvira a irmã. A garota respirou fundo, disfarçando o quanto ser ignorada a magoava. Desde que chegaram nos Falcões, o irmão tinha começado a se isolar, e agora, depois de meses, o distanciamento já era quase total. Ele mal conversava com a família, era como se não estivesse mais na realidade deles.

Agir com normalidade ficava cada dia mais difícil. Havia um abismo entre os três, algo tão profundo e obscuro que nem mesmo uma saltadora experiente poderia atravessar. Beca ajoelhou-se diante do próprio colchão e apanhou a mochila largada ali. As mãos reviraram o interior com pressa, pois, quanto mais Edu a ignorava, mais ela sentia sua presença. Achou a pequena boneca de plástico que tinha resgatado em uma das últimas explorações. O brinquedo não tinha cabelo e um dos olhos havia sido arrancado, dando-lhe uma aparência macabra, mas ainda assim podia ser aproveitado por uma criança. Pelo menos ela esperava que a pequena Penélope gostasse. A mão voltou à mochila e retirou de lá um novo item, um *smartwatch* sucateado, mas com a tela tátil em bom estado. Apertou o aparelho contra o peito.

Quando se levantou, olhou de volta para o irmão, que continuava na mesma posição, como uma estátua. Ela lutou contra a vontade imensa de sacudi-lo pelos ombros e berrar sua mágoa. Deu dois passos na direção dele e, com cuidado, colocou o *smartwatch* na ponta do colchão, perto do pé descalço.

— Encontrei isso e achei que você ia gostar.

O garoto pareceu não se importar e se manteve de costas para a irmã. Beca sentiu os olhos arderem, mas se recusou a chorar. Deu meia-volta e saiu do quarto, sem saber como se aproximar de uma das pessoas mais importantes de sua vida.

O caminho até o quarto de Ernesto foi feito de maneira quase instintiva. Beca deu duas batidas secas na porta antes de ouvir uma voz abafada pedindo que entrasse. Engoliu os últimos sinais de preocupação com Edu e voltou a usar sua máscara.

Estava ficando muito boa nisso, talvez tivesse aprendido alguma coisa útil com Rato.

Ernesto a recebeu com um aceno cordial, ajoelhado diante de um rádio com boa parte dos circuitos à mostra, e apontou para o único banco do quarto. Como qualquer morada do bando, o lugar era compacto. Havia um colchão rasgado no chão — onde Penélope, uma bebê rechonchuda, dormia sonoramente —, duas caixas com roupas e alguns itens pessoais.

O chiado da estática do aparelho sobre o qual Ernesto se debruçava era como o zumbido de insetos inconvenientes. Aumentava de volume de acordo com o movimento dos dedos do Falcão, que tentava sintonizar algum canal, e, depois de mais algumas tentativas, uma voz conhecida tomou as caixas de som. Beca enrijeceu ao ouvir Emir narrar uma das transmissões da Torre.

Apesar do tom de voz monocórdico, as palavras traziam um peso enorme consigo. Ele falava de um ataque sombrio nos Setores 2 e 3, sobre contagem de mortos e promessas de retaliação. Beca arregalou os olhos, o coração batendo tão forte que parecia querer explodir do peito.

— Quando foi esse ataque?

— Aconteceu ontem, pelo que parece.

O líder dos Falcões sacudiu a cabeça lamentando o ocorrido. Levantou-se do lado do rádio e cruzou os braços.

Beca praguejou. Uma parte de si sentia alívio por não estar mais na Zona da Torre, por ter escapado de mais uma das incontáveis desgraças que amaldiçoavam os moradores da Nova Superfície. No entanto, conhecia pessoas naqueles setores, e imaginar que algo de ruim aconteceu com elas, com o lugar que aprendeu a chamar de lar, só alimentava sua revolta.

— Beca — falou Ernesto, cauteloso. — Já faz meses que não temos ataques sombrios aqui. Eu preciso saber se a ameaça dos Sombras agora está toda na Zona da Torre ou se, mais cedo ou mais tarde, os *desgraciados* vão lembrar que existimos.

A garota franziu o cenho.

— E como eu poderia saber?

— Eu não sei, Beca! — explodiu o homem. — Você foi a única que interagiu com um dos homens da tal Legião, deve saber como eles pensam. Qual seria o plano de ataque agora? O que pretendem? *Por Díos*, fale alguma coisa...

Respirando fundo, ele se afastou com as mãos na cabeça, murmurando um pedido de desculpas. Por um breve instante, Beca amaldiçoou o momento em que ela e o pai contaram tudo sobre sua participação na descoberta da Legião. No entanto, eles tiveram que barganhar aquela informação para conseguir abrigo com os Falcões, afinal, nem mesmo um amigo de longa data de Lion permitiria que um garoto afetado pela névoa vivesse entre seu povo sem receber algumas explicações. A reação de Ernesto foi intensa, com muitos xingamentos e um soco na parede, pois saber os motivos dos sequestros sombrios e que a névoa não passava de uma arma nas mãos de gente maluca afetaria qualquer um.

Depois disso, ele pareceu canalizar a raiva muito bem, mantendo seu bando unido e focado em sobreviver. Mas, pelo visto, às vezes o desespero falava mais alto. Beca podia simpatizar.

— Ernesto, eu estou longe de ser uma especialista na Legião. Encontrei um membro deles por tempo suficiente para saber que ele era um lunático, mas não posso dizer quais são seus planos, não faço ideia do que eles pretendem. — Ela respirou fundo. — Pelo que vimos até agora, a Zona da Torre é o alvo prioritário, mas isso pode mudar. Desculpe por não poder ajudar.

— Não, eu que peço desculpas. — O Falcão balançou a cabeça, voltando o corpo na direção da filha adormecida. — É que temo pelo bando. Se a Torre está sofrendo com os Sombras, imagine o que aconteceria com a gente.

Beca entendia aquele receio muito bem. Não tinha como confortá-lo, mas suas feições suavizaram ao observar Penélope. Só então ela se lembrou da boneca que praticamente amassava entre os dedos. Pigarreou, tentando afastar de vez o mal-estar que a transmissão de Emir despertou.

— Eu trouxe algo — falou, sentindo as bochechas corarem — para *la niña*.

O líder dos Falcões se virou para ela com uma sobrancelha erguida e abriu um sorriso largo ao ver o brinquedo.

— Espero que ela não se importe pela falta de cabelo... e por ser caolha. — Beca ficava cada vez mais sem graça.

— Penélope vai adorar, tenho certeza. *Gracias* por se preocupar com ela.

Carinho não era algo comum naqueles dias sombrios, ainda mais raro vindo de alguém fechado como Ernesto. Beca esticou o braço para que ele pegasse a boneca, mas o líder dos Falcões permaneceu parado.

— Entregue você a ela — disse, sem esconder a satisfação.

Beca pensou em negar, mas acabou mudando de ideia. O que o Falcão pensaria se a visse fugindo de um bebê com pouco mais de um ano? Devagar, como se andasse em um ninho de cachorros sombrios, ela se aproximou e se agachou ao lado de Penélope, sentindo o coração se apertar emocionado. O rostinho redondo era tão inocente e cheio de vida, um verdadeiro milagre no meio de tanta destruição. Beca colocou a boneca ao lado dela, os dedos receosos em tocá-la.

Mesmo com todo o cuidado, o bebê se remexeu em seu lugar como se pressentisse a presença estranha. O choro que escapou dos lábios assustou Beca mais que qualquer encontro com os Sombras; ela sentiu o sangue gelar e se virou para Ernesto como se uma bomba estivesse prestes a explodir.

— *Lo siento*! — falou, apressada.

Ernesto deu uma gargalhada diante do pânico infundado. Tomou a frente da situação com sua experiência de pai, carregando a filha em seus braços fortes.

— Não tem problema. Ela precisa comer daqui a pouco mesmo.

Beca se levantou, olhos vidrados no bebê que continuava a choramingar, mas já sem tanto ímpeto.

— Viu só? Era manha. — Ernesto sorriu, apanhando a boneca nova e a colocando na mão da filha. — *Mira, cariño*, Beca trouxe um *regalo* para ti.

A menina parou de chorar, distraída com o novo item entre as mãozinhas.

— Ela é perfeita — disse Beca baixinho.

Toda vez que a via de perto, sentia vontade de chorar, não podia deixar de se perguntar por quanto tempo aquela inocência duraria. Viviam em um mundo impossível para crianças, o que fazia com que momentos como aquele fossem ainda mais preciosos. Penélope era como um raio de luz no meio da escuridão, algo tão brilhante e único que praticamente cegava aqueles que já tinham sido afetados pelas sombras. A vontade de proteger aquele tesouro, de guardá-la das atrocidades do lado de fora, era enorme.

— Ela é a razão da minha vida — falou Ernesto cheio de orgulho. Beijou a testa da filha com um afeto semelhante ao que Beca via em Lion, só que mais raramente. — Quer segurá-la um pouco?

A pergunta fez Beca dar um passo para trás, negando na mesma hora. O pânico em sua resposta fez Ernesto rir novamente.

— Eu confio em você, Beca. Sei que gosta muito de *mi hija*.

Ela adorava a criança, mas segurá-la estava fora de cogitação. A verdade era que temia contaminar aquela alma tão inocente. Não tinha o direito de manchá-la com a sujeira que já a cobria.

— Quem sabe outra hora — desconversou, aproveitando o silêncio do outro para mudar de assunto. — Você só me chamou aqui para falar sobre os ataques?

Ernesto fez que não com a cabeça, deixando de ser pai para retomar sua posição de chefe do bando.

— Tenho outra missão de exploração pra você, se estiver interessada. Sei que acabou de voltar de uma, mas esse novo local parece muito promissor.

— É claro que eu topo — respondeu Beca, aliviada por estarem conversando sobre algo que ela dominava como ninguém. — Quais são as coordenadas do lugar e o que devo procurar por lá?

— É um ME mais afastado. Nunca fomos lá antes por causa do estado do nosso único helicóptero, mas, agora que temos o seu, a situação muda. Acredito que poderemos encontrar coisas úteis. Como sempre, o foco principal deve ser comida, vejam se acham pássaros ou outro animal para caçar. Enlatados bem conservados podem ter alguma serventia também.

— Ué, o que aconteceu? Está enjoado de comer baratas? — provocou Beca.

Ernesto riu.

— Não são *las cucarachas* que me incomodam, mas o musgo. Já cansou meu paladar.

Beca nem queria lembrar do gosto do musgo que recolhiam das paredes. Pelo menos as baratas gigantes que caçavam nos andares mais baixos tinham proteína, as plantas cinzentas serviam apenas para forrar a barriga e causar diarreia.

— Certo, posso ir agora mesmo. — Beca já fazia uma lista mental do que levaria na nova missão. — Só me passe as coordenadas e dou o fora daqui.

A pressa surpreendeu Ernesto.

— Você pode esperar até amanhã, pelo menos.

— Que nada! Ainda temos doze horas antes do anoitecer, posso fazer isso hoje sem nenhum problema.

Ela ansiava por sair, pular pelos prédios e respirar um ar que não fedesse a desesperança.

— *Está bien*, mas leve Gina com você. É melhor ter alguém para cuidar da retaguarda.

Ernesto lhe entregou um tablet trincado com as direções que deveria tomar e lhe desejou boa sorte.

Beca saiu do quarto apressada para encontrar Gina. Só esperava que a mulher não estivesse cansada por causa da luta, pois não tinha a mínima intenção de esperar.

UNIÃO
INESPERADA

— Estamos perto, veja se encontra um bom lugar para o pouso — disse Beca enquanto controlava o manche do helicóptero da família.

Os olhos estavam fixos no megaedifício à frente, com paredes rachadas e esburacadas em boa parte da estrutura livre da névoa. Ao seu lado, Gina usava um binóculo, seguindo suas orientações.

— A cobertura parece grande o suficiente. E limpa.

Beca anuiu e levou a aeronave até lá com certa dificuldade. Não pilotava tão bem quanto o pai ou o irmão, mas não podia contar com a ajuda de nenhum dos dois naquele momento. Mesmo querendo acompanhá-la, Lion ficou com Edu. O receio de que um surto acontecesse na ausência dos dois estava sempre presente.

Gina saltou do helicóptero parecendo aliviada por terem chegado ao edifício sem qualquer acidente; segurava um velho rifle descascado. Seu rosto tinha algumas marcas roxas da luta, mas sem inchaços. Era uma mulher jovem, apenas quatro anos mais velha que Beca.

— Está esperando o quê, princesa? — perguntou ela ao olhar para trás e ver Beca ainda dentro da aeronave.

A garota ignorou o apelido e terminou de desligar os motores. Gina gostava de provocá-la, dizendo que ela e sua família se acostumaram a viver no luxo e sob a proteção da Torre. Beca não estava com humor para discutir, ainda mais porque toda aquela ladainha de Gina a lembrava demais da fala de Gonzalo dentro da névoa — ele também acreditava que viver sob a política da Torre era o mesmo que agir em nome dela. Os dois não podiam estar mais errados, mas a garota já tinha aprendido que argumentar com Gina era tão útil quanto lutar contra um Sombra de mãos abanando.

Ao parar ao lado de Gina, ela puxou a própria pistola e chutou a porta que levaria à escada de emergência. Desceram pelo menos dez andares antes de encontrarem os primeiros objetos aproveitáveis: algumas roupas desbotadas cobertas por pó e teias de aranha, peças de um computador destroçado, cobertores que fediam a mofo, pentes de cabelo encrustados com sujeira e, por fim, dois recipientes de carne enlatada que, mesmo com o prazo de validade expirado há anos, fizeram Beca salivar.

— Este lugar é uma mina de ouro — comentou Gina, empolgada. — Acho que devíamos descer mais alguns andares, princesa.

Ainda remexendo em uma pilha de destroços, Beca só soltou um grunhido irritado em concordância e as duas seguiram pelo corredor escuro.

— Faz tempo que não faço parte da Zona da Torre, não precisa me chamar de princesa — sussurrou Beca de repente, sem conseguir se conter. — Sou como vocês agora.

— Você nunca será como a gente. Pode até tentar disfarçar, mas sei que não viria pra cá se tivesse outra opção. No fundo, está contando os dias para voltar para as suas regalias.

Havia um fundo de verdade na fala de Gina, por isso Beca ficou em silêncio. Diversas vezes, desejou retornar para sua casa no Setor 2 ou reencontrar Velma e aproveitar a noite em um campeonato de sinuca no bar Fênix. Para os Falcões, todas aquelas lembranças familiares eram de fato mordomias, algo que jamais puderam vivenciar na Periferia da Névoa. Não tinha como argumentar contra isso, mas odiava a forma com que Gina a excluía, como se Beca não se preocupasse com o bando e sua segurança. Desde que chegou ali, esforçava-se para se encaixar e se mostrar útil.

— O próximo andar será o último — resmungou, descendo mais um vão da escada de emergência. Toda sua vontade de explorar havia desaparecido. — Vamos terminar logo com isso.

A viagem de volta foi marcada pelo silêncio, tanto entre as duas ocupantes do helicóptero como do comando dos Falcões. Beca bem que tentou contato pelo rádio, mas só recebeu estática em retorno. Gina sugeriu que a antena poderia ter dado defeito de novo, mas nenhuma delas conseguiu afastar o mau pressentimento. Quando finalmente se depararam com o arranha-céu onde o bando se abrigava, viram seus receios concretizados diante da correria desesperada que tomava a cobertura.

— *Carajo*! O que aconteceu lá embaixo? — Gina praticamente colou o rosto na janela para observar os pequenos focos de incêndio que alguns homens tentavam apagar.

Beca só pensava no pai e no irmão, os olhos buscavam qualquer sinal dos dois na confusão da cobertura. Havia pessoas feridas ali, provavelmente trazidas do interior do arranha-céu, de onde uma fumaça cinza se esgueirava. Será que os dois ainda estavam lá dentro?

Ao aterrissar o helicóptero, a garota nem se preocupou em verificar se os motores estavam desligados corretamente. Abriu a porta e saltou para o chão seguida por uma Gina igualmente nervosa, que agarrou o braço do primeiro Falcão no caminho, exigindo saber o que havia acontecido. Pálido, o homem precisou respirar fundo três vezes para poder falar.

— Sombras...

Gina xingou alto. Enquanto isso, Beca olhava ao redor, temendo que os inimigos pulassem sobre ela. O homem notou seu olhar preocupado.

— Foram três — explicou. — Dois fugiram, levando alguns dos nossos. Conseguimos deter um deles. Ah, lá vem o Ernesto.

As duas mulheres se viraram na hora, seguindo o dedo que apontava para a entrada do galpão da cobertura. Ernesto Falcão mancava, arrastando a perna esquerda ensanguentada. Suas roupas estavam chamuscadas, assim como o rosto e o cabelo, e ele as encarou com um olhar tenso, acenando com a cabeça para que o homem voltasse a ajudar os outros.

— Quantas pessoas eles levaram? — perguntou Gina, segurando o rifle com força.

— Ainda não sabemos direito. Ao menos cinco. — Ernesto esfregou os olhos, avermelhados por causa da fumaça. — Tivemos um princípio de incêndio, mas já conseguimos conter o fogo. Estamos trazendo os feridos para cá para respirarem melhor.

Beca mordeu o lábio para tentar conter a pergunta que dominava sua mente, mas Ernesto a conhecia o suficiente para saber o que a preocupava.

— Lion e Edu estão bem. Os Sombras bem que tentaram, mas não chegaram neles.

O alívio que escapou dela em um pesado suspiro a deixou envergonhada. Não era justo agir assim quando tantos outros Falcões sofriam pelo ataque. Gina pelo visto pensava o mesmo, pois a perfurou com um olhar raivoso.

— Vou ajudar os feridos — disse ela. Sem esconder a censura na voz, completou: — Corra para *tu papa* e *hermano*, Beca. Lá é o seu lugar.

Quando o líder do bando e a garota ficaram sozinhos, ele se remexeu, incomodado.

— Não ligue para Gina, é natural você se preocupar com sua família.

Beca anuiu, mas ainda se sentia culpada. Estudou o estado de Ernesto, que parecia à beira da exaustão.

— E Penélope? — perguntou com um sopro de voz. Se algo tivesse acontecido com a bebê...

— Matei o *hijo de puta* antes que chegasse perto dela. — Ernesto franziu os lábios, lutando para manter a voz firme.

— Por *Dios*. Ela se machucou?

Ernesto negou e esfregou as mãos sujas nos olhos outra vez, tentando disfarçar as lágrimas que a garota já havia percebido.

— Foi *una tontería* achar que eles nos deixariam em paz — desabafou ele, olhos ainda mais vermelhos do que antes, mas com voz firme. — Já devia saber que neste mundo não há lugar para esperança.

Beca não tinha como contestar aquele argumento, sendo tomada por uma tristeza que parecia congelá-la de dentro para fora. Da porta do galpão, viu que o homem sendo arrastado para fora por seus companheiros tossia enquanto segurava com firmeza o abdome coberto de sangue. Ela desviou os olhos da cena. Tirou a mochila do ombro e a abriu, mostrando a Ernesto os itens que recolheu da última exploração, mas a reação dele foi bem mais discreta que o normal.

— Quando puder, deixe a mochila com Ramón, ele vai verificar o que pode ser salvo — falou, recuperando um pouco a praticidade.

— Preciso ver minha família. — A afirmação de Beca soou mais como um apelo.

— É claro, Beca. Você não precisa da minha permissão para ver aqueles que ama, não somos a Torre. Lion e Edu estão no quarto, achamos melhor deixá-los lá para que *tu hermano* não ficasse nervoso.

Ela agradeceu e correu para o interior do prédio. A fumaça no andar logo abaixo da cobertura ainda era forte e fazia arder os olhos e a garganta, mas nos dois níveis inferiores só restava o cheiro ruim. Beca deu duas batidas na porta do quarto antes de entrar, não queria sobressaltar o irmão.

Encontrou o pai sentado no único banco do cômodo, cotovelos apoiados nos joelhos e mãos entrelaçadas no cabelo. Ele parecia adormecido naquela posição, mas ela sabia que estava acordado.

— *Hey*... — falou baixinho, notando um pequeno movimento em seus ombros assim que ouviu sua voz.

Lion se levantou e, com duas passadas rápidas, já estava abraçando a filha. Seus braços a apertaram com força suficiente para fazer os ossos estalarem.

— *Hija, como estás?* Fiquei com tanto medo de que você e Gina também tivessem dado de cara com os Sombras.

— A missão foi tranquila. — Ela se afastou para observar o rosto marcado do pai. Ele parecia ter envelhecido alguns anos desde que deixaram a Zona da Torre. — *Lo siento* por estar fora quando vocês precisaram de mim.

Ele sacudiu a cabeça, como se aquela ideia fosse absurda.

— Você não podia saber o que iria acontecer. Além disso, eu e Edu estamos bem.

O olhar da garota focou o irmão, que permanecia deitado em seu colchão como da última vez que ela o viu. A diferença era que ele agora dormia, respirando fundo e derramando um pouco de baba pela boca entreaberta.

— Ele ficou bastante agitado com o ataque — explicou Lion. — Acabou pedindo para usar o sedativo.

Toda vez que tiravam o irmão do ar com a desculpa de protegê-lo, era como se matassem um pedacinho dele. Infelizmente, não havia resposta certa nem saída fácil. Largando a mochila em um canto, Beca bebeu um pouco de água do cantil esquecido sobre sua cama, umedeceu as mãos e limpou o rosto, tirando uma camada de poeira com os dedos. Seu pai a observava com atenção, e ela sentia a tensão dele aumentar a cada minuto de silêncio.

— Será que os Sombras descobriram que o Edu está aqui? — perguntou ele. — Eles pareciam nos procurar.

— Eu não sei — respondeu Beca. — Como poderiam saber? E por que vir atrás do Edu agora? Tiveram muitas chances pra isso quando atacaram a Zona da Torre.

— As defesas de lá são muito melhores, *hija* — argumentou o pai. — Talvez eles consigam rastrear o Edu por meio das tais nanomáquinas no corpo dele. Eu não sei! O que faremos se eles de fato vieram atrás de *tu hermano*? Já deixamos a Zona da Torre, para onde fugiremos dessa vez?

Beca abraçou o pai de novo.

— Não adianta perder o controle agora. Pelo que sabemos, esse ataque pode ter sido uma grande coincidência. Se você começar a pensar que os Sombras estão perseguindo o Edu, isso só vai piorar o estado dele e o nosso. Não precisamos de mais esse problema, não agora.

— Eu estou tão cansado, *hija*. Tão cansado.

Beca vira o pai chorar uma única vez, quando perderam Edu para a névoa. A imagem daquele homem forte e corajoso quebrando ficaria marcada para sempre em sua memória. Ela não estava preparada para presenciar cena semelhante de novo, não quando suas próprias defesas estavam em frangalhos. Afastou-se dele e apanhou a mochila novamente.

— Aonde você vai? — perguntou Lion, ainda com a voz embargada.

— Ajudar os feridos. Precisamos mostrar aos Falcões que nos importamos.

— Eu vou junto, Edu ainda vai dormir por um bom tempo.

Ela agradeceu, e os dois se prepararam para deixar o quarto. Beca planejava entregar os itens da exploração a Ramón antes de correr para a cobertura, mas suas ideias foram frustradas quando encontraram Ernesto do lado de fora. Ele tinha o punho em riste, como se estivesse pronto para bater na porta.

— Ernesto! Aconteceu alguma coisa? — perguntou Lion, surpreso.

A expressão do líder dos Falcões tornou-se mais grave. Olhou para os lados, certificando-se de que estavam sozinhos no longo corredor.

— Acabei de receber uma mensagem pelo rádio. Uma mensagem do Emir.

— *No jodas*! — Beca arregalou os olhos.

Lion pigarreou, recuperando-se do choque.

— O que ele queria?

Ernesto pareceu incomodado. Olhou para os lados novamente.

— Será que eu poderia entrar? Não quero falar sobre isso aqui fora.

Beca e o pai abriram espaço para que o chefe do bando passasse pela porta. O quarto era tão apertado que, com quatro pessoas, mal dava margem para que pudessem caminhar. Ficaram de pé, encarando-se e compartilhando receios silenciosos.

— Ernesto... — disse Beca baixinho. — O que Emir queria?

O Falcão piscou algumas vezes, como se despertasse de um transe.

— Desculpem, eu tenho muita coisa pra pensar. — Respirou fundo como se as próximas palavras fossem difíceis de encontrar. — Emir soube do ataque. Não me perguntem como, a Torre deve ter seus espiões. Ele não foi claro o bastante, mas, em resumo, tem uma proposta para fazer ao bando. Está vindo para cá amanhã e quer conversar comigo e com vocês dois.

— E você vai permitir que alguém da Torre pise aqui? — perguntou Beca, incrédula. A Torre fora responsável por eles viverem naquelas condições precárias, havia um grande ódio por parte do bando para com ela, e Emir nunca seria bem recebido ali.

Ernesto a fitou com olhos cansados.

— Eu não tenho escolha. Estamos falando dos *putos* da Torre, Beca. Só ficamos em paz depois do exílio porque eles quiseram. Se decidissem acabar conosco, teriam todas as armas para isso. Não posso impedir que venham, mas posso delimitar os termos, algo que já fiz.

— E quais seriam os termos? — Lion quis saber.

— Ele virá com uma escolta mínima em um único helicóptero. O encontro será em um arranha-céu deserto e ninguém além de nós três estará lá. Ouviremos o que tem a dizer e ele irá embora.

— Você acha mesmo que alguém como Emir vai respeitar esse acordo? — Beca não se convenceu. Temia que o líder da Torre viesse para buscar Edu.

— Ele vai ter que respeitar, se não quiser ser mandado pelos ares.

Dizendo isso, o Falcão retirou um pequeno dispositivo do meio das vestes ensanguentadas. Beca engoliu em seco ao reconhecer uma das últimas bombas que o bando possuía.

Ernesto falava sério sobre seus termos serem respeitados, custe o que custar.

O céu claro e sem nuvens parecia uma pintura diante dos olhos de Beca. O vento gelado sacudia seu cabelo enquanto o sol tentava de tudo para esquentá-lo naquela altura elevada. Ela estremeceu de leve, esfregando os braços cobertos por um casaco. Ao seu lado, seu pai e Ernesto continuavam imóveis, como se fossem imunes ao frio.

— Ele já devia estar aqui — reclamou Lion, olhar fixo no céu. — E se tudo não passou de um plano para nos afastar do bando? E se ele estiver atrás do Edu?

A garota já havia cogitado aquela ideia pelo menos umas cinco vezes desde que chegaram na cobertura, mas, mesmo que seu medo fosse compreensível, permaneceu ao lado do Falcão naquele plano.

— Emir virá — afirmou Ernesto, a mão enfiada no bolso onde escondia a pequena bomba que poderia mandar o topo daquele prédio pelos ares.

Lion parecia nervoso, mas não disse nada; a espera acabava com os nervos de todos ali. Tanta coisa estava em jogo. Aquele seria o primeiro encontro entre as lideranças da Torre e dos Falcões desde o exílio do bando, e Emir e Ernesto carregavam nas costas anos de inimizade nutrida por seus antepassados. Seriam capazes de superar aquilo pelo bem comum? E, afinal, o que Emir pretendia com todo aquele circo? Por que a presença de Beca e de seu pai fora requisitada?

— *Hey*, olhem aquilo! — Lion apontou para o céu.

O helicóptero se aproximava vindo da Zona da Torre, um ponto escuro no céu azul-claro. Beca sentiu o coração acelerar e os dedos buscaram a arma presa à cintura. Trocou olhares com seus companheiros e reconheceu o mesmo nervosismo. Cauteloso como sempre, Emir não pousou na cobertura acertada, mas em um prédio vizinho, longe o bastante para que uma *grappling gun* não alcançasse. Desceu da aeronave ajeitando as roupas e um homem uniformizado logo o acompanhou, segurando em seu braço. Depois de um aceno, os dois desapareceram.

— Um teleportador — disse a garota.

No mesmo instante, o líder da Torre reapareceu ao seu lado como um fantasma que decide se revelar. Emir trocou algumas palavras baixas com o subordinado, que se teleportou de volta ao helicóptero.

— Não quero que ninguém além de nós quatro escute essa conversa — explicou. — Como prometido, estou aqui desarmado e sem guardas. Fico feliz que tenham aceitado o encontro.

Emir falava como se lidasse com conhecidos triviais, e não com o líder de um grupo inimigo, que havia muito foi considerado uma ameaça à autoridade da Torre, e a família de um infectado. Chegou a estender a mão para cumprimentar Ernesto, mas só recebeu um olhar irritado em retorno.

— Estou aqui para ouvir o que tem a dizer, não somos amigos. Nunca esquecerei o que *tu padre* fez com o meu povo — sibilou o Falcão com desgosto.

— E eu nunca esquecerei que seu bando quase destruiu a ordem do Setor 3. — Emir estreitou os olhos dourados. — Mas isso é passado, e não vem ao caso agora. Precisamos deixar nossas diferenças de lado.

— Do que está falando? — Lion se intrometeu na conversa. — Diga logo o que pretende com essa reunião ridícula.

Emir o encarou como se estivesse diante de uma criança que não entende a conversa dos adultos. Ainda assim, quando falou, não demonstrou irritação.

— Como está o Eduardo? Espero que os surtos tenham amenizado, o último na Zona da Torre causou grandes prejuízos.

Beca viu seu pai ficar vermelho de raiva e, como desde o banimento o rancor dele por Emir só aumentara, ela se colocou a sua frente antes que ele fizesse alguma besteira, tocando em seu peito largo.

— *Viejo...* — alertou, antes de se virar para o líder da Torre. — Não nos provoque, Emir. Depois de tudo o que você falou sobre a gente, nem devíamos estar aqui para ouvir mais mentiras!

Os olhos dele seguiram a mão dela até a arma em sua cintura. Ele meneou a cabeça, mas não pareceu preocupado. Ajeitou o cachecol no pescoço e coçou a barba, como se tivesse o controle da situação.

— Devo presumir que Ernesto não teme o estado do garoto — falou. — Um líder sábio jamais abrigaria alguém com as marcas da névoa sem ter noção das consequências. Você me parece um líder sensato, Ernesto. Estou errado?

O Falcão comprimiu os lábios antes de responder:

— Sabe o que não é sensato, Emir? A Torre saber os motivos dos sequestros e a origem dos Sombras, mas preferir ficar em silêncio por meses, enganando a todos que jurou proteger. Você só revelou a verdade porque não tinha outra saída. Seu castelo está desmoronando!

A acusação não pareceu causar impacto. Emir continuou a observá-lo atentamente, o rosto calmo.

— E o que você faria, Ernesto? Por acaso contaria tudo para o seu bando se as minhas transmissões não o tivessem feito? Será que é tão melhor do que eu?

Cada palavra era como um soco, acertando o Falcão com a precisão de um lutador profissional. Ele deu um passo para trás, indignado.

— Eu jamais mentiria!

— É mesmo? — Emir ergueu as sobrancelhas chegando mais perto, por um instante deixando transparecer um pouco da raiva que provavelmente sentia. — É muito fácil dizer isso agora, quando a responsabilidade já não está mais em suas mãos. Meu pai sempre me disse que um líder deve ser paciente, e eu fui, mais que todos. De que adiantava assustar a população se não podíamos fazer nada contra nossos verdadeiros inimigos? Eu guardei as informações o máximo que pude, aguardando que o momento certo chegasse, que a hora de revidar se revelasse.

Emir fez uma pausa e respirou fundo, olhando para os três rostos que o encaravam com surpresa. Beca sentiu a emoção contida em suas palavras.

— Será que não percebem por que estou aqui? Por que me arrisquei, fora do meu território, para falar com vocês? — continuou ele. — A espera acabou, finalmente estamos prontos para lutar.

Emir falou aquilo com tanta certeza que Beca se viu tentada a acreditar.

— O que mudou? — perguntou ela, ao notar Lion e Ernesto tão nervosos que nem conseguiam se expressar. — Por que agora a Torre está pronta?

— Nossos analistas finalmente conseguiram desvendar o sistema de navegação daquele helicóptero, Rebeca. — Ele manteve o tom controlado, mas Beca notou a empolgação que se entranhava em cada palavra. Quando Emir a encarou, tinha um sorriso vitorioso estampado no rosto, algo que a garota jamais pensou ver. Ele ficava ainda mais bonito daquele jeito. — Você sabe o que isso significa, não sabe? Temos as coordenadas para La Bastilla.

Beca foi tomada por arrepios, o coração quase saindo pela boca. Ao seu lado, Lion xingava a tudo e todos, e Ernesto parecia doente de tão pálido. Ela queria se deixar levar, mas obrigou-se a ser um pouco como Emir: nada de emoções por enquanto, antes de saber o que o líder da Torre pretendia.

— Como você pode ter certeza de que as coordenadas estão corretas? — questionou. — Alguém já verificou a informação?

Emir deu outro sorriso, parecendo satisfeito com aquelas perguntas.

— Uma equipe foi enviada há alguns dias. Enquanto conversamos, eles devem estar se aproximando do local indicado. Teremos a confirmação muito em breve, mas eu não duvido de que estamos certos. Sabemos onde La Bastilla está localizada e podemos começar a planejar um ataque.

— Você quer uma guerra? — perguntou Lion, incrédulo. — Como faremos isso se a Torre não é nem capaz de resolver os próprios conflitos internos?

Emir franziu o cenho.

— Você está certo, Lion, e é por isso que devemos evitar conflitos a todo custo. — Encarou Ernesto com um olhar repleto de promessas. — O que vim falar com vocês hoje repetirei para Richie e qualquer outro detrator da Torre. Meus insistentes pedidos de união não são da boca para fora, quero uma aliança completa. Estou disposto a perdoar qualquer erro para formar um exército. A Nova Superfície precisa unir todas as forças se quiser derrotar a Legião.

O silêncio pesado que se sucedeu durou alguns segundos. O discurso apaixonado de Emir era como um marco: a vingança tão sonhada por todos podia mesmo acontecer. No entanto, qual seria o preço a pagar por tal união?

— Está dizendo que quer se aliar aos Falcões? — Ernesto parecia não acreditar, sua mão continuava enfurnada no bolso, e Beca temeu que a tentação de mandar Emir pelos ares fosse maior que qualquer bem comum.

— Você será abrigado na Zona da Torre outra vez. Caso aceite lutar nessa guerra, o exílio chegará ao fim.

Antes que o Falcão dissesse algo, Emir se virou para Beca e Lion.

— Sua família também poderá retornar. Quero que fiquem na Torre e trabalhem comigo nas estratégias de guerra. A experiência de Rebeca em uma das instalações da Legião é muito valiosa.

Beca sentia o prédio ruindo sob seus pés. O mundo girava diante de tantas possibilidades e escolhas impossíveis.

— E o Edu? — perguntou Lion. — O que pretende fazer com ele? Você o pintou como uma ameaça à Zona da Torre em suas transmissões, como vai desfazer isso?

— Ele terá a liberdade que precisar. Vocês terão total acesso ao que envolver o garoto, que terá controle sobre o próprio corpo. Sem testes nem tratamentos, a não ser que peça por eles. Quanto ao que eu disse nas transmissões, tudo será perdoado em nome da união.

Beca teve que morder os lábios para não gritar que Edu e sua família não precisavam de perdão nenhum. Acreditar em alguém como Emir era no mínimo tolice, mas ela já havia seguido cegamente as palavras de outro notório mentiroso. Quando Rato jurou que sabia onde Edu estava, mesmo depois de toda a traição, ela o seguiu, e faria tudo de novo para tirar o irmão daquele inferno. Naquele momento, a escolha era ainda mais séria: o que estava em jogo não era apenas o destino do irmão, mas o de toda a Nova Superfície. Uma chance de derrotar a Legião, abordar quem sabia acabar com a névoa. Será que tinha o direito de recuar?

— Precisamos de tempo — falou Lion, igualmente abalado. — Isso não é algo que possamos decidir sem pensar.

Emir anuiu, bastante compreensivo — talvez realmente estivesse sendo. Beca sabia que ele só agia assim por interesse, porém ficou mais aliviada com sua reação.

— Vocês têm uma semana — informou ele, erguendo o braço em um aceno para o teleportador no outro prédio. — Se até lá não aparecerem na Zona da Torre, saberei sua resposta e lamentarei sua decisão. Espero que escolham com sabedoria.

O teleportador apareceu com uma pequena ventania, segurou no ombro de seu líder e o levou para longe. Alguns minutos depois, o helicóptero da Torre alçou voo como um corvo que trazia mau agouro. Beca se arrepiou novamente, levando as unhas roídas à boca.

O silêncio só foi quebrado quando o helicóptero sumiu de vista. Ernesto começou a caminhar de um lado para o outro, a mão ainda enfiada no bolso com a bomba.

— Nós deveríamos voltar — disse Beca. — Precisamos conversar sobre isso, mas não aqui, não agora.

— É uma armadilha, só pode ser... — murmurou Ernesto, como se não tivesse ouvido nada do que a garota disse.

Lion se aproximou, segurando-o pelo cotovelo. Com cuidado, tirou a mão do amigo de dentro do bolso e forçou um sorriso compreensivo.

— Beca está certa. Devemos descansar para depois conversar.

O Falcão apanhou o rádio no cinto e contatou o bando, pedindo que o helicóptero viesse buscá-los. Depois disso, caminhou até o parapeito da cobertura, olhos fixos na paisagem longínqua da Zona da Torre. Beca parou ao seu lado, e não demorou muito para que Lion fizesse o mesmo.

Os três observaram o lar que um dia foram obrigados a abandonar, mas que lhes parecia mais próximo do que nunca.

INVASORES NO VÉU

Na cela de Rato imperava o silêncio. Deitado em seu pequeno catre, ele saboreava o amargor de mais uma noite insone, mas já nem conseguia se preocupar. Uma apatia tremenda tomava seu ser, todos os dias pareciam iguais, sem qualquer perspectiva. Seria melhor que definhasse de uma vez.

— Levante-se, verme!

A voz do legionário Poe veio acompanhada do estalar das trancas da cela envidraçada. Os olhos fundos pesavam, mas, assim que ouviu a ordem do outro lado, Rato ficou de pé.

Apesar da penumbra, o rosto tenso de Poe não passou despercebido; maxilar comprimido como se tentasse esmagar os próprios dentes. Encarou Rato por um breve instante antes de virar de costas e ordenar que o acompanhasse. Caminharam em um ritmo apressado para fora da prisão, onde Maria e Henri já os esperavam com o jipe ligado.

O percurso pela área militar foi silencioso. Nenhum dos três legionários falaram uma palavra, sequer trocaram uma provocação. Ao chegarem em um dos hangares, Maria desceu do carro para conversar com um dos mecânicos que preparava um helicóptero. Henri e Poe correram para dentro, sumindo de vista. Rato ficou de pé ali, aguardando como a marionete que era. Em outros tempos, sentiria curiosidade, mas agora só queria retornar à sua cela e se deitar.

Após acertar os últimos detalhes do voo, Maria parou ao lado dele, soltando um suspiro preocupado.

— Espero que a Comandante saiba o que está fazendo.

Quando Poe e Henri retornaram vestindo avançados trajes antinévoa, ela passou suas últimas ordens:

— O sinal dos intrusos foi detectado nas seguintes coordenadas. — Mostrou um tablet com um mapa que piscava em vermelho. — Não deve ser nada de mais, mas a Comandante exigiu que levassem um supersoldado com vocês.

— Eu entendo irmos acompanhados de um deles, mas logo *ele*? — reclamou Poe.

Os três olhares focaram em Rato, que finalmente começava a entender o motivo de toda aquela comoção. Alguém havia adentrado o território de La Bastilla e se aproximava perigosamente. Seu coração, que parecia enregelado depois de tantos meses de tortura, acelerou um pouco. Seria possível a Torre haver descoberto a localização da ilha?

— Entre, verme. Vamos expulsar esses cães sarnentos que vieram latir na nossa porta. — Poe o puxou para o helicóptero enquanto Henri assumia o lugar do piloto.

Conforme os motores da aeronave esquentavam, Rato lutava contra as migalhas de esperança. Se a ameaça fosse mesmo concreta, a Legião jamais mandaria apenas um grupo de reconhecimento; não, era improvável que a Torre, ou quem fosse, tivesse chegado ali com um exército que pudesse libertá-lo.

No final, este não passaria de mais um dia de sofrimento.

O voo até o ponto demarcado no mapa foi rápido e sem interrupções. Quando Henri iniciou a descida, as janelas peliculadas do helicóptero mudaram drasticamente de cor: a pouca visibilidade da paisagem cinza no véu tornou-se azul-clara com linhas brancas. Era como um *wireframe*, um esquema de conexões da cidade engolida pela névoa, para evitar colisões com prédios próximos ou o pouso em terreno instável.

A influência da névoa foi sentida no corpo de Rato antes mesmo que descesse do helicóptero: a pele parecia em chamas, os olhos ardiam e a garganta seca doía como se estivesse em carne viva. Sentia como se a fera guardada dentro de si estivesse abrindo passagem para fora e a única coisa que a controlava era a coleira. Um grunhido fraco escapou de seus lábios quando pisou no asfalto rachado, atraindo a atenção dos dois legionários.

— Emocionado por voltar ao seu lar, verme? — provocou Poe, mas a postura rígida e a arma sempre em riste mostravam que não havia clima para piadas.

— Como faremos isso? — perguntou Henri, a voz metalizada pelos alto-falantes do capacete antinévoa. — O alerta dos pássaros veio daqui, mas achar alguém no meio dessa névoa vai ser um saco.

— Não para o verme. — Poe apontou para Rato com o cano da arma. — Hora de se transformar.

A ordem bradada rompeu o último resquício de controle que o mantinha humano. A fera criada pela Legião ganhou forma, rasgando as roupas surradas enquanto seu corpo dobrava de tamanho, as veias azuladas brilhando como lanternas.

— Fareje e traga os corpos dos invasores.

Poe não precisou falar mais nada: Rato saiu correndo pelos entulhos como se fizesse parte daquele lugar há anos. De repente, a névoa não dificultava tanto sua visão, parecia fazer parte do seu corpo monstruoso, sentia que se comunicava com ela. Nanomáquina conversando com nanomáquina. Sua mente estava focada nos rastros que os invasores deixaram no chão, invisíveis para os olhos comuns, mas óbvios para aqueles que pertenciam ao véu.

Rato seguiu a trilha com facilidade até um prédio sem reboco com janelas estraçalhadas. Os andares superiores aparentavam ter pegado fogo anos antes, tomados por manchas que nada tinham a ver com sujeira. Do lado de dentro, paredes caídas, móveis quebrados e fios elétricos desencapados formavam montinhos. Ele aproveitou que a névoa era menos intensa ali dentro para observar melhor as pegadas deixadas no piso.

Estar do outro lado da caçada era algo novo para Rato, e ele se odiava ainda mais por prever o resultado inevitável da caça. Deu a volta no andar térreo, percorrendo o caminho mais longo até os invasores, com a intenção de pegá-los desprevenidos e evitar uma chuva de balas explosivas em sua direção. Parou em frente a uma parede rachada encardida ao sentir a presença de três pessoas do outro lado.

Aquele era o momento. Esticou os braços, tão grossos quanto toras de madeira, e se preparou para romper os tijolos. Pela última vez, a sensatez de seu lado humano lamentou as perdas que viriam, mas as ordens de Poe foram claras — sangue seria derramado. Atravessou a parede como se fosse de isopor. Os invasores não esperavam aquele ataque pelas costas, claramente vigiando a única entrada do quarto. Aquele que se encontrava mais perto da cratera aberta foi presa fácil para sua fúria. Atingido lateralmente, voou para o lado oposto; o impacto contra o chão fez seus ossos estalarem alto, seguido por um grito angustiado. Rato não perdeu tempo e pisou em sua cabeça, arrebentando a máscara antinévoa e o crânio como se nada fossem.

Ao verem o companheiro morrer, os outros dois começaram a atirar. O som dos disparos pareceu tomar todo o cômodo, e ecoavam nos ouvidos de Rato conforme se movia com mais agilidade que qualquer saltador. Acertou o invasor à sua esquerda, a mão fechada atravessando o tórax com um único golpe. O sangue que o cobria enojava-o, mas ele não conseguia parar, simplesmente não podia. Virou-se para o último soldado, que mal mantinha a pistola nas mãos de tanto que tremia. Dessa vez, conseguiu observar seu traje antinévoa e o reconheceu como pertencente à Torre — de alguma forma, Emir havia mesmo descoberto a localização de La Bastilla. Era uma pena que aquilo de nada adiantaria. Lutar contra a Legião era impossível.

Aproximou-se devagar. O soldado da Torre se arrastava para trás, assustado. Queria pedir perdão, mas sua voz estava presa assim como sua vontade. Ergueu o braço, pronto para o golpe final, quando um último tiro ecoou pelo quarto. Rato olhou para trás, surpreso que o outro soldado, com um enorme buraco no peito, ainda estivesse vivo. Sua mira, porém, foi fraca, e a bala apenas raspou no pescoço dele, atingindo a coleira em vez de cravar na carne. Com um último suspiro, o homem da Torre caiu de lado, finalmente morto.

Rato se virou para o último soldado, ainda paralisado de medo. A culpa parecia mais pesada, revolvendo-se em seu peito como um furacão. Sentiu algo úmido no rosto e se surpreendeu ao perceber que eram lágrimas. Seu primeiro golpe contra o invasor foi mais fraco do que pretendia — a máscara antinévoa rachou, revelando o rosto ensanguentado do homem que, por um milagre, continuava vivo. Rato ergueu o punho mais uma vez, mas sentia que seu pescoço pegava fogo. Um estalo alto provou que era realmente o que acontecia. A coleira estava em curto! Seu braço tremeu e a vontade de matar esmoreceu ao passo que as lágrimas aumentaram.

O informante viveu tanto tempo aprisionado que nem conseguiu acreditar quando voltou a ter controle total de suas ações.

As pernas fraquejarem e os olhos se arregalaram quando os dedos trêmulos chegaram à coleira fumegante, sentindo-a rachar. Sua prisão caiu no chão com um tilintar metálico e ele soltou o lamento que carregava havia meses.

Caiu de joelhos, incapaz de lidar com toda a dor e confusão que tomavam seu corpo. Os efeitos da névoa ainda o maltratavam, mas ele tinha pleno controle de seus atos, era Nikolai outra vez. Virou para o lado e vomitou o horror que o castigava por dentro. Finalmente, a apatia virou raiva, um ódio gelado que corria por toda sua espinha.

Olhou para o lado: o homem da Torre perdera a consciência, mas ainda respirava. Rato não teve dificuldades em carregá-lo. Suas ordens eram para levar os invasores a Poe e Henry, então seria isso que faria.

Os legionários esperavam Rato próximos ao helicóptero aparentando nervosismo. Armas foram apontadas na direção dele assim que ouviram o som de passos.

— Você demorou, verme — repreendeu Poe. — Esse era o único invasor? Os relatos indicavam pelo menos dois.

Rato se esforçou para se manter impassível, mas controlar as emoções se tornava mais difícil a cada passo que dava. Pedindo desculpas silenciosas pelo tratamento, ele largou o homem da Torre no chão como se fosse um saco de lixo, a fim de manter a encenação. Nenhum dos legionários reparara que a coleira não se encontrava mais em seu pescoço.

Henri se abaixou para examinar o homem caído. Quando ele deu um gemido, o legionário quase caiu para trás.

— Ele ainda está vivo!

— Verme, falamos para acabar com todos eles. O que significa isso? — perguntou Poe, sem esconder a irritação.

Rato prendeu a respiração e se preparou para agir. Seu olhar cruzou com o de Henri, cujo dedo já tocava o gatilho. Naquele momento, o tempo pareceu parar e o informante deixou todos os seus ressentimentos escaparem em uma expressão de ódio. O soldado deu um passo para trás, como se tivesse levado um tapa.

Rato deixou que seus lábios esboçassem um leve sorriso. Quando Henri olhou para o pescoço dele, já era tarde demais: foi agarrado com rapidez e levantado do chão como se não pesasse nada.

— M-m-me solte.... — a voz dele era um suspiro rouco, mas repetia a ordem sem parar, na esperança de ser obedecido.

Rato alargou o sorriso, mostrando os dentes como uma fera raivosa. A satisfação que sentia ao esganar aquele homem era indescritível. Ouviu o engatilhar de uma arma e virou o rosto para Poe, que tremia sem parar.

— Largue ele, verme! Agora!

— Já que insiste. — Rato quase não conseguiu reconhecer a própria voz, mas o som gutural que saiu de sua garganta serviu para fazer o legionário estremecer ainda mais.

Com um movimento brusco, atirou Henri na direção do outro, atingindo Poe no peito e o derrubando com o impacto. Os dois rolaram para trás como uma massa só. Rato ouviu estalos e gemidos, o que só ampliou seu sorriso. Antes que se recuperassem, ele já estava ao lado deles, observando-os com um olhar que prometia dores indescritíveis.

— Por favor, pare! — gritou Poe.

Rato não obedeceu. Suas mãos enormes agarraram os capacetes dos legionários, arrancando-os com um puxão que levou junto carne e tufos de cabelo. Os gritos ficaram mais altos, não tanto pela dor, mas pelo pavor do contato com a névoa.

— Por que tanto medo? — Rato voltou a segurar em seus pescoços. — Não tomaram o soro?

Nenhum deles foi capaz de responder, suas gargantas esmagadas não conseguiam externar nada além de guinchos roucos. Rato não tinha arrancado os capacetes para vê-los sufocar dentro do véu, apesar de a cena lhe parecer extremamente atraente. Não, ele queria ver as expressões de pavor em seus rostos, guardar na memória todo o medo que sentiam. Se era de fato um monstro, faria exatamente o que se esperava de um: causaria horror.

O som dos pescoços quebrando pareceu ecoar por toda a névoa da cidade-fantasma. Rato se levantou devagar, as mãos pingando sangue como uma torneira mal fechada. Olhou uma última vez para os corpos retorcidos dos legionários e respirou fundo. Caminhou até o soldado da Torre, que continuava desacordado e respirava cada vez mais devagar. A rachadura em sua máscara era mais preocupante do que os ferimentos no corpo, a névoa já o tinha afetado. Colocou nele o capacete de um dos legionários, para que pudesse respirar melhor, e o carregou com facilidade até o helicóptero da Legião.

— Não se preocupe, nós vamos voltar para casa.

Rato teve que se concentrar para que seu lado Sombra regredisse. Quando voltou ao tamanho normal, ligou os motores do helicóptero, que reverberaram em seu corpo imundo. Os dedos vermelhos de sangue apertaram o manche enquanto tentava recordar das vezes que viajou em uma aeronave como aquela, tão diferente das que se acostumara a pilotar na Nova Superfície. Depois de alguns minutos de testes, conseguiu alçar voo.

O helicóptero fez sua subida de maneira inconstante, sacudindo como se uma ventania ameaçasse levá-lo. Rato teve dificuldade até sair do véu, mas, quando o céu azul substituiu a escuridão sombria, ele sentiu como se um peso fosse levantado de seus ombros. Digitou as coordenadas da Zona da Torre no painel de navegação, direções que jamais esqueceria não importava o quanto sua mente fosse afetada por testes e coleiras de controle. O helicóptero avançou por entre os megaedifícios abandonados.

Pela primeira vez desde que despertara no laboratório em La Bastilla, Rato sentiu-se livre.

REENCONTRO

A estufa era o local preferido de Beca em toda a Torre. Duvidava que pudesse encontrar lugar mais bonito do que aquele, inclusive nas áreas restritas às quais não tinha acesso. Descobrira que o cheiro de terra era como um perfume no meio de tanto concreto e esqueletos de aço. Visitava a horta pelo menos uma vez por dia, principalmente durante o amanhecer, pois tinha uma visão privilegiada do nascer do sol.

Sentada no parapeito da sacada, admirava as cores quentes que afastavam os últimos resquícios do céu da madrugada. O clima era gelado e, mesmo com um agasalho grosso, ela tremia sempre que um vento mais forte vinha sacudir seu cabelo escuro. Mesmo assim, não se incomodava, sentia-se em paz.

A decisão de retornar à Zona da Torre foi difícil. Apesar de não confiar em Emir, acreditava em seu compromisso de derrotar La Bastilla. E, depois de tudo o que a Legião fez ao seu irmão, a Rato e a tantas outras pessoas inocentes, ela não podia ignorar o chamado para a guerra que se aproximava. Queria aumentar de todas as formas possíveis as chances de a Nova Superfície vencer. Não seria nada fácil, mas esperava que, com as notícias vindas do grupo de exploração, as fraquezas dos inimigos ficassem mais evidentes.

Ernesto e os demais Falcões não pensavam da mesma maneira, e a maioria decidiu permanecer na Periferia da Névoa. Beca não se surpreendeu com aquilo: havia muita história entre o bando e a Torre para que todos os conflitos fossem perdoados com uma simples visita de Emir, mesmo que a causa parecesse nobre.

Um fato que deixou a garota e seu pai admirados foi o comportamento do líder da Torre diante da negativa de seus adversários de longa data. Ela temia uma retaliação ou o fim de futuras negociações, mas Emir deixou claro que aceitaria o bando a qualquer momento, que seriam recebidos de braços abertos caso mudassem de ideia, assim como os cinco Falcões que decidiram aceitar sua proposta. Aquele comprometimento a deixou mais tranquila em relação às promessas que ouvira e, pelo menos até aquele momento, nenhuma delas fora quebrada.

Emir ainda não havia anunciado em uma transmissão o retorno da família de Lion para a Zona da Torre, mas aqueles que viviam na Torre já haviam sido informados e ordenados a tratar os recém-chegados como aliados. Beca percebia certa desconfiança em alguns olhares, mas ninguém ousara desobedecer os comandos do líder. Ela não queria nem imaginar como seria a recepção fora do Setor 1, mas torcia para que a transmissão de Emir explicando os detalhes do seu retorno bastasse para aplacar o medo que muitos nutriam diante da condição de Edu.

— Rebeca? — uma voz feminina a tirou de suas reflexões. — Está ocupada?

A garota se virou sem pressa, sabia quem encontraria. Hannah a observava com um sorriso amigável no rosto e um balde repleto de mudas verdes nas mãos. Beca devolveu o sorriso, desceu da sacada e caminhou até a mulher.

— Estava vendo o sol.

Desde que começara a visitar a horta, aquela rotina havia se tornado comum. Hannah aparecia quase sempre depois do amanhecer para se dedicar às plantas cultivadas ali. Depois de alguns dias a observando, Beca decidiu ajudar. Não fazia ideia de como mexer na terra, mas estava disposta a aprender.

— Hoje vou plantar algumas mudas na nova área. Se quiser me ajudar...

Beca anuiu, tomando o balde das mãos de Hannah.

— Temos uma companhia especial — comentou a mulher ao entrarem na estufa.

Do outro lado, Beca avistou uma garotinha correndo por entre os caminhos da horta. Magricela e empolgada, ela usava roupas bem maiores que o seu tamanho e o cabelo escuro preso em uma trança se agitava a cada salto empolgado que dava. Ver uma criança ali, na Torre, deixou Beca mais que chocada. Ela parou o que fazia como se estivesse diante de um Sombra. Hannah riu.

— O nome dela é Ali — disse, sem esconder o orgulho. — Minha filha.

Beca se virou para Hannah, os olhos arregalados. Não imaginava que ela fosse mãe.

— Ali também gosta de visitar a horta, mas não é sempre que está disposta. Hoje fez questão de vir porque vamos plantar mudas, ela adora essa parte.

Hannah acenou, chamando a filha. Beca sentiu o balde pesar em suas mãos quando a garotinha se aproximou e a encarou com a curiosidade característica das crianças. Ela não parecia ter mais que seis anos, ainda trazia no rosto redondo a ingenuidade que Beca se acostumara a ver na pequena Penélope. Sentiu o peito apertado: mesmo que Ali estivesse protegida na Torre, não acreditava que seria poupada por muito tempo.

— Filha, esta é Rebeca, uma amiga. Diga "oi" para ela.

A voz de Hannah era suave e carinhosa, usava o mesmo tom que a garota se acostumou a ouvir Ernesto falando com sua bebê. Enquanto Ali dava um bom-dia tímido, Beca forçou um sorriso, mas logo desviou o olhar, voltando-se para a mãe dela.

— Podemos começar? — perguntou Hannah.

Beca assentiu, aliviada por ter uma distração. Hannah deve ter percebido seu desconforto, pois manteve um silêncio respeitoso por um tempo. Não demorou para Ali voltar a correr pela horta, mais preocupada em contar o número de plantas do que em ajudar com as novas mudas.

— Como está o Edu? — Foi a primeira tentativa de estabelecer uma conversa. Hanna manteve os olhos atentos no plantio, mas seu tom era interessado. — Ouvi dizer que ele teve um pequeno problema ontem.

A garota suspirou ao lembrar do último surto. Não havia sido, nem de perto, um dos piores, e os médicos da Torre estavam dando todo o apoio ao seu irmão sem exigir testes em retorno, mas a preocupação jamais diminuiria.

— Ele está melhor, foi só um susto mesmo. Ele não vai virar um Sombra — respondeu, mantendo um tom defensivo. Não queria que a outra achasse que Edu era uma ameaça.

— Fico aliviada em saber.

Hannah demonstrava simpatia, mas Beca ainda se mantinha receosa em acreditar nela. Era muito possível Emir ter ordenado àquela mulher que se tornasse sua amiga somente para espioná-la.

— Acho que essa foi a última muda. — Pigarreou, tentando mudar de assunto.

— Sim, vou pegar mais algumas. — Hannah se levantou, batendo as mãos sujas na calça encardida.

Ela não tinha dado nem dois passos quando a porta da estufa foi escancarada e um soldado da Torre entrou apressado. Ao encontrar Hannah de pé, não perdeu tempo em correr na sua direção. Beca também se levantou, pressentindo que algo havia acontecido.

— Hannah! — disse o soldado, apoiando as mãos nos joelhos quando parou na frente dela. Precisou de alguns segundos para recuperar o fôlego. — Graças a *Dios* encontrei as duas, seu irmão me mandou vir correndo!

O olhar que a mulher lançou para o soldado foi repleto de censura, fazendo-o gaguejar. Ele passou as mãos pelo cabelo arrepiado, engolindo em seco.

— Emir me enviou aqui, Hannah — recomeçou ele, mais sério. — Precisam de vocês duas na sala dos analistas.

Beca escondeu bem sua surpresa. Era como se a última peça de um quebra-cabeça invisível finalmente tivesse sido encontrada, tudo fazia sentido. A forma como Hannah era tratada pelos outros membros da Torre, a aparência familiar, o modo de falar, as tentativas de aproximação...

Se Hannah ficou surpresa com o chamado, não deixou transparecer. Assentiu devagar com a cabeça e absorveu as instruções como se fossem corriqueiras e a mente já estivesse em outro lugar. Beca, por sua vez, sentia o coração bater forte. O que Emir poderia querer?

— Obrigada, Diego. Nós iremos agora mesmo. — Buscou a filha com o olhar, que continuava brincando entre as plantas. — Você poderia ficar com a Ali para mim?

— É-é-é claro! — O soldado Diego se empertigou.

Hannah sorriu em agradecimento, mas não perdeu tempo com conversas. Encarou Beca, sinalizando a saída da estufa, e as duas partiram com passos apressados enquanto Diego se aproximava da garotinha.

— Então, Emir é *tu hermano* — falou Beca assim que entraram no elevador.

Hannah se ocupou em marcar o andar da sala dos analistas, digitando o código de acesso que liberaria a entrada. Somente quando o elevador entrou em movimento ela se dignou a responder.

— Sim, somos filhos de Faysal.

— Emir não queria que eu soubesse? — Beca pressionou.

A mulher ajeitou o cabelo arrepiado no coque. Os olhos se mantiveram fixos na porta metálica, como se estivesse contando os segundos para que se abrisse.

— Emir prefere que poucos saibam sobre nossa família. Não é segredo que somos irmãos, mas a gente não espalha nas transmissões que o grande Faysal deixou mais de um herdeiro, já é difícil um só... Enfim, fui *eu* que tomei a decisão de não contar nada a você — respondeu com firmeza. — Só conversamos durante nossos encontros na horta, achei melhor que continuasse me considerando apenas uma funcionária da Torre.

— Porque não queria que eu me fechasse, não é mesmo? Se eu soubesse quem você era, nunca teria me aproximado!

Os olhos dourados de Hannah a fitaram com decepção.

— Eu só queria conhecer você melhor. Espioná-la nunca foi minha intenção, se é isso que está pensando.

Aquela resposta poderia muito bem ser uma mentira, ainda que Hannah soasse sincera. Beca não estava disposta a baixar a guarda; cruzou os braços, focando a atenção no display que marcava os andares.

Quando entraram na sala repleta de computadores, um verdadeiro caos parecia ter dominado os analistas. A maioria falava alto, gritando informações e números que Beca não entendia. Havia uma tensão palpável no ar, algo que justificava o nervosismo do soldado que foi chamar as duas mulheres. Emir estava parado no olho do furacão, suas mãos posicionadas atrás do corpo e a atenção completamente voltada para o monitor preso à parede, onde imagens de diversas câmeras de segurança mostravam a aproximação de um helicóptero aparentemente muito mais avançado do que qualquer aeronave que a Torre possuía.

Hannah puxou Beca consigo. Ao parar ao lado de Emir, analisou as imagens no monitor. Ele encarou a irmã e depois Beca, cumprimentando as duas com um aceno de cabeça.

— Não é um dos nossos — comentou Hannah em um tom objetivo. — Por que permitiram a aproximação?

— Recebemos o código da Zona da Torre antes mesmo que o helicóptero entrasse no nosso espaço aéreo.

— Uma armadilha? — Beca quis saber.

Depois de alguns minutos observando o monitor, Beca teve certeza de que aquela aeronave pertencia à Legião. O modelo era muito semelhante ao que foi recolhido pela Torre nas proximidades do laboratório que manteve Edu cativo.

— A Legião pode ter hackeado nossos computadores ou conseguido o código com um dos sequestrados! — argumentou Hannah.

— É uma possibilidade que cogitamos — admitiu Emir. Beca notou que, apesar da postura alerta, não parecia haver preocupação no tom de voz dele. Era mais... curiosidade. Ela olhou confusa para ele, que continuou: — Só que o código utilizado por esse helicóptero é especial, somente os homens que partiram na missão de reconhecimento de La Bastilla tiveram acesso a ele.

Beca prendeu a respiração. Será que a Legião havia capturado os soldados que foram verificar as coordenadas? Já haviam se passado alguns dias, tempo necessário para torturarem os pobres soldados e extraírem informações. Aquela notícia não podia vir em pior hora: todas as esperanças de combater La Bastilla se apoiavam no sucesso daquela missão.

— Você acredita que foram capturados? — perguntou Hannah, apertando os dedos entrelaçados na altura da cintura. — Isso seria uma provocação da Legião? Uma forma de mostrar que eles já conhecem nossos planos?

— Por que já não mandaram essa porcaria de helicóptero pelos ares? — emendou Beca, sem controlar seus receios. Se ninguém ali parecia sensato para agir, ela mesma colocaria um pouco de juízo em suas cabeças. — Eles querem chegar na Torre, isso é óbvio. E se tiverem bombas?

Emir balançou a cabeça enquanto coçava a barba e fitava o monitor. O nervosismo de Beca era tamanho que ela se sentia prestes a explodir. Como odiava aquele jeito dele! Queria pegá-lo pelos ombros e gritar. Um olhar para Hannah, e ela viu que a irmã de Emir parecia sentir o mesmo. Ainda não entendia por que aquele maldito helicóptero tinha total liberdade para voar pela Zona da Torre. De acordo com o mapa no canto inferior do telão, ele passava pelo Setor 2. O que Emir pretendia permitindo essa perigosa aproximação? E, afinal, o que ela, alguém que nem era parte da Torre, fazia ali?

— A varredura que fizemos quando eles sobrevoaram o Setor 3 não mostrou sinal de armas. Parece um helicóptero de reconhecimento, não de guerra — explicou Emir, por fim. Antes que a garota pudesse insistir com seu ponto, ele a encarou. — Mesmo assim, é claro que cogitamos a possibilidade de uma armadilha, por isso estabelecemos contato por rádio. E fomos respondidos. Pode abrir o microfone, por favor?

Ao dizer isso, o líder da Torre fez um sinal com a mão. O analista mais próximo começou a digitar no teclado. Beca roía a unha e Hannah tinha as mãos no pescoço, ambas muito tensas. Não demorou muito para que o sinal de estática do rádio fosse ouvido pelas caixas de som do monitor. A voz de um homem, quase sem fôlego, quebrou o silêncio:

— Não ataquem! Repito, não ataquem. Estou com o tenente Blanco, ele está ferido e precisa de atendimento médico urgente.

Apesar da interferência, Beca reconheceu a voz. Teve a sensação de que uma corrente elétrica passava por seu corpo, arrepiando os pelos do braço e atrapalhando a respiração. Aquilo não podia ser verdade, não depois de tanto tempo sem qualquer notícia. Sua mente voltou ao momento em que escapou do laboratório dos Sombras, às últimas palavras que trocou com o informante. Quando se deu conta, estava tremendo.

Emir a observava com atenção, como se sua reação lhe desse a confirmação de que precisava para acreditar no pedido urgente bradado pelo rádio. O motivo para Beca estar ali ficou totalmente claro para ela: o líder da Torre já havia reconhecido a voz, mas queria que outra pessoa confirmasse suas suspeitas.

— É o Rato... — falou a garota, pondo para fora a constatação que tentava atravessar seu peito apertado. — Como isso é possível?

— Agora entende por que não derrubamos o helicóptero? — perguntou Emir, os olhos brilhando com todas as possibilidades que aquele encontro inesperado trazia.

Beca voltou a observar o monitor. Tinha vontade de romper a maldita película que escurecia as janelas do helicóptero, queria ver

Rato, ter certeza de que aquela voz no meio de tanta estática pertencia mesmo ao informante que ela acreditou estar morto.

— Mesmo que seja o Rato, ainda pode ser uma armadilha — racionalizou Hannah. — Deixá-lo pousar na Torre é arriscado.

— Também pensei nisso. O que sugere que façamos? — perguntou Emir.

A mulher franziu o cenho, como se pressentisse que a pergunta do irmão carregava muito mais que a mera necessidade de conselhos.

— Por que você está me perguntando isso?

Emir a encarou com intensidade, tocando em seu ombro. Era o primeiro gesto de intimidade que Beca presenciava entre os dois.

— Já lhe disse, vai chegar o momento em que precisaremos que você assuma o controle.

Hannah empalideceu e segurou o braço dele num apelo.

— Emir, você não pode estar pensando em ir também, é muito perigoso!

— É inevitável, Hannah. Você sabe que preciso ir.

— Mas você é o líder! Sem você isso tudo vai ruir.

— Não vai, temos você aqui. Faysal não criou apenas um líder, e você sabe disso melhor que eu — disse ele. Beca sentiu a tensão entre os irmãos. — Se algo acontecer, a Torre conta com você.

Hannah engoliu suas objeções. Olhou para os lados, notando que a atenção de todos se concentrava nos dois. Era tão pouco característico vê-los discutir que a curiosidade acabou vencendo a discrição. Com os dedos ainda apertando o braço de Emir, ela soltou um suspiro. Então, comprimiu os lábios, esforçando-se para conter as palavras que ameaçavam escapar — o que quer que ainda tivesse para dizer, seria feito na privacidade, não diante de tantos estranhos.

Hannah recuperou o controle e observou, ao seu redor, toda a comoção que a chegada daquele helicóptero havia causado. Beca sabia muito bem o que era ter uma responsabilidade enorme em mãos e não deixou de simpatizar com Hannah. Depois de pensar por alguns instantes, a mulher deu sua opinião:

— Deixe que ele pouse, mas cerque o heliponto e evacue os andares próximos. Todos os soldados disponíveis devem se preparar. Se for uma armadilha, vamos resistir.

Emir anuiu, como se já esperasse aquela resposta. Não precisou repetir para que seus analistas agissem: ordens passadas pela rede, soldados alertados, um sinal alto começou a soar por todo o sistema de som da Torre. Beca observou aquela movimentação sem saber o que fazer. Queria avisar o pai e Edu sobre o que estava acontecendo, mas não deixaria aquela sala por nada além de ir diretamente ao heliponto e ter certeza de que Rato vivia.

— Verifique se a minha filha já deixou a estufa — ordenou Hannah a um analista, antes de se virar para Emir uma última vez. Encarou-o como se fosse apenas mais um soldado cuja vida poderia ser desperdiçada pelo bem maior. — Boa sorte.

Ele nem se deu ao trabalho de se despedir, apenas caminhou até o elevador. Só se deu conta de que Beca o seguia quando ela segurou em seu cotovelo.

— Eu vou com você!

Emir concordou com a cabeça, sem parecer surpreso. Virou-se novamente em direção ao elevador e segurou a porta por tempo suficiente para Beca também entrar.

Ao chegarem ao heliponto, todas as ordens de Hannah já haviam sido cumpridas. O local estava completamente cercado por soldados e qualquer outro integrante da Torre fora levado para os níveis mais próximos da névoa para, caso uma explosão acontecesse, talvez se salvarem. Aquele encontro era perigoso, mas definitivamente um risco que Emir e sua irmã pareciam dispostos a correr. A verdade sobre Rato e a missão de reconhecimento precisava ser descoberta.

Os minutos que antecederam a chegada do helicóptero foram intermináveis. Beca batia o pé no chão e mordiscava o lábio inferior, já que suas unhas foram todas roídas. Ao seu redor, praticamente todos os soldados davam algum sinal de nervosismo. Até mesmo Emir não parava de coçar a barba, estava tão nervoso quanto os demais.

O helicóptero da Legião pousou com dificuldade, balançando bastante antes de encontrar a posição certa no amplo círculo demarcado no chão. O piloto deveria estar nervoso, ou não tinha experiência com aquele tipo de máquina. Isso aumentou a esperança de Beca de que encontraria Rato, mas, mesmo assim, quando a porta se abriu, ela automaticamente buscou a pistola presa à calça. Os soldados ao redor também se prepararam para o pior.

A pessoa que saiu do helicóptero trazendo um homem desacordado nos braços era muito diferente daquela que Beca guardava na memória, mas reconheceu as feições abatidas por baixo de tanta sujeira e sentiu o chão faltar. Rato tinha emagrecido bastante, seu corpo parecia frágil a ponto de um vento mais forte poder levá-lo. Suas roupas não passavam de trapos rasgados, mãos e pés estavam cobertos por sangue seco e outras substâncias que Beca não fazia questão de saber o que eram. Uma marca arroxeada tomava seu pescoço. Seu cabelo preto era um amontado de nós que pareciam tomar todas as direções, e o queixo estava tomado pela barba, repleta de falhas, dando-lhe um aspecto quase selvagem.

Ao vê-lo, Beca sentiu tudo e nada ao mesmo tempo. Primeiro, uma onda de alívio tomou seu corpo — havia perdido a conta das noites em que desejou que Nikolai tivesse sobrevivido. No entanto, também sentiu medo, pois aquele homem no heliponto era muito diferente do Rato que ela se lembrava, e não apenas fisicamente. Algo nele parecia quebrado.

"O que aconteceu com você, Nikolai?", ela se perguntou, ainda mantendo a mão firme na arma. Não podia deixar que emoções nublassem seu julgamento: se o informante estava vivo e com um dos soldados da Torre, então ele tinha alguma ligação com La Bastilla. Pela aparência, havia passado por maus bocados. Será que fora aprisionado e sofrera novos testes? Ou, pior, poderia ter se aliado à Legião para salvar a própria pele e fazia parte de uma armadilha para Emir e a Torre? Não seria tão fora do padrão. Beca queria acreditar que Rato havia se redimido de todas as traições do passado, mas aprendera a deixar seus desejos de lado. Eles nunca eram atendidos.

Rato deu alguns passos, mantendo a atenção no homem que trazia nos braços. Não demorou muito para um grupo de soldados se aproximar dele, assim como um médico e uma maca. Apanharam o ferido com cuidado, talvez temendo um ataque. Nikolai, porém, não realizou nenhum movimento brusco, apenas explicou devagar, com a voz extremamente rouca, a situação do soldado ferido.

— Ele ficou inconsciente por algumas horas, mas, antes de entrarmos na Zona da Torre, acordou e falou algumas palavras. Por favor, cuidem dele.

Beca se arrepiou ao ouvi-lo. Não havia qualquer sinal do seu humor tradicional, somente exaustão. Quando o grupo se afastou, levando o homem ferido para dentro da Torre, Rato respirou fundo, como se uma responsabilidade imensa tivesse sido tirada de seus ombros. Finalmente, pareceu reparar nas outras pessoas ao redor. Seu olhar tinha perdido o brilho, sem sequer se abalar com os rifles apontados para si, a confiança que antes ele vestia como uma segunda pele parecia ter desaparecido completamente, dando lugar a um vazio que chegava a assustar.

Sua postura, no entanto, mudou assim que encontrou o olhar de Beca. A boca pendeu aberta e ela achou que ele falaria algo, mas nenhum som chegou a escapar.

Enquanto ele se distraía com a presença da garota, Emir acenou para que seus homens agissem. Três soldados o cercaram, prendendo seus braços magros em algemas e revistando as roupas rasgadas em busca de alguma arma. Ao mesmo tempo, outro grupo correu até o helicóptero em busca de bombas ou outras possíveis armadilhas. Não demorou muito para que sinalizassem que ele estava limpo. A tensão do encontro diminuiu um pouco, e a maioria dos soldados baixou as armas quando Emir se aproximou de Rato com as mãos às costas.

— Não imaginei que fôssemos nos encontrar outra vez, informante. — Estudava-o com cautela, como se estivesse catalogando cada machucado e mancha de sangue. — Não é todo dia que alguém retorna dos mortos.

Rato baixou o rosto e respirou fundo por alguns segundos. Beca conseguiu ler a imensa tristeza em suas feições. Os lábios rachados se moveram devagar, mas a garota não conseguiu escutar o que ele falava. Emir, por sua vez, ergueu uma sobrancelha como se estivesse surpreso com a resposta sussurrada.

— Levem ele daqui. — Acenou com a mão depois de encará-lo por mais alguns instantes, uma mensagem silenciosa sendo comunicada.

Os três soldados que cercavam Rato assentiram de imediato, guiando o mais novo prisioneiro sem forçar demais seu corpo frágil.

Ele se deixou levar sem resistência, os pés descalços imundos se arrastando como se cada passo fosse um grande sacrifício. Beca estremeceu quando ele passou ao seu lado, tão perto que ela sentiu o terrível fedor que vinha dos trapos que o cobriam. Prendeu a respiração para não deixar seu incômodo visível aos olhos dele, e mesmo assim o sorriso que recebeu foi triste.

Seu coração se comprimiu um pouco mais.

— Desculpe não aparecer mais arrumado, *cariño*, sei que você aguardava ansiosa nosso reencontro — disse ele, esforçando-se para usar um tom despreocupado que soou inteiramente falso. — Saí um pouco apressado.

Beca queria encontrar palavras, mas elas pareciam não existir. Nikolai estava vivo, mas a que custo? As perguntas giravam em sua cabeça, mesmo que soubesse que nada seria respondido ali. Ficou parada, o olhar fixo na porta pela qual Rato fora levado. Somente quando o último soldado partiu do heliponto deixou um suspiro trêmulo escapar de seus lábios.

— Nós vamos interrogar o informante para saber onde esteve e como encontrou alguém da missão de exploração. Se quiser assistir, tem minha autorização — disse Emir ao seu lado sem olhar em sua direção.

Ver Rato ser tratado como um prisioneiro a incomodava mais do que gostaria de admitir, mesmo que tivesse total consciência de que ele podia ser perigoso. Emir agia da maneira certa, mas ela não conseguia afastar o assombro diante do olhar vazio de Nikolai.

— O que ele sussurrou pra você? — perguntou.

Emir colocou as mãos no bolso e olhou para o céu, franzindo o cenho.

— Disse que não voltou dos mortos, mas descobriu que alguns deles ainda conseguem caminhar entre os vivos.

Beca se contraiu, e seus ombros pareceram pesar toneladas. Emir não esperou que ela falasse e caminhou para a saída do heliponto. Ela se limitou a segui-lo, temendo e ansiando pelo interrogatório de Nikolai.

INTERROGATÓRIO DA TORRE

A sala de interrogatório tinha uma iluminação artificial que, para Rato, lembrava um dos laboratórios de La Bastilla. As lâmpadas fluorescentes não eram tão fortes como as de lá, mas também machucavam seus olhos avermelhados e traziam lembranças terríveis à tona. Era difícil olhar para a porta metálica sem esperar que a Comandante aparecesse com novas perguntas sobre as pessoas que ele queria proteger. O que Emir diria quando descobrisse que Rato havia revelado seus segredos aos inimigos da Torre? Como responderia quando descobrisse o que ele havia feito com as outras cobaias?

Mantinha os pulsos algemados sobre a superfície lisa da mesa, deixando uma boa camada de sujeira com as impressões digitais. Já fazia meia hora que fora deixado ali, abandonado com suas preocupações e remorsos. Rato não ficou surpreso ao constatar que apenas trocou de prisão e carcereiros, seria tolice imaginar qualquer tratamento diferente. Não se considerava merecedor de qualquer perdão, seu lugar era em uma cela, para o bem da Zona da Torre e de todas as pessoas que amava.

Fechou os olhos com força para afastar a visão que o assombrava desde que foi trancafiado naquela sala: Beca parada no heliponto com os olhos repletos de emoção, sendo que a principal era receio. Durante a viagem até a Zona da Torre, considerou diversas situações em que poderia revê-la, porém não esperava que aquele momento acontecesse tão cedo, menos ainda na própria Torre. O que fazia ali? O que tinha sentido ao vê-lo? Ela estava bem?

Seus questionamentos foram deixados de lado quando a porta da sala se abriu e Emir apareceu. Com a segurança de sempre, ele se sentou no lado oposto da mesa e lhe lançou um olhar gelado.

Rato começou a falar antes que ele fizesse alguma pergunta, ansioso para acabar com aquele interrogatório o mais depressa possível. Estava cansado demais, incomodado demais pelo ambiente insuportavelmente familiar.

— Fui capturado no laboratório que invadimos para resgatar o Edu. Durante os últimos meses, estive preso em La Bastilla e voltei a ser cobaia.

Rato apontou para o pescoço, indicando as marcas da coleira na pele. Respirou fundo para tentar controlar a voz, que ameaçava falhar. Contaria tudo, reviveria seus abusos, estava disposto a fazer de tudo para ajudar a derrubar La Bastilla, mesmo que isso lhe custasse a sanidade mental.

Foi o mais honesto possível em seu relato. Enquanto ouvia a história, o rosto de Emir permaneceu impassível, apesar de a postura ter ficado um pouco mais tensa em alguns momentos. Nikolai não se importava muito com a reação de Emir: se ele quisesse jogá-lo para a névoa novamente, não se oporia, pelo menos tinha feito sua parte para tentar derrubar a Legião.

— Consegui fugir graças ao tiro de um dos seus soldados, que destruiu o aparelho que me controlava. Infelizmente, esse homem e seu companheiro estão mortos; pelo menos pude manter o tenente Blanco vivo — finalizou num fio de voz, e completou ainda mais baixo: — Nunca achei que ficaria tão aliviado em voltar para a Torre.

Quando Emir descruzou as pernas e se levantou, Rato achou que ele iria embora sem dizer nada, mas se surpreendeu ao vê-lo se debruçar sobre a mesa.

— Você esteve quase um ano em La Bastilla, viu o seu interior e sabe sua localização exata. Quero todas essas informações. Mostre que está realmente do nosso lado e nos dê armas para vencer essa guerra.

O olhar que o líder da Torre lhe endereçou foi tão intenso que Rato sentiu diminuir um pouco a apatia que o dominava. Sacudiu a cabeça devagar.

— Farei tudo o que puder para acabar com *los desgraciados*. Acredite.

Emir endireitou a postura e se afastou alguns passos.

— Teremos mais conversas como esta. Esteja preparado.

Ao ficar sozinho novamente, Rato levou as mãos ao rosto amassado, espalhando a sujeira seca sem querer. Poderia ter barganhado uma soltura em troca de suas informações, mas não se sentia merecedor, não depois de tudo.

Então, a porta se abriu de novo e seu coração quase parou quando viu Beca entrar.

Assim como Emir, ela se sentou na cadeira do lado oposto. No entanto, sua postura era completamente diferente, não conseguia disfarçar o quanto aquele encontro a afetava. Seu rosto, mais magro do que Rato se lembrava, estava carregado de receio e choque. Os olhos castanhos passearam por seu corpo destruído, observando as marcas expostas principalmente nos braços, misturadas com as diversas tatuagens. Beca já havia visto a maioria delas, mas em uma situação diferente. Será que ela conseguia enxergar o monstro que ele havia se tornado, todas as atrocidades que cometeu?

— Se eu soubesse que você estava vivo, teria tentado te encontrar, fazer algo... — falou ela por fim.

Exausto, Rato sacudiu a cabeça, impedindo-a de continuar.

— Você ouviu o que eu disse ao Emir?

Ela acenou com a cabeça, confirmando suas suspeitas de que tudo o que disse foi gravado e assistido por outras pessoas. Rato respirou fundo para recuperar a linha de raciocínio.

— Então sabe que não podia ter feito nada para me ajudar.

Ao ouvir aquilo, a garota se enrijeceu na cadeira.

— Você salvou minha vida naquele laboratório, a minha e a do Edu...

— Não antes de te enganar e trair, causando a morte do Gonzalo e da Bug. — Lembrar dos companheiros perdidos naquela missão piorou ainda mais seu humor. — E tudo pra quê? No final, nem fui capaz de salvar Irina. Você não me deve nada, Beca.

O silêncio que se seguiu foi pesado. O olhar dela demonstrava confusão.

— O que a Legião fez com você foi terrível e errado, Nikolai.

Havia angústia na voz dela, o que só o fez se sentir pior. Mas ouvi-la dizer seu nome verdadeiro acelerou seu coração.

— Como está o Edu? — perguntou ele, ainda que só quisesse mudar o foco daquela conversa para algo que não fosse o próprio sofrimento.

Beca ficou tensa. O rosto ganhou novas marcas de preocupação, e ela desviou o olhar para a parede descascada da sala. Parecia carregar o peso do mundo nas costas.

Rato nunca tinha visto uma expressão tão derrotada em seu rosto. Edu também sofrera testes terríveis, o que teria acontecido com ele depois do resgate?

— Ele não está nada bem, tem surtos constantes. As marcas no corpo só parecem piorar, já não sabemos o que fazer.

Com dificuldade, ela deu mais detalhes sobre a situação de Edu e a forma como tinha se isolado, por medo de virar um Sombra. A cada nova informação, Rato se encolhia mais em seu lugar. Sabia muito bem pelo que o garoto passava, talvez fosse o único na Nova Superfície que entendesse de verdade suas angústias. E então lhe ocorreu o verdadeiro motivo de a garota estar ali.

— Você quer que eu ajude *tu hermano*, não é?

Os olhos dela voltaram a fitá-lo em uma confirmação silenciosa. Rato sabia que não deveria ficar magoado, mas uma onda de decepção que quase o afogou veio de maneira inevitável. Ele apoiou as mãos algemadas na mesa, o suor pegajoso se espalhando por seus dedos.

— Só você sabe como resistir às marcas dos Sombras. — O tom de Beca beirava a súplica. — Por favor, Nikolai, mostre ao Edu como vencer essa maldição. Por favor.

Rato pensou em dizer que a tal maldição era incurável, mas se conteve. O olhar desesperado de Beca deixava claro que passara por muitas decepções naqueles meses.

— Eu posso tentar... — falou baixinho, e o rosto dela pareceu se iluminar. Como não queria lhe dar falsas esperanças, apressou-se em continuar: — Mas não garanto que dará certo, Edu tem que vencer esse mal sozinho. Além disso, não sei se preso poderei fazer muito por ele.

— Vou falar com Emir sobre isso — prometeu Beca.

Ela se levantou agitada, como se quisesse sair correndo dali para argumentar com o líder da Torre. Pareceu mais com a jovem obstinada que conhecia, e ele não duvidou que Emir teria um grande problema se não a apoiasse.

Rato esperava que ela saísse sem dizer mais nada, por isso se surpreendeu ao vê-la apertar com força suas mãos algemadas. O contato foi quase elétrico, enchendo-o de sensações que ele pensou não ser mais capaz de sentir.

— Obrigada, Nikolai. De verdade.

Ele balançou a cabeça, sentindo a garganta ainda mais seca.

— O que não faço por você, *cariño*?

Beca sorriu pela primeira vez, e foi como se o ar da sala tivesse sido sugado.

— É bom saber que você ainda tem um pouco do velho Rato aí dentro. — Ela deu um último aperto em suas mãos sujas antes de se afastar de vez. Continuava sorrindo. — Mas não abuse, senão vou precisar mudar de ideia sobre tirar você daqui.

Beca o deixou sozinho, mas dessa vez o vazio no peito dele parecia menor. Os lábios rachados formaram um sorriso tímido.

Ele também queria acreditar que a Legião não havia lhe tirado tudo, que no fundo ainda guardava um pouco de humanidade dentro de si.

LIBERDADE AMARGA

Uma semana após o interrogatório, duas mulheres bebiam diante do balcão do bar Fênix. O local estava deserto, era cedo demais para os clientes usuais aparecerem — e justamente por isso Beca estava ali. Sabia que deixar a Torre era um risco, afinal, não tinha ideia do que as pessoas fariam se vissem a "irmã daquele Sombra" andando pelos setores.

Quando retornou do exílio, ela fez questão de mandar uma mensagem para Velma com a intenção de explicar os motivos de ter ocultado a verdade sobre a Legião. Felizmente, a amiga se mostrou compreensiva em sua resposta, nem um pouco influenciada pelas acusações feitas por Emir em suas transmissões de meses atrás.

Depois disso, apesar de trocarem mensagens, as duas não tinham se encontrado pessoalmente até então, mas Beca estava ansiosa demais para contar a Velma que Rato havia retornado. Aquela informação era sigilosa, mas a dona do bar merecia recebê-la por alguém de confiança. Além disso, depois da difícil conversa com Emir no dia anterior, queria desafiá-lo de todas as formas que conseguisse.

— Ele está mudado, Velma — comentou Beca ao terminar o relato. — Algo se quebrou dentro dele.

— *Hijos de puta do carajo*! — Velma socou o balcão com força, fazendo copos e garrafa dançarem perigosamente. — Se eu pudesse, pegava minha escopeta e entrava na névoa agora mesmo. Que ódio!

Beca entendia muito bem aquela revolta, mas matar alguns Sombras não resolveria o problema. Precisavam eliminar a fonte, a Legião.

— Então, Emir se recusou a deixar Nikolai sair da prisão? — perguntou Velma, depois de virar mais uma dose do destilado amargo. Seus olhos ainda estavam avermelhados por causa do choro emocionado com a notícia da volta do amigo.

A garota soltou um suspiro inconformado e ajeitou o capuz que escondia o rosto. Lembrar da discussão só a deixava mais irritada. Emir havia garantido que queria o melhor para Edu, mas não permitiu que Rato conversasse com ele. "Não vou soltá-lo de forma alguma", foram suas palavras exatas.

É claro que Beca entendia que o relato de Rato ainda precisava ser confirmado para terem certeza de que não caíram em uma armadilha. Contudo, além de não ver motivos para Rato mentir e de seu corpo trazer muitos sinais de maus-tratos, ela nunca conseguiria deixar a família em segundo plano.

— Rato é a nossa melhor arma contra os Sombras e a Legião, e Emir quer ficar perdendo tempo — lamentou-se pela milésima vez, enchendo seu copo e o da amiga. Era estranho conversar com Velma sobre La Bastilla, mas, agora que a verdade era conhecida por todos, ela estava aliviada por poder, enfim, ser honesta. — Eu tentei argumentar de todos os jeitos, mas *lo desgraciado* se fez de surdo.

Velma apoiou a mão pesada sobre o ombro da garota para tentar confortá-la.

— Não desista. *Tu hermano* merece essa chance e Nikolai também. — Ela franziu o cenho com preocupação. — No fim, aconteceu o que ele mais temia: virou cobaia outra vez, agora prisioneiro nas mãos da Torre.

Beca não sabia se a Torre pretendia fazer testes em Rato, mas, mesmo que não fosse o caso, isso não tirava a razão de Velma. Também ficava incomodada em vê-lo ser tratado daquela maneira. Bebeu mais um longo gole para tentar não pensar no estado dele. Ainda não conseguia conciliar suas lembranças com o homem que encontrou, quase irreconhecível. Nunca imaginou que sentiria saudades das cantadas furadas, mas elas lhe pareciam melhores que o olhar vazio com o qual agora ele encarava o mundo.

— Seria tão bom se você pudesse conversar com o Rato, acho que ele precisa dos seus conselhos mais do que nunca. Infelizmente, esse é mais um dos meus pedidos que o Emir fez questão de negar.

— *Hijo de puta*, *cagón*!

Beca não conseguiu evitar o sorriso.

— Acredite, eu já falei todos os palavrões possíveis, alguns inclusive na cara dele, mas Emir não dá o braço a torcer. Pelo menos Rato está sendo tratado pelos médicos da Torre, espero que se recupere logo.

— Ele está tão mal assim? — Velma comprimiu os lábios, temerosa.

— Você não faz ideia... — Beca soltou um suspiro, mas não entrou em detalhes. Tinha ido até ali para dar um pouco de alívio a

Velma, não causar alarme. — Mas ele está vivo, e é isso que importa no momento.

Velma apenas lhe deu um sorriso torto. A garota se levantou, pronta para partir.

— Obrigada por se arriscar para me contar sobre Nikolai — falou a dona do bar, sem esconder a emoção. — Isso significa muito para mim.

— Sei disso — disse Beca com um sorriso triste. — Se eu souber de qualquer outra novidade, entro em contato. Prometo.

Velma a acompanhou até a saída do bar, certamente perdida em pensamentos sobre seu amigo. Antes que se despedissem, ela segurou na mão de Beca e fez um último apelo:

— Cuide do Nikolai, por favor. Não deixe que aqueles *putos* façam mal a ele, o coitado já sofreu demais.

— Vou fazer o possível.

Sabia que não era a resposta que a outra queria ouvir, mas era a única que podia dar. Rato nunca fora santo, mas com certeza já tinha pagado por grande parte dos seus pecados.

Beca retornou para o Setor 1 saltando por entre os prédios, e aquele tempo de exercício a ajudou a espairecer. Mesmo que Emir tivesse afirmado que a garota não era uma prisioneira, ela se sentia como tal, já que sair da Torre significava altos riscos. E agora, depois de ter revelado esse importante segredo para Velma, seria ainda pior, acreditava que sua permissão de ir e vir logo seria revogada. Assim, aproveitou ao máximo aqueles momentos vertiginosos: a cada pirueta e disparo da *grappling gun* sentia-se mais viva.

Ao chegar na Torre, foi recebida por olhares carrancudos dos guardas, quase como se aqueles homens soubessem o que ela tinha ido fazer. Considerando que ainda não estava presa como Rato, descartou essa ideia como mais uma de suas paranoias. Caminhou até seu quarto e aproveitou a rara privacidade, já que o pai e o irmão não estavam ali. O espaço era pequeno e a decoração esparsa, apenas três camas de solteiro e uma mesa de cabeceira com três gavetas, onde guardavam suas poucas roupas e equipamentos. Depois de recuperar o fôlego, ela se sentou e tirou a jaqueta com capuz. Guardou a *grappling gun* e a pistola, apanhando em seguida uma garrafa de água esquecida sobre o móvel ao lado de um tablet maleável.

Matou a sede e se deitou no colchão, pensando em descansar por algumas horas. A conversa com Velma acabou fazendo-a se sentir ainda mais inútil. Odiava ser levada pelo que Emir e os outros membros da Torre acreditavam, mas, infelizmente, não encontrava outra opção.

Mal tinha fechado os olhos quando batidas fortes na porta vieram sobressaltá-la. Correu para atender ao chamado, imaginando encontrar seu pai do outro lado, por isso não conseguiu esconder a surpresa ao se deparar com o rosto pálido de Hannah.

A irmã de Emir ofegava como se tivesse corrido todos os andares da estufa até ali. Precisou tossir para limpar a garganta e encontrar um pouco de voz.

— Seu irmão está com problemas. Vá para a enfermaria!

Beca não pensou duas vezes: saiu correndo sem se importar em fechar a porta atrás de si ou verificar se Hannah a acompanhava. Temia uma situação como aquela desde a chegada na Torre; um surto forte de Edu poderia pôr sua liberdade em risco. "Por favor, que ele não tenha machucado alguém, por favor." Repetiu aquelas palavras enquanto saltava os degraus da escada de emergência, nervosa demais para esperar o elevador.

Mal havia entrado na enfermaria e já pôde ouvir os gritos altos do irmão. Com o coração quase saindo pela boca, seguiu a barulheira até a única sala com a porta entreaberta. Lá dentro, duas médicas e Emir se esforçavam para manter Edu na cama, ele parecia sofrer um ataque epilético. Beca entrou, e o líder da Torre a encarou com um olhar nada agradável.

— O que aconteceu? — perguntou Beca com a atenção em Edu, que continuava a se debater.

— Nós o encontramos desse jeito em um dos corredores — respondeu Emir com esforço. — Já aplicamos os sedativos, mas eles não parecem estar funcionando.

— Cadê meu pai? Ele já foi informado?

— Seu pai, assim como você, não se encontrava na Torre quando o surto começou. Você voltou primeiro, por isso pedi a Hannah que a chamasse.

Beca amaldiçoou o pai e a si mesma por não estarem ali quando Edu precisou. Sentiu vontade de socar a parede mais próxima, mas se conteve. Os olhos pousaram nas veias brilhantes que se espalhavam pelo corpo do irmão como teias de aranha. Uma das médicas conseguiu se afastar por alguns instantes e pegar uma nova seringa, que um assistente havia acabado de preparar. Aplicou o remédio com grande dificuldade, já que o garoto não parava de se mexer.

A médica esperou pela reação de Edu. Minutos tensos se passaram e nada mudou, então a mulher, com um olhar desmotivado, se virou para Emir e balançou a cabeça. O líder da Torre sinalizou para o médico assistente assumir seu lugar enquanto ele puxava Beca para fora do quarto, com a expressão ainda tensa.

— Precisamos conversar em particular.

A garota se deixou guiar para o corredor de paredes encardidas enquanto passava as mãos pelo cabelo desgrenhado.

— Nenhum medicamento que injetamos em Eduardo está funcionando. — Emir apoiou-se na parede, parecendo cansado. — Se ele continuar assim, vai virar um Sombra. Não posso permitir que isso aconteça.

Beca não podia acreditar que aquilo estava acontecendo. Depois de tudo o que fizeram, de todas as dificuldades pelas quais passaram, Edu não podia se transformar. Não quando Rato estava tão perto para ajudá-lo...

"Que a névoa me leve... Rato!" Seu rosto se iluminou por alguns instantes e ela agarrou o braço de Emir.

— Escuta, ainda temos uma chance. Nikolai pode ajudar!

Emir estreitou os olhos.

— É muito arriscado. Não temos certeza de que ele realmente vá conseguir fazer algo.

— Nós precisamos tentar! — explodiu Beca, apertando ainda mais o braço dele. — *Por Dios*, Emir! Você fala na minha cara que vai matar o Edu se ele se transformar. Pelo menos me deixe tentar salvar *mi hermano*!

O líder tentou se livrar do toque dela, mas aquilo só a fez segurá-lo com mais ousadia.

— E se fosse alguém da sua família naquela cama? — insistiu, deixando as primeiras lágrimas escaparem. — Se fosse a Hannah ou a Ali, você ia ficar sem fazer nada?

— Não tente transformar isso em algo pessoal, Rebeca — protestou ele.

— Mas isso é pessoal! Pelo menos pra mim!

Os dois se encararam em uma batalha silenciosa de vontades. Beca não desistiria por nada, nem que precisasse soltar Rato na marra. Emir nunca foi tolo e percebeu bem a obstinação dela. Deu um suspiro cansado.

— Está bem, traga o informante.

Beca arfou, mas não teve tempo para agradecer. Emir continuou dando ordens expressas:

— Ele deve vir algemado e com escolta. Se algo sair do controle, você será a responsável direta. O informante é nossa melhor arma contra a Legião, mas uma arma usada com descaso pode nos prejudicar mais do que ajudar.

Beca deixou a enfermaria a passos largos antes que o líder da Torre mudasse de ideia.

Tirar Rato da prisão foi trabalhoso. Os guardas não acreditaram que Emir havia ordenado a soltura e perderam um precioso tempo com conversas pelo rádio. Quando ele deu o primeiro passo para fora da cela, ela já estava ao seu lado, segurando em seus pulsos algemados. Ele continuava barbudo e descabelado, mas havia tomado banho e trocado os trapos sujos por roupas limpas.

— É o Edu? — perguntou assim que viu Beca.

Ela confirmou com a cabeça, puxando-o com insistência. Os soldados os acompanharam com armas em riste, como se marchassem para uma batalha contra os Sombras. No fundo, aquilo não deixava de ser verdade, só que era uma luta interna e dependia somente da força de vontade de Edu.

Ao retornar à enfermaria, Beca encontrou a mesma situação tensa que deixou. Emir tinha voltado a ajudar as médicas, que pareciam por um fio. Eles encararam Rato com desconfiança quando Beca abriu a porta do quarto, mas deram-lhe permissão para que tratasse Edu. Os soldados ficaram do lado de fora, mas Beca tinha certeza de que entrariam caso Rato tomasse qualquer atitude que considerassem ameaçadora.

Assim que as médicas e Emir se afastaram da cama, Edu ficou livre para se debater com força.

Rato já não ligava para ninguém além do garoto na cama. Beca segurou em sua mão, atraindo a atenção dele para si.

— Por favor, ajude *mi hermano*.

Em outra situação, ela ficaria envergonhada com a fraqueza de suas palavras, mas ali seu desespero falava mais alto. Se precisasse se ajoelhar, ela o faria sem hesitar.

— Vou precisar de você aqui — falou Rato, mantendo um tom sério que lhe parecia cada vez mais natural. — Com essas algemas, não consigo segurar ele direito.

Beca assentiu rapidamente, posicionando-se à beira da cama para tentar conter os espasmos do irmão. Ele era magro, mas tinha uma grande força, por isso ela foi obrigada a se sentar em cima dele, afundando as mãos em seus ombros para mantê-lo minimamente contido.

Rato parou do outro lado da cama, bem perto da cabeça de Edu. Ergueu as mãos algemadas e tocou a testa suada do garoto. Seu cenho se franziu no momento do contato, como se sentisse a dor do outro. Encarou Beca uma última vez antes de começar.

— Vou fazer o possível, mas *tu hermano* tem que lutar. — Respirou fundo, preparando-se. — Os médicos usaram sedativos?

— Sim, mas não surtiram efeito — explicou Beca. Seus braços já formigavam diante do esforço para conter o irmão.

— Tudo bem, eu preciso que ele me escute. Está pronta? Os espasmos podem piorar...

Ela anuiu, mesmo que não se sentisse nada pronta. Viu, com os olhos arregalados, Rato envolver a cabeça de seu irmão entre as mãos algemadas. Ele se inclinou sobre o garoto, aproximando os lábios rachados de seu ouvido.

— Vamos, Edu, você é muito mais forte do que isso.

Beca observou as veias no braço de Rato aumentarem de tamanho e brilharem em um azul bem claro. Ao mesmo tempo, os inchaços que tomavam o pescoço de Edu começaram a diminuir, como se o informante os estivesse absorvendo.

— *Carajo*! — soltou ela, sem conseguir conter o palavrão. — Tem certeza de que isso é seguro?

Rato a encarou e deu um sorriso triste.

— Eu disse que faria todo o possível, não disse? Se tem alguém aqui que merece virar um monstro, essa pessoa sou eu. — Ele estremeceu como se sentisse dor, fechando os olhos. Suor começou a se acumular em sua testa e as veias se espalharam pelos braços tatuados. Quando voltou a encarar a garota, seus olhos também tinham um leve brilho azulado. — Fale com ele, Beca.

E ela falou. Sem se envergonhar que Rato, Emir ou qualquer outra pessoa pudesse ouvi-la, ela desabafou:

— Edu, sei que não estamos nos melhores termos, mas eu te amo tanto. O seu silêncio me maltrata todos os dias, como uma faca na minha garganta. Eu só quero o seu bem e ainda tenho esperanças na sua recuperação, juro. Sei que se ressente de mim, mas tudo o que fiz e ainda faço é por você. Nós nunca vamos deixar de ser uma família, nunca!

Ela só se deu conta de que estava chorando quando lágrimas quentes caíram sobre suas mãos, que continuavam empurrando Edu contra a cama. Fungou baixinho e fechou os olhos tentando se recuperar.

— Beca, olhe...

A voz esperançosa de Rato a trouxe de volta. Ao encarar o irmão, percebeu que ele havia despertado. Os olhos arregalados pareciam perdidos e ele ainda se sacudia, encarando os rostos ao seu redor sem reconhecê-los. Beca aumentou a pressão nos ombros dele.

— Edu, sou eu!

Ao seu lado, Rato ainda absorvia os efeitos da névoa. Suas mãos e braços pareciam mais inchados e as roupas grudavam no corpo devido ao suor que brotava de sua pele. Beca engoliu em seco, temerosa de que em breve tivesse que lidar com dois surtos em vez de um. Antes que externasse seus medos, o informante resolveu falar:

— Vamos, Edu! Eu sei que pode nos ouvir. Lute, *chico*.

Dessa vez, Edu pareceu entender. Seu olhar se focou em Rato para, em seguida, encarar Beca. Foi como se o tempo parasse. Pela primeira vez depois de muito tempo, a garota reconheceu sinais de afeto nele.

— Ah, *mi hermano, te quiero* tanto. Lute, por favor. Vamos fazer isso juntos, você consegue.

As lágrimas voltaram, mas dessa vez não fez nada para impedi-las. O irmão a observava atentamente, como se quisesse guardar aquela declaração para sempre na memória. Aos poucos, seus movimentos involuntários foram diminuindo, o brilho nas marcas sombrias se apagou e seu corpo voltou ao tamanho normal.

O surto havia passado.

Beca soltou um suspiro pesado ao perceber que não precisava mais pressioná-lo contra a cama. Olhou para Rato, que continuava com as mãos grudadas na testa do garoto. Ele ofegava, encharcado e trêmulo, as veias em sua pele ainda brilhavam, mas o inchaço nele também havia sumido.

— Você tá bem? — perguntou, receosa. — O que foi que fez com o Edu para conseguir acalmá-lo?

Rato anuiu devagar, finalmente soltando o rapaz e cambaleando para trás. Só conseguiu se manter de pé porque agarrou a mesinha metálica com instrumentos médicos. Encarou a garota, que ainda o observava com uma expressão angustiada.

— Pelo menos os testes que sofri em La Bastilla me ensinaram alguma coisa. Absorvi os efeitos das marcas de *tu hermano*; mas não se preocupe, não vai ser hoje que vocês vão ter que colocar uma bala explosiva na minha cabeça.

Beca desceu da cama e olhou para Edu mais uma vez. O garoto havia voltado a dormir, sem sinal de dor em seu semblante. Talvez os sedativos finalmente tivessem funcionado. Ela se inclinou sobre ele e lhe deu um beijo demorado na testa. Em seguida, virou-se para Rato. Ele continuava apoiado na mesa, respirando pela boca. As veias começavam a se apagar.

— *Gracias.*

Beca ergueu a mão para tocá-lo, mas ele deu um passo para o lado, como se temesse contaminá-la. Em seguida, respirou fundo e sacudiu a cabeça, lutando para colocar os pensamentos em ordem.

— Escuta, Beca, *tu hermano* tem algo de diferente. A Torre fez algo a ele durante esse tempo? Novos testes?

— Como assim? — Aquelas perguntas a deixaram alarmada.

— Não sei explicar. Enquanto absorvia os efeitos da transformação, pude perceber que as nanomáquinas dele são mais resistentes. Acredito que foi por isso que não virou um Sombra até agora, apesar dos constantes surtos.

Beca pensou no protótipo de soro que Emir os induziu a aceitar no que pareciam eras atrás. Franziu o cenho, pois acreditava que aquele teste tinha sido um baita fracasso. Seria possível que a vacina fosse a responsável por manter seu irmão humano durante todos aqueles meses?

Os médicos se aproximaram naquele instante, impedindo-a de comentar suas suspeitas com Rato. Soldados também chegaram com passos decididos e cercaram o informante. Uma das médicas tomou seu braço e espetou uma seringa. Ele gemeu baixinho, mas continuou cooperativo, deixou-se arrastar para a porta, olhar fixo no chão. Beca foi tomada pela raiva: aquilo não era justo depois de tudo o que Rato havia feito para ajudar Edu.

— Eu juro que vou te tirar daquela prisão!

Rato a encarou da porta, seu olhar um tanto perdido e os passos embaralhados. Sorriu, melancólico, como se aquela promessa nada significasse. Sua desesperança fez com que Beca se sentisse ainda mais na obrigação de ajudá-lo.

Assim que ele deixou a sala, Emir apareceu em seu lugar. Seu olhar foi da garota a Edu, desacordado na cama. Trocou algumas palavras baixas com as médicas antes de se aproximar.

— Você pode ficar com Edu pelo tempo que quiser — disse, como se estivesse lhe fazendo um favor. — Sobre as suspeitas do informante, vamos recolher amostras do sangue de Eduardo. Se o protótipo de vacina tiver mesmo ajudado na contenção dos surtos, devemos estudar isso imediatamente.

Beca precisou se controlar para não explodir. Não queria saber de estudos nem de mais testes. Tinha tanto o que falar, tanta frustração.

— Rato salvou *mi hermano* e você ainda age como se ele fosse uma ameaça.

— Ele *é* uma ameaça, Rebeca, não importa o que fez aqui. — Antes que Beca pudesse retrucar, ele ergueu uma mão. — Não vamos discutir sobre isso agora. Fique com seu irmão e cuide dele.

A garota comprimiu os lábios para não xingar o líder da Torre de todos os palavrões que conhecia, pois sabia que comprar uma briga naquele momento seria inútil. Aceitou a cadeira metálica que uma das médicas lhe ofereceu e se sentou ao lado da cama de Edu, segurando em sua mão suada. Antes que Emir partisse, porém, ela lhe endereçou um último olhar contrariado que prometia que aquela conversa estava longe de terminar.

Beca estava adormecida com a cabeça no colchão do irmão quando Lion entrou na sala de supetão. Com os olhos arregalados e a juba mais arrepiada que o normal, ele observou os dois filhos como se esperasse encontrá-los cobertos de sangue ou mortos. Ao perceber que não havia nenhum perigo e que Edu dormia tranquilamente, soltou a respiração e apoiou as mãos nos joelhos, xingando baixinho.

Acordada pela barulheira do pai, a garota se levantou da cadeira e apoiou a mão no ombro dele. Sabia que ele devia estar se sentindo péssimo, mas não conseguiu esconder a censura na voz:

— Onde diabos você se enfiou, *viejo*? Se estava na Zona Vermelha enquanto toda essa *mierda* acontecia, eu juro que...

Lion endireitou a postura e encarou a filha como se tivesse ouvido um grande insulto.

— Você está sendo injusta comigo, *hija*! Eu não estava na Zona Vermelha.

— E onde estava? — Beca afastou-se de Lion e começou a andar de um lado para o outro. Felizmente, as médicas haviam partido depois de terem certeza de que Edu não teria um novo surto tão cedo. — Por que deixou Edu sozinho sabendo que eu ia falar com a Velma hoje?

Lion fez uma careta de desagrado enquanto tentava ajeitar o cabelo desgrenhado. Mancou até a cadeira onde Beca estivera sentada e tomou seu lugar. A mão enorme buscou o braço do filho, apertando-o em um pedido silencioso de desculpas.

— Assim que você saiu, recebi um pedido de Emir — falou em voz baixa. — Ele queria que eu fosse até os Falcões.

— O quê? Emir ainda quer convencer o bando a vir pra cá? — perguntou Beca, recebendo aquelas palavras com descrença.

— Ele tem poucas opções, Beca. Pelo visto, a situação da Zona da Torre vai de mal a pior. Emir precisa de homens para formar um exército capaz de lutar contra La Bastilla.

— E você acha inteligente ir para a Periferia da Névoa bem quando eu não estou aqui? *No jodas*!

Lion soltou um suspiro cansado.

— Não tive escolha, Beca. Emir disse que eu precisava ir naquele momento, e ele tem meus dois filhos na palma da mão.

O tom sofrido do pai fez o coração de Beca amolecer. Ainda estava com raiva por Lion ter se ausentado, mas entendia seus motivos. Passou os braços por cima de seus ombros e o abraçou.

— Você não precisa se preocupar comigo, eu sei me cuidar — afirmou, beijando a bochecha barbuda do pai.

— Preciso, sim — respondeu ele, levantando-se na mesma hora. — Sou *tu padre* e vou fazer de tudo para proteger a ti e *tu hermano*, nem que para isso precise vender minha alma para *el diablo*.

— E de qual diabo estamos falando? Daquele que Richie prega em seus cultos ou de Emir? — brincou ela, tentando aliviar a tensão.

Lion deu uma risada embargada.

— Dos dois, *hija*. Dos dois.

Ele apertou os braços que o envolviam, então se desvencilhou deles. Trouxe Beca para a sua frente e a encarou, acariciando seu rosto com as mãos pesadas.

— Conte o que houve com Edu. Emir me falou que você o fez soltar o Rato.

Ela assentiu, mas não se moveu. Os carinhos do pai a acalmavam.

— Rato salvou Edu, *viejo* — sussurrou, apoiando a testa no peito largo e quente de Lion, contando tudo sobre as últimas horas em um fio de voz. Quando terminou, sentiu-se melhor por ter dividido aqueles momentos. — Ele disse que as nanomáquinas de *mi hermano* têm algo de diferente, que o ajudam a resistir aos surtos. Emir acha que pode ter sido aquele protótipo de vacina.

— *Puta madre*! E nós achávamos que aquilo tinha dado em grandes nadas! — exclamou Lion, espantado.

— Estou preocupada que Emir tente fazer mais testes no Edu, não quero que ele se sinta ainda mais usado. Eu sabia que Rato era o único que podia ajudá-lo. Você precisava ver, se não fosse por ele, eu nem sei o que poderia ter acontecido.

O pai pousou a mãozona em seu cabelo, fazendo cafuné como quando ela era criança, mas não escondeu o desagrado:

— Você quer ajudar o informante, não é?

— Ele não é o monstro que você imagina.

— Beca... Só tome cuidado. — Lion ergueu seu rosto para que ela o encarasse. — Rato não merece sua preocupação, muito menos que você se arrisque. Agora vá descansar, sei que está aqui há algumas horas.

Ela sabia que o pai dificilmente mudaria de opinião, por isso não insistiu. Deu um beijo em seu rosto e depois se despediu do irmão desacordado. Parecia que uma tonelada de concreto tinha caído sobre seu corpo, mas se recusou a caminhar para o quarto. Quanto mais pensava na situação, mais se convencia de que era apenas um joguete nas mãos de Emir. Isso tinha que mudar, e começaria com sua promessa de soltar o Rato.

Ignorando os olhares dos soldados da Torre, Beca caminhou até a sala de Emir, onde ele costumava observar as imagens das câmeras de segurança espalhadas pela Torre. É claro que ninguém atendeu a suas batidas, e os analistas que trabalhavam por perto fizeram questão de ignorar suas perguntas sobre o paradeiro do chefe. Pouco disposta a desistir, Beca se sentou na frente da porta e abraçou os joelhos. Ela não sabia onde Emir estava naquele momento, mas tinha aprendido seus hábitos o suficiente: mais cedo ou mais tarde, ele apareceria ali.

Durante a primeira hora de espera, ela até que conseguiu se manter desperta, repassando o surto de Edu e a forma como Rato conteve a transformação. Ainda não entedia como ele era capaz de fazer aquilo, mas supôs que o seu controle sobre as marcas sombrias havia aumentado bastante desde que se separaram. Só esperava que aquela melhora não estivesse relacionada a algum plano macabro da Legião.

Sacudiu a cabeça para afastar a desconfiança e esticou os braços, espreguiçando-se para tentar afastar o cansaço. No entanto, depois de alguns minutos, os olhos pesaram e os analistas ao seu redor pareceram ficar cada vez mais distantes. Acabou adormecendo.

Sonhou com o irmão e o informante lutando contra as marcas que cobriam seus corpos enquanto um soldado mascarado da Legião enfiava agulhas em seus braços e pernas. Diante daquela cena terrível, ela queria gritar, mas sua voz parecia presa na garganta e nenhum dos homens se dava conta de sua presença ali. Quando Edu abandonou qualquer resquício humano, transformando-se em um Sombra por completo, as amarras que o prendiam à mesa de teste foram cortadas e ele se levantou, rosnando. Finalmente, seus olhos se fixaram na garota e ele partiu para cima dela com uma fúria assassina. Aquele foi o momento em que Beca sentiu um peso incomum no ombro e acabou despertando com um soluço engasgado.

— Rebeca. — Uma voz feminina veio acalmá-la com um aperto em seu ombro.

Os olhos arregalados da garota demoraram a encontrar foco, mas logo reconheceram o rosto de Hannah. A irmã de Emir estava agachada à sua frente, tocando-a com cuidado, como se ela fosse uma criança que acordou assustada com o bicho-papão. Beca precisou pigarrear para encontrar a própria voz. Rapidamente, desvencilhou-se do toque da outra e a encarou, desconfiada.

— Não é com você que quero falar.

Hannah anuiu, como se conhecesse os planos de Beca. Era uma mulher calma em tudo o que fazia, tão controlada quanto o irmão. Levantou-se e estendeu a mão.

— Venha comigo, Beca. Emir não está na Torre, de nada vai adiantar esperar por ele aqui.

— E por que eu deveria ir com você? — perguntou Beca.

Hannah abriu um sorriso confiante.

— Talvez eu esteja interessada em saber o que você tanto tem a dizer. Será que não vale a pena conversar comigo em vez de dormir na frente dessa porta?

A contragosto, Beca acabou aceitando a oferta. Segurou na mão de Hannah e sentiu mais dificuldade para se levantar do que gostaria. Parecia que tinha envelhecido alguns anos dormindo naquela posição desconfortável, seus músculos travados e doloridos.

Caminharam pelos corredores em silêncio, deixando a sala dos analistas para trás e tomando caminhos pelos quais Beca não passara antes. O número de guardas aumentou consideravelmente, todos observando a garota com cara de poucos amigos. Chegaram em um elevador, seu painel de acesso contava com um leitor de digitais.

Hannah pousou a mão no display para que sua identidade fosse confirmada. Beca observou os arredores mais atentamente, notando que aquela área da Torre era mais bem preservada. Paredes pouco descascadas, iluminação bastante clara e pouquíssimo sinal de sujeira. A porta metálica do elevador se abriu, revelando um espaço menor e mais estreito do que aquele que os funcionários da Torre costumavam utilizar, e a outra mulher gesticulou para que Beca entrasse primeiro.

Só havia dois botões no painel interno do elevador, e Hannah marcou o superior. A subida foi silenciosa. A líder brincava com uma mecha solta do cabelo enquanto Beca batia o pé no piso escuro, contando os segundos para sair dali e descobrir aonde iam. Quando o elevador parou, uma área completamente diferente do que estava acostumada se revelou diante de seus olhos.

— Aqui é nossa casa — disse Hannah, dando um aceno para que a garota a seguisse. — Onde podemos ser uma família de verdade.

Beca entrou no amplo salão dando passos cuidadosos, como se temesse que aqueles móveis e tapetes desaparecessem como uma miragem. Era um ambiente aconchegante, diferente de qualquer outro lar da Nova Superfície que ela conhecia. Ao passar ao lado da mesa de centro, quase tropeçou ao avistar um vaso com flores douradas. "Pela névoa, flores!" O cheiro forte de incenso tomava o ar, aumentando a sensação de que Beca acabara de atravessar um portal para um tempo em que a névoa não existia.

Hannah a levou até um amplo sofá confortável, apesar da cobertura de couro um tanto rachada. Beca se sentou, ainda de olhos arregalados. Sua atenção se voltou para as duas portas fechadas na extremidade oposta do salão. Hannah seguiu seu olhar e apontou para a porta da esquerda.

— Aquele é o quarto de Emir. O outro é o meu e de Ali. Quer ver?

Quantas vezes Beca se perguntou como seria a casa do líder da Torre? Naquele momento, tinha a oportunidade de presenciar tudo em primeira mão, de fazer perguntas para descobrir um pouco mais o que eles escondiam. Não podia negar que aquela possibilidade a deixava empolgada. Assentiu com a cabeça, aceitando o convite. Hannah sorriu.

Juntas, entraram no quarto dela, bem maior do que aquele em que Beca vivia na Torre, mas não tão grande quanto esperava. Havia uma cama de solteiro bem arrumada, com lençóis limpos que pareciam novos. Um grande tapete escondia as falhas no piso e, bem ao lado da janela, um berço com madeira descascada abrigava uma garotinha adormecida.

Sentado em um banco ao lado do berço, um homem velava o sono da criança, murmurando uma antiga canção de ninar. Assim que percebeu que não estava sozinho, sua expressão carinhosa deu lugar à postura rígida de um soldado. Colocou-se de pé e grudou os braços ao corpo, saudando Hannah.

— Você pode ir, Yan — disse Hannah com um tom suave. — Eu cuido da Ali agora. Obrigada.

O soldado não parecia muito contente em deixar a irmã de Emir sozinha com Beca, mas cumpriu as ordens sem expressar opiniões. Hannah aproveitou a privacidade para retirar o prendedor de cabelo que mantinha seu coque. Pela primeira vez, Beca teve a oportunidade de ver o quanto era bonito seu cabelo solto. Ele chegava à metade das costas, brilhoso e ondulado. Aquela mulher era tão linda quanto o irmão, e nem parecia se dar conta daquilo.

— Pode se sentar, se quiser. — Hannah apontou para a cama enquanto ocupava o lugar de Yan no banco ao lado do berço. Sua expressão se suavizou quando acariciou o rosto da filha, repleta de um orgulho materno que Beca mal conseguia entender. — Ali está um pouco gripada, precisa descansar.

Sem saber o que dizer, Beca decidiu sentar-se na beira da cama. As mãos se entrelaçaram em um aperto nervoso, nunca se imaginou em um ambiente tão íntimo com a família de Faysal.

— Minha família mora aqui desde que Faysal começou a criar a Zona da Torre. Essas paredes são mais que um abrigo, elas trazem muitas lembranças bonitas. Eu e Emir crescemos aqui, absorvendo os ensinamentos de nosso pai, para nos tornarmos grandes líderes. — Ela deu um sorriso repleto de nostalgia. — Nós costumávamos disputar e brigar muito, ambos queríamos assumir o lugar do grande Faysal. No fim, todas as minhas prioridades mudaram quando Ali nasceu.

A garota se remexeu no lugar, olhos fixos no tapete estampado com inúmeras figuras geométricas. Ouvir sobre o passado de Emir e Hannah era estranho, para dizer o mínimo. Beca tinha muita dificuldade em visualizar os dois como crianças que se divertiam e discutiam sobre seus papéis futuros.

— Desde que meu marido morreu em uma missão de mergulho, Emir tem sido um grande apoio — falou Hannah, notando que deveria cessar os rodeios. — Você o vê como um líder frio, mas a verdade está tão longe disso, Rebeca. Ele sente muito mais do que deixa transparecer.

— Eu não sei se acredito que esse Emir existe de verdade. Talvez ele só se importe com você e Ali.

Hannah a encarou como se aquela afirmação fosse o maior absurdo que já ouviu na vida.

— Emir toma decisões difíceis todos os dias, mas nunca duvide que ele sofre com elas. Eu estou aqui quando a armadura quebra, eu o ajudo a juntar os cacos.

— Então o ajude a tomar a decisão certa, Hannah. — Beca se levantou. — Convença *tu hermano* a soltar Rato.

Hannah a analisou com cuidado. Mesmo incomodada com aquele escrutínio, Beca não desviou o olhar, estava aberta para o que ela quisesse perguntar.

— Se o informante perder o controle ou for uma armadilha dos nossos inimigos, as consequências seriam catastróficas. Você já pensou sobre isso, Rebeca?

A garota assentiu.

— Eu entendo o receio de Emir, mas Rato salvou o Edu de um surto horrível e ainda compartilhou informações importantes sobre La Bastilla. Deveríamos dar uma chance a ele.

Hannah comprimiu os lábios.

— Ele é um mestre na traição. Ou você se esqueceu de todas as mentiras que contou?

— Não me esqueci e nunca vou esquecer, ainda dói pensar no que ele fez à minha família. Mas acredito que as pessoas possam mudar. Nikolai mudou, deixem que ele prove isso ajudando o Edu.

Hannah adotou o mesmo olhar calculista do irmão.

— Você está disposta a pagar pelos danos se estiver errada?

Beca sabia o que aquela pergunta significava: se Emir realmente soltasse Rato e algo de errado acontecesse, quem pagaria seria ela. Os riscos eram altos, e ela tinha certeza de que Lion a amaldiçoaria se soubesse o que pretendia fazer. Entretanto, ainda se lembrava do olhar vazio de Rato, que só ganhou foco quando ele se esforçou para salvar Edu. Ainda se lembrava de Velma afirmando que ele era um homem bom.

Estava mais que na hora de alguém estender a mão para ajudá-lo.

— Rato será minha responsabilidade, assim como *mi hermano*. Garanto que ficarei de olho nos dois.

Beca deu espaço para que Hannah se levantasse e caminhasse até a janela. A mulher levou a mão ao queixo para refletir, uma pose tão semelhante à do irmão que deixou a garota incomodada.

— Sua coragem me impressiona, Rebeca — disse Hannah, ainda mantendo o olhar fixo na paisagem da Nova Superfície.

— Você vai me ajudar? — Beca não queria palavras bonitas, queria ação e garantias. — Emir parece respeitar a sua opinião.

Hannah voltou a focar sua atenção na garota. Um sorriso indulgente brotou em seus lábios.

— Falarei com ele, mas isso não é garantia de nada.

Mesmo que não fosse, Beca não pôde deixar de sorrir.

— Obrigada por acreditar em mim.

Emir bateu à porta do quarto de Beca ainda naquela noite, fazendo--a acordar sobressaltada com a insistência. Depois de tanta tensão, caíra na cama assim que retornou da conversa com Hannah. Com a mente nebulosa por causa do sono, seu primeiro pensamento foi de que Lion tinha finalmente voltado da enfermaria, por isso a última coisa que esperava era encontrar o líder da Torre lá fora.

Piscou algumas vezes para ter certeza de que seus olhos não lhe pregavam peças. Hannah já teria falado com ele? Passou as mãos no cabelo despenteado e se incomodou com o piso gelado sob os pés descalços, esforçando-se para disfarçar o desconforto por estar tão vulnerável na frente dele. Emir a encarou como se estivessem em mais uma reunião de planejamento para a guerra — o fato de ela vestir uma camisa furada e shorts que não passavam da coxa não importava nada.

— Serei breve — falou com seu tradicional tom de comando. — O informante será solto pela manhã, esteja lá quando isso acontecer.

Aquelas breves palavras serviram para despertá-la de vez. Endireitou a postura e devolveu o olhar sério.

— Hannah te convenceu a me ouvir?

Emir franziu a testa, mas sua confusão não durou mais que um segundo.

— Ninguém me convence a nada, nem mesmo minha irmã. — Ele deu um passo para trás, pronto para ir embora. — Esteja na prisão assim que o sol nascer. Você advogou pela soltura do informante, por isso precisará garantir que ele cumpra sua parte na barganha.

— E que parte será essa?

— Amanhã saberá. Boa noite.

Depois que Emir foi embora, ela bem que tentou dormir outra vez, mas o sono parecia ter evaporado por completo. Sua mente relembrava as conversas com Hannah e com o líder da Torre, tentando prever o que encontraria ao amanhecer. Quis discutir aquela situação com o pai, mas preferiu deixá-lo com Edu sem mais essa preocupação.

Assim que o sol nasceu, ela já estava em frente à cela de Rato. A porta de ferro continuava fechada, com um soldado de prontidão ao seu lado. Emir apareceu poucos minutos depois, cumprimentou Beca com a cabeça e foi conversar com o guarda. A garota não conseguiu ouvir as palavras murmuradas, mas, pela reação do outro homem, entendeu que a soltura de Rato não era algo esperado.

A contragosto, o soldado cumpriu suas ordens e digitou o código para abrir a porta eletrônica. O estalo das trancas magnéticas foi o único som que tomou o corredor antes de a cela ser aberta. Beca prendeu a respiração ao se deparar com Rato já de pé, a expressão confusa com a visita matutina.

— Ficou com saudades, *cariño*?

Beca sorriu, mas não conseguiu dizer nada, já que Emir tomou a frente da situação.

— Você será solto, informante, mas deve permanecer na Torre. Providenciarei um cômodo próximo ao de Rebeca. Ela será responsável por todas as suas ações: se sair da linha uma única vez, ela pagará o preço. — Os olhos dourados se estreitaram. — Sua prioridade é prover informações sobre nossos inimigos, mas também deve ajudar Eduardo como puder. Fui claro?

Rato escutou tudo aquilo com a testa franzida. O rosto barbado parecia ter readquirido um pouco da cor depois daquela semana se alimentando melhor, mas ele continuava magro e enfraquecido.

— Só vou mudar para uma cela maior e com janelas... — comentou, dando de ombros.

Beca quase atirou sua pistola na cabeça dele, amaldiçoando-o por sua língua afiada. Pelo menos aquilo significava que ele recuperava um pouco do seu velho eu.

Emir não se mostrou afetado com a provocação.

— Não serei condescendente com você, não confio em um infectado. Se não fosse o pedido de Rebeca, você continuaria lá dentro.

Então seus pedidos realmente tinham causado algum impacto, mesmo que Emir insistisse em dizer que ninguém o convencia de nada. Prometeu a si mesma que agradeceria a Hannah mais tarde. Seu olhar procurou Rato e o encontrou com a atenção nela. O rosto dele era uma mistura de receio e agradecimento, mas, antes que pudesse falar algo, o soldado às suas costas o cutucou com a ponta da arma, uma ordem silenciosa para que começasse a andar.

Beca os acompanhou em silêncio, percorrendo corredores familiares e a escada de emergência que os levaria até o andar residencial. Emir preferiu não usar o elevador, provavelmente para manter a discrição da transferência de Rato.

— Você não deveria ter se arriscado dessa maneira, Beca. Não por mim — sussurrou Rato enquanto os dois desciam lado a lado uma incontável quantidade de degraus.

— Eu fiz porque quis — respondeu ela. — Ninguém merece ser tratado como monstro, nem você.

Os olhos dele se alargaram, deixando seu conflito ainda mais claro.

— Se eu sair do controle, pisar um passo fora da linha que Emir traçou para mim, você paga também. Sabe disso?

— Então não saia da linha, Rato.

A tentativa de aliviar a tensão só serviu para deixá-lo mais sombrio.

— Eu não mereço nada disso.

Beca começava a se preocupar que Nikolai jamais retornasse do trauma que viveu em La Bastilla.

TRÊS DIAS PARA O CHAMADO DE GUERRA

GRAVAÇÃO SECRETA 3.688

Ano 54 depois do véu.

Relato de Emir sobre os preparativos para a guerra contra La Bastilla.

Hoje é o aniversário do fim do mundo, data repleta de dor e pesar. Cinquenta e quatro anos desde o surgimento da névoa. Tanto tempo se passou e continuamos reféns dessa maldição e das pessoas que a criaram. Engolimos o sofrimento, suportamos a dor, mas até quando? Sinto que a Zona da Torre não conseguirá se manter coesa por muito mais tempo. Conflitos demais, mortes demais. Precisamos agir antes que seja tarde.

Aos poucos, estamos chegando perto de nossos objetivos. As informações que Rato compartilhou conosco durante esse mês têm sido de grande importância. Traçamos um esboço do mapa da ilha onde a Legião se abriga, e nossos planos já ganham um ar concreto. A lista de equipamentos que eles possuem é assustadora, mas nunca duvidei que tivessem recursos melhores que os nossos. Essa batalha não será vencida na força bruta, por isso preciso tanto dos relatos do informante.

A nova equipe de reconhecimento deve voltar em breve, e então terei a confirmação de que preciso para colocar meu plano em ação. Quanto mais penso nele, sinto que é isso que Faysal faria para proteger Hannah e Ali. Se tudo der certo, elas, que já passaram por tanto, não precisarão enfrentar a Legião.

Estou pronto para qualquer sacrifício para preservar minha família e o que meu pai construiu. Sei que esse é o meu destino, custe o que custar.

MASSACRE NO BANDO

O tempo não cura todas as feridas, mas certamente diminui a dor causada por elas. No mês depois da soltura de Rato, Beca descobriu que muitos dos seus problemas se tornaram mais fáceis de suportar. O progresso de Edu impressionava. As instruções do informante o ajudaram a recuperar a confiança e o controle sobre o próprio corpo. Além disso, algumas análises do sangue de Rato e do garoto provaram que realmente havia modificações nas nanomáquinas. Elas respondiam de forma bem mais lenta em contato com o véu, como se de fato tivessem algum tipo de resistência. Aquilo foi um verdadeiro renascimento para ele, que, aos poucos, voltava a sorrir e se interessar pelas coisas que o cercavam. Sofrera um único surto, que serviu para se certificar de que tinha força suficiente para lutar contra as marcas sombrias.

Emir permitiu inclusive que ele tivesse acesso aos computadores da Torre, ajudando como analista sempre que estivesse disposto. O que mais aliviou Beca, no entanto, foi o fato de ela e o irmão voltarem a conversar. Algumas noites, ele comentava com gosto como o monitor ultrafino estava bem preservado e explicava que os servidores da Torre eram tão rápidos que bastava piscar para obter informações. Seu sorriso bobo trazia um calor gostoso ao peito da garota, contagiando-a com a mesma empolgação. Ainda existia um pouco de frieza da parte dele, mas, para alguém faminto por proximidade, cada migalha que ela recebia era um verdadeiro banquete.

Naquele momento, Beca estava muito satisfeita ao lado do irmão na sala dos analistas, observando os olhos dele brilharem diante do computador.

— E o que vocês estão fazendo agora?

Edu digitou alguns códigos no teclado óptico e apontou para o monitor, mostrando imagens de câmeras de drones que estavam no Setor 4. Beca reconheceu vários locais do bloco Boca e se surpreendeu que o chefe do Sindicato ainda não tivesse destruído todos aqueles aparelhos de espionagem.

— Vendo o que nosso amigo Richie tem aprontado — respondeu ele.

— E o que descobriu? Eles estão se virando bem sozinhos?

Edu franziu o cenho, pensando um pouco antes de responder.

— Bom, até agora ninguém deu sinais de se arrepender da revolta contra a Torre. Acho difícil que Emir consiga recuperar o Setor 4 sem lutar, ainda mais porque os próprios moradores apoiam o Sindicato e fizeram de tudo para boicotar os soldados da Torre. Só espero que pessoas inocentes não paguem o preço.

— Eu também, só que as maiores vítimas da guerra são sempre os inocentes, não aqueles que planejam as batalhas e comandam os exércitos. — A garota comprimiu os lábios, pensando de que forma Emir resolveria aquele problema.

Edu concordou, triste, mas logo se distraiu com algo no computador.

— *Hey, no jodas*! Isso não pode estar certo.

— O que foi? — perguntou Beca, sem entender metade das linhas de código que tomaram o monitor.

— Estou recebendo uma mensagem. — Edu franziu a testa. — É muito estranho. Essa frequência é de fora da Torre, mas eles têm os códigos de identificação.

Beca se levantou da cadeira sentindo uma conhecida palpitação. Aproximou o rosto do monitor.

— Você sabe me dizer qual é o código? Emir deixou um bem específico para os Falcões depois de fazer a proposta para se unirem à Torre. Pode ser o Ernesto.

Ou, talvez, alguém da Legião que descobriu como hackear o sistema da Torre — ela preferia não pensar naquela possibilidade, pois a resposta mais óbvia para uma mensagem dos inimigos seria uma traição do Rato.

— *Puta madre*, Beca! — exclamou o irmão enquanto digitava com pressa. — Você está certa, é a identificação que Emir deu aos Falcões!

— O que eles estão dizendo? — Beca tinha um mau pressentimento.

Os olhos arregalados de Edu confirmaram as suspeitas da garota antes mesmo que ele dissesse algo. Engolindo em seco, ele digitou mais alguns comandos.

— Eles estão sendo atacados pelos Sombras. A mensagem diz que é um verdadeiro massacre e pede ajuda urgente. Espere, acho que temos um áudio também.

Mais alguns instantes de tensão antes que a voz de Ernesto tomasse a caixa de som do computador. Havia muita estática, mas o tom desesperado não podia ser ignorado. Beca sentiu o estômago dar um nó quando pensou na pequena Penélope.

— Um mergulhador apareceu... Depois disso... eles vieram... Vo... cês nos ofereceram... ajuda. Agora, pro... vem que po... demos confiar.

A mensagem acabou com o som de tiros. Edu deu um sobressalto assustado e outros analistas se voltaram para observar a origem da barulheira. Beca respirou fundo, tentando encontrar calma enquanto o irmão gritava para que alguém chamasse Emir.

Ao mesmo tempo que um grupo bastante alarmado corria para encontrar o líder da Torre, Edu voltou a encarar a irmã. Beca ficou enjoada ao pensar no que os Falcões estavam passando, nas vidas que corriam perigo. Vivera meses com aquela gente, não podia abandoná-los quando mais precisavam. Além disso, quem seria o tal mergulhador que apareceu por lá perseguido pelos Sombras?

— Edu, quando o Emir aparecer aqui, peça a ele para mandar o máximo de ajuda possível — disse ela, preparando-se para deixar a sala de análises.

— *Hey*, como assim? Para onde você vai?

Beca o encarou com um olhar obstinado.

— Não vou ficar parada esperando. Temos que ajudar Ernesto agora mesmo!

Apesar dos protestos de Edu, ela não mudou de ideia. Encontrou o pai no heliponto, conversando com um dos mecânicos que cuidava do helicóptero da família. Rato estava lá também, mais afastado. Ele e Lion tinham se aproximado, uma vez que o informante passava praticamente todo o tempo livre ajudando Edu no controle das marcas sombrias; entretanto, o homenzarrão ainda se negava a tratá-lo como amigo, mantendo uma frieza e desconfiança que deixavam Nikolai retraído.

Quando Lion notou a aproximação de Beca, ele soube que algo sério havia acontecido sem nem ela falar. De maneira educada, dispensou o mecânico, que se afastou com a testa franzida.

— O que houve?

— Os Falcões estão em perigo. — Ela não perdeu tempo com rodeios. Entrou no helicóptero e iniciou os preparativos para a decolagem. — Ernesto enviou um pedido de ajuda para a Torre, Edu interceptou a mensagem faz poucos minutos. Os Sombras estão lá, *viejo,* aparentemente atrás de um mergulhador.

A garota encarou o pai, que parecia ter levado um forte tapa na cara. Recuperado depois do breve instante de choque, ele empurrou a filha para o outro assento e assumiu seu lugar de piloto.

— Emir sabe que você está aqui? Quem é esse mergulhador?

— Eu não faço ideia. Alguns analistas foram atrás do Emir, pedi a Edu que contasse o que aconteceu. — Encarou o pai e segurou em seu braço com força. — Os Falcões vão ser massacrados, preciso ir.

Lion concordou com a cabeça, sério.

— Estou com você. Ernesto é meu amigo acima de qualquer coisa.

As hélices da aeronave começaram a girar e o motor, a ganhar força. Beca estava tão distraída checando os últimos detalhes para a decolagem que só percebeu a presença de Rato na aeronave quando notou um movimento no banco traseiro, reparando que ele já tinha até colocado o cinto de segurança.

Ele estufou o peito.

— Eu vou com vocês.

Beca notou as várias emoções que passavam por seu rosto, rapidamente reprimidas pela obstinação que tomou seu lugar.

— Se Emir descobrir que você deixou a Torre, sua liberdade já era — falou, bastante séria, mas não deu sinal de que o obrigaria a ficar.

— Que liberdade, Beca? Ainda sou um prisioneiro — respondeu ele, cerrando os punhos. — Eu devo isso ao Gon. Vou proteger a família dele, nem que pra isso eu tenha que ir até lá escalando cada edifício da Zona da Torre.

A garota soltou um suspiro. O fato era que não tinham tempo para discussão, cada segundo perdido podia significar mais uma perda para os Falcões. Virou para a frente e notou que não houve mudança na movimentação do heliponto. Se ninguém desse o primeiro passo, talvez nem houvesse mais um bando quando chegassem na Periferia da Névoa.

Tomou sua decisão.

— Vamos embora.

Lion lançou-lhe um olhar contrariado, mas não falou nada. Puxou o manche para trás e iniciou a decolagem. Alguns soldados observaram a partida com olhares confusos, mas não tentaram impedi-los. Beca ficou aliviada por, ao menos naquilo, terem um pouco de sorte. Esperava que ela continuasse do seu lado quando chegassem na morada dos Falcões.

Durante o tenso período de voo, Beca conseguiu contato com o irmão pelo rádio. Ele explicou que Emir havia se reunido com pessoas de confiança, mas ainda não sabia se a Torre enviaria ajuda. Edu também confirmou que, com exceção da primeira mensagem, os Falcões não tinham mais entrado em contato. Beca praguejou e pediu que ele a mantivesse informada caso a situação mudasse. Traçou um plano rápido com o pai e Rato: Lion ficaria no helicóptero, dando apoio aéreo, enquanto os dois entrariam no prédio para tentar encontrar Ernesto e ajudar no que fosse possível.

— Eu não gosto disso, *hija* — reclamou o pai, olhos focados no caminho por entre os megaedifícios.

— Você tem uma ideia melhor?

Seu pai soltou uma sequência de palavrões, dando-se por vencido. Quando finalmente chegaram no prédio semidestruído dos Falcões, ele virou o rosto para Rato com um olhar raivoso.

— Não ouse perder o controle lá embaixo. Você deve lutar contra os Sombras, não se juntar a eles!

Rato não falou nada, mas sua expressão ficou mais grave, como se essas palavras tivessem acertado seus receios mais profundos. Beca não aguentou a tensão, por isso se apressou em abrir a porta do helicóptero. O vento forte atingiu seu rosto como um tapa, mas ela nem se importou e, com a *grappling gun*, mirou a cobertura do prédio. Olhou para Rato, que também havia aberto a porta traseira e estava preparado para saltar.

— Não preciso de uma corda-gancho — disse ele, lendo a pergunta estampada no rosto da garota.

Beca se despediu do pai com um aceno. Atirou com mira perfeita e saltou assim que sentiu o gancho da arma se prender em uma das colunas metálicas do prédio, deixando que a gravidade fizesse sua mágica. A aterrissagem foi tranquila, ela rolou no chão para absorver a maior parte do impacto e logo desprendeu a corda-gancho da coluna à esquerda. Enquanto aguardava Rato, embainhou a *grappling gun* e puxou a pistola. Ao seu redor, estava tudo vazio, nenhum sinal de membros do bando, muito menos de Sombras; entretanto, as manchas de sangue no piso deixavam claro o que acontecia ali.

Sons abafados venciam o vento forte que agitava a cobertura, só que ela não conseguia identificá-los. Pareciam uma sinfonia de gritos e estampidos seguidos por longos silêncios nervosos que a faziam suar frio. Estava tão concentrada tentando desvendar aqueles sinais da invasão que quase pulou de susto quando sentiu a mão do informante em seu ombro.

— Eles estão lá embaixo — comunicou a ele depois de se recuperar. — Consegue ouvir os gritos?

Rato franziu o cenho, assentindo. Só naquele momento ela percebeu que ele não trazia nenhuma arma.

— Tem certeza de que vai conseguir lutar contra os Sombras assim?

— Não se preocupe comigo — disse ele, puxando a manga da camisa para revelar veias que já brilhavam em azul.

Beca engoliu em seco. Nunca se acostumaria com a normalidade com a qual aquele homem se transformava em Sombra.

— A prioridade é encontrar Ernesto, mas, se acharmos outros sobreviventes, os mandamos pra cá. — Apertou o comunicador preso à orelha. — Está ouvindo bem, *viejo*? Fique preparado para fazer os resgates.

— Pode deixar, Beca. E tenha cuidado, por favor!

A garota forçou um sorriso.

— Eu sempre tenho.

Ela e Rato entraram no galpão dos Falcões, que os levaria até a escadaria para os andares inferiores. Não precisaram descer muito para se darem conta da gravidade da situação: o pouco sangue visto no chão da cobertura deu lugar a corpos estraçalhados, os sons abafados ganharam volume e nitidez, fazendo as mãos de Beca tremerem a cada passo. Tiros ecoavam por todo o prédio, gritos de horror surgiam em intervalos.

A garota conhecia o interior do prédio, por isso guiava Nikolai pelo labirinto de corredores. Seu coração foi ficando cada vez mais apertado, pois, apesar de ouvir gritos e tiroteio, não havia encontrado nenhum sobrevivente. Aquilo mudou quando se depararam com três híbridos e um Sombra que cercavam um grupo de cinco Falcões desarmados e bastante desesperados.

Ao vê-los tão perto da morte, Beca começou a atirar. Como não tinha balas explosivas, mirou nos híbridos e os derrubou com tiros certeiros na cabeça. O Sombra se virou, bufando diante daquela interrupção. Beca fez mira novamente, mas não precisou atirar, pois Rato se colocou à sua frente e soltou um gemido dolorido. Seu corpo começou a mudar, os braços dobraram de tamanho e as unhas cresceram como garras. Ela teve que se controlar para não apontar a arma para ele.

— Eu cuido deste aqui, você salva as pessoas.

Ela concordou, e deixou que Rato partisse para cima do Sombra com toda a fúria. A luta foi violenta e a fez se encolher em diversos momentos, mesmo assim, conseguiu chegar até o grupo de Falcões e levá-los para longe do perigo. Indicou o caminho mais seguro para a cobertura e voltou apressada para ajudar o companheiro. Quando chegou, ele segurava o corpo inerte e sem cabeça do Sombra. Seus braços cobertos de sangue e o rosto raivoso fizeram a garota estancar, sentindo uma onda de pânico — por um instante, temeu que ele a atacaria.

Rato piscou algumas vezes e a reconheceu, largando o Sombra morto no chão. Beca se esforçou para não andar para trás quando ele se aproximou. Ele percebeu seu receio, parou e desviou o olhar.

— Vamos continuar — disse ela, depois de limpar a garganta.

Sem dizer nada, Rato voltou a segui-la. Beca estremeceu de culpa ao sentir o olhar dele fixo em suas costas. Sua reação assustada com certeza o magoara, mas o que ele esperava? Anos de temor aos Sombras não podiam ser apagados de uma hora para outra, mesmo que racionalizasse que ele era diferente.

Depois de verificarem o quarto de Ernesto e o encontrarem vazio, a garota não sabia se ficava aliviada ou preocupada. Ainda havia a chance de estarem vivos, porém, a cada andar que desciam, o número de Sombras, híbridos e até cães parecia aumentar.

— Beca! — A voz de Lion ficou mais alta no comunicador, empolgada. — Acabei de receber a confirmação de que a Torre vai enviar ajuda, os helicópteros já estão vindo. Aguente mais um pouco!

A notícia era muito bem-vinda, mas não aliviou a tensão. Eles ainda estavam no meio do perigo e sem qualquer sinal do líder dos Falcões.

— Só espero que não cheguem tarde demais — disse Rato, a voz quase irreconhecível.

Encontraram mais sobreviventes e indicaram o caminho para a cobertura. A maioria quase teve um ataque ao avistar Rato transformado, mas ele era consciente a ponto de se manter afastado e deixar Beca tomar as rédeas da conversa. Ela continuou perguntando sobre o paradeiro de Ernesto, e as poucas indicações que recebeu acabaram levando-a até ele.

Ao chegarem no amplo salão onde as lutas e apostas ocorriam, Beca finalmente avistou o líder do bando, porém não teve tempo de ficar aliviada por vê-lo vivo — sua situação não era nada favorável. Uma matilha de dez cães sombrios o cercava. Ele não estava sozinho nem desarmado, mas suas chances de escapar eram mínimas. Contra o peito suado, ele apertava o corpinho de Penélope, que reagia ao perigo chorando alto, e ao seu lado dois soldados atiravam nos animais que tentavam chegar perto. Beca reconheceu um deles, era Gina. A mulher tinha um corte feio na testa que manchava metade do rosto de vermelho, como uma pintura de guerra. O outro, também ensanguentado e de olhos abatidos fixos nos cães que se aproximavam, não parecia pertencer aos Falcões, pois usava um traje antinévoa típico da Torre, com exceção do capacete.

Beca se virou para Rato, que analisava a situação. Os cães estavam tão agitados com sua caça que ainda não tinham percebido a chegada dos dois, uma ótima chance para um ataque surpresa. No entanto, assim que revelassem sua presença, teriam que lidar rápido com a situação. Todos os dentes se voltariam contra eles.

— Vá pela lateral — sussurrou Rato. — Eu dou conta de *los perros*.

Beca queria protestar, mas, quando viu as veias no corpo dele brilharem mais forte, engoliu suas palavras e anuiu com a cabeça, preparando-se para correr. Foi o suficiente para ele gritar, chamando a atenção dos cães e do grupo acuado.

Quando a matilha se virou e avançou contra Rato, Beca já estava saltando para trás das colunas, aproveitando a proteção para chegar até Ernesto sem ser notada. Somente um cão pareceu farejá-la, desviando-se do informante para saltar em sua direção; mas ela acertou uma bala em seu focinho, espirrando sangue e ganhando um ganido alto como resposta. Saltou sobre o corpo sem vida do animal e praticamente se atirou sobre Gina para desviar a pistola que mirava a cabeça de Rato.

— Não! Não atire nele!

— Beca? — perguntou Ernesto, incrédulo. — O que está fazendo aqui?

— A Torre recebeu a mensagem. Eles estão vindo! Aquele ali é o Rato, por favor, ele também quer ajudar.

Gina ainda não havia baixado o braço e, por suas feições franzidas, não parecia disposta a ouvir.

— Aquilo ali é um Sombra, *carajo*. Um monstro!

Beca observou o companheiro rasgar ao meio um cão sombrio e estremeceu. A violência extrema de nada ajudava a convencer os Falcões, mas ela precisava tentar. Focou sua atenção em Ernesto.

— Nós contamos o que aconteceu com ele no passado, você sabe o que fizeram com Rato dentro do véu. Por favor, acredite em mim, ele está do nosso lado.

O líder dos Falcões apertou mais a filha contra o peito. Havia sangue nas roupas da bebê, e Beca rezou para que ela não estivesse ferida.

— Só atirem nos cães que o atacam.

— *Puta madre*! Isso só pode ser brincadeira! — praguejou Gina, mas sua mira mudou.

Beca apontou a própria pistola contra os cachorros. O mergulhador da Torre também fez mira e os disparos ecoaram pelo salão, derrubando metade dos animais que cercavam Rato.

— Temos que sair daqui — disse Beca, voltando a encarar Ernesto. — Lion está na cobertura com um helicóptero. Vamos!

O Falcão anuiu e a seguiu com os outros. Rato percebeu a movimentação e se esforçou para acuar os cães que ainda restavam, dando espaço para que o grupo deixasse o salão. Antes de partir, Beca se virou para ele com um péssimo *déjà-vu* da última vez que o viu se sacrificar para que ela resgatasse alguém.

O retorno até a cobertura foi menos conturbado que a descida. Quando chegaram na escada de emergência, os primeiros homens da Torre começaram a aparecer. Teleportadores trazendo combatentes altamente armados surgiram como fantasmas causando uma forte ventania, e, assim que viram o mergulhador, apressaram-se em retirá-lo de lá. Beca teve a nítida impressão de que aquele homem era a prioridade deles, não os Falcões. Pediu que levassem Ernesto e Gina para locais de extração, mas o líder dos Falcões se recusou a ir.

— Não vou deixar *mi hija* nas mãos dessa gente. Vamos encontrar o Lion e sair daqui.

Gina não recusou a ajuda e foi teleportada para longe. Os combatentes avançavam para os andares inferiores garantindo que mais reforços chegariam, e Beca esperava que fossem suficientes para deter os Sombras e salvar o restante dos Falcões. Preocupada, puxou Ernesto pelo braço; o choro de Penélope a impelia a se apressar.

Chegaram na cobertura a tempo de ver outros quatro helicópteros trazendo soldados da Torre, que avançaram em uma marcha segura para o interior do prédio; um deles parou para garantir que Beca e Ernesto estavam bem. A garota contatou o pai pelo comunicador e pediu para que se aproximasse. Quando a ventania das hélices atacou seu rosto e roupas, empurrou o Falcão na direção da aeronave. Ele a encarou sem entender.

— Você não vem?

— Preciso voltar e ajudar Rato. Não vou me perdoar se ele for capturado pela Legião outra vez.

— Não vale a pena, Beca. — Ernesto a segurou pelo braço. — É muito perigoso, além do mais, ele já é um deles... *Por Dios*, nunca pensei que veria algo assim.

Ela balançou a cabeça com força, desvencilhou-se do toque do Falcão e conferiu quantas balas restavam na pistola. Deu um sorriso de despedida e seu olhar pousou em Penélope.

— Ela está bem?

— *Sí*. — Ernesto soltou um suspiro aliviado e acariciou a cabeça da filha, que finalmente havia parado de chorar. — Eu nem sei o que seria de mim se algo tivesse acontecido com ela.

— Não aconteceu. — Beca forçou um sorriso. — Agora trate de sair daqui, vá para um lugar seguro.

Ernesto parecia pronto para reclamar, mas seus olhos se desviaram dos dela para a porta do hangar, como se tivesse acabado de ver um fantasma. A garota se virou na hora, segurando a pistola com força. Esperava encontrar um Sombra, mas o que viu foi a figura esquálida de Rato já sem sinais da mutação, exceto as veias nos braços descobertos, que ainda brilhavam. Sangue o cobria da cabeça aos pés enquanto cambaleava na direção dos dois.

Beca saiu correndo para segurá-lo antes que desmaiasse. Não se importou com a sujeira, estava aliviada por vê-lo vivo. Praticamente o arrastou até Ernesto e indicou que deveriam seguir para o helicóptero.

— *Puta madre*, o que aconteceu com ele? — perguntou Lion assim que Rato foi colocado no banco traseiro.

— Muita coisa, *viejo* — respondeu Beca, cansada.

Ela ajudou Ernesto a subir e fechou a porta com um forte puxão. Sentou-se ao lado do pai e apertou seu braço com força, indicando que podiam decolar. Lion pareceu mais aliviado ao puxar o manche para deixar a cobertura.

Assim que ganharam altitude e se afastaram do prédio invadido, Beca se virou para trás a fim de verificar o estado de Nikolai. Ernesto estava sentado o mais distante possível dele, com a filha mais calma nos braços. Rato, por sua vez, mantinha-se encolhido, abraçando o próprio corpo para controlar os tremores que o sacudiam.

— *Hey*, Rato — chamou ela com cuidado. — Você está bem?

Nos olhos escuros que focaram nela havia dor, tanta dor, mas ele anuiu devagar. Em seguida, virou o rosto na direção de Ernesto.

— Eu não sou um deles.

O líder dos Falcões engoliu em seco e assentiu com a cabeça, envergonhado.

— Percebi isso quando salvou minha vida. *Gracias*.

O silêncio retornou. Beca se endireitou no assento e fechou os olhos, tentando relaxar. Estava quase adormecendo quando sentiu um toque em sua perna. Encarou o pai.

— Todos os resgatados estão sendo levados para a Torre. Fomos ordenados a voltar também.

Ela concordou, não havia muito mais o que fazer pelos Falcões. Só esperava que não houvesse tantas perdas quanto o cenário de horror que presenciou no arranha-céu levava a crer.

Ao chegarem na Torre, ela não se surpreendeu ao encontrar Emir à sua espera. Cercado por soldados, ele acenou uma única vez quando Lion desligou o motor da aeronave e, antes que Beca pudesse protestar, os homens abriram a porta do helicóptero e tiraram Rato de lá. Bastante fraco, ele se deixou levar para dentro do arranha-céu.

A garota, furiosa, saltou da aeronave e correu até Emir.

— Você não pode fazer isso! Ele está ferido!

Emir lançou-lhe um olhar irritado.

— Ele desobedeceu a ordens diretas de não deixar a Torre. Não me importo se está ferido ou não.

— Rato salvou Ernesto, outros Falcões e o mergulhador da Torre — protestou ela, abrindo os braços. — Não é como se tivesse tentado fugir ou coisa do tipo.

Emir estreitou os olhos e deu um passo à frente, obrigando a garota a erguer a cabeça para encará-lo.

— Eu deveria mandar prender você também por agir pelas minhas costas. — Seu tom era mais baixo que o normal, quase um sussurro, e os olhos que a encaravam queimavam como o sol. Beca se deu conta de que aquele era um Emir irado, que mal conseguia manter a máscara de frieza. — Se tivéssemos perdido o informante, nossa luta contra a Legião estaria acabada. Tem noção do risco que corremos?

Ela não se deixou intimidar, estufou o peito e devolveu o olhar raivoso.

— Sei que salvamos muitas vidas hoje. E sei que Rato está aqui, com todas as informações preciosas que você tanto quer. Então, pare de agir como um *imbécil* e mande alguém cuidar dele.

O único sinal de que Emir estava pronto para explodir foi o sopro forte que escapou de seus lábios. Beca sabia que forçava sua sorte, mas estava muito cansada para se conter. Se não fosse a aproximação de Ernesto, ela tinha quase certeza de que seria enviada para a prisão. Contudo, o Falcão ganhou a atenção do líder da Torre, que engoliu os insultos pelo bem maior.

— Aquele mergulhador disse que tinha informações importantes para você e que eu precisava protegê-lo. — Ernesto mantinha um tom severo, mas não parecia culpar a Torre pelo que aconteceu. — Espero que tenha valido a pena.

Emir fez que sim com a cabeça e encarou a criança nos braços de Ernesto com um profundo interesse.

— Tudo o que aconteceu foi uma triste fatalidade. Ele jamais deveria entrar em seus domínios, mas estava sendo perseguido. Quero garantir que você e seu grupo estão a salvo aqui, mas preciso saber se vai cumprir sua promessa.

Ernesto assentiu, ainda que o rosto marcado não demonstrasse satisfação.

— O que restou de meu bando agora será seu. Faremos o que precisar para ganhar essa guerra e acabar com os Sombras.

— Sua ajuda é muito importante, Ernesto — falou Emir com um respeito incomum. — Agora conte seus mortos e sinta sua perda, conversaremos melhor mais tarde.

Um novo soldado foi chamado pelo líder da Torre para acompanhar o Falcão para dentro. Beca também queria deixar o heliponto, mas precisava de respostas.

— Quem era aquele mergulhador? Por que os Sombras estavam atrás dele?

— Era o único sobrevivente do novo grupo de investigação que enviamos para La Bastilla.

A informação a fez arregalar os olhos. O retorno dos mergulhadores que partiram na semana anterior era o que esperavam para começar a planejar a guerra. A caçada dos Sombras começava a fazer sentido.

Emir respirou fundo.

— Estamos tão próximos, será que não vê? Preciso de você e do informante do meu lado, não contra mim. Marcarei uma reunião para discutirmos o plano de ataque. Esteja preparada.

O coração da garota bateu mais forte. Era a notícia que esperava desde seu retorno à Zona da Torre — finalmente fariam a Legião pagar.

PLANOS DE GUERRA

A reunião aconteceu dois dias depois do resgate dos Falcões, na sala onde Emir costumava receber convidados. Somente pessoas selecionadas tiveram permissão para entrar e se sentar ao redor da mesa inclinada, onde aguardavam com grande expectativa o pronunciamento do líder da Torre. Beca, Lion e Rato estavam lado a lado, observando os outros convidados.

O único conhecido ali, além de Emir, era Ernesto Falcão. Acomodado no lado oposto a eles, tamborilava na mesa, sua expressão ainda estava abalada depois das tantas perdas em seu bando, e por isso mesmo ansiava por vingança. Ao lado dele, o mergulhador que escapou vivo de La Bastilla também aguardava. Parecia jovem, não mais que trinta anos, cabelos pretos ondulados e olhos esverdeados. O cansaço era visível em seu rosto branco, assim como os ferimentos sofridos durante seu retorno.

Emir era o único em pé, à cabeceira da mesa, com os braços às costas — estava parado naquela posição desde que Beca e seu pai chegaram, parecia uma estátua. Após mais cinco minutos de silêncio desconfortável, a garota olhou para Lion querendo saber o porquê daquela demora. O homenzarrão deu de ombros, mas a resposta não demorou a chegar. A porta da sala se abriu outra vez, atraindo os olhares de todos os presentes.

Hannah entrou e deu um sorriso envergonhado, caminhando até o irmão.

— Desculpem o atraso — disse, ao puxar uma cadeira para si.

Emir tocou em seu ombro de leve e finalmente resolveu se sentar.

— Agora que Hannah está aqui, podemos começar — falou, para alívio de Beca e dos demais na sala.

Ele apanhou o tablet maleável sobre a mesa e, com alguns toques, abriu diversas fotos do interior da névoa. A qualidade não era muito boa, por isso Beca se inclinou para ver melhor; Lion e Rato fizeram o mesmo.

— Essas são algumas das fotos de reconhecimento que o nosso grupo de exploração tirou na última missão — explicou Emir.

Beca ficou ainda mais interessada no que via: havia imagens de prédios destruídos, ruas abandonadas e híbridos à distância. Pareciam marcos que indicavam direções a serem seguidas por novos exploradores, um mapa visual para La Bastilla. Ela prendeu a respiração quando surgiram as primeiras fotos do mar. Cinzenta devido ao véu, a praia parecia ter saído de um dos filmes de terror antigos. A garota pressionou as palmas da mão na mesa.

— Vocês conseguiram chegar na ilha? — perguntou com ansiedade.

O mergulhador sobrevivente se remexeu em seu lugar, voltando-se na mesma hora para Emir, que assentiu com a cabeça, autorizando-o a falar.

— A missão de reconhecimento se iniciou com três times diferentes. Dois foram por terra e um avançou pelo ar, na aeronave que o informante trouxe consigo. Tínhamos esperança de que, por usarmos um veículo dos nossos inimigos, não fôssemos identificados rapidamente, mas isso se mostrou errado. O helicóptero foi o primeiro a ser derrubado, próximo das coordenadas onde o informante alegou resgatar o tenente Blanco. — Ele pigarreou para limpar a garganta. — Nossos dois times terrestres continuaram. Eu era o líder de um deles e segui à risca as ordens que recebi: conseguir o máximo possível de informações sobre o local chamado La Bastilla. O problema foi que os Sombras não nos deram descanso e, ao chegarmos na praia, já tínhamos perdido o segundo time completo e dois dos nossos.

O homem se esforçava para manter seu relato o mais profissional possível, sem qualquer vestígio da tensão que devia ter sentido dentro do véu, mas Beca conseguia perceber o nervosismo em sua postura. Cada vez que mencionava uma perda, as mãos cerradas sobre a mesa se apertavam um pouco mais, os ombros ficavam tensos, os olhos brilhavam com todas as emoções que não lhe cabia externar ali.

— Cinco mergulhadores entraram no mar, inclusive eu. Deixei dois soldados na praia para garantir nossa segurança no retorno, mas eles também não sobreviveram.

Beca engoliu em seco. De um grupo de dez mergulhadores, somente um retornou, isso sem contar os outros dois times dizimados antes mesmo de chegarem em La Bastilla. Como poderiam lutar contra aquela gente?

— Você foi o único mergulhador a retornar da ilha? — perguntou Lion.

O soldado comprimiu os lábios, como se admitir aquilo fosse extremamente doloroso.

— Chegamos à ilha e fizemos um breve reconhecimento da praia. A névoa não avança para o interior do lugar, exatamente como o informante nos relatou. — Ele olhou para Rato por um breve instante. — Não sei que tipo de tecnologia mantém o véu afastado, mas creio que os obeliscos que cercam a margem têm relação com isso.

— Você está correto. Os legionários têm bastante cuidado em manter as antenas em perfeito estado — confirmou Rato.

— O que mais descobriram? Conseguiram deixar a praia e entrar na cidade? — quis saber Hannah.

O soldado negou com a cabeça.

— Não ficamos muito tempo. Homens da Legião e Sombras apareceram depois de alguns minutos e nos atacaram com tudo o que tinham, foi assim que perdi meus colegas. Tive que retornar à água e fugir. Sinto muito por não termos conseguido verificar as outras informações sobre La Bastilla.

Ele baixou a cabeça, deixando que o pesar o vencesse. Beca viu Hannah se levantar do seu lugar e se aproximar, pousando uma mão cordial no ombro do mergulhador.

— Você fez o melhor que pôde, Raul. Estamos orgulhosos.

— Perdemos tanta gente boa — lamentou ele, a voz embargada. — E ainda precisei realizar uma fuga desesperada, indo parar no território dos Falcões porque precisava de apoio. Sinto muito por seu bando, Ernesto, nunca foi minha intenção prejudicá-lo.

O Falcão balançou a cabeça, ninguém ali realmente tinha culpa.

— Todos os mortos serão vingados. — Emir se levantou, apoiando as mãos na mesa. Seus olhos pousaram sobre a figura imóvel de Rato. — Pelo menos confirmamos que tudo o que nos contou era verdade, informante.

Rato deu um longo suspiro e devolveu o olhar que o líder da Torre lhe endereçava.

— E o que vai fazer agora que sabe que eu não minto, Emir?

— Nós vamos para a guerra. Reuniremos o maior número de soldados e marcharemos contra La Bastilla.

— E como vamos fazer isso? — perguntou Ernesto. — Desculpe, mas depois de saber que, de trinta mergulhadores altamente treinados, apenas um retornou, e só porque os Sombras mataram *meu povo* no lugar dele, não sinto nenhuma confiança. Seremos dizimados antes de chegarmos na tal ilha.

— O Falcão tem razão — concordou Hannah. — Além disso, se enviarmos todos os nossos soldados, a Zona da Torre ficará exposta. Acho improvável que vençamos uma batalha direta contra a Legião, que conta com Sombras e uma tecnologia claramente superior à nossa.

O líder da Torre assentiu com a cabeça diante daqueles receios, mas continuou com sua expressão obstinada.

— É por isso que o exército será um grande chamariz. Vamos derrubar La Bastilla por dentro, mas para isso precisamos que a atenção de nossos inimigos esteja em outro lugar.

O silêncio que se seguiu foi carregado de dúvida. Beca foi a primeira a se recuperar.

— Você quer se infiltrar em La Bastilla?

— Sim, Rebeca. Montarei um grupo pequeno com o objetivo de chegar na Central de Comando. — Dirigiu-se a Rato: — Poderia falar um pouco mais desse lugar para os nossos companheiros que ainda não ouviram?

O informante não parecia muito à vontade com Emir colocando-o naquela posição, mas os rostos atentos não lhe davam outra opção.

— La Bastilla é dividida em três áreas: a mais protegida fica bem no interior da cidade, onde há um grande prédio que eles chamam de Centro de Comando. Eu estive no local algumas vezes e acredito que é dali que eles controlam a névoa e os Sombras. Se conseguirmos mandar aquele prédio pelos ares, ou pelo menos a Sala de Controle, onde a Legião guarda seus computadores mais avançados, acho possível derrubarmos o véu.

Beca se animou. Mesmo sabendo que aquele plano era uma aposta, não conseguiu evitar que seu coração acelerasse.

— Mas você não tem certeza de que esse lugar controla a névoa, não é verdade? — perguntou Lion, recusando-se a se deixar levar.

Rato assentiu.

— Não posso dar certeza porque nunca me foi revelado com clareza o que acontecia dentro do Centro de Comando. É uma suposição minha com base no que vi e ouvi.

— E nós vamos arriscar tudo baseados na suposição de um mentiroso? — indagou Lion, fitando Emir com dureza.

— Você não acha que vale a pena? Não assumiria o risco para pôr um fim nesse inferno em que vivemos e proteger sua família? — questionou o líder, mas não esperou por uma resposta. — Assim que a névoa cair, ficaremos em vantagem. Nosso exército vencerá a batalha e finalmente estaremos livres para recomeçar.

Lion balançou a cabeça, pouco convencido.

— Mesmo que Rato esteja certo e consigamos, por milagre, acabar com a névoa, nada garante que o exército da Legião se desorganize a ponto de fraquejar suas defesas. Não conhecemos nossos inimigos o suficiente para fazer esse tipo de previsão.

— Nós estamos condenados de qualquer maneira, Lion — respondeu Emir, implacável. — A Legião brinca conosco, somos seus experimentos há anos. Chega de humilhação, de viver com medo. Prefiro uma morte corajosa a esse encolhimento silencioso, esse terror que não tem trégua.

Ernesto se levantou.

— Eu concordo. Se queremos um futuro para nossas crianças, temos que lutar por ele. — Estendeu o braço musculoso para Emir. — Pode contar com os Falcões para o que precisar.

O aperto de mão entre os dois líderes encheu Beca de entusiasmo.

— Como seria esse grupo de infiltração? — perguntou. — E como você pretende entrar na ilha se já perdeu mais de vinte mergulhadores tentando chegar lá?

Emir a encarou, mas logo voltou a atenção para o informante ao lado dela. Rato entendeu o motivo daquele olhar e deu um sorriso amargo.

— Eu vou guiar o grupo para La Bastilla. Sou o único que conhece o interior da ilha e que sabe como chegar ao Centro de Comando.

Lion bufou, descontente.

— Mais uma vez, estamos pondo nossa confiança nesse *rato* que só sabe enganar e trair. Não gosto disso!

Nikolai deu de ombros, sem se ofender com a suspeita do pai de Beca.

— Eu sei que não mereço sua simpatia, Lion, mas desta vez você tem que acreditar em mim. Vou fazer de tudo para acabar com a Legião. Admito que a missão é difícil, mas, com o grupo certo, tenho confiança de que conseguiremos entrar na ilha, principalmente se as atenções de La Bastilla estiverem voltadas para o exército que marcha contra ela.

— E quem formaria esse grupo de infiltração? — quis saber Lion, cruzando os braços.

Rato olhou para os presentes e deu um dos sorrisos cínicos que Beca achou que nunca mais veria.

— Acho que o Emir já deixou claro quem ele quer ter ao seu lado nessa missão. Estou errado?

Emir anuiu.

— O grupo que escolhi está quase completo aqui na minha frente. Beca e Lion já têm a experiência de uma missão de infiltração em território inimigo, são a escolha óbvia. O soldado Raul também, pois está familiarizado com os perigos atuais. Eduardo, assim como o informante, tem poderes fora do comum, precisamos combater fogo com fogo.

Ao ouvir o nome do irmão, Beca se remexeu no lugar, incomodada.

— Espera aí...

Antes que pudesse reclamar, seu pai segurou seu braço e sacudiu a cabeça. Ela entendeu na hora: quem deveria decidir se iria ou não para La Bastilla era Edu.

Emir tomou o silêncio como um sinal de que podia continuar. Seus olhos focaram o líder dos Falcões.

— Ernesto não irá conosco, mas terá um papel fundamental ao lado de Hannah. Os dois comandarão nossas tropas, Hannah aqui da Torre e o Falcão dos campos de batalha.

O rosto da mulher empalideceu, os olhos focaram em algum ponto no centro da mesa e suas mãos se fecharam em punhos —

mas ela não disse nada. Como se notasse o desconforto da irmã, Emir completou:

— Eu vou liderar o grupo de invasão e derrubarei La Bastilla pessoalmente. É o que meu pai faria para proteger aqueles que ama. — Ele encarou a irmã, que continuava com uma expressão angustiada. — Hannah, confio em você para cuidar da Torre e dos nossos soldados. Com a ajuda de Ernesto, temos boas chances de segurar nossos inimigos até conseguir invadir seus domínios.

Hannah assentiu de leve e endireitou a postura, encarando todos com uma confiança de líder que Beca associava apenas a Emir.

— Ainda pretendo recrutar mais três soldados e um teleportador para fechar o tradicional número de dez mergulhadores — continuou Emir. — Se tiverem nomes para indicar, sou todo ouvidos. Preciso de pessoas comprometidas que estejam dispostas a arcar com os riscos dessa missão.

— Eu tenho um nome para você — falou Ernesto, chegando mais perto para conversar em particular com o líder da Torre.

O grupo se dividiu em conversas paralelas, e Beca encarou o pai após sentir um leve toque em seu cotovelo. Não precisaram trocar palavras para se entenderem: tinham que conversar com Edu.

Pai e filha deixaram a sala de reuniões após uma rápida despedida e buscaram Eduardo entre os analistas. Assim que entraram no quarto da família, o garoto quis saber o motivo de tanta urgência. Lion largou o corpo cansado na cama e coçou a barba espessa.

— Acabamos de conhecer o plano de Emir para lutar contra os legionários.

— E o que é? Como ele pretende derrotá-los? — Edu não escondeu a ansiedade.

Beca parou ao seu lado, arrastando uma cadeira consigo.

— Sente-se — falou. — Você vai precisar.

O garoto ouviu o relato com os olhos arregalados. Quando soube que Emir planejava se infiltrar em La Bastilla e desejava sua presença no grupo, praguejou. Beca tomou aquela reação com um sinal de que Edu não queria lutar. Agachou-se diante dele, segurando em seus joelhos.

— Você não precisa ir — disse, apressada. — Eu posso falar com o Emir para tirar o seu nome do grupo.

Aquelas palavras deixaram Eduardo mais nervoso. Balançou a cabeça, firme, e se livrou das mãos confortadoras da irmã, quase a derrubando ao ficar de pé.

— Não! Eu quero ir!

— Você acabou de se recuperar... — alertou ela com um olhar triste. — Por que arriscar todo seu progresso com isso? Não vale a pena.

Edu pareceu não acreditar no que estava ouvindo. Deu uma risada amarga e começou a andar de um lado para o outro.

— Como lutar contra a Legião não valeria a pena? Eu tenho a chance de acabar com *los desgraciados* que destruíram a minha vida! Não posso simplesmente ficar para trás, não posso!

Beca se levantou e segurou nos ombros do irmão, obrigando-o a parar. Encarou os olhos escuros repletos de medo e raiva. Não queria que os sentimentos o fizessem se arrepender depois.

— Emir vai querer que você use seus poderes, que se transforme assim como o Rato — ressaltou, sem esconder o incômodo que sentia ao imaginar o irmão se tornando um Sombra. — Está disposto a fazer isso?

— Você odeia os surtos e ainda não controlou completamente as marcas. Tem certeza de que é capaz? — perguntou Lion.

O garoto desviou os olhos e franziu a testa. Beca não o pressionou, finalmente entendia que, por mais que se preocupasse com ele, já estava na hora de seu irmão tomar as rédeas da própria vida. Só assim ele poderia se livrar dos medos que ainda o maltratavam. Ela estaria ao seu lado para apoiá-lo, como sempre, mas ele era um adulto e deveria ter sua vontade respeitada. Da cama, Lion parecia observar os filhos com orgulho e pesar. O que eles queriam era que qualquer resposta de Edu fosse dada de maneira racional, não por impulsividade e desejo de vingança.

— Eu quero lutar — afirmou o jovem, e ergueu o queixo com total convicção. — Se esses poderes podem servir para derrotar nossos inimigos, darei tudo de mim. Ainda estou aprendendo, mas o próprio Rato disse que evoluí muito desde que começamos a treinar juntos. Sou até mais resistente, não é isso que todos aqueles exames provaram? Posso virar um Sombra e me manter no controle.

A confiança de Edu fez Beca sorrir. O irmão captou seu gesto e permitiu que ela o abraçasse.

Eles não sabiam o que os aguardava dentro da névoa, mas enfrentariam os perigos como uma família de verdade. Lion se levantou da cama e também envolveu os filhos com os braços fortes.

— Ei, cuidado! Assim você vai deslocar os nossos ombros. — Beca fez piada, o que resultou na risada tímida do irmão.

Ela sentiu um calor gostoso se espalhar pelo estômago. Fazia tempo que não se sentia tão próxima dos dois homens mais importantes de sua vida.

Já era noite quando a garota parou diante da porta do quarto de Rato. Teve que bater algumas vezes até ouvir passos do outro lado. Quando uma pequena fresta se abriu, revelando seu olhar cansado, ela deu um aceno tímido:

— Podemos conversar?

Ele pareceu surpreso com a visita. Escancarou a porta e deu passagem para a garota entrar. O quarto era um pouco menor do que aquele que Beca dividia com a família. Havia um pequeno sofá diante de uma mesinha de centro, uma cama de solteiro com lençóis embolados e uma mesinha de cabeceira onde um tablet, ainda ligado, descansava. As roupas de Rato eram as mesmas da reunião, mas estavam mais amassadas, como se tivesse passado o resto do dia deitado. Ele ajeitou com as mãos o cabelo arrepiado para tentar ficar mais apresentável. Pelo menos havia feito a barba.

— Não estava esperando uma visita, *cariño* — disse, forçando um tom despreocupado. — Se soubesse que viria, teria feito faxina.

Beca ignorou aquelas palavras e se sentou no sofá como se já tivesse estado ali antes. Apoiou os pés sobre a mesinha e encarou Rato com um olhar que deixava bem claro não estar disposta a ouvir piadinhas.

— O que achou do plano de Emir? — perguntou ela.

Rato pareceu ainda mais cansado. Caminhou até o lado da cama, abriu a gaveta da mesa de cabeceira e retirou de lá uma garrafa de vidro com o conhecido trago de Velma. Arrastou os pés de volta ao sofá e se sentou ao lado da garota.

— Vou precisar de uma bebida. Me acompanha? — Ofereceu a garrafa após desenroscar a tampa.

Beca tomou um longo gole, sentindo a garganta queimar e uma grande saudade da amiga. Prometeu a si mesma que iria revê-la antes de partir para a missão. Rato também encheu a boca com o destilado.

— Você não faz ideia de como eu senti falta desse trago quando estava preso naquela maldita ilha. — Olhou para a garota com o canto dos olhos. — *Gracias* por me trazer esse presente da Velma.

— Era o mínimo que eu podia fazer, já que você não pode se encontrar com ela. Ainda.

A última palavra almejava trazer esperança, mas só o fez beber mais um gole.

— Então você quer saber do plano? — Entregou a garrafa de volta à garota. — Eu acho que é nossa única chance, e tenho que admitir que Emir foi bem mais ousado do que imaginei. Ele está arriscando tudo, tudo mesmo. A própria vida, a Zona da Torre, as pessoas que jurou proteger... Não sabia que ele tinha essa coragem.

Beca se sentia da mesma forma. Admirava o gesto de Emir, mas também temia que a obstinação dele em derrotar La Bastilla acabasse se provando o seu maior erro.

Repassou a garrafa depois de mais um gole.

— Você acha que podemos de fato nos infiltrar na ilha?

— Como falei antes, vai ser difícil, mas não é impossível. Estou pensando em alguns caminhos, principalmente pelos esgotos... — Rato se levantou e apanhou o tablet ao lado da cama. — Desenhei um mapa; não é bem detalhado, mas vai nos ajudar.

Passaram a hora seguinte discutindo caminhos e possibilidades para a missão. Beca gravou na memória as direções que Rato indicou, assim como os locais do mapa que ele considerava importantes. Quando pareceram esgotar todas as ideias, passaram a beber em silêncio, aproveitando a companhia um do outro de uma forma que nunca puderam fazer antes.

— Como o Edu reagiu quando soube da missão? — perguntou Rato.

Beca contou sobre a conversa que teve com o irmão e depois, talvez por causa da bebida, acabou confessando, com as mãos no rosto:

— Eu não quero levar *mi hermano* para aqueles *desgraciados* depois de ter passado pelo inferno para tirá-lo de lá.

Rato tocou em seu ombro.

— Edu precisa tomar as próprias decisões. Usar os poderes por uma causa em que acredita vai ajudar bastante.

Ela o encarou ao beber o último gole do líquido. Fez uma careta de desgosto, largando o recipiente vazio no chão.

— Eu sei disso! Sei que ele pode nos ajudar, que é mais forte e resistente do que parece — comentou ela. — Mas também é *mi hermanito*, eu só queria que ficasse seguro.

O sorriso que Rato lhe endereçou foi tão triste que Beca se sentiu mais sóbria no mesmo instante. Imaginava que a ideia de retornar a La Bastilla não era fácil para ele.

— Não tem ninguém que entenda melhor o que você está sentindo, Beca. Mas, acredite, Edu tem que ir conosco. Não só por ele, mas por todas as pessoas que sofrem nas mãos da Legião.

— Em situações como essa, eu gostaria de ser egoísta e fazer apenas o melhor para a minha família — desabafou ela.

Como seria mais fácil manter-se distante de toda aquela confusão, lutando apenas pela própria sobrevivência! Contudo, não foi assim que Lion a criou, e Rato sabia daquilo muito bem.

— Mas você não é egoísta, nunca foi. É por isso que é uma pessoa muito melhor que eu. — Havia uma simpatia resignada na voz dele.

— Ser melhor que você não é tão difícil... — alfinetou ela, relembrando os velhos tempos de provocações.

— *Ay, cariño*, assim você machuca o meu coração.

Ele levou a mão ao peito em um gesto teatral de sofrimento que fez Beca gargalhar — definitivamente, a bebida já a afetava. Deu um leve soco no ombro dele e se levantou, pronta para se jogar na própria cama e dormir por uma eternidade, até que os móveis ao seu redor parassem de girar.

Beca estava pronta para se despedir quando uma inesperada estática tomou as caixas de som fixadas nas paredes do quarto. A Torre toda tinha um excelente sistema de som que divulgava mensagens internas, além das famosas transmissões de Emir para a Zona da Torre. A garota puxou a manga da camisa para conferir a hora em seu *smartwatch*. Era tarde para uma transmissão. Seus olhos receosos encontraram os de Rato, e os dois aguardaram pela mensagem.

DIA DO CHAMADO DE GUERRA

TRANSMISSÃO 24.504

Ano 54 depois do véu.

Você ouve agora Emir, direto da Torre.

Este é um chamado de guerra. Escutem todos, escutem com atenção. A guerra é inevitável, teremos nossa vingança contra aqueles que nos tiraram os lares, os sonhos e a esperança: Legião, grupo terrorista que, em sua insanidade, envenenou o planeta e matou bilhões. Faz quase um ano que soubemos de sua existência e de La Bastilla, seu lar. Faz quase um ano que o peso do que sei me atormenta, mas agora o povo da Nova Superfície enfim sabe a triste verdade que nos foi ocultada. Peço perdão por ter guardado esse fato por tanto tempo, mas era extremamente necessário.

Esperamos pelo momento certo, aguardamos que nossas pesquisas e esforços dessem frutos. Hoje, posso dizer com entusiasmo que a espera terminou, que chegou a hora de nos movermos, de agirmos em vez de nos defendermos. A Torre não perdoa.

Este é um chamado de guerra, preparem-se para derramar o sangue de nossos inimigos. Toda pessoa que quiser lutar será bem-vinda, precisamos de braços fortes dispostos a bater e apanhar. As gangues serão perdoadas, os exilados serão realocados. Todos que quiserem dar sua vida pela causa da Torre serão aceitos, não diferenciaremos ninguém. Somos todos um só, agora, movidos por um único desejo.

Este é um chamado de guerra. Venham para a Torre e se armem, transformaremos La Bastilla *num inferno.*

A transmissão continuou por mais alguns minutos, com Emir explicando mais detalhadamente seu chamado para a guerra contra La Bastilla. Beca andava de um lado para o outro, incapaz de controlar o nervosismo. É claro que esperava que o líder da Torre iniciasse os preparativos para o plano, mas não de maneira tão inesperada. Isso era tão pouco característico dele que chegava a assustar. Ela esfregou os olhos cansados, sentindo que os efeitos do álcool consumido naquela noite tinham deixado seu corpo.

— Eu não acredito que isso está acontecendo — disse, assim que as caixas de som voltaram ao silêncio. — O que você acha que vai acontecer agora? Como será que Richie vai reagir?

Rato continuava sentado no sofá, as mãos apertavam os próprios joelhos. Ele encarou Beca e suspirou.

— Ele também odeia a névoa. As pessoas exigiam uma reação da Torre e o Emir finalmente deu isso a elas, então não sei se o Richie seria capaz de ignorar a guerra só para se dar bem.

— Ele mudou. Antes de eu me exilar com os Falcões, Richie disse que realmente se converteu. Não sei o que esperar dele depois de tanto tempo.

Imaginava que o principal intuito daquela transmissão era justamente forçar alguma reação do Setor 4. A Torre precisaria de toda ajuda que conseguisse, inclusive daqueles que renegaram sua influência. Talvez Emir não tivesse agido de maneira tão impensada, afinal.

— Não adianta nada ficar se preocupando com isso agora, Beca. — Rato se levantou e escondeu as mãos no bolso da calça. — Amanhã veremos com nossos próprios olhos a reação do restante da Zona da Torre. Vai ser um dia cheio, tenho certeza.

Ele deu uma risada para aliviar o clima tenso. Beca anuiu, mas não conseguiu sorrir. Talvez aquele fosse o último momento de descanso que teriam. Estavam às portas da batalha mais importante da humanidade.

— É melhor eu ir — disse ela, sentindo que, naquela noite, pregar o olho seria tarefa muito difícil.

As feições de Rato ficaram sérias, como se as palavras dela não fossem bem o que ele queria ouvir. Mesmo assim, assentiu com a cabeça. Seus olhos escuros a encararam com uma intensidade que a fez prender a respiração. Ele moveu os lábios para falar, mas nada saiu. Bufou, frustrado, esfregando o cabelo arrepiado e sacudindo a cabeça. Voltou a encará-la, desta vez com resignação.

Beca sentiu uma onda de calor tomar conta de seu peito. Durante todo aquele tempo desde que Nikolai retornara, ela evitou pensar nos próprios sentimentos; no entanto, diante do olhar que ele lhe endereçava, era difícil ignorar que estava ligada a ele por muito mais do que a dívida por causa de Edu.

— O que foi? — perguntou ela, sem paciência para jogos. — Fala logo, nunca te vi sem saber o que dizer.

A forma com que ele arregalou os olhos diante daquela abordagem quase fez Beca rir.

Rato pigarreou e fitou os próprios pés.

— Eu só queria agradecer. Por você acreditar em mim, por vir conversar e dividir suas preocupações comigo.

Beca nunca pensou que veria o notório mulherengo agir como um adolescente tímido e conter a risada foi impossível, fazendo o rosto dele corar.

— Tenho que admitir que estou surpresa. O que aconteceu com aquele cara que tinha sempre uma resposta maliciosa na ponta da língua?

— Ele não quer estragar as coisas outra vez.

A resposta sincera pegou Beca de surpresa. A risada não durou muito tempo, o calor no peito retornou com força total. Fitou os lábios dele de maneira inconsciente ao se lembrar do breve momento de intimidade dentro de uma das tendas antinévoa, onde um beijo quase aconteceu. Ela nunca teve dúvidas ou receios em se deixar levar por seus desejos, mas Rato era um caso totalmente diferente. Será que valia a pena arriscar um envolvimento com alguém como ele? Não pelo fato de ter as marcas da névoa, mas por todo o histórico que tinham — a traição, as inúmeras mentiras. E se sua esperança de que ele mudara não passasse de uma ilusão?

— Beca?

A voz de Nikolai a tirou daqueles pensamentos conturbados. Ela o encarou, notando o esforço que fazia para esconder o que sentia. Beca ainda não tinha certeza dos seus sentimentos, mas, com uma missão suicida tão próxima de acontecer, achou que ao menos uma vez merecia um momento de insensatez. Com dois passos seguros, percorreu a distância que a separava de Rato. Ele arregalou os olhos quando foi puxado pela camisa e seus lábios se encontraram em um beijo forte.

— Quero conhecer quem você é de verdade — disse ela ao se separarem. — Saber da sua vida, o que cada tatuagem em seu corpo significa. Quero conhecer o Nikolai, e não o Rato, de quem, para ser sincera, não vou muito com a cara.

Ele deu risada, acariciando o cabelo dela e se inclinando para mais um beijo. Beca, porém, ainda tinha mais a dizer.

— Está disposto a me mostrar quem é de verdade? Sem mentiras, sem máscaras ou piadas. Somente você.

Ele assentiu devagar, fechando os olhos como se aquelas palavras aliviassem uma dor antiga. A garota não resistiu mais e tocou em seu rosto com carinho, delineando as rugas que marcavam o canto dos olhos e a testa.

— Boa noite, Nikolai — despediu-se, afastando-se alguns passos.

Ele suspirou. Claramente desejava que ela ficasse, porém respeitou sua decisão.

— Boa noite, Beca.

Quando ela deixou o quarto, fechando a porta atrás de si, tocou nos lábios ainda sentindo o sabor do beijo. Queria fazer aquilo outra vez. Deu dois passos para a frente em direção ao próprio quarto, mas logo parou. Quando bateu na porta de Rato de novo, ele a encarou com óbvia surpresa. Sem deixar que ele falasse, Beca o empurrou para dentro, colando seus lábios no dele como tanto desejava fazer. A porta se fechou, escondendo o casal na penumbra.

CONVERSA DE FAMÍLIA

A escuridão da madrugada era intensa quando Emir retornou aos aposentos reservados a sua família. Depois da transmissão que prometia colocar a Zona da Torre em polvorosa, ele fez questão de coordenar pessoalmente as tropas encarregadas de manter a ordem nos outros setores.

Alguns casos de confusão foram registrados, mas a maioria dos habitantes permaneceu em seus lares, absorvendo aquela convocação para a guerra. É claro que, assim que o sol nascesse, a situação seria bem diferente. Mas exatamente por saber que a noite trazia consigo o medo de ataques sombrios, Emir decidiu fazer a transmissão em um horário tão incomum, dando mais tempo para seu povo digerir a gravidade do que viria a seguir e para conter as pessoas que se deixaram levar pelo medo.

Ao verificar que a situação nos outros setores estava sob controle, ele deixou suas últimas instruções para os analistas do turno da madrugada e se retirou. As palavras que disse durante a transmissão ecoavam em sua mente. Emir sabia que ainda precisava explicar muita coisa aos demais setores da Zona da Torre, mas no geral estava satisfeito com o seu chamado.

Não podia revelar todo o plano, inclusive por motivos estratégicos.

Emir acreditava que Hannah o estaria esperando para discutir sobre a transmissão, mas se deparou com a sala completamente tomada pela escuridão. Pelo visto, a irmã não aguentou ficar acordada por tantas horas. Não podia culpá-la, ele mesmo se sentia exausto.

Ele deveria dormir para amenizar um pouco daquele mal-estar, mas a mente não conseguia desacelerar, procurando possibilidades e falhas nos planos contra a Legião. Na verdade, ele não sabia o que era dormir direito desde que Beca retornara da missão de resgate do irmão — só de saber que La Bastilla existia, seus inimigos ganhando rosto e intenções, tudo em que Emir conseguia pensar era vingança. Hannah já o alertara diversas vezes de que aquela obsessão estava consumindo sua vida, mas o que ele podia fazer? Relaxar enquanto os malditos legionários brincavam às custas de incontáveis vidas e ameaçavam até a integridade de sua família jamais seria uma opção.

O sono não viria tão cedo, então Emir apanhou um copo de vidro de cima da mesa de centro e o encheu com um chá avermelhado da garrafa ao lado. Largou o corpo no sofá de couro rachado e soltou um suspiro quando o estofado afundou sob o seu peso. Quando o chá passou pela garganta, trazendo um frescor reconfortante, ele soltou um gemido satisfeito. O olhar buscou a parede do outro lado da sala, decorada praticamente apenas por um quadro antigo.

A moldura, um tanto manchada, guardava um desenho em papel amarelado que Emir conhecia muito bem: o rosto do homem que nunca deixou sua memória, muito menos seu coração. O traço conhecido de Hannah dava à imagem uma beleza familiar. O olhar de Faysal parecia mais caloroso do que o filho se lembrava, e aquilo o acalentava de uma forma difícil de explicar. Gostava de pensar naquele quadro como a verdadeira imagem do pai — sob a máscara de líder implacável ele era exatamente assim, humano. Podia contar nos dedos o número de vezes que o viu sorrir ou ser caloroso, mas já há vários anos compreendia sua posição.

Perdido nas lembranças, ele conseguiu ouvir os passos leves às suas costas e olhou para o lado a tempo de ver a figura miúda de sua sobrinha parada no meio da sala, como uma aparição. A camisola lhe dava um ar sobrenatural, mas sua expressão sonolenta era real e única. Emir apoiou o copo de chá na mesinha em frente ao sofá e encarou Ali com um sorriso que pertencia somente a ela. A menina devolveu o gesto.

— Não consegue dormir, querida? — Ele esticou o braço, convidando a sobrinha a se aproximar.

Ali balançou a cabeça e, com saltinhos controlados, chegou ao sofá e se deixou carregar por seus braços fortes. Depois de aninhar a garotinha em seu colo, Emir lhe deu um beijo estalado na testa e começou a niná-la como fazia quando ela ainda era um bebê.

— O que foi? — Sua voz era suave. — Qual o problema, Ali?

A garotinha agarrou a camisa amassada do tio e escondeu o rosto em seu peito, parecendo abalada. Ele se perguntou se Ali também ouvira a transmissão. Ainda que fosse jovem demais para compreender todas as implicações do que foi dito, ela era inteligente o suficiente para pressentir a gravidade da situação. Crianças têm um talento especial para sentir a tensão dos adultos.

— Os monstros estão vindo? — perguntou ela com um fio de voz. — Eles vão levar mais pessoas como fizeram com o meu pai?

— É claro que não, querida — respondeu Emir sem hesitar. — Estou lutando contra os monstros, eles não vão machucar você nem sua mãe.

Emir sempre tentou protegê-la do pavor com relação aos Sombras, mas, depois que o pai dela morreu em uma missão de mergulho, não pôde mais prevenir o trauma. Mesmo assim, Ali tinha muita sorte se comparada às outras pessoas da Zona da Torre.

A menina afastou a cabeça para encará-lo com olhos arregalados. A iluminação era parca, provida apenas pelo abajur no canto oposto do sofá, mas Emir conseguiu ver o brilho das lágrimas que Ali prendia.

— Promete, tio Emir?

— Por tudo o que acredito — desabafou, deixando que rastros de emoção escapassem por sua voz. — Por minha vida, prometo.

A garotinha sorriu como se soubesse o quanto era difícil para o tio falar aquelas palavras. A mãozinha tocou o queixo dele, deixando que a barba espetasse os dedos magros. Emir permitiu que aquele carinho singelo aquecesse seu coração. Pelo menos naquele instante, derreteria sua máscara e se afogaria no amor da família.

Antes que percebesse, ele se pegou murmurando uma música antiga que sua mãe costumava cantar quando era apenas um garotinho assustado. A voz não chegava nem aos pés daquela que ele guardava na memória, mas Ali parecia gostar: aninhou-se mais em seu peito e fechou os olhos, relaxando como se seus medos tivessem sumido. Emir sentiu a responsabilidade pesar.

Ele não soube exatamente quanto tempo se passou, mas quando se deu conta Ali tinha adormecido. Sorriu ao fitar seu rosto inocente e se levantou com cuidado para não acordá-la. Ao se virar em direção ao quarto de Hannah, encontrou a irmã de pé, parada diante da porta, observando-o com uma expressão repleta de admiração.

— Há quanto tempo está acordada? — perguntou ele em um sussurro, caminhando na direção do quarto.

— Desde que você começou a cantar — respondeu ela, sorrindo.

Emir sentiu algo que havia muito tempo desconhecia: vergonha. As bochechas esquentaram e ele agradeceu pela escuridão da sala. Ainda apertando Ali contra o peito, passou pela irmã e pousou a sobrinha no berço.

— Ela está ficando muito grande para dormir aqui — comentou depois de cobri-la com um lençol rasgado. — Em breve, vamos ter que arranjar outra cama.

— Ela pode dormir comigo, tem espaço suficiente — comentou Hannah, ainda encostada na soleira da porta. — Pelo menos assim eu não vou precisar me preocupar se ela vai cair do berço quando der suas escapadas noturnas.

O comentário o fez sorrir, algo que a irmã não deixou passar despercebido. Ela caminhou até o seu lado e tocou em seu rosto.

— Você vai mesmo fazer isso? Vai até La Bastilla?

Apesar do carinho, suas palavras eram repletas de receio. Emir levantou os braços e segurou as mãos de Hannah nas suas.

— Já falamos sobre isso. É o meu dever, você sabe.

Os dedos da irmã se apertaram mais entre os seus e ela sacudiu a cabeça com raiva.

— O seu dever é proteger a obra de nosso pai, cuidar da Zona da Torre! Não se arriscar desse jeito irresponsável!

— A Zona da Torre não vai ficar desprotegida, Hannah — respondeu ele, adotando o tom calmo de líder. — Você vai cuidar do nosso povo, e tenho certeza de que será muito melhor do que eu.

Hannah baixou o rosto, tentando esconder as lágrimas que ameaçavam cair.

— Eu estou com medo, Emir. Não quero perder você para aqueles monstros... Não vou aguentar que eles levem outra parte da minha família.

Emir entendia muito bem seus receios.

— Eu também estou com medo, Hannah, mas precisamos ser fortes como nosso pai nos ensinou. Farei de tudo para proteger você e Ali, por isso estou indo na missão: tenho que garantir que esse pesadelo acabe de uma vez por todas.

Depois de secar as poucas lágrimas que escaparam, Hannah levantou o rosto e anuiu, resignada. Seu olhar voltou ao berço, para a figura adormecida da filha, e o receio pareceu dar lugar a uma grande determinação.

Os irmãos se abraçaram com carinho. Emir beijou a testa de Hannah e sentiu o perfume de flores e terra molhada em seu cabelo, resquícios das suas atividades na estufa. Assim, em um fechar de olhos, Emir era um garoto outra vez, abraçando sua irmã mais nova e compartilhando naquele gesto o medo que sentia do desconhecido, dos inimigos que espreitavam dentro do véu. Aquele sentimento ruim nunca iria embora, anos de experiência vieram provar isso. Quando se afastaram, Hannah deu um beijo em sua bochecha.

— Vá descansar um pouco. O dia vai ser difícil e você precisa estar preparado.

Ele concordou, mesmo sabendo que pregar os olhos seria bem difícil. Antes que se afastasse, Hannah tinha mais a dizer:

— Eu vou honrar o legado de Faysal. E o seu também.

Aquilo não era uma despedida antecipada, mas a promessa de que estava comprometida com a liderança.

REENCONTROS

Rato acordou sozinho na cama. Por um instante, achou que a noite anterior não havia passado de um sonho; no entanto, ao se virar de lado, deparou-se com Beca já de pé, vestida e pronta para partir. Ela observava a janela com uma expressão indecifrável. Devagar, ele se sentou e apanhou a calça do chão. A garota continuou com o olhar fixo para fora da Torre, como se o ignorasse de propósito.

— *Hey*... O que está fazendo já de pé?

Ele se aproximou com passos receosos. Queria abraçá-la, mas limitou-se a ficar ao seu lado, o peito tatuado arrepiado pelo frio da madrugada.

— Não consegui dormir — disse ela sem desviar o olhar.

— Nossa, fui tão ruim assim? — brincou ele, mas havia tensão em sua voz.

Enfim, a garota se virou para ele e sorriu.

— Você sabe que não é isso. Só estou com a cabeça cheia, pensando no que nos espera daqui para a frente. Enquanto fiquei observando pela janela, três helicópteros de fora chegaram na Torre. Acho que são voluntários.

Rato respirou fundo. Os problemas que ignorou na noite anterior começavam a retornar com força total.

— Lá vem mais um — disse Beca, apontando para o helicóptero que chegava. — Acho que agora podemos dizer que essa guerra vai mesmo acontecer.

Ele sentiu o incômodo dela ao afirmar aquilo. Podiam estar caminhando para a total destruição nas mãos de La Bastilla, mas que opção tinham? Tocou em seu ombro, apertando-o de leve. Gostaria de garantir que venceriam, só que seria mentira, e ele jurara que não haveria mais máscaras entre eles. Beca aceitou o conforto e finalmente focou toda a atenção no homem ao seu lado. De maneira inesperada, puxou-o para um beijo. Quando se separaram, seu olhar estava menos carregado.

— Acho melhor eu ir, Lion não deve estar nada feliz com o meu sumiço. E vai ficar menos ainda quando descobrir onde estive.

Rato ergueu uma sobrancelha, surpreso que ela estivesse disposta a contar o que aconteceu.

— Eu não devo satisfação a ninguém, se é o que você está pensando — continuou Beca. — Mas ele vai descobrir, conheço a figura; se é que já não sabe.

— Devo temer por minha vida? — Rato esboçou um sorriso. — Ou você vai defender a minha honra?

Beca deu risada, acertando um leve tapa no peito dele.

— Eu nem sei se você ainda tem honra sobrando, mas não se preocupe. Só evite cruzar o caminho do Lion até eu falar com ele.

— Ele não vai com a minha cara, né?

— Acho que as exatas palavras foram: "informante duas-caras, pior que um *perro* sombrio com sarna". E disse isso quando estava de bom humor, antes de você nos trair lá embaixo.

Rato sentiu uma pontada dolorosa de remorso, mas disfarçou bem.

— Certo, acho que vou ficar na minha até você dizer que está tudo bem.

"Mas será que um dia as coisas ficarão realmente bem?" Ele preferiu não externar aquele pensamento. Beca o beijou novamente, agora mais apressada.

— Eu não te acho pior que um *perro* sarnento.

— Ah, pelo menos isso. Fico mais tranquilo agora... — retrucou ele.

— Não precisamos da aprovação de ninguém. O que rolou entre a gente só diz respeito a você e eu.

Suas explicações soavam racionais e ensaiadas. Rato se sentiu ainda pior depois de ouvi-las. Parecia que Beca havia praticado aquele discurso enquanto fitava a janela por horas a fio. Será que acreditava no que dizia ou só queria evitar uma conversa séria?

— Quando vou te ver de novo? — perguntou ele.

Beca riu, mas parecia mais nervosa do que antes.

— Eu não vou fugir, tá? Logo mais vai amanhecer e temos coisas para resolver. Sugiro que você verifique quem são os voluntários que estão chegando. Depois que eu enfrentar o mau humor de Lion, te procuro.

A guerra era uma ótima desculpa para não falarem sobre o que aconteceu. Rato reconhecia a razão de Beca, eles realmente precisavam se adaptar à nova realidade que tomaria a Zona da Torre. Mesmo assim, queria mais momentos como aquele. Mais um motivo para lutar com tudo o que tinha. Despediram-se com um longo abraço.

Ele nem tentou dormir outra vez. Sabia que, se fechasse os olhos, só pensaria em seus corpos suados e lamentos satisfeitos na escuridão, então decidiu observar a movimentação dos helicópteros até o sol nascer no horizonte.

Depois de comer algo no refeitório, verificando com resignação que Beca não estava lá, Rato foi ao heliponto. Não esperava resposta tão rápida dos habitantes da Zona da Torre, mas a chegada de voluntários era intensa — a convocação para a guerra de Emir realmente causara impacto. O local estava apinhado de gente, que se organizava em algumas filas de cadastro, mas, em meio a tantos rostos, ele reconheceu um.

— Velma! — exclamou, incrédulo.

A mulher sorriu ao vê-lo, mas manteve seu lugar na fila.

— Pensei que já tinha se esquecido da sua amiga aqui.

— Nunca! Eu posso estar fora de uma cela, mas não tenho autorização para sair daqui. O que mais queria era ir te ver, *lo siento*.

— Deixa disso! — A mulher fez pouco-caso. — Eu sei que você tentou, a Beca me contava as novidades sempre que podia. Gostou das garrafas que mandei de presente?

— Elas salvaram minha vida, minha amiga. Seu trago venenoso é o melhor método de queimar neurônios, e eu precisava não pensar em nada.

Velma gargalhou, atraindo alguns olhares de outros voluntários.

— Olha como fala, Rato, não desdenhe da melhor bebida da Nova Superfície!

A camaradagem do reencontro era bem-vinda, mas não pôde durar muito. Todo o ambiente que os cercava era carregado pelo desejo de vingança, as pessoas reunidas ali só queriam lutar. Rato respirou fundo, ficando sério.

— Por que vai se alistar como voluntária?

— Acha mesmo que eu ficaria parada depois de tudo o que os *hijos de puta* da Legião fizeram? — perguntou ela, um tanto indignada. — Quero ajudar no que for preciso, aqueles *desgraciados* não podem ficar impunes.

Pelo que Rato percebia, o sentimento de revanche imperava entre os voluntários. Aquilo era um bom combustível, mas seria o suficiente para manter o moral quando estivessem dentro do véu, sendo massacrados pelos Sombras? Olhou para Velma, imaginando-a no caos da guerra, e seu peito se apertou com angústia. Queria a amiga segura, mas sabia que deveria respeitar sua decisão. Todos naquela fila escolheram lutar, que arcassem com as consequências de seus atos.

— Pelo menos vamos nos ver mais nesse tempo de preparação — disse Rato, forçando um sorriso para manter a boa impressão daquele reencontro.

— Sim, e eu quero saber tudo o que você fez aqui na Torre durante esses meses. Tenho certeza de que Beca deixou muitos detalhes de fora.

O sorriso nos lábios dele foi inevitável.

— É, com certeza ela não contou tudo.

Velma o conhecia muito bem e arregalou os olhos.

Rato se amaldiçoou por aquele deslize, nunca tinha agido assim antes. Beca realmente era capaz de derrubar todas as suas defesas.

— Não acredito… Finalmente!

Ele estava morrendo de vontade de contar a alguém sobre o que acontecera, mas aquele definitivamente não era o melhor lugar. A chegada de mais um helicóptero interrompeu de vez a conversa, e todos na fila se viraram na direção do barulho. Quando as hélices diminuíram a rotação e os novos voluntários desceram, o murmúrio de surpresa foi geral: era Richie e alguns de seus seguidores, fortemente armados e com cara de poucos amigos.

Rato prendeu a respiração, sentindo o impacto daquela chegada como o sinal derradeiro de que a batalha contra La Bastilla era de fato inevitável. O impensável aconteceu, o Sindicato estava na Torre!

INTERLÚDIO

Beca não sabia o que Richie e Emir conversaram durante as exatas quatro horas de reunião, mas, quando acabou, foi confirmado que o Sindicato estava na guerra. Durante as horas seguintes, vários helicópteros com integrantes da gangue chegaram na Zona da Torre, prontos para fortalecer o exército. Nem com as perguntas insistentes de Lion Emir comentou os termos de seu acerto com Richie. O que ficou claro, porém, era que o líder do Sindicato comandaria as tropas com Hannah e Ernesto. Beca achava aquilo bem arriscado, mas sabia que a Torre não tinha como recusar ajuda, mesmo de quem não confiava.

Mais transmissões foram feitas durante o dia. Beca não recordava outro momento em que Emir tivesse falado tanto pelo sistema de som da Zona da Torre. A cada novo detalhe sobre a formação do exército, mais voluntários chegavam.

Quando a noite chegou, Beca finalmente se reencontrou com Rato no refeitório. Em uma mesa comprida estavam Edu, Velma e o informante, que pareciam relembrar os bons tempos do bar Fênix. O alistamento de Velma não era surpresa para Beca, e claro que ela temia pela segurança da amiga, mas estava começando a se conformar com aquela sensação.

Ninguém falava sobre o assunto que pairava no ar, a chegada de Richie e seus homens, preferindo conversar sobre amenidades e saborear a comida em seus pratos. De vez em quando, Beca lançava um olhar demorado na direção de Rato. Passaram o dia inteiro separados e não tiveram a chance de conversar sobre a reação de Lion — é claro que o pai já tinha tirado as próprias conclusões quando Beca retornou ao quarto da família.

A conversa até que não foi tão ruim: ele deixou claro que não aprovava o envolvimento da filha com Rato, mas afirmou que não iria se intrometer. Edu ouviu calado toda a discussão, manifestando-se apenas quando Lion foi embora pisando duro.

— Você tem um péssimo *timing* para arrumar namorado — comentou o garoto.

— O Rato não é meu namorado!

Edu riu, voltando a se distrair com o tablet, mas as palavras dele continuaram martelando na cabeça de Beca. Afinal, o que Rato significava para ela? Não podia negar a forte atração que tinha por ele, mas, além disso, o que sentia de verdade? No fundo, mesmo com as afirmações de que já havia perdoado as traições dele, uma parte de si ainda se recusava a ceder, temendo mais um golpe. Por enquanto, noites como a da véspera teriam que bastar.

A voz de Velma, claramente fazendo uma pergunta, a despertou de seus devaneios. Todos a observavam com curiosidade.

— O que você disse?

Quando a dona do bar sorriu, Beca teve a nítida impressão de que ela já sabia o que tinha acontecido. Olhou para Rato, que fez o possível para manter uma expressão inocente no rosto. "*Desgraciado.*"

— Eu perguntei se você tem alguma novidade; afinal, faz um bom tempo desde que nós nos vimos lá no Fênix.

Dessa vez, Rato nem tentou disfarçar. Baixou a cabeça e se concentrou em seu prato, fugindo do olhar raivoso de Beca. Edu deu uma risada alta e se levantou.

— Certas coisas nunca vão mudar — disse ele, virando-se para o informante. — Ainda podemos praticar hoje? Sei que o dia foi corrido, mas não queria perder nem um instante. Estamos tão perto de partir...

— É claro, você está mais que certo. — Rato anuiu e se levantou. — Vamos.

Pelo jeito rápido como ele caminhava e puxava Edu, Beca teve certeza de que fugia dela. Suspirou, voltando seu olhar para Velma.

— Ele está apavorado — disse a dona do bar. — Não quer estragar isso de jeito nenhum.

O comentário só fez Beca se sentir mais pressionada. De uma hora para a outra, todos pareciam querer dar pitacos na sua vida amorosa.

— Contar para metade da Zona da Torre não é uma boa forma de começar.

Velma franziu o cenho.

— Ele só contou para mim, e eu sou a única amiga que o coitado tem. Você está sendo injusta.

— Eu só não quero conversar sobre isso, já tive minha cota de sermões com o Lion hoje.

— Eu não vou dar sermão. — Velma riu. — Na verdade, estou muito feliz, Nikolai sempre gostou de você.

E era exatamente aquilo que Beca não queria ouvir, pois não havia como manter algo casual se uma das partes envolvidas quisesse mais. Não sabia como lidar com as expectativas de Rato, aquilo a irritava e assustava.

— Ele é um homem bom, Beca — disse Velma ao ler o pânico no rosto dela. — Acredite nele.

A garota queria se levantar e acabar de vez com aquele papo, mas não fugiria como Rato. Comeu mais um pouco do jantar sem nem sentir o gosto da ração que mastigava.

— E o Fênix? O que vai acontecer com o bar enquanto você está no exército? — Encarou Velma com um olhar que deixava claro que não voltaria ao assunto anterior.

A dona do bar não ousou pressionar.

— Vai ficar fechado. Eu poderia deixar alguém de confiança tomando conta, mas onde estaria a minha clientela? Todos os homens e mulheres capazes estão indo para a guerra.

— Você já sabe onde vai ficar? Em qual pelotão, quero dizer.

— Fiz alguns testes hoje, provavelmente ficarei na parte de comunicações. Sou boa de tiro, mas não o suficiente para enfrentar vários Sombras.

Beca ficou aliviada pela amiga não estar na linha de frente, mas aquilo não excluía o perigo.

— E você, *chica*, já tem alguma missão?

A pergunta de Velma era despretensiosa, mas perigosa. Beca e os outros integrantes da infiltração não podiam revelar nada por questões óbvias de segurança. Seu silêncio pesado foi o suficiente para que a outra a entendesse.

— Você me olhou do mesmo jeito que o Rato quando perguntei sobre isso. Melhor não insistir — conformou-se Velma, e segurou sua mão com força. — Só toma cuidado, tá? Desta vez é bem mais complicado que um resgate.

Ela não fazia ideia do quanto estava certa.

DIA D

Três dias depois, chegou o momento da partida. A movimentação no heliponto da Torre era a maior da história, com tantas aeronaves tomando a cobertura que só o que se podia ouvir era o rosnado dos motores. Enquanto isso, o grupo da missão especial discutia os últimos detalhes na sala de reuniões de Emir com atenção total, apesar de já terem conversado várias vezes seus respectivos papéis no plano. Emir falava de maneira cadenciada, ilustrando no mapa 3D da mesa o caminho que tomariam quando deixassem a Zona da Torre.

— Partiremos junto com o exército comandado por Ernesto e Richie, mas tomaremos outro caminho quando chegarmos neste ponto aqui. — Ele apontou no mapa o local onde iriam se separar do grande bloco do exército. — A partir daqui, estaremos sozinhos.

Lion ficaria na Torre para cuidar exclusivamente da comunicação com o grupo de infiltração. Edu foi encarregado de lidar com os transmissores no chão, sempre mantendo contato com o pai. Os soldados Raul, Jorge e Milan deveriam guiá-los até o mar e, de lá, usariam equipamentos especiais para submergir e chegar até a ilha. Gina e Beca seriam responsáveis pelas armas do grupo, inclusive os explosivos escolhidos para mandar o Centro de Comando pelos ares. Rato e um teleportador do Setor 3, chamado Arturo, seriam os batedores, colhendo informações na frente dos demais e cuidando para evitar emboscadas dos inimigos. Emir seria o líder do grupo, colocando-se pela primeira vez na linha de frente. Ele não demonstrava temer o que o aguardava dentro do véu, mas Beca se perguntava se estaria mesmo preparado para viver os terrores que se acostumou a ver apenas por monitores.

— Conto com a ajuda de todos vocês — Emir concluiu a explanação, desligando o mapa 3D. — Estamos partindo para uma missão que pode ser a nossa última. Vamos provar que somos mais capazes do que pensam os desgraçados da Legião.

Tinham somente mais uma hora para se preparar antes da partida. Emir entregou a cada um do grupo um implante dental que continha um explosivo — ninguém queria chegar na situação de usá-lo para explodir os próprios miolos, mas eles sabiam que, em caso de uma captura, a morte talvez fosse melhor do que se tornar cobaias.

Em silêncio, os membros do grupo saíram para colocar seus trajes antinévoa e se despedir de entes queridos. Reencontraram-se no heliponto no horário combinado cercados pela movimentação cada vez mais intensa; a decolagem logo seria autorizada. A infantaria, que avançaria pelo chão rumo a La Bastilla, seria a primeira a ser transportada aos pontos de descida, por isso a cobertura da Torre era um amontoado de soldados trajados com máscaras e roupas escuras.

Emir fez de tudo para aumentar a produção de trajes que protegiam da névoa, mas nem todos os soldados tinham os corpos totalmente cobertos. Beca sabia que a chance daqueles homens contra os Sombras era baixíssima, ainda menor vestindo equipamentos sem qualidade, mas evitou pensar no massacre para o qual marchavam — todos ali aceitaram os riscos.

Com o coração apertado, a garota observou Velma se preparar para embarcar em um helicóptero. Rato abraçou a amiga uma última vez antes que a aeronave partisse, trocando algumas palavras sussurradas. Beca estava curiosa para saber o que os dois falavam, mas não se sentia no direito de perguntar.

Quando Rato voltou para o lado dela, tinha os olhos avermelhados. Ela segurou sua mão com força. O informante não vestia traje antinévoa, já que outras pessoas precisavam do equipamento mais que ele. Beca lembrava bem o quanto ele sofrera dentro do véu na missão de resgate a Edu e não queria vê-lo naquele estado, mas precisava se convencer de que muito havia mudado desde que foi aprisionado em La Bastilla.

Edu e Lion se aproximaram deles logo depois que o helicóptero de Velma decolou. O garoto usava um traje completo e parecia bem incomodado com todo aquele aparato, segurando a máscara sem saber quando deveria colocá-la. Beca temia que a reação do irmão no véu fosse ruim, por isso insistira junto com o pai que ele fosse trajado. Só lhe restava acreditar que o treinamento feito a Edu por Rato e os efeitos da vacina fossem realmente eficazes durante os vários dias dentro da névoa.

Hannah, Ernesto e Richie chegaram no heliponto pouco depois acompanhados de Emir. Beca respirou fundo: a hora havia chegado. Virou-se para o pai, que observava os filhos com preocupação intensa.

— Mais uma vez, vejo *mi hijos* serem engolidos pela névoa. *Por Dios*, tenham cuidado lá embaixo — pediu ele, angustiado.

— Se tudo der certo, será a última vez que faremos isso. Acredite na gente, *viejo*, vamos acabar com essa maldição — falou Beca, e o abraçou com força.

Quando foi a vez de Edu se despedir do pai, Lion o encheu de recomendações sobre como fazer um bom mergulho e garantiu que, se ele precisasse, bastaria entrar em contato pelo comunicador. O garoto aproveitou para colocar a máscara do traje, talvez como forma de evitar que o outro notasse seu nervosismo. Ele foi o primeiro a subir no helicóptero, ansioso e assustado com tudo que o esperava.

Antes de voltar para dentro da Torre, Lion ofereceu a mão a Rato, que, desconfiado, aceitou o cumprimento.

— Não nos traia desta vez, Nikolai.

— Jamais, *jefe*. — Rato forçou um sorriso, mas sabia que o outro não acreditava em suas garantias.

Depois que Emir se despediu de Hannah e passou as últimas instruções para Richie e Ernesto, que pareciam cada vez mais inquietos com a partida, ele se aproximou de Beca e dos demais integrantes do grupo. Gina enfim se afastou do líder dos Falcões e subiu no helicóptero onde Edu já esperava, seguida pelo teleportador Arturo e pelos três soldados.

— Prontos? — perguntou Emir ao encarar Beca e Rato.

Rato anuiu e caminhou para o helicóptero. Antes de segui-lo, Beca olhou uma última vez para a cobertura da Torre.

— Não pense no futuro — aconselhou Emir antes de colocar a máscara do traje e também entrar na aeronave.

Beca o imitou. Pensou que jamais viveria pesadelo semelhante ao do resgate de seu irmão. O mais impressionante era que o temor que vivera naqueles dias nem se comparava com seus receios sobre o que poderia acontecer dali em diante. Perguntou-se se algum dia voltaria àquele lugar, se ao menos metade dos voluntários retornaria. Eles podiam estar acelerando ainda mais a destruição da Zona da Torre ou até provocar sua própria extinção. Engoliu em seco, convicta de que viver o presente era a única forma de seguir em frente sem enlouquecer.

Voaram por vinte minutos até o piloto se desviar do comboio aéreo que seguia para os pontos de descida da infantaria. Tomaram cuidado para se manterem bem acima da névoa, sempre atentos se algum pássaro sombrio estava em seu encalço. Pousaram em um prédio escurecido pelo tempo, o único em bom estado em meio a tantos esqueletos de metal e concreto. Aquele era o caminho do grupo para o chão — se continuassem no ar, a proximidade com o mar aumentaria as chances de serem detectados.

Com uma tensão crescente, despediram-se do piloto e desceram para a névoa. A sensação de opressão ao entrar no véu era exatamente a mesma de que Beca se lembrava da última vez. Um suor desconfortável escorria por seu rosto dentro da máscara e um frio gelado subia pela espinha a cada andar destroçado que percorriam.

Durante a descida, ela fez questão de permanecer perto do irmão, pois, apesar de ele não comentar nada e o capacete esconder seu rosto, podia perceber que sofria. Os passos pareciam pesados, sua respiração, mais ofegante sempre que falava no rádio. Quando pararam por alguns instantes para decidir como desceriam mais um andar ao se depararem com as escadas destroçadas, Rato se aproximou dela e tocou em seu ombro.

— O que *tu hermano* está sentindo é normal. Ele está se acostumando a lutar contra a névoa — falou de forma que só ela pudesse ouvir.

Havia uma palidez anormal no rosto do informante, mas, aparentemente, estava levando aquele mergulho muito melhor do que durante o resgate de Edu. Depois de tentar acalmar a garota, foi conversar com o próprio Edu, que assentia com a cabeça em consonância com as palavras que Rato lhe sussurrava. Beca estava agradecida pelo irmão ter encontrado alguém que compreendia sua condição. Nem queria imaginar o que teria acontecido com ele se Nikolai não o tivesse ajudado.

Ao chegarem ao chão, duas horas depois de pousarem na cobertura daquele prédio, Emir deixou que o soldado Raul tomasse a dianteira do grupo e os guiasse. Apesar dos percalços usuais para descer, como escadas destruídas, infiltrações que deixavam o chão perigosamente liso e destroços que os obrigavam a mudar de caminho, não tinham se atrasado no cronograma traçado pelo líder da

Torre. De acordo com os cálculos que fizeram nas últimas reuniões de planejamento, chegariam ao mar em dois dias.

A sensação de déjà-vu ao andar pelas ruas cinzentas rachadas deixou Beca ainda mais incomodada: lembrava-se de Gonzalo e Bug ao seu lado, caminhando rumo ao desconhecido apenas para salvar seu irmãozinho. As perdas daquele resgate do passado ainda doíam em seu coração, sempre doeriam, e deixavam a boca amarga ao pensar nas feridas que seriam abertas naquela nova missão.

Ela olhou para os novos companheiros, temendo as inevitáveis perdas e rezando para que os Sombras ficassem mesmo focados no exército que marchava rumo a La Bastilla. Só que aquilo não melhorava em nada sua desesperança, pois, para que sobrevivessem, outras pessoas pereceriam. Não havia vitória completa naquela guerra tão assimétrica.

Rato não conseguia ver seu rosto devido ao traje antinévoa, mas parecia pressentir todas as angústias que ela carregava. Fazia questão de caminhar ao seu lado, sempre lhe lançando olhares e perguntando como se sentia com uma apreensão desconcertante. Beca não estava acostumada a ter alguém além de seu pai e irmão preocupando-se com sua vida e não sabia se o queria tão perto assim; tinha medo de acabar baixando suas defesas rápido demais.

Quando fizeram a primeira parada para descanso, ela se ocupou em armar as barracas antinévoa enquanto Edu usava os comunicadores para se atualizar com Lion. As notícias sobre o exército não eram muito animadoras: a marcha mal havia começado e eles já enfrentaram problemas. A infantaria havia sido atacada cerca de uma hora antes e um helicóptero quase fora derrubado por um bando de pássaros, mas os soldados continuavam a avançar com obstinação, incentivados por Richie e Ernesto. Lion parecia bem impressionado com a liderança dos dois.

— Eles estão se entendendo bem. E Hannah age aqui da Torre como um ponto de racionalidade em meio à sede de sangue deles — disse Lion, a voz distorcida pelo comunicador. — As coisas não estão tranquilas, mas podiam ser muito piores.

O conformismo com que o pai relatava a difícil situação deixou Beca mais estremecida, então, como dormir estava fora de cogitação, ela decidiu ser a vigia naquela parada para descanso. Enquanto observava os destroços de prédios e carros ao seu redor, Emir sentou-se ao seu lado.

— Ficaremos aqui por mais uma hora e partiremos — avisou ele, mãos apertadas sobre o rifle.

Beca anuiu devagar. Seus dedos tamborilavam inquietos sobre a pistola. Estava incomodada com o silêncio e concordava que, quanto menos ficassem parados, melhor seria.

— Pessoas estão morrendo, Emir. Mal começamos e já temos perdas.

— Nós vamos vingar cada vida, Rebeca. Por isso não podemos parar, não podemos retroceder.

Sua obstinação era admirável, mas será que verdadeira? A garota ia perguntar se Emir realmente acreditava no que estava dizendo quando Rato saiu da tenda antinévoa e caminhou na direção deles. Para além da expressão de extremo cansaço, que já havia se tornado natural desde que fugira de La Bastilla, havia um brilho diferente em seu olhar. Ele parecia incomodado.

Emir se levantou assim que o outro chegou. Avisou que faria uma ronda no acampamento e depois começariam a desarmar as barracas. Rato tomou seu lugar ao lado de Beca e soltou um suspiro quando se sentou de braços cruzados. A garota voltou a atenção para ele. Era tão estranho vê-lo com roupas comuns no meio de um grupo trajado para se proteger da névoa!

— Preferiu bater papo com Emir a dormir um pouco? — perguntou ele, tentando fingir desinteresse.

Beca sentiu vontade de rir. Nunca imaginou que ouviria um resquício de ciúme no tom de Rato.

— Os teus roncos não iam me deixar dormir mesmo — provocou, divertindo-se ainda mais ao ver sua expressão de surpresa.

— *Hey*, eu não ronco!

Dessa vez, ela riu alto. Só Rato para fazê-la esquecer seus temores com uma discussão boba como aquela. Sentiu vontade de beijá-lo, mas a máscara era um baita obstáculo em seu caminho. Passou o braço por seus ombros e o trouxe para mais perto de si.

— *Lo siento*, Rato, mas teus roncos são mais altos do que os tiros de uma escopeta.

Ele bufou indignado. Apertou Beca contra seu corpo, aproveitando aquele contato mesmo que o traje atrapalhasse. Ficaram abraçados por mais alguns minutos, até Emir retornar da ronda e começar a chamar pelos demais.

— Agora entendo por que, toda vez que eu acordava, você já estava vestida e pronta para ir embora. Meus roncos devem ser altos mesmo — disse Rato antes de se afastar dela. — Quando quiser que eu cale a boca, *cariño*, é só me dar uns beijos. É tiro e queda.

Beca engoliu em seco. Havia muito mais naquelas palavras do que eles podiam conversar naquele momento. Sentiu-se culpada por fugir dele daquele jeito, mas Rato forçou um sorriso antes que ela encontrasse alguma explicação. Quando ele foi ajudar Arturo a desarmar uma das barracas, Beca suspirou e se obrigou a levantar.

O grupo passou as cinco horas seguintes em uma marcha intensa, uma movimentação constante que trouxe o foco de que Beca tanto precisava. O teleportador e Rato faziam varreduras em busca de inimigos e bloqueios nas ruas por onde andavam, e o primeiro sinal de problemas finalmente chegou quando os batedores avistaram híbridos vagando algumas quadras à frente. Ao retornarem com a notícia, Raul e seus dois companheiros prepararam as armas para o combate.

— Algum vestígio de pássaros ou cachorros? — perguntou Emir.

Arturo negou, afirmando que tudo o que viu foi o grupo de híbridos.

— Podemos passar por eles?

O líder da Torre não estava interessado em conflitos, o que Beca compreendia, mas não concordava. Mudar de rota por causa dos híbridos significava perder um tempo precioso, e, a seu ver, podiam dar conta dos inimigos e continuar sem desvios. Quando externou sua opinião, somente os soldados se mostraram dispostos a antecipar a luta. Ela ficou surpresa ao ver Rato e Edu tomarem o partido de Emir mesmo que isso causasse um atraso.

Eles traçaram o novo caminho usando o mapa no tablet de Emir e rumaram em direção a um viaduto. Edu mantinha os comunicadores desligados para que o sinal não atraísse os inimigos, mas em seu último contato com Lion não havia muitas novidades. Rato olhava para os lados cada vez mais tenso.

— O que foi? — perguntou Beca, tocando em seu braço.

— Não sei, sinto que somos observados.

Beca confiava nos instintos dele, por isso passou a vigiar os arredores com mais cuidado. A parede de névoa parecia ser a única companhia que tinham.

As horas seguintes foram bastante tensas: encontraram mais híbridos pelo caminho e foram obrigados a fazer outros desvios. Cada vez que se distanciavam do objetivo de chegar à praia, o incômodo de Beca crescia. Algo estava errado. Os híbridos sempre apareciam algumas quadras à frente, bem visíveis, como se quisessem ser descobertos. Ela comentou aquilo com Emir, que imediatamente coordenou a parada do grupo.

Ele ordenou uma nova varredura, desta vez mandando Beca, Rato e Arturo em direções diferentes. Se os híbridos estavam causando desvios propositais, então uma armadilha era preparada perto dali; precisavam descobrir onde. Beca seguiu algumas quadras para oeste, o coração acelerado no peito. A névoa dificultava sua visão e tornava cada barulho uma ameaça em potencial.

Quando tiros ecoaram, a garota parou imediatamente e se virou para trás. Sabia de onde vinham. Praguejou em voz alta e, instantes depois, ouviu a voz de seu irmão pelo rádio avisando que estavam cercados e pedindo para que voltassem. Eles tinham se separado para evitar a armadilha, mas acabaram caindo nela como tolos.

Ao retornar ao ponto de encontro, Beca se deparou com o caos: tiros eram disparados por Raul e seus homens enquanto um grupo de trinta híbridos os cercavam. Edu estava acuado atrás dos soldados, mas não conseguiu se livrar da luta por muito tempo: os quatro foram encobertos pelos corpos esqueléticos.

Beca gritou, angustiada. Seu avanço foi bloqueado por um híbrido no qual ela atirou sem hesitar, porém, para cada inimigo que derrubava, outro surgia. Nunca chegaria até Edu a tempo de ajudá-lo.

Foi então que Rato apareceu. Transformado em Sombra, ele não poupou esforços para chegar até o grupo. Cada soco seu levantava híbridos para todos os lados, nada parecia pará-lo. Gina e Emir perceberam a mudança de paradigma e saíram do seu abrigo atrás de um carro, atirando com tudo o que tinham. O teleportador Arturo também retornou, usando seus poderes para resgatar Raul e os outros do centro do caos. Quando o último híbrido caiu morto, Beca nem acreditou que conseguiram sobreviver — se não fosse por Rato, talvez tivessem sido engolidos pela horda. Sem fôlego, ela correu até o irmão.

— Eu tô legal, Beca — disse ele, mas a voz trêmula o delatava.

No fim, os danos foram poucos, só o soldado chamado Milan ficou com o traje rompido e um corte feio na perna, mas Emir estava furioso. Por muito pouco seus planos não tinham sido desmantelados.

— Malditos sejam!

Vê-lo praguejar era desconcertante, para dizer o mínimo, por isso Beca focou a atenção em Rato, que já havia retomado sua aparência normal. Ele se mantinha mais distante, talvez com receio da reação dos demais à sua transformação. Não estava errado: mesmo já tendo visto Rato transformado antes, Gina o observava com a arma em punho. Beca a obrigou a baixar o cano do rifle.

— Ele é nosso aliado e salvou o nosso *culo*!

— Ele é um monstro.

O nojo daquelas palavras fez Beca se encolher. Gina se desvencilhou dela e foi ajudar Raul com o soldado ferido. A garota caminhou até Rato suspirando. Tinha quase certeza de que, mesmo distante, ele ouvira toda a conversa.

— Essa foi por pouco — comentou ela. — Você tá legal?

O rosto sujo dele se contraiu, continuava observando os arredores.

— Temos que sair logo daqui.

As palavras dele soavam como um grande mau agouro, e Beca estremeceu. A voz de Emir logo se elevou, mostrando que pensava como Rato. Não havia tempo para tratar de ferimentos, tinham que partir.

ENTRE INIMIGOS

O percurso que levaria dois dias foi concluído em cinco.

Depois da armadilha dos híbridos, o grupo ainda teve alguns encontros desagradáveis com cães sombrios, mas eram poucos e foram derrubados antes que fizessem estragos. Só que Beca não conseguia afastar a sensação ruim de que aqueles pequenos obstáculos eram uma brincadeira de mau gosto da Legião para deixá-los com os nervos em frangalhos. E, considerando a falta de sono de todos, os legionários tiveram sucesso.

O soldado Milan, que foi ferido sem muita gravidade na emboscada dos híbridos, piorou bastante durante os dias de caminhada. A névoa acabou prejudicando sua recuperação, e ele arrastava a perna ferida com muito esforço, sofrendo com dores e febre constantes. Ninguém mencionava nada, mas era óbvio que ele seria incapaz de chegar a La Bastilla. Toda vez que Beca o observava, ofegante e se recusando a receber ajuda, ela se lembrava de Gonzalo.

Ao chegarem à praia, a constante impressão de que algo escapava do seu entendimento persistia. Quando a garota pisou na areia preta e ouviu o barulho das ondas, ela foi tomada por arrepios — a névoa que os envolvia dava ao cenário uma coloração cinzenta, a água escura e revolta parecia esconder perigos incontáveis. Era uma vista sombria, nada parecida com as fotos antigas, bonitas e ensolaradas. Beca não conseguia imaginar as pessoas no passado indo até ali para se divertir, sentia-se pequena diante da imensidão do mar. Quanto do mundo desconhecia? Quanto fora ocultado por aquele véu cinzento?

O grupo preparou os equipamentos de mergulho que trouxe nas mochilas, os quais incluíam pequenas turbinas propulsoras para acelerar seu avanço embaixo d'água, compensando o peso dos trajes. Apesar de todos os mergulhadores da Torre saberem nadar, Gina, Beca, Edu e Arturo tiveram poucas aulas na pequena piscina esverdeada da Torre, e não teriam condições de chegar à ilha sem aqueles aparatos.

Edu aproveitou aquele momento para fazer um último contato com Lion. O exército não conseguia avançar fazia dois dias devido à presença de um grande número de Sombras e híbridos. Com relação a isso, o plano de Emir parecia dar certo, já que o foco da Legião estava bem longe deles. No ar, os helicópteros travavam batalhas tensas com pássaros e várias perdas foram registradas, mas em um número previsto por Hannah, Ernesto e Richie.

As notícias de Lion contribuíram para aumentar a pressão no grupo de infiltração — estavam todos exaustos, mas precisavam entrar no mar e seguir em frente.

Raul se despediu de Milan com palavras dolorosas. O soldado ferido ficaria sozinho na praia, alvo fácil para qualquer inimigo. A verdade não podia mais ser negada; ele teve o destino selado assim que a névoa começou a maltratar seu corpo. Foi deixado sentado na areia úmida com uma barraca antinévoa e um rifle enquanto acenava para os companheiros que entravam na água.

Ao entrar no mar gelado, Beca foi tomada por tremores.

Rato era o único que não vestia um traje, por isso, para respirar, usava uma máscara básica de mergulho acoplada a um tubo de oxigênio com capacidade para aguentar até cinco horas.

As três horas que passaram submersos foram difíceis, silenciosas e tensas. Quando finalmente emergiram na ilha que poderia se transformar em seus túmulos, tinham movimentos letárgicos, como se não soubessem mais caminhar em terra firme. Largaram as turbinas na areia dura e observaram a praia deserta com assombro. A total ausência da névoa era emocionante e ao mesmo tempo desconcertante.

Beca sentiu os olhos se encherem de lágrimas diante de um mundo que não havia sido corrompido pelo véu: podia ver ao longe uma estrada em bom estado, cercas e, mais distante, um muro alto que, segundo Rato, escondia atrás de si a cidade da qual Legião tanto se orgulhava. As antenas escuras que se espalhavam pela praia eram como guardiões antigos de um local proibido onde reles mortais nunca deveriam pisar.

— Aqui foi o mais longe que cheguei — disse Raul, a voz rouca depois de tanto tempo calado. — Havia muitas patrulhas na praia.

Naquele momento, não havia ninguém, como se La Bastilla fosse uma ilha fantasma. Beca gostaria muito de considerar aquilo um bom sinal, afinal, eles teriam mais chances de avançar sem confrontos, porém a postura tensa de Rato indicava que a ausência de proteção não tinha nada de normal. Ele jogou a máscara de mergulho no chão, olhando para a praia com preocupação genuína. Dali para a frente, seria o encarregado de guiar o grupo, por isso todos o observavam com expectativa.

— Vamos em frente — disse Emir, cansado de esperar por uma reação. — Mostre o caminho, informante.

Rato pareceu despertar do transe que o envolvia. Beca queria perguntar no que pensava, mas ele tomou a dianteira e apontou na direção da estrada.

— Fiquem com as armas prontas.

Havia um tremor na voz dele que a garota sabia ser mais que cansaço ou medo. Ele retornava por vontade própria ao seu antigo cativeiro e revivia todos os momentos terríveis que passara ali. A vontade de confortá-lo era intensa. Beca sentiu um toque inesperado no ombro e se virou para avistar Edu, que havia retirado a máscara do traje e inspirava fundo o ar salino da praia.

— Aqui não tem névoa, podemos respirar.

Ao ver o rosto do irmão sob o sol forte, Beca rapidamente o imitou. O ar comprimido fez barulho ao ser liberado e a máscara afrouxou em seu rosto. Ela afastou o capuz que protegia o restante da cabeça e sentiu o vento no cabelo, o cheiro da maresia... Algo tão alienígena para ela quanto as antenas na praia.

Emir tirou a máscara também, contudo Gina e os demais preferiram continuar protegidos, provavelmente por desconfiar de tudo o que vinha de La Bastilla, inclusive do próprio ar. O trio prendeu as máscaras no cinto, e o grupo passou a seguir os passos de Rato com cautela, agachados, as armas prontas para qualquer ameaça, deixando a praia para trás e percorrendo a estrada lisa que os levaria até o muro de proteção. Quanto mais se aproximavam, mais a invasão se tornava uma realidade. Os detalhes das guaritas começaram a ficar visíveis, e o primeiro soldado da Legião foi enfim encontrado.

— Vamos parar — decidiu Rato, ajoelhando-se no asfalto e observando o inimigo com um binóculo oferecido por Gina. — Você consegue chegar nele levando um acompanhante, Arturo?

— Com um pouco de esforço, consigo.

O teleportador parecia receoso para entrar em ação, afinal, era apenas um voluntário do Setor 3 e tinha pouca experiência em combate. Quando Emir deu seu aval para o ataque, ele segurou Raul pelo ombro e sumiu no mesmo instante, deixando uma lufada de ar em seu lugar. Com expectativa, todos voltaram os olhares para a guarita distante. Mesmo sem seus óculos especiais, Beca conseguiu ver os novos vultos que apareceram ao lado do legionário. Quando Raul derrubou o inimigo em questão de segundos, esfaqueando sua traqueia com um golpe preciso, Gina comemorou com Jorge como se já tivessem vencido a Legião inteira. O aceno de Arturo em seguida foi o chamado que eles precisavam para correr sem qualquer receio de serem avistados.

Ao atravessarem o muro com a providencial ajuda do teleportador, viram La Bastilla em toda a sua glória pela primeira vez. Seus anéis de proteção compostos por muros e grades, os hangares que abrigavam um grande poderio militar, as moradas baixas tão diferentes dos megaedifícios, as ruas limpas, os jardins e árvores; uma cidade que lhes foi negada pelo desejo de loucos. As ruas periféricas estavam vazias; na verdade, eles não viam ninguém na rua, não importava onde procurassem.

— Estamos na área militar — explicou Rato. — A cidade mesmo fica mais no centro, na zona comum. É muito bem protegida. O Centro de Comando fica lá também.

— Como vamos entrar na cidade, é melhor nos movermos durante a noite — sugeriu Emir. — Precisamos encontrar um abrigo. Os esgotos ainda são a melhor opção?

Rato anuiu e indicou um novo caminho. O grupo adentrou na área militar com apreensão, movendo-se de maneira compacta, cada um cuidando de vigiar uma direção. Apesar da cautela, foi inevitável encontrarem novos legionários. Um grupo de patrulha os avistou bem quando entravam em um bueiro, prontos para explorar os esgotos.

Os três legionários imediatamente ergueram suas armas. Beca, Edu e Jorge eram os únicos que ainda se encontravam na rua e tiveram que lidar com aquele encontro quando seus companheiros já estavam protegidos pelas entranhas dos túneis. Beca conseguiu se safar dos tiros e proteger o irmão. Jorge, porém, não teve a mesma sorte e foi alvejado no peito, mas continuou atirando, mesmo ferido, para que a garota tivesse tempo suficiente para reagir.

Ela acertou um legionário na cabeça e os outros dois imediatamente começaram a recuar, desistindo do confronto. Beca não estava nada disposta a permitir que chamassem por reforços, por isso, em uma decisão arriscada, correu atrás deles. Retirou sua *grappling gun* do cinto do traje, mirou um poste e usou o empuxo da arma para encurtar a distância entre ela e os dois homens. Caiu sobre eles desferindo socos e chutes enquanto o estampido de suas balas a ensurdeciam momentaneamente.

A garota conseguiu cravar a faca retrátil no pescoço de um, mas não teve tempo de recuperar a pistola para deter o outro. Foi quando sentiu o cano da arma dele em sua bochecha e prendeu a respiração, mas Edu apareceu com as veias azuladas tomando seu rosto e uma expressão angustiada. Mesmo assim, agiu sem qualquer hesitação e trombou com o legionário, derrubando-o para, em seguida, acertar socos tão fortes que o obrigaram a largar a arma.

Quando Beca conseguiu ficar de pé, ouviu os passos apressados de Rato, que havia deixado os esgotos para ajudá-los. O legionário esmurrado por Edu estava morto e as mãos ensanguentadas do garoto tremiam.

— *Por Dios* — disse Edu, finalmente dando-se conta do que havia feito.

Beca conhecia bem o irmão e como seus surtos começavam, sabia que ele estava prestes a entrar em choque. Um frio gelado tomou sua espinha. A última coisa de que precisavam era que ele perdesse o controle. Rato chegou ao lado dele antes que o pior acontecesse, segurando seu rosto com força para que toda sua atenção se voltasse para o informante.

— Está tudo bem, Edu, lembre o que a gente treinou. Vamos, respira fundo! — Mantinha o garoto preso entre o aperto de suas mãos.

Nervosa, Beca olhou ao redor. A rua continuava deserta, mas ela sabia que não ficaria assim por muito tempo; algum legionário devia ter ouvido o tiroteio, reforços logo chegariam. Olhou para os legionários mortos no chão e não sentiu nada, nem satisfação, nem raiva.

Tudo o que a movia naquele momento era a intensa ansiedade sobre o estado de seu irmão.

— Respira, *chico*! — mais um grito, e Rato enfim conseguiu tirar Edu do pânico. Ele assentiu com a cabeça e respirou fundo três vezes de olhos fechados, ouvindo Nikolai sussurrar palavras de conforto.

— Temos que ir — disse Beca.

Rato anuiu, a expressão tensa. Perguntou se Edu conseguia caminhar. O garoto não respondeu, mas se deixou levar quando ele o conduziu pelo braço.

— Não olhe para *los muertos* — falou ele quando Edu baixou os olhos para o chão. — Não olhe.

Jorge estava sem máscara, devia tê-la retirado em uma desesperada tentativa de respirar melhor, sangue escorria por sua boca e os olhos arregalados miravam o nada. Beca também evitou olhar para ele.

Os três correram de volta para o bueiro onde Emir aguardava ao lado de Raul, que lamentava a perda de mais um companheiro. Desceram para o esgoto levando o morto junto, em uma tentativa vã de ocultar para onde iriam e de proteger seu corpo. Não o deixariam nas mãos da Legião de jeito nenhum.

Já nos corredores estreitos da galeria subterrânea, andaram por quase duas horas. Apesar de estarem nos esgotos, o cheiro não era insuportável; aqueles túneis pareciam destinados a levar a água da chuva e não dejetos. Havia mofo e umidade, mas nada com o qual quem viveu na Zona da Torre não estivesse acostumado. Raul levava Jorge nos ombros sem dizer uma palavra, Edu fungava baixinho enquanto Rato permanecia ao seu lado como um eterno vigia e Beca se esforçava para ignorar as dores no corpo; o gosto de sangue dos lábios partidos começava a causar enjoo.

Ao encontrarem uma galeria maior com uma área mais alta e seca, Emir indicou que deveriam parar. Raul aproveitou aquele momento para deixar o soldado morto em um canto mais isolado, velando-o em silêncio. Beca e os demais lhe deram espaço para lamentar, desviando o olhar. Gina e Arturo fizeram uma varredura pelos caminhos mais à frente, Rato e Emir conversaram sobre o que fazer a seguir.

Edu se largou no chão com os olhos marejados, trêmulo. As veias azuladas já tinham perdido aquele brilho que assustava Beca, mas ele ainda parecia caminhar à beira do abismo. Ao sentar-se ao lado do irmão, ela tomou as mãos dele nas suas e tentou passar um pouco de conforto, assim como Rato fez durante o caminho até ali.

— Você salvou a minha vida. — Beca apertou os dedos enluvados dele.

O garoto a encarou pela primeira vez desde que desceram para os esgotos. Seu rosto estava molhado pelas lágrimas, e Beca só queria abraçá-lo.

— É tão difícil controlar esse monstro dentro de mim, Beca... Depois de tudo de ruim que fiz, você deve pensar a mesma coisa.

— Não fala isso, Edu! Eu nunca vou me arrepender de ter te salvado.

Ela se ajoelhou na frente dele, tomando seu rosto entre as mãos. Precisava que ele acreditasse.

— Eu daria a minha vida sem pensar duas vezes para te manter seguro. *És mi manito*. — Encostou a testa na dele. — Todos nós erramos, todos nós carregamos culpa. Emir, eu, Rato, Lion, você... Edu, nesse mundo podre, nossa única força é a família.

O garoto pareceu impactado.

— Queria ser forte como vocês.

— Você é. Acredite.

— É difícil pensar assim quando olho para esse tanto de sangue, quando vejo o que me tornei.

Beca o ajudou a limpar a sujeira que cobria suas luvas. Gastou preciosa água, mas, se era para Edu se sentir melhor, ficaria com sede até o fim da missão. Depois disso, parecendo um pouco mais calmo, o garoto se deitou e adormeceu. Beca torcia para que o descanso aliviasse um pouco seu sofrimento. Passando as mãos pelo rosto dolorido, a garota pensou em tentar dormir também, mas Rato terminou a conversa com Emir e veio para o seu lado.

— Como ele está? — Apontou para Edu.

— Ele não foi feito para essas coisas — lamentou Beca. — Está arrasado.

— Confie nele. Só está vivenciando tudo rápido demais, qualquer um ficaria abalado.

— Sinto a dor dele como se fosse minha.

Rato deu um sorriso triste e compreensivo. Beca mal conseguia imaginar a culpa que ele carregava dentro de si por tudo o que aconteceu com Irina, sua irmã. Resolveu mudar de assunto:

— Você acha que ainda vamos chegar no tal Centro de Comando conforme o plano?

— Fui lá algumas vezes enquanto estive preso aqui. Não vai ser fácil entrar, ainda mais agora que eles nos descobriram, mas acredito que podemos chegar pelo menos até a zona comum usando esses túneis. Arturo e Gina foram procurar alguns pontos de referência que indiquei a eles. Quando chegarmos lá, as coisas ficarão bem mais caóticas.

— E nós já perdemos duas pessoas — lastimou Beca.

— Nem que eu tenha de virar Sombra para sempre, vou fazer vocês entrarem naquele lugar. No que depender de mim, não perderemos mais ninguém.

— Não diga isso! Você não vai precisar chegar nesse extremo.

Rato deu seu cada vez mais corriqueiro sorriso triste.

— Você sabe que é para isso que estou aqui, virar um Sombra é o que Emir espera de mim. Pelo menos aprendi a me controlar, não vou atacar nenhum de vocês.

— Não é isso que me incomoda. — Beca se virou para ficar de frente para ele. — Sei que você odeia se transformar.

Rato arregalou os olhos, mas logo os baixou.

— Não importa o que eu gosto, só importa vencermos. E você ficar bem, *cariño*.

— Não me chame de *cariño*.

— Por que, *cariño*? Isso te deixa excitada? — Rato encarnou seu personagem para esquecerem o terror que os cercava. — Se formos bem discretos, talvez eu possa dar um jeito nisso.

O riso de Beca foi quase inevitável. Deu um beijo rápido nele, entrando na brincadeira.

— Não faça promessas que não pode cumprir. E, se me lembro bem, o único que tem problemas em ficar em silêncio é você.

Esperar a chegada da noite seria difícil, continuar a missão, ainda mais complicado. No entanto, naquele breve instante, Beca se permitiu relaxar. Rato tinha aquele poder sobre ela, sabia exatamente quando precisava ouvir alguma besteira sem sentido.

E ela tinha que admitir que era divertido fazê-lo corar.

A MAIOR DERROTA

Quando anoiteceu, o grupo continuou a incursão por La Bastilla. Rato os guiou pelos túneis o máximo que foi possível, contudo, tiveram que voltar para as ruas da cidade depois de algumas horas, pois os caminhos se tornavam cada vez mais estreitos e já não levavam diretamente para o Centro de Comando. Encontravam-se na área civil, cercados por casas bonitas e um ar bucólico que parecia saído de uma propaganda antiga. Rato explicou que havia um toque de recolher na ilha e que àquela hora apenas soldados fariam rondas por ali.

Ao se aproximarem do Centro de Comando, no entanto, perceberam que a segurança ficava mais intensa. No início, conseguiram evitar as patrulhas e seus carros apenas escondendo-se nas sombras, mas depois de um tempo ficou claro que seria impossível entrar naquele prédio sem serem vistos.

— Precisamos de uma distração — disse Emir, observando o grupo de vinte soldados que vigiava o Centro de Comando.

Havia dois jipes parados em frente à entrada do prédio armados com metralhadoras e os faróis altos. Por sorte, as luzes não chegavam na quadra seguinte, onde Beca e os outros se escondiam atrás de uma murada.

— Eu posso fazer isso — ofereceu Arturo. — Depois encontro vocês na praia.

O teleportador soava amedrontado, mas todos ali sabiam que não havia ninguém melhor para executar aquela missão. Ele recebeu munição e explosivos e foi orientado sobre como fazer um grande barulho e ainda se manter seguro. Ele se despediu com um aceno rápido, desaparecendo no ar segundos depois. Beca respirou fundo. O grupo de nove pessoas passara a contar com apenas seis. Quantos mais ficariam pelo caminho?

A espera pela ação de Arturo não foi longa. Minutos depois, uma explosão alta ecoou pela região central da zona comum. A reação dos soldados em frente ao Centro de Comando foi a esperada: aos gritos de espanto, a maioria subiu nos jipes e partiu rumo à torre de fumaça que subia pelo céu escuro. Beca e os outros aguardaram mais alguns instantes, e no fim apenas cinco soldados permaneceram vigiando o prédio, um número pequeno que podia muito bem ser combatido pelo grupo invasor.

— É agora ou nunca — disse Gina com a voz carregada pela ânsia de lutar.

Avançaram em um ataque rápido, atirando antes mesmo de atravessarem a rua que os levaria até o prédio. Os estampidos teriam chamado outros soldados se não fosse uma nova explosão que sacudiu La Bastilla — Arturo estava fazendo o seu trabalho melhor que o esperado. Raul e Gina acertaram tiros certeiros nos soldados em frente ao portão do Centro de Comando, deixando cinco corpos caídos no chão para provar que as adversidades da Nova Superfície criavam atiradores melhores.

Gina foi a única ferida no grupo, com uma perfuração no ombro que ela garantia não ser nada de mais. Arrombaram o portão de ferro e correram em uma marcha acelerada até o prédio. A antena gigante que se erguia ao lado da construção chamou a atenção de Beca, que desejou ter algum explosivo forte o suficiente para mandar aquilo abaixo; as bombas que possuíam não fariam nem rachaduras naquela estrutura reforçada.

Ao pararem na porta do Centro de Comando, encontraram-na trancada.

— Posso decodificar a trava — disse Edu, já puxando seu tablet.

— Nada disso, vai demorar muito — retrucou Gina, que optou pela brutalidade e acertou o vidro reforçado com uma bala explosiva.

O buraco foi suficiente para abrirem passagem e entrarem no prédio tomado pela penumbra. Rato olhou ao redor com uma expressão preocupada.

— Está quieto demais.

Como não podiam perder tempo, Emir o segurou pelo braço.

— Recuar é impossível, mesmo que você esteja desconfiado de uma armadilha. Mostre o caminho para a sala que devemos explodir.

Enquanto subiam pelo elevador até o quinto andar, Beca só conseguia pensar em como aquele plano era um tiro no escuro. Rato não tinha certeza de que aqueles computadores controlavam a névoa; e se estivessem se arriscando para nem conseguirem completar a missão?

— Quando chegarmos na tal sala, eu faço questão de ativar todas as bombas — comentou Gina, segurando o ombro ensanguentado.

— Você vai ter que deixar algumas para mim — disse Raul, cerrando os punhos. — Esses *desgraciados* precisam pagar por todos os meus companheiros mortos.

Eles estavam prontos para correr assim que as portas do elevador se abrissem, no entanto, quando a primeira fresta apareceu, Raul foi atingido na cabeça, fazendo sangue e pedaços do capacete voarem para todos os lados.

O choque foi geral, mas o grupo não pôde nem verificar o estado do mergulhador e o restante da passagem se abriu, revelando um grande contingente de legionários.

Parecia que todos os soldados daquele prédio haviam se reunido no corredor apertado, aguardando a chegada dos invasores. Emir e sua equipe não tiveram chance de reagir. Beca ainda gritou para que se protegessem, mas a enxurrada de tiros que os recebeu foi brutal. Gina, que ia na dianteira com Raul, recebeu uma saraivada de balas. Beca recuou para a parede que abrigava o painel, mas, mesmo assim, seu braço foi atingido e sentiu o sangue quente escorrer.

A porta do elevador entrou em curto com tantos buracos e começou a esbarrar nos corpos de Gina e Raul, impossibilitada de se fechar. Faíscas saltavam dos cabos rompidos dentro do metal. Ofegante e agarrada a Edu, Beca tentava proteger o irmão com o próprio corpo. As luzes estouraram, cuspindo cacos de vidro sobre os invasores acuados, o som dos disparos parecia reverberar dentro do cubículo apertado e a fumaça vinda do painel em curto incomodava as narinas e fazia os olhos lacrimarem.

Então, os tiros cessaram tão inesperadamente quanto vieram, dando a Beca a possibilidade de avaliar os danos. Com o estômago embrulhado, ela se deu conta de que tinham fracassado.

Gina e Raul, dois companheiros corajosos que não tiveram qualquer chance de se defender, estavam mortos. Uma poça de sangue já se alastrava sob seus corpos e molhava a ponta das botas de Beca, enchendo-a de horror. Amontoados dentro do elevador, Rato, Edu e Emir também estavam feridos: Rato segurava a perna perfurada, Emir tinha o ombro ensanguentado e Edu mantinha uma mão grudada na lateral do pescoço, mesmo tendo Beca de escudo. Ninguém escapou ileso.

Beca queria gritar. Apalpou o irmão, verificando com alívio que o tiro havia sido de raspão, e, em seguida, com o coração apertado, olhou para os outros sobreviventes sem saber o que fariam para escapar daquela tragédia. Sua voz parecia entalada na garganta. Viu Rato erguer a arma na direção do corredor de olhos arregalados. Com uma expressão tensa como ela nunca havia visto, Emir também apontou a pistola para os soldados. Os irmãos trocaram olhares temerosos, Edu parecia não saber o que fazer. O tiroteio estava prestes a recomeçar.

— Baixem as armas — uma voz feminina tomou o corredor. — Se quiserem viver, baixem as armas.

Beca deixou de focar nos companheiros e olhou para o corredor. Dois homens segurando escudos retangulares se aproximavam a passos lentos e a mulher que havia acabado de falar se protegia atrás deles. Mesmo que conseguissem uma mira boa, seria muito difícil acertá-la.

— Confesso que esperava um trabalho de infiltração melhor, Nikolai — continuou a mulher, cada vez mais segura. — Ainda assim, eu o parabenizo por ter cumprido tão bem sua missão.

O tempo pareceu parar quando Beca ouviu aquelas palavras.

Olhou para Rato sem acreditar que seus piores temores estavam prestes a se concretizar: uma nova traição! Depois de tudo o que viveram, foi tomada por uma dor muito pior do que a do tiro em seu braço. Os olhos escuros do informante se encontraram com os seus, desesperados.

— Eu juro que não fiz nada! Beca, eu juro!

O riso alto da mulher interrompeu o momento, atraindo o olhar da garota novamente.

— Você agiu como eu esperava, Nikolai. Acha mesmo que conseguiria fugir, depois de matar dois de meus melhores soldados, se eu não tivesse deixado?

O rosto de Rato pareceu ficar ainda mais pálido, a mão que segurava a pistola começou a tremer. Ao seu lado, Emir mal se mexia. Beca não conseguia respirar direito, tamanho o conflito de emoções.

— Tire as armas deles — ordenou a legionária.

Mais dois soldados sem escudos se aproximaram. Beca não tinha a mínima condição de reagir, os outros pareciam no mesmo estado de paralisia. Depois de terem as armas recolhidas, os invasores foram puxados para fora do elevador. Rato e Edu receberam coleiras e foram algemados em seguida, impedidos de se transformar mesmo que tentassem. Os quatro ficaram enfileirados de joelhos bem em frente aos escudos que ainda protegiam a líder daquela Legião.

Mais de perto, Beca conseguia ver o rosto dela. Tão bonito, mas tão cruel. Dava para ver que ela estava se divertindo com aquela captura, seus olhos brilhavam. Os dois legionários que a escudavam enfim abriram passagem, permitindo que a mulher ficasse frente a frente com os prisioneiros. Ela deu dois tapinhas no rosto de Rato, que tremia cada vez mais.

— Obrigada, Nikolai.

Pela primeira vez, ela se direcionou ao líder da Torre. Parou diante dele e abriu um sorriso. Mesmo ensanguentado e enfraquecido, Emir se endireitou e devolveu o olhar intenso. Beca esperava que a legionária puxasse uma arma e matasse seu principal adversário, mas cla fez o oposto: ofereceu-lhe a mão.

— Levante-se — ordenou. — Há muito tempo desejo conhecer o filho de Faysal. Você é um homem singular no meio daqueles selvagens.

— O que quer de mim? — perguntou Emir, mantendo a voz controlada como se tratasse com um subalterno da Zona da Torre. Só seus olhos um pouco arregalados entregavam sua surpresa.

Beca admirou mais uma vez seu controle exemplar, mas então, para seu horror, Emir aceitou a mão que lhe era oferecida, ficando de pé graças à ajuda dela.

— Admita, não há nada que você possa fazer, nós já vencemos — disse a mulher, tão segura que era difícil duvidar de suas palavras. — Mas eu sou justa e reconheço o potencial das pessoas, vejo em você uma mente brilhante. Não é qualquer um que consegue manter bárbaros controlados por tantos anos.

Beca franziu o cenho sem compreender onde aquela conversa ia parar. Eles eram inimigos mortais, deviam estar se matando ou, no mínimo, bradando xingamentos e jurando vingança. Contudo, a mulher só elogiava Emir. A garota olhou para Rato e Edu, que também observavam a cena com extrema confusão.

— Eu lhe ofereço uma chance única, Emir. A você e sua família. Irmã e sobrinha, se não estou enganada, certo?

Como ela sabia de todos aqueles detalhes? Os espiões da Legião chegaram tão longe? À menção da família, Emir comprimiu os lábios por breves segundos. Nikolai admitira não ter poupado ninguém quando foi interrogado pela Legião, então era bastante provável que Emir já esperasse por isso.

— Quero que se junte à Legião. Suas ligações com a escória podem ser perdoadas, sua família também será aceita em La Bastilla. Poderão recomeçar e aprender o que é ser gente. Em troca, quero que me ajude a destruir aquele inferno. Nossa organização queria resultados, então está na hora de recolhermos ratos para estudo.

Beca não conseguia acreditar no que estava ouvindo, e o silêncio de Emir piorou ainda mais a situação. Por que ele não se revoltava? Por que não respondia àquela maldita do jeito que ela merecia? Atônita, a garota foi tomada pelo pavor.

— *Vete al carajo*! — gritou. — *Hija de puta*! *Loca*!

A mulher a encarou com uma raiva cortante. O sorriso sumiu de seu rosto, e havia ali uma promessa assassina que quase fez Beca perder o fôlego.

— Rebeca. Não me esqueci de você nem do seu irmão.

— Não ouse tocar nela! — Rato elevou a voz, finalmente despertando da apatia. — Não ouse!

Ele tentou se mexer, mas, para o espanto de Beca, uma simples ordem dos soldados fez seu corpo desligar como uma marionete. Ela viu a dor nos olhos que se arregalaram antes de os homens chutarem com força o corpo inerte no chão. Beca foi tomada por uma fúria tão intensa que a colocou de pé. Ao contrário de Nikolai e de Edu, estava sem amarras. No entanto, antes que partisse para um ataque suicida contra a mulher que permitia todos aqueles horrores, a voz de Emir tomou o corredor.

— Quais são as garantias de que minha família viria para cá em segurança? Só assim cogitaria fazer parte da Legião.

Ao ouvir aquilo, algo se quebrou dentro de Beca. Seu ímpeto foi substituído pelo choque da traição. Olhou para o líder da Torre como se ele tivesse se transformado em um Sombra: Emir tinha muitas falhas, mas trair aquilo que o próprio pai construiu não fazia o menor sentido.

Seus ouvidos zumbiram, e ela sentiu como se estivesse sem audição por um momento. Mas então a raiva retornou como um jorro quente. Ela agarrou as roupas de Emir e o socou no rosto, parando os ataques apenas porque os soldados a afastaram dele com puxões violentos. Eles chutaram suas pernas até que a garota voltasse ao chão. Um joelho pressionou suas costas e uma mão pesada grudou seu rosto no piso gelado.

— Traidor! Traidor maldito! — conseguiu gritar.

Edu observava tudo com lágrimas nos olhos, totalmente paralisado. A legionária riu alto, divertindo-se com a situação. Beca se arrependeu de ter socado Emir, deveria ter atacado aquela maluca.

Emir limpou o sangue que pingava de sua boca e voltou a encarar a legionária.

— Vamos acabar logo com isso.

— Venha comigo, filho de Faysal. Acertaremos os detalhes do nosso acordo — disse ela, passando pelos soldados que lhe abriram caminho. — Levem os outros prisioneiros para suas celas, cuidarei deles no momento certo.

Beca se deixou arrastar sem qualquer vontade de resistir. Sentia-se vazia. Depositara todos os seus esforços naquela missão, em Emir, e, no fim, mais uma vez, foi traída. A Legião havia vencido.

CAPTURADA

Como quem desperta de um pesadelo, Beca acordou no chão de uma cela de vidro. Seus gritos assustados reverberaram pelo ambiente isolado, e uma dor intensa se espalhou do braço para o resto do corpo quando se sentou de maneira brusca. Olhou para os lados com o coração batendo forte. As imagens grotescas de Gina e Raul caídos em poças de sangue ainda estavam gravadas em sua retina. Piscou, chorando sem perceber.

Como queria que tudo não passasse de um sonho ruim!

A verdade, porém, era implacável, o grupo havia caído em uma armadilha.

Estavam quase todos mortos. Rato e Edu foram capturados pelos legionários, presos sabe-se lá onde. E Emir... Só de pensar no líder da Torre, Beca sentia a bile subir para a garganta. Nunca pensou que ele seria capaz de se vender para La Bastilla, nunca imaginou que fosse tão baixo. Perguntou-se se Hannah aceitaria aquele acordo, se levaria Ali para a ilha sem reclamar, abandonando o legado de Faysal como seu irmão duas-caras fez.

Seu braço ferido latejava, tornando os pensamentos letárgicos. Alguém havia rasgado a manga do traje e feito um curativo onde a bala atravessou, mas a garota se sentia péssima. Um suor pegajoso cobria seu corpo; provavelmente eles queriam que ela sofresse, que se contorcesse. Praguejou e lutou para se deitar de peito para cima, um movimento mínimo que já a deixou exausta.

Não tinha mais forças para lutar, não tinha mais motivos para acreditar em sua jornada. Fechou os olhos tomada pela apatia. Sua língua procurou o dispositivo explosivo no dente, mas não encontrou nada — a Legião lhe negara até mesmo a chance de tirar a própria vida.

Em meio a seus lamentos, a porta de vidro da cela se abriu com um estalo. O barulho de uma cadeira sendo arrastada pelo chão fez Beca erguer a cabeça. A legionária que a capturara sentou-se de frente para ela, cruzando as pernas.

— Você matou o meu marido — disse, com uma frieza que fez Beca se arrepiar.

Apoiando os cotovelos no chão, a garota conseguiu erguer metade do corpo para encarar a mulher com confusão. “Que marido?”

— Perdi as contas de quantas vezes sonhei em ter você aqui, em pagar na mesma moeda tudo o que me fez sofrer — continuou a líder. Não parecia interessada em obter uma resposta. — Assisti às imagens das câmeras de segurança do laboratório várias e várias vezes, imaginando como poderia me vingar. Planejando.

Ela apontou a pistola para a garota. Beca prendeu a respiração enquanto o cano da arma passeava de cima para baixo, como se procurasse o local certo em seu corpo para cuspir as balas.

— Atirar em seu peito, como você fez com meu marido, pode ser uma resposta simples, mas não é suficiente. Eu não sabia que você viria nesta missão; imaginei que iria querer vir, mas não estava convicta como com Emir. Agora que está aqui, não posso simplesmente te matar.

O sorriso da mulher se alargou. Então ela era a esposa do Legião. Saber que alguém como ele, que tanto mal fez a Edu e a Rato, tinha uma família encheu Beca de revolta. Preferia levar um tiro de vez a imaginar o que aqueles dois malucos podiam ter em comum.

— Tenho tudo o que quero em minhas mãos. Inclusive o seu irmão.

Toda a apatia de Beca foi esquecida quando a mulher mencionou Edu. Quando se sentou, sentiu algo em seu braço se romper com o movimento brusco, mas não ligou.

— Onde está o Edu? O que fez com ele, *hija de puta*?

A legionária se levantou da cadeira e pisou no peito de Beca, obrigando-a a voltar a se deitar no chão. Mesmo com dificuldade de respirar, ela tentou resistir, forçando-se para cima.

— Ele vai ser nossa melhor cobaia. Vamos terminar o que começamos no laboratório e você vai assistir a cada teste, Rebeca. Verá seu irmão mudando pouco a pouco, sentirá a dor que eu sinto todo dia sem meu marido ao meu lado.

Uma pisada em cheio no peito da garota a deixou completamente sem ar. Enquanto tossia e cuspia, a legionária saiu da cela, fazendo o maior barulho ao arrastar a cadeira de metal consigo. Aquele ataque aos sentidos de Beca não era nada comparado ao desespero que sentia. Quando conseguiu recuperar o fôlego, arrastou-se até o vidro reforçado da prisão para socar de maneira trêmula a parede que a separava de sua algoz, a qual ainda a observava com uma satisfação doentia.

— Voltarei em breve, Rebeca. Agora preciso conversar com Emir, quero detalhes sobre o seu pai, Lion. Quem sabe ele também não venha fazer companhia aos filhos?

Beca não tinha condições de gritar. Ainda tossindo e com a dor no peito queimando, ela só pôde amaldiçoar Emir pela mais baixa traição que já vivenciara. Depois que a falta de ar amainou, ela encostou a testa no vidro e chorou. Nunca se sentira tão perdida e incapaz.

SEM SAÍDA

A coleira no pescoço de Rato parecia mais apertada que a anterior. A pele ardia a cada movimento e engolir era difícil, como se mãos invisíveis o esganassem. Ele estava deitado em uma maca de metal sem amarras além da coleira, mas, por mais que se esforçasse, não conseguia mover nada abaixo do pescoço. A perna baleada latejava sem parar. Levantou a cabeça, tomado por enjoo, e percebeu que alguém havia estancado seu sangramento, provavelmente algum médico da Legião a mando *dela*... "Maldita, *desgraciada*. Por que não me deixa morrer em paz?"

Ele estava em uma situação que em muito o lembrava de sua captura após a missão de resgate. O medo martelava em seu peito, junto da culpa. No fim, fez exatamente o que a Comandante queria, agiu como uma marionete mesmo tendo se desvencilhado dos fios que o controlavam. Quando seria livre de verdade? Será que merecia isso depois de todo o mal que causou?

Olhou para o lado ao ouvir gemidos de dor, dando-se conta de que não estava sozinho naquela cela. Na mesma situação que ele, Edu fora aprisionado em uma maca. A coleira em seu pescoço estava manchada pelo sangue que escorria do tiro que levou de raspão. Pelo visto, os legionários não consideraram seu estado grave o suficiente para receber cuidados.

O olhar assustado do garoto finalmente se voltou para o informante, mais temeroso do que no dia em que iniciaram o treinamento para controlar a maldição que a Legião implantou em seus corpos. Era desolador perceber que todo o progresso dele tinha sido em vão. O medo que tanto lutou para vencer era tudo o que o movia agora, e nada que Rato lhe dissesse poderia amenizar o terror.

— Eu não consigo me mexer — disse Edu com um sopro de voz. — Me sinto tão pesado...

— É por causa da coleira. Eles vão usar isso para nos controlar.

Rato não havia contado a ele todos os momentos terríveis de seu cativeiro em La Bastilla, mas o garoto sabia o bastante para temer a tecnologia que apertava seu pescoço.

— O que vamos fazer? Por que Emir agiu daquele jeito? Eu não consigo acreditar.

A menção ao líder da Torre fez Rato ranger os dentes com força. A raiva que sentia de si mesmo só não era maior do que aquela que nutria por Emir. O desgraçado vendeu sua honra, seu povo, para salvar a própria pele. Nunca gostou dele, mas jamais esperaria uma traição daquele tipo.

— Rato... — insistiu Edu — o que vamos fazer? Para onde será que eles levaram a Beca? Há quanto tempo estamos aqui?

Edu precisava de respostas, precisava de alguém para lhe dizer que tudo ficaria bem, mas Nikolai se recusava a mentir para ele, prometera isso a Beca.

Fechou os olhos com força, tentando conter o pavor que sentia pelo destino da mulher amada. Se a Comandante ousasse machucá-la... O pior era imaginar aquela sádica lhe ordenando que fizesse mal à garota. Só de considerar aquela possibilidade, sentia vontade de gritar. "Prefiro morrer antes disso."

A sensação de impotência aumentava com Edu o chamando com insistência.

Não havia saída. Não havia salvação para eles.

— Rato, o que vamos fazer?

Não havia plano. Não havia futuro. Não havia nada.

— Eu não sei. Eu não sei.

A voz tremia e os olhos marejavam, mas o momento de fraqueza não durou muito. Respirou fundo para não se perder no desespero. Pensaria em alguma coisa, em uma solução.

Era o Rato, afinal.

MENSAGEM DE HORROR

A sala de comunicação do Centro de Comando tinha o dobro do tamanho da usada na Torre. Os equipamentos eram todos de ponta, nenhum quebrado ou desgastado pelos anos de uso ou recolhido de destroços de um mundo que já não existia mais, um mundo que aquelas mesmas pessoas foram responsáveis por destruir.

Sentado em uma cadeira de couro confortável, Emir observava os diversos monitores ligados. Neles, imagens de câmeras de toda La Bastilla mostravam a movimentação das pessoas que iniciavam aquela manhã. A atenção do líder da Torre não estava voltada para o exterior da ilha, mas para o que acontecia dentro daquele prédio, mais especificamente para as duas telas que mostravam Beca, Rato e Edu, seus últimos companheiros vivos. Apesar de Arturo estar desaparecido, Emir não acreditava que ele conseguiria se esconder por muito mais tempo. Uma hora teria o mesmo destino de Raul e dos demais.

Sem qualquer reação, ele observava Beca socar o vidro de sua prisão. Não conseguia ouvir o que ela dizia, mas presumia que lamentava sua situação. No monitor ao lado, Rato estava notavelmente imóvel, só mexendo a cabeça de um lado para o outro.

Eram dois tolos que não sabiam a hora de se render.

Emir bebeu com tranquilidade mais um gole do chá que lhe foi servido alguns minutos antes, saboreando a erva adocicada. Seus olhos não se desviavam dos monitores, mas ele se esforçava para manter a expressão controlada, de total descaso. Ouviu um barulho atrás de si e se virou lentamente. A Comandante o observava com olhos astutos, com certa desconfiança. Provavelmente ainda não estava totalmente convencida de que ele realmente a ajudaria. Uma prova disso era que ele estivera trancado na sala com a câmera no canto ativa. Emir sabia que aquela mulher precisava de provas cabais de sua nova lealdade.

— Está pronto?

Após pousar a xícara no balcão à frente, Emir anuiu devagar. A mulher desligou as câmeras de vigilância, mantendo apenas um monitor funcionando — aquele que faria a chamada de vídeo mais importante de toda a vida do filho de Faysal.

Ele recebeu da legionária o restante dos equipamentos de comunicação usados por Edu e, com uma segurança mórbida, digitou o código para entrar em contato com a Zona da Torre. Quando o rosto de Lion apareceu no monitor, extremamente abatido e surpreso por estar conversando com Emir por vídeo, o líder ficou calado. Já esperava a enxurrada de perguntas que veio a seguir:

— Onde está o Edu? O que aconteceu? Vocês chegaram em La Bastilla?

O desespero de Lion logo cessou e ele começou a observar o ambiente em que o outro se encontrava. Era a abertura com a qual Emir contava para se manifestar.

— Chame Hannah. Preciso falar com ela.

A postura de Lion mudou completamente. Seu cenho franzido mostrava que a raiva falava mais alto que o medo.

— Hannah? Você não vai falar com ninguém se não me disser onde estão os meus filhos, *carajo*!

— Se você não chamar minha irmã agora mesmo, vou encerrar esta ligação. É isso que você quer, Lion?

Emir não pretendia perder tempo com os desatinos de um pai. Ao notar que ele não blefava, Lion engoliu os xingamentos e desapareceu da câmera por alguns minutos. Com o olhar fixo no monitor, Emir sentia a presença da Comandante na periferia da sala, observando-o com atenção.

Hannah apareceu no lugar de Lion, e Emir apertou as mãos nos joelhos. A dor das unhas cravando a pele o manteve focado para o que precisava fazer. Ela tinha olheiras que provavam as noites insones, porém seus olhos dourados observavam o irmão com uma precaução única. Hannah sempre soube buscar os detalhes, mesmo na pior das situações.

— O que houve? — A voz arrastada era mais uma prova dos dias difíceis que viviam.

Quantos soldados já teriam perdido na marcha suicida para La Bastilla?

— Preciso que você peça para as tropas recuarem — disse Emir com a calma e frieza que lhe eram particulares. — A guerra acabou.

O silêncio de Hannah deixou Emir ainda mais orgulhoso de sua postura. Ela não revelaria seus sentimentos enquanto não obtivesse respostas. No entanto, conhecia muito bem sua irmã e conseguiu ler sua preocupação nos lábios crispados, assim como na leve inclinação em direção à câmera.

— Fiz um acordo com a Legião, as tropas devem recuar para evitar mais mortes. Assim que você ordenar o fim do avanço, preciso que pegue a Ali e voe para as coordenadas da ilha.

— Está falando sério? — Desta vez, a descrença na voz de Hannah foi indisfarçável.

— Nunca falei tão sério em toda a minha vida, Hannah. A guerra acabou, nós perdemos. Salve Ali e a traga para La Bastilla.

Os lábios de Hannah estremeceram. No fim das contas, ela não era tão boa quanto Emir em controlar as emoções. Ele quase se sentiu culpado por fazê-la sofrer daquele jeito, mas estava comprometido com a Comandante, que continuava a observá-lo com um olhar que pesava em seus ombros.

— Emir... e as pessoas daqui? E a Torre? — indagou a irmã, soando descrente.

— Não me interessam mais, Hannah, só quero salvar a sua vida e a da minha sobrinha. Nós estaremos do lado vencedor. Como Faysal costumava dizer, um líder deve ser maleável e reconhecer quando seus planos falharam.

Hannah se enrijeceu com aquelas palavras, a expressão passando de incredulidade para raiva. Era raro vê-la assim, mas toda vez Emir sentia-se voltando aos tempos de criança, quando brigavam sem parar e quase enlouqueciam a mãe.

— Eu não vou abandonar a Torre. Lutarei até o fim contra esses monstros com quem você quer se aliar — disse ela, adotando o tom mais duro que Emir já ouvira na vida. — *Isso* é o que nosso pai faria.

Antes que ele pudesse contestar os argumentos, ela encerrou a chamada. O monitor apagado deixou o ambiente na penumbra. A mão da legionária em seu ombro era um aviso de que a reação de Hannah não seria tolerada.

— Ela precisa de tempo, posso convencê-la — pediu ele, encarando a Comandante.

— Você tem uma semana.

Emir não tentou agradecer, e a mulher já chamava um dos soldados. O homem entrou na sala com passos pesados, puxando um prisioneiro abatido e com o rosto repleto de hematomas. Por um instante, Emir pensou que fosse Rato, mas logo reconheceu o teleportador Arturo.

Com um empurrão, o prisioneiro caiu de joelhos. Usava uma coleira como as que foram colocadas no informante e em Edu, algo que, segundo os relatos de Rato, inibia os seus poderes. O mesmo devia estar acontecendo com o teleportador, que tinha o abatimento estampado no olhar. Ao encarar Emir, ele parecia saber da traição. Não havia em seu semblante a mínima esperança de escapar.

— Alterados, como vocês os chamam, são impuros, defeitos das nanomáquinas que não podem ser tolerados — disse a mulher.

Em um movimento um tanto teatral, ela retirou a pistola da calça e a ofereceu para Emir. O olhar não deixava dúvidas sobre o que queria que o outro fizesse.

Emir encarou o companheiro com frieza enquanto se levantava e aceitava a arma. De nada adiantava estender aquele momento ou dizer palavras vazias: sem hesitar, ergueu a pistola e atirou uma única vez. Arturo caiu para trás com um buraco no meio da testa. A Comandante acenou a cabeça enquanto batia as mãos com força, em uma cadência que ao mesmo tempo provocava e elogiava.

— Excelente!

Tudo o que ela fazia era um teste, mas agora parecia mais convencida. Emir devolveu a pistola, exatamente como o esperado, e a Comandante deu um sorriso vitorioso.

— Venha, vou lhe mostrar o seu novo lar. Bem-vindo a La Bastilla.

ESPETÁCULO MACABRO

Com as mãos tapando as orelhas e o corpo encolhido em um canto da cela, Beca tentava em vão abafar os gritos de Edu. Depois de uma semana os ouvindo diariamente, já nem sabia dizer se os lamentos que a agitavam vinham do sistema de som da prisão ou estavam entranhados na memória. Vivia um pesadelo do qual era impossível acordar.

As promessas de vingança da Comandante foram cumpridas uma a uma. Beca contava o tempo pelas sessões de testes do irmão e se sentia cada vez mais doente com aquilo. O pior era que, como não sabia exatamente o que acontecia com ele, ouvir sua voz rouca e desamparada a matava por dentro. A imaginação pintava as mais variadas cenas de horror para dar forma ao que escutava pelo sistema de som. Aos poucos, ela perdia a vontade de resistir. Só queria trocar de lugar com Edu e poupá-lo daquele sofrimento.

Apesar de seu ferimento ter sido tratado, ela ainda se sentia péssima. Era comum vomitar a comida ou simplesmente ignorá-la no prato até que algum legionário a obrigasse a comer. Não tinha forças para ficar de pé, só o fazendo quando a Comandante vinha visitá-la, sempre durante as longas sessões de testes que ecoavam pelas caixas de som. Era dessa forma que ela identificava que o que ouvia naquele momento não era real, pois a maldita mulher não estava lá para se deliciar com suas lágrimas.

Quando o choro de Edu ficou mais baixo em sua cabeça, Beca se permitiu respirar fundo e se deitou no chão. A mente letárgica, então, deixou de pensar no sofrimento do irmão e se voltou para Nikolai. Ela não sabia o paradeiro dele, mas presumia que também estivesse passando por dificuldades. Perguntava-se se sofria testes parecidos com os de Edu ou se estava agindo em nome da Legião — qualquer daqueles destinos seria horrível.

A garota não gostava de pensar em Emir, contudo, havia momentos em que era inevitável reviver a traição e sentir um desejo ardente de reencontrar aquele que despedaçou sua confiança. Sabia que não tinha nenhuma chance de escapar dali com vida, mas se daria por satisfeita se conseguisse levar Emir, ou a maldita Comandante, para o inferno antes de tomar uma bala no meio da testa.

Um sorriso macabro brotou em seus lábios quando visualizou seu plano suicida dando certo. A Comandante viria observá-la durante mais uma sessão de testes de Edu, só que dessa vez Beca fingiria estar doente e a obrigaria a entrar na cela. Seria então que ela cravaria seus dentes no pescoço da maldita, arrancando tudo o que pudesse antes de ser abatida. Era um pensamento mórbido, mas que trazia alento. Nunca imaginou que desejar a morte de alguém seria seu único motivo para permanecer viva.

Perdeu a noção de quanto tempo ficou ali deitada, levada por seus desejos assassinos, saindo do transe apenas ao ouvir passos no corredor da prisão. Eram duas pessoas, diferente da sua rotina de visitas individuais. Beca se sentou a tempo de ver a Comandante e mais um soldado pararem em frente à cela. Prendeu a respiração, imaginando se aquele seria o momento em que conseguiria, enfim, tornar seu desejo de vingança realidade.

A Comandante continuava com o sorriso confiante que tanto causava raiva, a mesma expressão satisfeita que mantinha enquanto Beca era obrigada a escutar o sofrimento de Edu. Era uma mulher cruel e muito perigosa; se estava ali acompanhada de um lacaio, seus planos não podiam ser nada bons. A mudança na rotina deixou Beca desconfortável, mas o que a tirou do sério de verdade foi a nova leva de passos que trouxe Emir ao seu campo de visão. O líder da Torre vinha acompanhado de mais um soldado, um grupo bem grande para uma simples visita, mas Beca perdeu a vontade de analisar aquela situação racionalmente.

Em um pulo que lhe trouxe pontadas nas pernas, ela correu para socar o vidro da cela e gritar contra o traidor que a colocou naquele lugar.

— *Hijo de puta*! *Asesino*!

Emir se manteve impassível diante da enxurrada de ódio. Ao seu lado, a Comandante fez um sinal com a mão, autorizando os dois legionários. A cela de Beca se abriu com um estalo, mas, antes que tivesse tempo de colocar seu plano suicida em prática, os soldados partiram para cima dela com bastões de choque. Cada golpe a empurrou mais para trás, até cair de joelhos sem fôlego. Algemas foram colocadas em seus pulsos e ela foi arrastada para fora da cela como um saco de lixo.

— Temos uma surpresa para você, Rebeca — disse a Comandante, animada.

Beca estremeceu de terror, porém, ainda que tivesse algum resquício de forças, não seria capaz de impedir os soldados de a carregarem para fora da prisão. Como suspeitava desde que fora levada até ali, não se encontrava mais no prédio do Centro de Comando. Era a primeira vez que via o local, que lhe parecia uma instalação militar, com muitos soldados e técnicos com jalecos brancos pelos corredores. "Será que Edu também está aqui?", perguntou-se.

O grupo caminhou até uma espécie de garagem e Beca foi empurrada para um dos vários jipes estacionados. A Comandante fez questão de assumir o volante, lançando olhares de expectativa para a garota. Queria deixá-la apreensiva com a falta de informações e, infelizmente, estava conseguindo.

O percurso até um hangar foi marcado pela tensão. Mesmo os dois soldados que vigiavam Beca pareciam incomodados com o silêncio que prometia mais horrores. Sentado no banco do carona, Emir mantinha o olhar fixo no lado de fora.

Chegaram ao heliponto e encontraram uma aeronave à sua espera. Havia mais um grupo de soldados aguardando a Comandante ali, os quais a saudaram com as típicas palavras apaixonadas para, em seguida, oferecerem capacetes antinévoa a eles. Só naquele momento Beca notou que todos no grupo que a escoltou até ali usavam trajes que bloqueavam o véu. Aquela semana de cativeiro a havia deixado desatenta e fraca.

Apesar de continuar usando um traje antinévoa da Torre, Beca tinha total consciência de que ele apresentava falhas e não a protegeria de um contato prolongado com o véu. Mas os legionários não pareceram se importar. Ela recebeu apenas um capacete, o qual foi colocado em sua cabeça por um soldado que a observava com a expressão enojada. Em seguida, foi empurrada para dentro do helicóptero, conseguindo ouvir o breve diálogo entre a Comandante e outro soldado.

— O laboratório já foi avisado da sua visita.

— Ótimo, então não podemos demorar.

Laboratório? Beca temeu que o alvo para os novos testes seria ela. Quando Emir e os outros entraram no helicóptero e ele alçou voo, a garota se encolheu em um canto e se deixou castigar pela imaginação. Por incrível que pareça, ao deixarem a ilha para trás e entrarem na névoa, sentiu-se aliviada. Preferia a familiar vista desoladora do que um lugar ensolarado e bonito que escondia a mais perversa podridão.

O tal laboratório era muito semelhante àquele que abrigou Edu no que pareciam ser eras atrás: uma pirâmide de destroços com o intuito de apavorar mergulhadores e aumentar o temor pelos Sombras. O helicóptero aterrissou a cem metros de distância da construção e, ao entrar em contato com a névoa, Beca foi tomada por tremores.

A exposição durou menos de cinco minutos, já que os soldados estavam apressados para entrar na construção piramidal, mas foi o suficiente para a garota sentir os efeitos negativos em seu corpo. Só esperava que o ferimento no braço não piorasse como ocorreu com o pobre Milan. Imaginou o corpo dele ainda abandonado na praia, decompondo-se aos poucos na maresia.

Desceram até as entranhas do laboratório, sendo recebidos por um homem de jaleco branco, cabelo seboso e olhar penetrante. Ele saudou a Comandante assim que a porta do elevador se abriu.

— Está tudo pronto, Boris? — perguntou a mulher.

— Claro, claro. Venha comigo.

As salas de testes tinham as portas abertas e, a cada olhada, Beca via cobaias presas a cabos e macas. Estremeceu, tentando resistir às mãos pesadas que a obrigavam a seguir em frente. O homem chamado Boris parecia conhecer aquela instalação muito bem, comentando orgulhoso sobre suas novas descobertas.

— As cobaias da bateria 22 estão respondendo muito bem aos novos testes. Tenho certeza de que em breve teremos ótimas notícias sobre o avanço de nossos supersoldados.

A Comandante assentiu com a cabeça, mas não parecia muito interessada. Boris deve ter percebido isso, pois se calou logo em seguida e levou o grupo até um lance de escadas, descendo para um nível mais baixo, totalmente desprovido de equipamentos. Era quase como um porão. Não havia nada ali, nem maca ou cabos que pareciam tentáculos. Sangue seco manchava o chão de lajota, fazendo o estômago de Beca revirar.

— Traga logo os prisioneiros — disse a Comandante assim que se deparou com o salão vazio.

Boris franziu a testa.

— Está certa disso? Podíamos fazer mais testes antes. O mais novo deles continua instável às ordens da coleira, ainda não conseguimos descobrir o motivo. Um combate agora certamente porá sua integridade em risco se nosso controle falhar.

O olhar indignado que a Comandante endereçou a Boris o fez se encolher na hora. Ela não precisou dizer nada para que o outro soubesse que as ordens não mudariam, mas, depois de um momento, o cientista se empertigou, parecendo reunir forças.

— Vou ordenar que os soldados tragam os dois, mas isso é um erro. A dor da perda está nublando seu julgamento.

O comentário foi a gota d'água. A Comandante deu dois passos largos à frente com os olhos em chamas, praticamente colando sua testa na de Boris.

— Você não sabe nada sobre meu luto, Boris. Se uma das cobaias está apresentando defeito, a culpa é da sua incompetência. Faça o que estou mandando.

Ela puxou a pistola do cinto e a grudou no estômago do cientista, que arregalou os olhos, incrédulo. Os soldados que escoltavam Beca se entreolharam, sem saber como reagir diante daquela cena. Emir estava num canto com os braços cruzados, mas os olhos observavam avidamente a cena.

Boris recuou com passos trêmulos. Beca achou que ele ia desmaiar antes de conseguir deixar a sala, mas até que o homem tinha alguma espinha. Ao segurar a maçaneta, ele respirou fundo, conseguiu recuperar um pouco da calma e encarou a Comandante com certo pesar.

— Farei o que quer, mas, pelo protocolo, informarei as outras bases sobre isso. Lamento muito que tenha perdido a perspectiva. Suas prioridades claramente mudaram e se tornaram mesquinhas. Só posso desejar que acorde, Comandante, ainda há tempo de voltar atrás.

Ele fugiu da sala antes que ela pudesse responder. Um silêncio pesado tomou o ambiente. Como se nada tivesse acontecido, a mulher respirou fundo e recolocou a arma no coldre. Não demorou muito para que Boris cumprisse sua promessa.

Quando Rato e Edu chegaram escoltados por um soldado, Beca soltou um gemido angustiado. "Não, não, não. Eles não..." O informante, com o corpo abatido e repleto de hematomas, mal pousou o olhar sobre ela, movendo-se diante das ordens cortantes do homem que o escoltava. A coleira em seu pescoço brilhava sob as luzes amareladas.

Enquanto Rato parecia um robô, andando duro e com os músculos retesados, ao lado dele Edu mostrava claros sinais de resistência apesar de usar a coleira, tendo que ser empurrado para continuar caminhando. Os olhos dele se arregalaram ao se fixarem na irmã desesperada, o rosto abatido se contorceu de dor quando ela chamou por seu nome.

— Chegou a hora — disse a Comandante, pouco preocupada com os sinais de Edu ou com o chamado de Beca. Seus olhos brilhavam com expectativa. — Veremos se a nova cobaia é mesmo defeituosa e já merece ser eliminada.

Beca desconfiava do que aconteceria, mas sentiu o impacto mesmo assim. Tentou se desvencilhar dos braços dos soldados que a seguravam, mas acabou levando uma rasteira e caiu de joelhos sem ligar para a dor. Lembrou-se dos relatos angustiados de Rato sobre as lutas que foi obrigado a travar contra outras cobaias, sobre o quanto se sentia mal por ter matado pessoas inocentes só para que a Legião pudesse criar um supersoldado perfeito. E seu irmão era o próximo. A vontade de vomitar quase a fez perder o fôlego. Forçou as algemas, tentando se soltar, em vão.

A Comandante observava sua reação atentamente, deliciada.

— Você será minha testemunha, Rebeca. Deveria se sentir honrada. Você e o nosso querido Emir serão as primeiras pessoas fora de La Bastilla a acompanhar um teste de tamanha importância.

De olhos arregalados, trêmula, Beca ousou encarar o líder da Torre. Ele permanecia afastado, mas não ignorou o olhar intenso que ela lhe lançou.

— Certas experiências são mais inesquecíveis ao vivo — disse ele, como se falasse de uma ocasião especial e não de um momento de horror.

— *Vete al carajo* — foi tudo o que a garota conseguiu soluçar.

A reação de Emir foi comprimir os lábios. A Comandante não perdeu mais tempo e deu o sinal para que o espetáculo macabro começasse. Em meio a lágrimas, Beca não teve alternativa senão assistir a tudo com uma profunda sensação de impotência.

SANGUE, SUOR E DOR

Se Rato acreditava que os dias anteriores tinham sido difíceis, naquele instante não conseguia imaginar pior momento dentre todos os horrores que já sofrera. Encontrar Beca no laboratório, quebrada e tomada pelo desespero, já seria ruim o bastante; no entanto, saber que ela estava ali para ser uma testemunha dos horrores que a Comandante planejara enchia-o com o mais puro asco.

Lamentava tanto pelo que seria obrigado a fazer quanto pelo sofrimento que causaria à mulher que amava. Queria morrer.

Desejara aquilo muitas vezes naquela última semana, mas nada impediria a Comandante de realizar sua vingança.

— Está na hora, cobaias. Comecem.

Ao sinal da mulher que passara a viver nos pesadelos de Rato, a coleira o impulsionou a agir. Seu corpo cresceu, as veias se expandiram e as roupas se rasgaram. Ele fez de tudo para evitar o olhar de Beca, mas conseguia senti-lo sobre si, um novo peso para carregar. Ao seu lado, Edu foi menos suscetível às ordens, com uma transformação mais lenta em meio a gemidos e tremores.

— Eu não vou virar um monstro! — aos gritos, ele resistiu com tudo o que tinha.

Rato queria gritar de frustração. Mesmo com suas instruções e com as nanomáquinas que lhe davam uma resistência extra, a transformação de Edu foi inevitável. Depois de alguns tensos minutos, ele ganhou a forma de Sombra que tanto temia. Após uma semana de testes, suas veias inchadas ainda mantinham a coloração azulada, diferente da nova safra de cobaias que Boris tanto prezava.

Sem aviso, o garoto atacou Rato com o rosto contorcido de angústia. Aquele era o padrão desde que os testes começaram: seus sentimentos transpareciam mais do que a coleira deveria permitir, horrorizado com as monstruosidades que o obrigavam a cometer. Quando o momento derradeiro chegou, Nikolai não foi capaz de se conter, só lamentar.

A luta que se seguiu foi a mais violenta que Rato vivenciou. Edu havia ficado muito forte em sua forma sombria, talvez até mais do que ele. Os socos, quando acertavam, criavam ondas de dor, e quando erravam, arrancavam lajotas do chão e reboco das paredes. A destruição começava a se espalhar pelo amplo local sem que os soldados ou a Comandante se mostrassem assustados.

Sangue, suor e dor era tudo o que Rato conseguia sentir. Os punhos latejavam com os golpes que desferiu e seu rosto parecia inchado, assim como o de Edu à sua frente. Fizeram um bom estrago um no outro e estavam longe de parar. Edu o acertou com uma joelhada, causando estalos altos; algumas costelas se quebraram e ele não pode nem gritar. Mais um soco bem dado o acertou no peito, fazendo-o cair de joelhos cuspindo sangue. Com a vista tomada por vermelho, Rato viu o amigo se aproximar e soube que estava próximo de perder aquela luta. Seu corpo de Sombra era resistente, mas havia chegado ao limite.

— Pelo visto, Boris estava errado. Acabe com isso, cobaia! — disse a Comandante com uma risada satisfeita, também prevendo o final do embate.

Edu levantou o punho, que havia dobrado de tamanho, mas conseguiu se conter quando seu golpe estava a milímetros de estraçalhar o crânio de Rato. Surpreso e ofegante, Nikolai só queria gritar para que o garoto resistisse, que quebrasse o controle da coleira, mas suas ordens eram para lutar e foi isso que fez. Avançou sobre um trêmulo Edu, agarrando-o pela cintura e o jogando contra o chão duas vezes, até que o piso quebrasse. Seu objetivo era esmagá-lo, mas tomou um chute no meio do peito que o fez voar para o extremo do salão, rachando perigosamente a parede. Por muito pouco não esmagou Emir junto — o traidor teve que saltar para o lado para não ser atingido.

Rato esperava que Edu aproveitasse sua fraqueza e viesse para cima, mas o garoto apenas ficou de pé, tremendo sem parar, com os punhos tão apertados que faziam sangue escorrer da palma da mão. As veias em seu corpo começavam a perder o brilho.

Ele estava vencendo a coleira! Ajoelhada, assistindo a tudo imobilizada por um soldado, Beca voltou a gritar, desta vez falando diretamente com seu irmão, implorando para que ele fosse forte.

— O que pensa que está fazendo? Ataque! — gritou alguém, mas Rato não conseguiu identificar a voz. Sua mente girava e os ouvidos zumbiam.

Os soldados levantaram suas armas na direção de Edu, prontos para atirar caso se voltasse contra eles. Enquanto isso, tão perto um do outro, Emir encarou Nikolai. Naquele meio segundo em que seus olhos se encontraram, algo na expressão do traidor se quebrou. Todos os sentimentos que guardava atrás da máscara de passividade foram expostos e ele começou a chutar Rato repetidas vezes, com toda a força, bem na altura do pescoço. Os olhos dourados se arregalaram, obstinados. Parecia possuído.

Alarmados, os legionários desviaram a atenção de Edu e gritaram para que Emir parasse; como ele ignorou completamente as ordens, um soldado foi obrigado a atirar. Atingido no estômago, Emir caiu de joelhos e sujou a parede atrás de si com sangue. Tossiu, perdendo a aura maníaca, mas satisfeito com o que havia feito.

— O que significa isso? — A Comandante era pura fúria.

— Você acha mesmo que eu trairia meu povo, meu pai, desse jeito? — Emir tossiu uma golfada vermelha. — Eu nunca vou abandonar a Torre.

O olhar dele se voltou para Rato e ele sorriu levemente. Pela primeira vez depois daquele caos se iniciar, o informante notou que a coleira estava mais frouxa, quase pendurada.

Rato não precisou mais de estímulos para agir. Arrancou a coleira do pescoço com gosto, esmagando o metal com a mão inchada. Quando se colocou de pé, a Comandante já havia recuado para trás dos seus soldados com a expressão sombria, os olhos bem abertos com certo receio.

Os soldados que defendiam a Comandante tentaram atirar em Rato, mas agiram com segundos de atraso, nada podia parar seu ódio. Com um movimento de braço, ele mandou os dois pelos ares em meio a gritos e ossos se partindo. Só restava Edu, ainda trêmulo e paralisado, entre ele e a mulher que os havia colocado naquela situação infernal.

— Ataque! Ataque, maldito!

A Comandante começou a gritar para Edu, deixando que seus medos chegassem na voz. O garoto deu um gemido de dor e partiu para cima de Rato cambaleante, mostrando que não tinha vontade de continuar aquele embate.

Dessa vez, Rato conseguiu deter os primeiros socos, focado em arrancar a coleira do garoto para tirá-lo das garras da Legião. Em meio às ordens cada vez mais desesperadas da Comandante, Edu ficou mais violento e imprevisível, forçando Rato para trás com um encontrão que fez toda a sala estremecer.

Grudado na parede e recebendo pancadas violentas no tórax, Nikolai mal conseguia respirar. Em um derradeiro esforço, acertou uma cabeçada no rosto de Edu, descendo os dentes até seu pescoço para arrebentar a coleira com uma mordida que levou um pouco do garoto junto. Com sangue e metal na boca, percebeu que os socos do outro ficaram gradativamente mais fracos, até que ele cambaleou e caiu de costas no chão.

Rato tossiu, rezando para que Edu estivesse vivo, mas não conseguiu checar seu estado — o último soldado resolveu deixar Beca de lado e passou a atirar contra ele. Só que ele estava nervoso e as balas erraram o alvo, dando chance para que Rato chegasse nele com um salto, esmagando seu pescoço como um graveto seco. Quando o corpo inerte do legionário foi ao chão, Nikolai soltou o ar longamente, focando seu olhar na Comandante que lhe apontava a pistola.

— Já pedi auxílio pelo rádio, mais soldados vão chegar a qualquer momento — disse ela, tentando mantê-lo afastado. Continuava de pé, orgulhosa e corajosa, mas sua mão, que havia acabado de sacar uma pistola, tremia de leve a cada passo que o informante dava.

Com a visão periférica, Rato notou Emir se arrastando pelo chão. Era admirável que ainda conseguisse se mexer. Ele puxou um dos aparelhos de rádio de um soldado morto, ouvindo atentamente, e meneou a cabeça ao notar que era observado por Rato.

— Não escuto nada, nenhuma resposta. Parece que Boris a abandonou.

Ao voltar seu olhar para a Comandante, Rato sorriu.

— Ninguém virá. — Sua voz era um rosnar tão grave que só podia vir de um monstro.

A Comandante titubeou e Rato se sentiu mais confiante. A hora do acerto de contas havia chegado. No entanto, antes que agisse, Beca o surpreendeu: aproveitando que ninguém mais a segurava, colocou-se de pé e, com agilidade, chegou rápido ao lado da Comandante. Qualquer fraqueza que estivesse sentindo foi esquecida, restando apenas uma ira irrefreável. Mesmo algemada, imobilizou o braço que apontava a arma, impedindo a outra de atirar.

A Comandante até tentou se proteger, mas, depois de alguns golpes trocados, as habilidades de saltadora de Beca falaram mais alto. Depois que ela conseguiu a vantagem, não parou mais, jogou a legionária no chão e a esmurrou sem nenhum sinal de piedade. Se não fosse o grito de Emir, ela só teria parado quando a outra estivesse morta.

— Chega, Rebeca! Nós precisamos dela viva.

Em um pulo, Beca deixou a legionária caída e correu até onde Emir se apoiava na parede. O soco de mãos unidas que acertou nele foi tão forte quanto os que atingiram a Comandante.

— Traidor!

Molhado de sangue e indefeso, Emir ainda mantinha um ar de segurança que impressionava. Olhou para Rato, indicando que ele imobilizasse a legionária, porém, como a vontade do informante era terminar o que Beca começou, ele se negou a colaborar. Cruzou os braços e observou Emir com uma expressão que deixava óbvio o seu ressentimento.

O líder da Torre bufou, inconformado.

— Vocês podem me odiar o quanto quiserem, mas eu fiz o que precisava para nos manter vivos.

— Como posso acreditar no que diz depois de tudo o que aconteceu? Explique por que precisamos dessa *desgraciada*.

Beca estava indignada. Rato se perguntou quais horrores teria vivido naquela semana que passaram capturados.

— Estamos em um laboratório fora de La Bastilla, como acha que voltaremos à ilha para terminar a missão? Precisamos de um refém se quisermos chegar no Centro de Comando. Além disso, ela conhece todos os códigos de acesso e métodos dos soldados, temos que usar isso a nosso favor.

Enquanto Beca e Emir discutiam, Rato se concentrou para fazer seu corpo voltar ao normal. Sentia uma queimação constante no peito, motivada pela dor das costelas quebradas e pelos efeitos da névoa. Assim que os poderes sombrios foram contidos, os ferimentos que sofrera durante o combate passaram a incomodar mais. Virou para o lado e vomitou. Só não desabou porque Beca apareceu ao seu lado, segurando-o de maneira desengonçada e chamando por seu nome.

— Nem pense em morrer agora — disse ela quando seus olhares se encontraram. — Eu preciso de você.

Se ouvisse aquelas palavras em outra situação, Rato faria alguma piadinha maliciosa, mas naquele momento só conseguia lamentar pelo que perderam. Por toda a dor que jamais passaria. Respirou fundo, suas próximas palavras não agradariam a garota:

— Emir tem razão. Nós precisamos da Comandante.

— Eu sei. Arriscamos tanto, temos que terminar a missão — concordou ela.

O conflito estava estampado no rosto de Beca, mas ela respirou fundo e foi até um dos soldados mortos para soltar sua algema e prendê-la na legionária, que tossia atordoada com o tanto que apanhou. Em seguida, a garota caminhou até onde Edu estava caído, também já sem sua forma sombria. Magro e ferido, respirava de maneira errática apesar de estar desacordado. Com os lábios crispados, Beca se ajoelhou ao lado do irmão e olhou para ele por um tempo, tentando controlar os tremores no corpo.

— Você nos salvou, *hermano*. Vamos acabar com isso de uma vez — murmurou.

Com o consenso de que a Comandante deveria ser mantida viva, os planos para a fuga do laboratório passaram a ser o foco. Beca foi buscar os rifles e as máscaras antinévoa dos soldados mortos, Rato se encarregou de levar Emir até a Comandante.

— Ponha ela de pé — disse Emir.

Rato a puxou sem qualquer cuidado, fazendo-a soltar um gemido que foi uma pequena recompensa. Emir grudou uma pistola em sua testa ensanguentada.

— Você foi abandonada. E agora, vai nos levar ao Centro de Comando ou prefere apodrecer aqui com os corpos dos seus soldados?

A Comandante não disse nada, não reagiu. Parecia mais ciente do seu entorno. Rato tomou Edu nos braços, admirando sua força e lamentando por tudo o que o garoto passou. Quando viu Beca ao seu lado acariciando o rosto do irmão, reconheceu nela um pesar que havia se acostumado a sentir toda vez que pensava em Irina.

— Nós não precisamos das máscaras — disse ele em um sussurro. As mãos da garota ainda tremiam.

Beca colocou uma das máscaras sobre o rosto, escondendo as feições repletas de conflito, e se virou para Emir, oferecendo-lhe o outro equipamento.

— Tem certeza de que consegue nos acompanhar?

Ele anuiu. Apesar de estar sangrando e com o rosto mais pálido do que o de um cadáver, nunca pareceu tão obstinado.

— Darei minha vida para completar essa missão.

Ele aceitou a máscara que lhe era oferecida e a colocou. Em seguida, para o descontentamento de Beca e Rato, preocupou-se em proteger a Comandante dos efeitos nocivos do véu. Diante do silêncio pesado dos companheiros, o líder da Torre deu de ombros.

— Um refém infectado pelo véu não me serve de nada.

Conformada, Beca tomou a dianteira e se aproximou da escada que levaria para o outro nível do laboratório. Assim que pisassem do lado de fora, um novo inferno se iniciaria. Emir arrastou a Comandante consigo e Rato fechou a retaguarda com Edu em seus braços.

CONTRA O IMPOSSÍVEL

Enquanto corriam pelos corredores do laboratório, Beca e os outros não encontraram nenhum sinal de soldados ou de Boris — parecia mesmo que eles haviam abandonado a Comandante. O choque inicial de ter sido capturada já havia passado, e a legionária parecia mais atenta aos arredores, algo que Beca não gostava nem um pouco. Queria a outra acuada, não maquinando planos.

As cobaias presas em macas e perfuradas por agulhas que Beca vira quando chegara ao laboratório também tinham desaparecido. Será que Boris as levou consigo ou apenas soltou aqueles experimentos pelo laboratório? Segurando o rifle com mais força, a garota se preparou para um ataque que não tardou a vir.

Assim que deixaram as entranhas do laboratório, saindo do elevador, o grupo se deparou com quatro híbridos vagando pelo saguão escuro como se tivessem sido deixados ali para vigiar o lugar recém-abandonado. Uma vez que seus companheiros estavam com as mãos ocupadas, coube a Beca atirar naquelas figuras esquálidas. O rifle cantou uma melodia de balas pesadas, que atravessavam a carne cinza dos híbridos como se eles fossem de geleia. Mesmo que chegassem vivos a La Bastilla, como poderiam enfrentar sozinhos um exército inteiro?

Os híbridos foram derrubados sem muita dificuldade, mas havia mais deles do lado de fora. Uma horda, que já sabia dos fugitivos, começava a se aproximar da porta do laboratório. Se eles entrassem, Beca sabia que não teriam balas que bastassem para detê-los, por isso resolveu correr para o helicóptero, abrindo espaço com seus tiros e rezando para que um legionário não tivesse feito algo à aeronave que usaram para chegar até ali. Caso contrário, estariam presos na névoa.

Não havia tempo para temer aquela possibilidade, avançar era a única opção. Seguiu com passos firmes na direção de onde lembrava terem pousado, sentindo o corpo reclamar do contato com a névoa. A visibilidade era péssima, o que complicava sua mira nos híbridos que os rondavam, além de lhe dar a terrível sensação de estar indo para o lugar errado.

— Ali! — gritou Emir, segurando a Comandante contra o corpo com toda a força que tinha. — À direita!

A silhueta escura do helicóptero fez Beca acelerar o passo. Estava tão focada em chegar nele que só percebeu o híbrido aparecer ao seu lado no último momento. Quase derrubou a arma, mas conseguiu se desviar. Rato veio ao seu auxílio e, mesmo carregando Edu, deu um encontrão forte no híbrido, empurrando-o para longe da garota, que então o acertou com um tiro.

Enquanto lidavam com aquele ataque, Emir tomou a frente e empurrou a Comandante para dentro da aeronave. Apesar de toda sua bravata, ela não parecia disposta a sacrificar a própria vida em favor de La Bastilla, pelo menos não na situação em que se encontrava naquele momento. Sabia muito bem que, se ficasse para trás, seria vítima dos híbridos junto com seus captores.

— Eu piloto — disse Rato enquanto Emir usava a pistola para derrubar os híbridos que se aproximavam.

Beca tomou Edu dos braços do informante, colocando-o ao lado da Comandante. Não queria deixá-lo perto daquela mulher, mas o objetivo era sair dali com vida.

— Vamos embora! Vamos!

Bateu no ombro de Emir assim que o motor do helicóptero foi ligado. Pelo visto, não haviam sabotado a aeronave, ainda tinham um pouco de sorte afinal. Deu mais alguns tiros antes de entrar e se sentar ao lado de Rato. Fez um sinal positivo apressado, contando os segundos enquanto começavam a decolar do chão. Alguns híbridos deram encontrões na lateral da aeronave, mãos magras batendo no vidro reforçado das janelas, mas não conseguiram impedir a fuga. Quando ganharam altitude, Beca enfim deu um suspiro. Sua cabeça latejava, as mãos que seguravam o rifle tremiam sem parar, a pele queimava como se uma febre a maltratasse. Eram efeitos do véu, sendo que não tinham ficado expostos nem dez minutos.

A garota olhou para trás e viu Emir em um estado lamentável, as roupas empapadas de sangue e suor. Ele aproveitou que o helicóptero havia expulsado qualquer ar contaminado pela névoa e retirou sua máscara para respirar melhor. Apesar da clara fraqueza, continuava com a arma apontada para a Comandante, atento aos seus movimentos. Ao lado dele, Edu começou a se mover devagar, como se despertasse de um longo pesadelo.

Beca quase caiu em lágrimas quando o viu abrir os olhos. Queria abraçar o irmão, queria implorar seu perdão por ter permitido que tantas desgraças acontecessem. Por fim, tudo o que conseguiu foi retirar a máscara antinévoa e balbuciar o nome dele. Edu tremia bastante, mas reconheceu Beca quando a encarou.

— Pensei que nunca mais ia te ver.

Beca se viu sorrindo em meio ao pesadelo. Notou que Edu começava a se dar conta de que estava em um helicóptero e se apressou em dizer:

— Você conseguiu, *hermano*, vamos terminar a nossa missão. Você se lembra do que aconteceu?

Edu anuiu com convicção. Endireitou-se e sua expressão se tornou dura, como se engolisse as dores que tanto o maltratavam. Pela primeira vez, olhou para Emir e a Comandante ao seu lado.

— O que esses *desgraciados* estão fazendo aqui?

Beca ficou assustada, nunca o ouvira falar com tanto ódio. Soube que, se não fizesse algo, corria o risco de ele perder o controle. Esticou o braço praticamente implorando por sua atenção.

— Me escuta, por favor. Calma!

A contragosto, Edu aceitou o toque da irmã e se inclinou para a frente até que sua testa encostasse no banco onde ela estava. Beca acariciou o rosto dele, afirmando que tudo ia ficar bem e explicando a situação. Edu segurou o pescoço da irmã, trazendo-a mais para perto para poder sussurrar em seu ouvido:

— Você acha que podemos mesmo confiar no Emir?

— Só a missão importa — a voz de Emir encerrou o momento. — Depois disso, vocês podem me odiar.

O sangue que o sujava parecia cada vez mais vermelho, mas Beca não comentou, mais incomodada com o fato de ele ainda achar que podia dar ordens ali.

— Não temos outra saída. Você está preparado para terminar nossa missão? — perguntou Beca ao irmão.

Imaginou que Edu poderia pedir para voltarem à Torre enquanto ainda tinham chance, mas o garoto a surpreendeu:

— Eu me lembro de tudo o que fiz. De ter machucado Rato, do que os *hijos de puta* fizeram. Não vou parar até que a Legião pague. Estou pronto, prometo.

As palavras dele carregavam agonia e ressentimento. Beca colocou uma das pistolas roubadas nas mãos do irmão, apertando-a entre os dedos dele. O restante da viagem foi em um silêncio tenso. Quando o paredão de névoa foi atravessado, propiciando a primeira visão de La Bastilla, todos pareceram prender a respiração, em uma expectativa nervosa.

— Se continuarmos sobrevoando a ilha eles vão nos atacar? — perguntou Emir à Comandante, retirando enfim a máscara que cobria o rosto dela.

— O fim da linha está próximo — respondeu a legionária, mais acostumada com sua nova situação. O inchaço no rosto, causado pelos socos de Beca, não escondia sua convicção. — Existe um heliponto no topo do Centro de Comando. Podemos ir direto para lá.

Só de ouvir a voz daquela mulher, Beca já sentia o corpo todo tremer de raiva. Decidiu focar na janela para observar a ilha, cada vez mais próxima.

— Nenhum contato pelo rádio até agora — disse Rato, os olhos vermelhos como se não dormisse há semanas.

— Eles vão pedir um código de acesso, mas só quando entrarmos em La Bastilla — informou a Comandante com uma calma que fazia gelar a espinha.

Assim que finalmente passaram a sobrevoar a ilha, Beca não percebeu nenhuma movimentação anormal na zona militar, os soldados que ela conseguia visualizar pareciam seguir suas rotinas. Será que de fato não sabiam o que ocorrera no laboratório?

Exatamente como a mulher havia afirmado, o rádio do helicóptero estalou e uma voz exigiu identificação. Emir pediu o aparelho, colando-o ao rosto da Comandante e a encarando como se prometesse a pior das punições caso ousasse delatá-los.

— Código de acesso. Repito — insistiu a voz pelo rádio.

— Zero. Um. Cinco. Sete. Nove — falou ela pausadamente.

— Acesso confirmado. Bem-vinda de volta, Comandante — veio a resposta. — Precisa de um hangar livre?

— Negativo, vou direto para o Centro de Comando. Estou com pressa — afirmou ela quando Emir engatilhou a arma.

Houve um silêncio incomum depois disso, como se a pessoa no rádio não soubesse o que dizer. Beca ficou sem fôlego, na expectativa de outros helicópteros no ar e uma chuva de tiros, mas nada aconteceu.

— Entendido. O caminho está limpo — confirmou a voz finalmente.

A Comandante devolveu o rádio a Emir e cruzou os braços.

— Está feito.

— Precisaremos agir rápido quando chegarmos lá — disse Emir. — Rebeca, embaixo do seu assento tem uma caixa com explosivos.

A garota buscou a tal caixa e encontrou cinco bombas compactas cinzas. Torcia para que fossem potentes o suficiente para mandar o Centro de Comando pelos ares. Eles passaram a sobrevoar a zona comum da ilha, onde Beca notou que o movimento era bem pequeno; chamou sua atenção o estranho fato de que todos pareciam estar voltando para casa ou buscando abrigo, deixando as ruas o mais rápido que podiam.

— Eles sabem que algo vai acontecer — disse, tensa. — A movimentação lá embaixo não me parece normal.

— É um toque de recolher — explicou a Comandante, pouco impressionada ao também olhar pela janela. — Pelo visto, o plano de vocês não vai dar certo.

Um esboço de sorriso voltou aos seus lábios. Beca teve vontade de apagá-lo com os próprios punhos, mas Emir se encarregou de empurrar a bochecha da refém com o cano da arma.

— Lembre-se de que, se cairmos, você vai junto.

Pousaram pouco tempo depois no heliponto do Centro de Comando. Não havia ninguém naquela cobertura e não receberam mais nenhum contato pelo rádio. Beca desceu do helicóptero com o rifle em riste e a caixa de explosivos presa ao peito por uma alça. Rato tomou a dianteira para entrar na escada de emergência. Só precisariam descer um andar para chegar à Sala de Controle, mas temiam que uma armadilha estivesse sendo montada por lá, assim como ocorreu da última vez. Ao comentar aquilo com Emir, Beca recebeu uma risada debochada da legionária que ficou ecoando em seus ouvidos até descerem todos os degraus.

A escada de emergência ficava no lado oposto ao elevador, então os invasores teriam que passar por todo o quinto andar para acessar a Sala de Controle. Assim que abriram a porta blindada, Beca acreditava que haveria uma operação montada para detê-los, entretanto, todo e qualquer movimento de soldados ou funcionários inexistia, pareciam estar em um local abandonado.

Aquela quietude incomum surpreendeu a todos, principalmente a Comandante, que viu suas risadas morrerem na garganta e passou a adotar uma expressão de extrema confusão. Seus olhos escuros percorreram o saguão deserto várias vezes, como se ela não acreditasse que os reforços que desejara não estivessem ali.

Emir a empurrou pelo ombro para que caminhasse.

— Não tem ninguém aqui para te ajudar.

Beca sentiu uma breve satisfação ao observar a Comandante abalada, mas o mal-estar com o total abandono do prédio era maior. As luzes estavam acesas, havia energia alimentando o elevador e, provavelmente, os computadores, mas todos que trabalhavam ali tinham sumido. Por quê? O que estava acontecendo?

Com incentivos cada vez mais fortes de Emir, o grupo correu até a Sala de Controle e, contra a sua vontade, a Comandante digitou o código de acesso que destrancava a porta metálica. Lá dentro, encontraram apenas as máquinas ligadas e uma infindável quantidade de monitores que mostravam as imagens das câmeras de segurança do Centro de Comando. Nenhum funcionário cuidando de um lugar tão estratégico, nenhum soldado o protegendo.

— Vejam! Ali, naquele monitor! — alertou Edu, apontando para a tela mais próxima do painel luminoso.

Um frio gelado percorreu a espinha de Beca ao observar as imagens vindas da entrada do Centro de Comando. Seis Sombras tinham acabado de quebrar a porta e corriam para dentro do prédio com pesadas passadas.

— *Puta madre*! — exclamou a garota.

Seis Sombras com sede de sangue... Algo muito pior do que um grupo de soldados. Não tinham armamento suficiente para derrubar nem um deles, quanto mais um grupo. Sem demora, eles surgiram em outro monitor, movendo-se com a rapidez assassina que causava pesadelos nos moradores da Nova Superfície.

— Estão vindo pra cá — disse Rato, igualmente abalado. — Não temos muito tempo.

Ao observar a grande quantidade de inimigos, Beca teve a terrível constatação de que jamais sairiam dali com vida. Não importava o quanto usassem sua refém como escudo, os Sombras não iriam parar. Ao seu lado, Emir e até a Comandante pareciam ter chegado à mesma conclusão.

— Maldito Boris! — praguejou a mulher, sem qualquer resquício da confiança anterior. — Ele pediu uma intervenção.

— Intervenção? — quis saber Beca.

— "É melhor começar do zero do que ficar em um ambiente contaminado" — recitou a Comandante, como se aquelas palavras explicassem a situação.

Imediatamente, Rato se virou para ela como se já tivesse ouvido aquilo antes.

— E o que isso quer dizer?

Diante do silêncio, Beca perdeu de vez a paciência: empurrou o rosto da Comandante contra o console, esmagando botões.

— Fale, *hija de puta*! Eles vão nos matar!

Emir não tentou intervir dessa vez, mais preocupado em apanhar a caixa de explosivos e instalá-los em todas as máquinas possíveis. Assistindo ao plano desmoronar diante dos seus olhos, Rato tomou para si a responsabilidade de proteger o grupo.

— Eu vou segurar os Sombras. Terminem a missão.

Beca queria argumentar, mas ele já estava se transformando. Apesar de confiar em sua capacidade, ela não acreditava que conseguiria deter tantos inimigos, ainda mais no estado em que se encontrava. A garota perdeu qualquer ímpeto de intimidar a legionária e voltou a atenção para o homem que dobrava de tamanho diante dela.

— Nikolai...

Edu teve a mesma percepção de que a missão de Rato era impossível, então encarou a irmã com um olhar repleto de tristeza.

— Eu também vou. *Lo siento*, Beca.

Testemunhar a mudança no corpo do irmão encheu Beca de calafrios. Ela mordeu o lábio com força, contendo ao custo de sangue a vontade de implorar para que ficassem. Edu e Rato deixaram a

Sala de Controle sem olhar para trás e, angustiada, a garota passou a acompanhar a movimentação dos dois pelos monitores. Colocaram-se no caminho dos Sombras no quarto andar, iniciando uma batalha carregada de violência que ela jamais iria esquecer.

— Rebeca, temos que agir. Continue a armar as bombas no meu lugar — a voz de Emir a sobressaltou. Ele suava, banhado em sangue e cansaço.

A garota se obrigou a tirar os olhos dos monitores. Seu coração apertado batia descompensado, mas ficar paralisada de medo não ajudaria Rato e Edu. Ela tomou o braço da Comandante e descontou nela suas frustrações.

— Isso tudo é culpa sua! Me dê um único motivo para não atirar em você agora.

— Vocês acham mesmo que destruir este lugar vai acabar com a névoa? — perguntou a mulher, que tinha visivelmente perdido a convicção de que seria resgatada. — La Bastilla é apenas uma das nossas províncias. Se me matarem, nunca saberão nada sobre isso nem sairão daqui com vida. Vocês precisam de mim!

— Prove o que está dizendo.

A mudança de atitude chamou a atenção de Emir, que acenou para Beca se afastar. A Comandante ergueu os braços imobilizados em um pedido claro; entretanto, antes que Emir tirasse suas algemas, Beca interveio:

— Tem certeza disso? E se ela tentar algo?

— Aí você poderá atirar, Rebeca.

Ao ter as mãos livres, a Comandante digitou alguns comandos no painel luminoso. Beca manteve o dedo no gatilho muito atenta, no fundo, desejando que a mulher tentasse mentir. Essa vontade ficou para depois, quando todos os monitores piscaram e em seguida mostraram um mapa com diversos pontos vermelhos espalhados pelos continentes.

Ao entender o tamanho do poder da Legião, Beca se sentiu diminuta. Sua luta, todos os seus sacrifícios eram um grão de pó no grande esquema das coisas. A Zona da Torre era como um ninho de insetos — resistentes, é claro, mas ainda assim insetos.

— Grandes e fortes, prevaleceremos — disse a Comandante com um resquício do orgulho que os legionários pareciam nutrir por sua eugenia sangrenta.

— A intervenção que você mencionou foi ordenada de algum desses outros pontos de comando da Legião? — perguntou Emir.

Beca observou que ele ficara ainda mais pálido, o que nem achou que fosse possível. A Comandante anuiu com o cenho franzido.

— Boris deve ter solicitado, os Sombras que estão aqui são as cobaias dele. Um sinal de que perdi meu comando. Falhei assim como meu marido.

— E vai morrer como ele.

Beca ergueu a arma mais uma vez. Estava cansada de conversas inúteis, era hora de acabar com a missão, independente do resultado. Emir se colocou na linha de tiro.

— Rebeca, espere.

— Saia da minha frente! Você não vê que acabou? Não temos como vencer!

Naquele momento, a porta da Sala de Controle se abriu, assustando a todos. Beca quase abriu fogo em Emir e na outra mulher antes que algum Sombra tirasse sua vida, mas quem apareceu ali foi Edu, bastante ofegante, de volta à forma humana. Apertava o braço esquerdo contra o corpo magro, a expressão fechada de quem sentia muita dor.

— Onde está o Rato? — perguntou Beca, esquecendo-se momentaneamente do conflito com Emir.

— Ficou lá fora, ainda tem três Sombras para derrubar. Eu tive que recuar, não estava aguentando mais. Meu braço...

O tom de lamento de Edu fez a garota se aproximar e abraçá-lo.

— Você fez mais que o suficiente.

O garoto desviou o olhar da irmã ao observar o mapa nos monitores.

— O que é isso? Pensei que vocês iam destruir tudo aqui.

— Não — disse Emir, segurando o braço da Comandante. — Primeiro, precisamos copiar esses dados, tudo o que eles têm sobre as outras províncias da Legião. Temos que levar isso até a Torre.

A legionária voltou a rir, com uma descrença genuína.

— Você realmente acha que pode lutar contra nós? Que aquele seu exército magro é capaz de derrubar a Legião?

— Nós a derrotaremos. É uma promessa.

A paixão com a qual Emir dizia aquelas palavras faria qualquer um duvidar que estava às portas da morte. Até a Comandante pareceu impressionada.

— Não errei em minha avaliação. Você é mesmo um homem singular.

— Mostre como destruir a névoa. — Emir voltou a pressionar a arma contra a mulher. Em seguida, encarou o irmão de Beca. — Eduardo, você consegue se familiarizar com esse sistema? Precisamos copiar os arquivos.

Afirmando com a cabeça, Edu correu até o console e digitou comandos para tentar entender os códigos que apareciam nos monitores. Pela primeira vez, ele pareceu esquecer as mazelas em seu corpo, estava em um ambiente familiar. Trabalhar com apenas uma mão parecia complicado, mas não demorou a dar uma resposta a Emir.

— Posso fazer isso! Eles têm um cubo de luz aqui, vou transferir tudo para ele.

— Ótimo. — O líder da Torre se voltou à legionária: — Você disse que destruir os computadores não afetaria a névoa. Como posso acabar com ela?

Beca esperava que a Comandante manifestasse mais uma vez seu escárnio, por isso se surpreendeu com seu silêncio. Ela estava realmente considerando o pedido de Emir? A legionária ergueu as mãos devagar, levando-as à gola da camisa, e retirou dali uma correntinha com uma espécie de chave metálica.

— Preciso que garanta minha segurança — pediu, antes de retirar a chave do pescoço.

Emir concordou sem hesitar, e Beca teve vontade de gritar, custando a acreditar no que via. A Comandante caminhou até um painel com uma entrada específica para a chave que tinha nas mãos. Olhou para seu captor, que espetava o cano da arma em suas costelas.

— Isso não significa que toda a névoa vai sumir. Apenas a área de cobertura de La Bastilla será afetada — explicou ela.

— Não importa. Faça!

A mulher respirou fundo, girou a chave no painel e digitou um código no teclado numérico ao lado. Naquele instante, um barulho de turbina tomou a sala, como se um enxame de insetos tivesse surgido do nada com o maior barulho possível. Beca se preparou para uma armadilha, mas o som morreu tão rápido quanto surgiu, deixando em seu lugar a expectativa por mudanças.

— Está feito — disse a Comandante. Em seguida, voltou ao console no qual Edu ainda digitava. — Mude para as câmeras externas. Ali, aquele comando.

Seguindo as orientações da legionária com um olhar desconfiado, o garoto conseguiu mudar as imagens nos monitores do lado de fora.

Nas margens da ilha, o paredão cinzento havia desaparecido.

Beca arregalou os olhos, não conseguia acreditar. Edu xingou alto, também tomado pelo assombro.

Pela primeira vez, Emir deixou-se tomar pela fraqueza. Cambaleou para o lado, esbarrou no console e caiu de joelhos, soltando um som débil pelos lábios. Seu olhar, entretanto, continuou fixo nas cenas que a Nova Superfície tanto sonhou testemunhar.

O momento de choque só foi interrompido pela entrada de Rato, ainda mais machucado do que antes. Com o rosto coberto de sangue, a camisa reduzida a dois trapos, deixando à mostra suas tatuagens e as veias azuladas, ele havia deixado de ser um Sombra e parecia tomado pela surpresa.

— Os Sombras! Algo aconteceu — falou, ofegante. — Eles simplesmente murcharam e caíram duros no chão. Vocês...

Ele olhou para os companheiros, depois para os monitores, e não demorou para entender o que havia acontecido.

— Conseguimos — comemorou Edu.

Diante da alegria sincera do irmão, Beca se permitiu sorrir. Não tinham como saber o que acontecia com o exército da Torre, mas rezava para que eles aproveitassem aquele momento único, que encontrassem forças para lutar diante dos raios de sol que depois de anos iluminavam os destroços do mundo antigo. Olhou para Rato, ainda paralisado pelas novidades.

— Como você está?

Ele a encarou, os olhos arregalados.

— Não consigo usar meus poderes. Sumiram. Acho que só não murchei como os outros Sombras porque, assim como Edu, consigo controlar a transformação.

Imaginar que a maldição do informante pudesse chegar ao fim a deixou esperançosa; sabia o quanto aquilo significava para ele.

— Será que acabou? — questionou, emocionada.

— Não — a voz de Emir os trouxe de volta à difícil realidade que ainda enfrentavam. — Está só começando.

Ele estava de pé outra vez apesar dos ferimentos, como se não fosse de carne e osso. Beca passou a acreditar que ele havia feito um pacto com o diabo.

O inferno ainda estava muito, muito próximo.

FUGA

— Como nós vamos sair daqui? — perguntou Edu assim que a euforia arrefeceu.

A missão fora completada e eles ainda estavam vivos, algo que não tinham pensado que aconteceria. Com a possibilidade de voltar para casa, para a Zona da Torre, Beca se deu conta da sorte que tiveram.

— Será que podemos usar o helicóptero? — Ela olhou para Rato. — Ainda deve ter gente lá fora esperando a gente, se é que não resolveram entrar no prédio agora que derrubamos a névoa.

— O helicóptero me parece o único caminho — disse Emir com esforço. — Eduardo, os dados já foram todos copiados para o cubo de luz?

O garoto anuiu rapidamente, digitando mais alguns comandos. Segundos depois, um compartimento se abriu no painel e ele retirou o cubo de luz, então Beca pediu que ele a ajudasse a terminar de armar os explosivos e deixou a Sala de Controle com a satisfação de saber que em dez minutos tudo aquilo seria mandado aos ares.

— Por que eles não vêm nos pegar aqui dentro? — questionou Edu, voltando a segurar o braço ao caminhar pelos corredores do quinto andar.

O total abandono do Centro de Comando também incomodava Beca, não conseguia entender os motivos de a Legião não atacar com seus soldados. Estariam tão assustados com a queda do véu que nem ligavam mais para os causadores daquele evento?

Não, aquilo não fazia sentido; pelo pouco que os conhecia, eles eram obstinados e bem treinados. O que ela e os companheiros fizeram com certeza seria considerado uma grande violação, motivo de revolta total. Então por que a apatia?

— Eles devem ter recebido uma ordem de cima — comentou a Comandante sem que ninguém pedisse sua opinião.

Havia certo pesar na voz da mulher, mas Beca ainda não via sentido no que dizia. Quem seriam os superiores que conseguiam domar a vontade daqueles legionários? Que espécie de plano era aquele de permitir que o Centro de Comando fosse destruído sem resistência?

Quando questionou a Comandante, ela apenas riu com o mesmo jeito superior de quando ouvia a garota implorar pela vida do irmão. A vontade de atirar na cara dela era quase insuportável.

— Vocês, selvagens, nunca entenderão o que é comando. Viveram tanto tempo no caos que não têm a mínima noção de obediência. La Bastilla é apenas um braço da Legião, um membro que pode ser amputado para que o corpo se torne mais forte. Boris sabe disso e, pelo visto, conseguiu convencer os superiores.

Óbvio que um grupo que matou bilhões de pessoas para realizar seus devaneios eugênicos seria capaz de sacrificar o próprio povo se isso lhe trouxesse alguma vantagem. Beca foi tomada por um nojo renovado, uma vontade intensa de explodir não apenas o Centro de Comando, mas toda aquela ilha.

O grupo chegou à cobertura e se deparou com um sol intenso. O heliponto continuava deserto. Emir puxou a legionária até a aeronave enquanto Beca e os demais se aproximaram do parapeito do prédio para garantir que ninguém se aproximava. O dia bonito propiciava uma visibilidade muito boa da zona comum de La Bastilla, que continuava tranquila, confirmando o tal toque de recolher. Carros e tanques podiam ser vistos à distância, provavelmente na zona militar. Será que os soldados estavam mais interessados em verificar o sumiço da névoa?

— Acha que vão atirar na gente quando decolarmos? — perguntou Edu, cenho franzido por causa da claridade, a qual tornava ainda pior a aparência de seus ferimentos.

— Se o helicóptero for blindado como os maiores costumam ser, não teremos problemas — disse Rato.

Beca até preferia que os legionários da zona militar os atacassem, não se sentia bem fugindo com sua total conivência. Aquilo não era certo, dava-lhe a terrível sensação de que os fugitivos continuavam agindo como seus inimigos queriam.

— Você está bem? — Rato encostou em seu ombro com cuidado. Depois de tudo o que passaram, qualquer toque podia causar alarme.

Ela fechou os olhos, exausta.

— Não.

O fato de estar ali preocupado com ela, em vez de lamentar as próprias dores, a encheu de carinho — apesar de todos os horrores, ainda havia sentimentos bons em seu coração.

— Vamos embora! — chamou Emir.

Correram até o helicóptero, onde a Comandante já aguardava no banco traseiro. Rato franziu o cenho ao vê-la.

— Deveríamos deixar essa *hija de puta* aqui.

De pé diante da porta da aeronave, Emir parecia cansado demais para manter a máscara de frieza. Negou com um aceno firme, indicando com a mão que entrassem.

— Já discutimos isso. Ela vem conosco.

Rato estufou o peito, contrariado.

— Isso é um erro, ela já fez o que precisava fazer. Não precisamos mais dela.

— Eu prometi que a protegeria em troca de informações. Pretendo cumprir minha palavra.

Beca notou Emir desviar levemente a mão que segurava a pistola na direção de Nikolai. E se preparou para agir.

— Vai cumprir sua palavra do mesmo jeito que nos vendeu para a Legião? — Rato cuspiu as acusações.

— Quem você pensa que é para me acusar de traição, Nikolai? Será que esqueceu o que fez no passado? Dos acordos para salvar sua irmã? — contestou Emir.

— Nunca esqueci. A diferença é que me arrependo do que fiz. Você, já não tenho tanta certeza.

Os olhos de Emir pareciam pegar fogo.

— Eu não estou nem aí para o que pensa de mim.

Antes que o pior acontecesse, Beca se colocou entre eles.

— Chega! Vocês querem explodir aqui? — Ela se virou para encarar Rato. — Não vale a pena...

— Vamos pra casa — também insistiu Edu, ansioso para dar o fora da ilha.

A contragosto, Rato recuou. Beca compartilhava de seus receios quanto a levar a Comandante para a Torre, mas eles não estavam em condições de perder tempo e, no fim, a vontade de Emir sempre era atendida. Sem os poderes sombrios, Rato parecia mais abalado que antes, por isso pediu para a garota pilotar o helicóptero. Ele se sentou ao seu lado como copiloto, passando instruções sobre os controles aos quais ela não estava acostumada.

Emir continuou sendo o vigia da Comandante em tempo integral, colocando-se entre ela e Edu no banco de trás. A decolagem foi um tanto inconstante, mas Beca conseguiu domar o helicóptero. Tinham se afastado algumas quadras quando o Centro de Comando foi atingido pela explosão programada. A carga não era suficiente para levar o prédio abaixo, mas uma coluna grossa de fumaça se ergueu pelo céu azulado.

— Bem a tempo — comentou Edu, o rosto grudado na janela blindada.

— Um pouco mais forte do que planejávamos. Tomara que tenha levado metade dos andares ao chão — disse Rato, satisfeito.

Quando sobrevoaram a zona militar, viram os soldados apontarem suas armas para o céu para dar tiros inúteis, já que o helicóptero havia ganhado altitude suficiente. Na praia, vários pelotões pareciam verificar as antenas que um dia os protegeram contra a névoa — ainda não conseguiam acreditar que sua redoma protetora fora derrubada, revelando-os para o mundo em ruínas que eles mesmos criaram.

— A hora do acerto de contas vai chegar, *desgraciados* — vociferou Rato.

Beca não sabia o que aconteceria dali para a frente, de que forma a Torre lutaria contra as outras bases da Legião ou como lidaria com os inimigos de La Bastilla. No entanto, precisavam considerar aquela missão uma vitória: conseguiram o impensável. Após deixarem a ilha para trás, ela se permitiu sentir uma pontada de alegria por, pelo menos, livrar a Zona da Torre dos terrores do véu.

Ao atravessarem o mar, os megaedifícios, que antes eram apenas sombras distantes, ficaram cada vez mais visíveis, assim como a destruição inclemente sob o sol forte que há anos não chegava nas profundezas da cidade morta.

Edu e Rato caíram em um sono exausto, mas Emir se manteve acordado durante todo o voo. Sua respiração se tornava mais ofegante, mas ele se recusava a se render. Beca nem sabia como estava vivo, quanto mais desperto e atento ao que acontecia ao seu redor.

A Comandante também permaneceu atenta, como se quisesse gravar na memória o percurso que faziam — para Beca, era mais um sinal do imenso erro de levá-la até a Torre. Não que a mulher não soubesse onde ficava a Zona da Torre, mas havia algo em seu olhar curioso que deixava a garota cada vez mais incomodada.

Depois de mais vinte minutos de voo sobre a terra firme, depararam-se com os primeiros sinais de habitantes da Torre. O acampamento do exército estava visível sem a presença da névoa; havia barracas, soldados agrupados e antenas móveis. O coração de Beca acelerou quando dois helicópteros apareceram ao lado do seu e o rádio estalou depois de uma longa temporada de silêncio.

— Identifique-se agora ou abriremos fogo.

Foi inevitável não sorrir. Rato e Edu acordaram naquele instante e Emir esticou o braço, pedindo o comunicador para si. Beca o ignorou, uma pequena afronta depois de ter engolido tantos desgostos.

— Aqui é Rebeca Lópes. Estamos com Emir, Rato e *mi hermano* Eduardo a bordo. Não atirem. Repito: não atirem.

— *Puta madre*! — O total choque da resposta no rádio fez a garota sorrir. — Vocês conseguiram! *Benvenidos*! Precisam de ajuda? Temos médicos nas tendas.

O plano era seguir direto para a Torre, mas, diante do estado cada vez pior de Emir e do braço quebrado do irmão, a garota resolveu fazer aquela parada. Ao pousar o helicóptero no ponto indicado por soldados acenando, ela se permitiu relaxar ao ver a animação deles. Os gritos de apoio, as mãos estendidas para o alto, o brilho em cada olhar... Nunca imaginou que o povo da Nova Superfície seria tomado por tamanha esperança.

Beca queria muito acreditar que dali para a frente o futuro reservaria momentos melhores para eles; contudo, assim que os homens viram o estado dos fugitivos de La Bastilla, a euforia desenfreada foi cessando. Quando Emir deixou o helicóptero carregado por Rato, os soldados se deram conta de que seus elogios e agradecimentos não valiam muito e, mais sóbrios, aproximaram-se dos recém-chegados para oferecer apoio. Beca sorriu, agradecida, mas apenas indicou a mulher que permanecia algemada dentro do helicóptero.

— Fiquem de olho nela. Se tentar qualquer coisa, atirem — pediu, depois mancou com o irmão rumo à enfermaria.

O acampamento inteiro parou para assistir à passagem dos quatro responsáveis pela queda do véu. Ao mesmo tempo que era mirada por soldados, Beca avaliava as feições deles. A maioria não usava mais as máscaras antinévoa, aliviados por poderem respirar ar puro mesmo nos destroços do velho mundo. Suas expressões eram de profundo cansaço, deixando claro que também viveram horrores em sua marcha até ali. Beca era grata a cada um deles por sua coragem e sacrifícios.

Em meio a tantos rostos desconhecidos, dois ganharam destaque e reconhecimento: Ernesto e Richie. Assim como os demais soldados, os dois líderes pareciam anos mais velhos do que quando a marcha do exército começou. Richie tinha olheiras profundas e um corte feio na testa, e o rosto barbudo de Ernesto estava repleto de arranhões e hematomas.

Eles estavam abatidos, mas permaneciam atentos e abordaram o grupo antes de entrar na tenda da enfermaria. Seus olhares ansiosos não escondiam a necessidade de obter respostas, porém, ao se darem conta do estado de Emir, souberam que muito ainda seria deixado no ar.

Permitiram que Rato e o líder da Torre passassem, mas Beca não teve a mesma sorte, sendo escolhida como alvo do interrogatório. Ela acenou para que Edu fosse logo para a enfermaria.

— Não vou demorar — disse, diante da expressão incomodada do irmão.

Quando ficaram apenas ela, Ernesto e Richie, os soldados curiosos aos poucos voltando aos seus afazeres, Beca respirou fundo e passou as mãos no cabelo imundo. Precisaria de muitos banhos para limpar seu corpo dos horrores de La Bastilla.

— As informações que recebemos da Torre dizem que a névoa não sumiu por completo — Ernesto foi o primeiro a falar, sem rodeios. — A Zona da Torre está livre, mas até quando?

— Existem outras bases da Legião — explicou Beca em voz baixa. — La Bastilla, pelo visto, só mantinha a névoa desta região.

— Então, para mantermos o véu longe daqui, precisamos tomar a ilha antes que as outras bases resolvam enviar ajuda — concluiu Richie. — A marcha do nosso exército deve continuar.

Beca não queria falar de guerra, muito menos de uma invasão a La Bastilla depois de mal ter escapado de lá.

— Não sou eu quem decide se vocês devem marchar ou não... Só alerto que a Legião ainda tem soldados e armas muito melhores do que as nossas. Nós só derrubamos o Centro de Comando deles, invadir La Bastilla não será fácil.

Ela preferiu deixar de fora o fato de que só escaparam porque os próprios legionários não pareciam dispostos a impedi-los. Aquilo não era assunto para discutirem no meio do acampamento. Richie a encarou intensamente, como se soubesse que ela omitia algo. Beca odiava o quanto ele era perspicaz.

— Quem é a mulher que veio com vocês? Meus soldados me disseram que você mandou atirarem nela se tentasse sair do helicóptero.

— Ela é da Legião, uma das líderes da ilha. Emir fez questão de que viesse com a gente como prisioneira, mas, por mim, já estaria morta.

Ernesto franziu o cenho, e Beca teve naquela reação a sinalização de que ele pensava exatamente como ela. Richie, porém, coçou o queixo com interesse.

— Por que Emir a trouxe?

— Ela tem informações. Emir acha isso mais importante do que todo o mal que ela causou. O que não me surpreende, ele sempre esteve disposto a sacrificar os peões de seu tabuleiro.

Os dois homens se entreolharam ao perceber o ressentimento de Beca. Será que ao menos imaginavam o tamanho da traição do líder da Torre? Mesmo que Emir alegasse fingimento — a única saída, segundo ele —, Beca não conseguia perdoá-lo. Sua frieza lhe parecia descaso, e ela estava cansada de ser usada.

— Vou conversar com essa mulher — afirmou Richie. — Se Emir acha que ela tem informações, quero saber quais.

— Cuidado. Não vá você também cair no conto daquela *serpiente*.

Richie deu seu tradicional sorriso lupino, relembrando à garota que também era perigoso.

— Não se preocupe. Não hesitarei em esmagar a cabeça dela.

E, ao dizer isso, ele caminhou com passos decididos rumo ao helicóptero cercado. Beca o observou, desejando que cumprisse sua promessa. Quando voltou a encarar Ernesto, ele tinha uma expressão menos carregada.

— E Gina? — perguntou ele, com um olhar triste, que deixava claro que ele já sabia a resposta.

Beca balançou a cabeça. Relembrar os companheiros mortos não era uma boa ideia enquanto lutava com todas as forças para não desmoronar. Ernesto entendeu sua aflição e não perguntou mais nada, suspirando com pesar pela perda de uma grande integrante de seu bando.

— Venha. Você também precisa de cuidados.

Quem falava era o velho amigo de seu pai, não mais o líder dos Falcões e comandante daquele exército. Beca sorriu, recebendo de bom grado a mudança de tom. Finalmente, pôde entrar na enfermaria e avistar vários leitos tomados por vítimas da guerra dentro do véu.

— Os Sombras fizeram muito estrago antes de desaparecerem — explicou Ernesto. — Ainda temos híbridos rondando, mas eles estão como baratas tontas, perdidos e sem propósito. Os cães e os pássaros não nos incomodaram desde que o véu caiu.

Beca absorveu aquelas informações em silêncio. Quanto tempo demoraria para que a Legião conseguisse recuperar suas tropas sombrias? Ou será que usariam, enfim, seus legionários nas próximas batalhas?

— Beca, você acha que eles ainda vão tentar nos atacar? Mesmo sem o véu?

Aquela era a questão que mais preocupava Ernesto, Beca conseguia perceber por seu olhar. Ele temia pelos soldados, temia a forma como aquele aparente ar de segurança podia ser apenas uma armadilha.

— Eu bem que queria saber, Ernesto. Não podemos baixar a guarda.

— Temos tropas fazendo a defesa do perímetro e, além disso, dividimos nosso contingente em quatro acampamentos. Só que não podemos ficar parados aqui por muito tempo: ou continuamos com a marcha até La Bastilla, ou retornamos para a Zona da Torre. Uma decisão precisa ser tomada.

— De novo, eu não faço parte dessa decisão, Ernesto. Nunca fiz.

Enfim, ela avistou Edu e Rato sentados na mesma maca. Ernesto acompanhou seu olhar e entendeu que aquela conversa tinha acabado. Acenou para que ela avançasse sozinha.

— Vou avisar Hannah que vocês estão aqui. Ela deve querer o *hermano* na Torre o quanto antes — disse ele.

Beca não sabia se Emir teria forças para chegar à Torre, mas preferiu não comentar. Deixou Ernesto para trás e, quando chegou onde estavam Rato e o irmão, passou os braços pelo ombro dos dois e os abraçou.

— Como vocês estão? Já estão sendo tratados?

Com exceção do braço imobilizado de Edu, de alguns curativos malfeitos e rostos mais limpos, eles não pareciam muito melhor do que quando chegaram ali.

— Um pouco. O médico teve que ver o Emir, ele não tá nada bem — respondeu Edu, apontando para onde o líder da Torre estava deitado com um grupo de quatro pessoas ao seu redor fazendo de tudo para mantê-lo vivo.

Beca soltou um muxoxo e algo em sua expressão fez o irmão incentivá-la:

— Estamos quase lá, Beca. — De certo modo, ele parecia bem mais calmo agora que o pior havia passado.

Ela o encarou com intensidade. Havia tanto a dizer, tantas desculpas a pedir, tanta dor. Seu olhar passou por seu rosto abatido, catalogando todos os machucados. Com carinho, ele tocou em sua bochecha, impedindo que falasse.

— Você já se preocupou demais comigo. Eu não estou bem, mas, pela primeira vez, acredito que tenho forças para ficar. Não sou fraco, nunca fui. Sei disso agora.

Beca suspirou, deixando que o irmão a confortasse.

— Passei tanto tempo com medo de virar um monstro que acabei esquecendo o que era viver — continuou ele. — Mas agora, depois de tudo o que fizemos, eu sei que posso seguir em frente. Eu quero seguir em frente.

O sorriso que brotou nos lábios de Beca demonstrava alívio e gratidão. Depois de tantos horrores, encontrar esperança no olhar de

Edu era muito mais do que podia desejar. Superar o trauma jamais seria fácil, mas acreditar em dias melhores era uma boa forma de recomeçar.

— O que Richie e Ernesto queriam? — perguntou Rato, interrompendo o momento.

Beca resumiu a conversa e observou a expressão do informante ficar mais tensa. Sua fala só foi interrompida quando uma ofegante Velma apareceu na tenda da enfermaria e correu até eles com lágrimas nos olhos.

— *Graças a Dios*! — disse, abraçando Beca. — Só pude deixar meu posto agora, estava passando o relatório para a Torre. Queria ter corrido até aqui assim que vocês pousaram.

Em seguida, ela se virou para Rato e abraçou o amigo, respirando fundo para controlar a emoção.

— Nikolai...

Rato soluçou, escondendo o rosto no ombro de Velma para disfarçar as lágrimas que começavam a cair. Beca desviou o olhar para evitar cair no choro também. Se parasse para pensar em tudo o que passaram, em todas as dores que superaram, seria difícil manter a calma para chegar à Torre. Ela não queria nem imaginar como reagiria quando encontrasse Lion.

— Esses dias foram muito duros para todos nós — afirmou Velma, ainda acalmando o amigo em seus braços. — Perdemos tanto... Mas enfim conseguimos uma vitória. Estou grata por ter sobrevivido para poder revê-los. Vocês são heróis.

Heróis...

As palavras de Velma eram ingênuas ao extremo, mas Beca não acabaria com sua alegria; não quando ela parecia tão feliz em encontrar Nikolai. Notou que o médico enfim havia deixado a cama de Emir e se aproximava deles com uma expressão nada animadora.

— Fizemos o máximo que pudemos com nossos poucos recursos. Ele precisa ir para a Torre — disse o médico ao parar na frente deles. — Pediu para que eu chamasse vocês, está na hora de partir.

Beca sentiu vontade de rir. Mesmo moribundo, Emir dava ordens com toda a segurança do mundo. E o pior era que teria que obedecê-lo. Quando olhou para trás, percebeu que Edu, Rato e até Velma prestavam atenção no que o médico dizia. Assentiu com a cabeça sem muita vontade.

— Já estamos indo.

O médico olhou para os outros dois feridos. Parecia arrependido de não ter lhes dado a atenção que mereciam.

— Na Torre vocês terão cuidados melhores.

Eles ignoraram a desculpa esfarrapada, levantando-se. Velma fez questão de ajudar Rato a caminhar e os soldados se encarregaram de levar Emir, carregando-o em uma maca. Beca se apoiou no irmão, buscando forças para aquele último percurso.

Ao chegarem no helicóptero, encontraram Richie e mais cinco soldados à sua espera. A legionária continuava presa dentro da aeronave com uma expressão indecifrável. O que teria contado para o líder do Sindicato? Beca não acreditava que até Richie havia poupado a desgraçada. Ele sinalizou para que os homens carregando a maca de Emir parassem, foi para o lado do moribundo e o encarou demoradamente. Beca e Edu se entreolharam: seriam impedidos de partir?

— Aquela *mujer* é perigosa — disse ele, mais sério do que Beca se lembrava de ter visto em todos os encontros anteriores.

— Eu sei — a resposta de Emir veio em um sussurro, cada palavra um esforço gigante. — Mas precisaremos dela.

— Ela me contou coisas interessantes sobre você, Emir. Será que devo acreditar?

Beca prendeu a respiração. Se Richie sabia da traição, aquilo podia mudar todo o balanço da aliança montada pela Torre. Em vez de travarem uma guerra contra La Bastilla, talvez estivessem prestes a voltar ao período de inúteis conflitos internos.

Emir não se deixou intimidar pela afirmação do outro.

— Fiz o que era necessário. Se tem algum problema com isso, você não é o homem que imaginei.

A reação de Richie poderia ser péssima, e Beca se preparou para puxar o irmão e fugir caso o caos começasse. Contudo, o chefe do Sindicato apenas riu, balançando a cabeça como se tivesse ouvido um ótimo argumento.

— Se você sobreviver, Emir, teremos muito o que conversar. — Ele sinalizou para que seus homens se afastassem do helicóptero.

— Vou esperar uma ligação de Hannah até amanhã. Se ela não vier, marcharei para La Bastilla mesmo sem o apoio da Torre.

— Ela entrará em contato. Eu sei que você pode ser paciente, Richie.

Enfim, os soldados foram autorizados a colocar Emir no helicóptero.

— Você vai ter que voar rápido, Beca. Emir já está com um pé no inferno — comentou Richie quando ela passou ao seu lado.

— E isso é bom ou ruim para você, Richie?

O líder do Sindicato mostrou os dentes, satisfeito.

— Posso trabalhar das duas formas. Vá, Beca, os jogos de poder ficam para mais tarde.

A garota se despediu de Velma antes de entrar no helicóptero, pedindo para que a amiga ficasse de olho em Richie e Ernesto. Seu instinto lhe dizia que, quando um problema parecia resolvido, outros velhos e novos começavam a atrapalhar. Ao levantar voo, olhou para o acampamento com a tristeza de saber que muitos daqueles soldados jamais voltariam para casa.

A viagem até a Torre foi marcada pelo silêncio. Emir havia finalmente ficado inconsciente, o que pareceu colocar um peso extra nos ombros de Beca e seus companheiros. Ao chegarem lá, já ao final da tarde, Hannah os esperava na cobertura com médicos prontos para acudirem seu irmão. Beca não tinha muita esperança de que ele seria salvo, mas, se alguém podia fazer um milagre, eram os doutores da Torre.

A garota deixou de pensar em Emir assim que viu seu pai. Tomado pela tensão, ele praticamente arrancou os filhos do helicóptero, abraçando-os.

— Vocês nunca mais vão em outra missão! Mais uma dessas e meu coração não aguenta! — desabafou, emocionado.

Nos braços do pai, ela esqueceu da legionária que era escoltada como prisioneira, de Rato que observava a família com a tristeza de ter perdido a sua, da saúde de Emir e da inevitável guerra que fazia uma nova sombra sobre a Zona da Torre. Naquele breve momento, Beca se permitiu fraquejar. Só queria acreditar que seu pai a protegeria de todo o mal.

A LUZ QUE ROMPE O VÉU

Uma semana depois da chegada do grupo à Torre, ninguém sabia se Emir estava vivo ou morto, uma incerteza que pairava no ar. Todos os setores da Zona da Torre pareciam em suspensão, aguardando a notícia que mudaria por completo a estrutura e a organização daquele lugar.

O que Beca mais queria era ser esquecida pelas lideranças para poder se recuperar em paz, mas precisou responder a interrogatórios de Hannah e do próprio pai durante sua estadia na enfermaria. Reviver o que passou em La Bastilla, ainda que apenas em relatos, não foi uma experiência nada agradável, mas ela cumpriu o seu papel. Não omitiu nada, nem as transformações de Nikolai e Edu, muito menos a traição de Emir. Surpreendeu-se por Hannah e seu pai já terem ciência do que o líder da Torre havia feito, apesar de terem reagido de maneiras bem distintas.

Lion só faltou desejar em voz alta que Emir batesse as botas, o que, se fosse ouvido por algum soldado da Torre, poderia colocá-lo na prisão. Hannah, por sua vez, fez questão de pedir perdão a Beca e aos demais integrantes da missão.

— Entendo o que o meu irmão fez, mas não aprovo. Jamais concordaria com algo que tanto mal causou a vocês.

Eram palavras bonitas, mas Beca estava vacinada contra as artimanhas daquela família e nunca mais acreditaria nas palavras de um filho de Faysal. De toda forma, esperava que, sob a liderança daquela mulher, as traições se tornassem menos dolorosas e corriqueiras. Hannah parecia ter um perfil mais conciliador, fato comprovado por suas conversas com Richie e Ernesto.

Ela conseguira conter o desejo de sangue das tropas do exército, costurando um acordo para que os soldados chegassem até a praia, mas ainda não ousassem atravessar o mar até La Bastilla. Uma decisão final sobre a continuidade da guerra precisava ser tomada antes disso. O avanço controlado das tropas, porém, serviu para amenizar a inquietação dos demais líderes.

Naquele limbo da espera, só restava a Beca e seus companheiros se recuperar enquanto pessoas mais poderosas debatiam sobre o destino da Nova Superfície. Suas feridas foram tratadas e cicatrizavam bem, mas as lembranças do que aconteceu em La Bastilla pareciam que nunca se apagariam.

A garota tinha pesadelos constantes, os quais a levaram a pedir a autorização de Hannah para visitar a estufa. Ela havia apresentado o lugar ao irmão no dia anterior, compartilhando com ele a calmaria daquela paisagem repleta de verde, agora muito diferente sem a presença do véu. Naquela manhã, porém, subia sozinha pelo elevador.

Acordara assustada, mais uma vez vendo em pesadelos imagens terríveis do seu cativeiro. Como não queria incomodar Edu nem Lion, com quem dividia o quarto na Torre, decidiu fazer uma viagem solitária até a horta. Respirou fundo ao entrar na estufa, deleitando-se com o cheiro de terra molhada. Será que um dia conseguiriam criar plantações como aquela no chão antes engolido pela névoa? Seria mesmo seguro cogitar deixar a proteção dos megaedifícios para reconstruir uma cidade em ruínas?

Aquelas eram respostas difíceis de encontrar, mas de uma coisa Beca sabia: quanto mais tempo as pessoas vivessem sem o véu, mais ficariam tentadas a voltar ao chão. Um êxodo era inevitável, sendo atrasado apenas pelo fato de a guerra contra La Bastilla ainda ser incerta.

A única mudança que Beca gostaria de fazer no momento era retornar à cobertura no Setor 2. Quando tivesse autorização da Torre para deixar o Setor 1, faria questão de visitar seu velho lar, talvez negociar com Vlad, caso ele ainda estivesse vivo. O mínimo que Hannah podia fazer para provar que realmente se arrependia pelo mal que Emir causou era liberar a garota e sua família para viverem onde bem entendessem.

Não tinha passado nem quinze minutos na estufa quando ouviu passos atrás de si. Virou-se imaginando encontrar seu pai ou Edu, mas acabou deparando-se com Nikolai. Ele se aproximava com as mãos enfurnadas no bolso da calça, como se estivesse com frio. Apesar de longe das mazelas, o abatimento em seu rosto ainda era perceptível e ele manquejava um pouco, observando-a incerto.

Beca respirou fundo. Não o via desde que deixaram a enfermaria, três dias atrás. Sabia que estava evitando falar com ele e se sentia culpada por isso, mas não fazia por mal. Seus sentimentos não haviam mudado nem um pouco, pelo contrário. Ao vê-lo caminhar em sua direção, não se sentia capaz de falar tudo o que precisava, mas sabia que não podia continuar fugindo.

— *Tu padre* me disse que eu te encontraria aqui — comentou ele ao parar na frente dela.

— Venho pra cá quando não consigo dormir. — Ela esticou o braço, oferecendo a mão para que ele segurasse. — Deixa eu te mostrar a vista.

O contato pareceu deixar os dois mais à vontade, amenizando os dias de distância. Beca guiou Nikolai para fora da estufa, até a sacada onde um dia selou um pacto com Emir para investigar Richie. Aquilo parecia tão distante, já que Torre e Sindicato passaram a trabalhar juntos! Ficaram observando o céu azul e o horizonte repleto de megaedifícios. A realidade sem o véu ainda era difícil de se acostumar, de acreditar.

— O sol não parece mais bonito agora que a névoa se abriu? — perguntou Nikolai, respirando fundo.

A garota anuiu, apertando mais sua mão na do informante. Deixou de observar a paisagem para mirar o rosto dele, iluminado pela luz da manhã. Ele tentava disfarçar, mas estava nervoso.

— O que houve? — perguntou ela, tocando em sua bochecha quente.

Ele sorriu, sacudindo a cabeça como se tivesse sido pego contando uma de suas infames mentiras.

— Eu não consigo esconder mais nada de você? Assim vou perder minha fama de duas-caras.

A ironia das palavras não fez Beca perder o foco. Ela deu um passo para trás, encerrando qualquer contato e cruzando os braços. Não queria rodeios.

— Nikolai...

— Tá certo, tá certo. — Ele voltou a olhar para o horizonte. — Quando derrubamos o véu, eu pensei que minhas habilidades tivessem acabado, que eu estava livre. Você se lembra?

É claro que Beca se lembrava. Tinha ficado muito feliz por ele e por Edu, nenhum dos dois merecia aquela triste sina. Prendeu a respiração, sentindo a tensão dele passar para ela.

— Algo mudou?

— Sim... — Ele levantou a camisa e mostrou a teia de veias azuladas que avançava por suas costelas tatuadas. — Meus machucados se curaram muito mais rápido do que qualquer médico poderia tratar. Além disso, voltei a sentir os efeitos dos testes, aquele empuxo que pode me derrubar no abismo a qualquer instante.

Beca arregalou os olhos diante daquela possibilidade. Não tinham lutado tanto para que, no fim, Nikolai se transformasse em um Sombra após a destruição da névoa, aquilo seria injusto demais.

— Mas você ainda está no controle, não? — perguntou, angustiada.

— Sim, ainda tenho controle. Só voltei ao que era antes. — Ele suspirou. — Achei que o pesadelo tinha acabado, mas ainda sou um monstro.

— Você não é mostro coisa nenhuma! Está ouvindo? — Beca tomou seu rosto entre as mãos, decidida a fazê-lo entender nem que precisasse sacudir aquela cabeça dura. — Suas habilidades não pertencem a La Bastilla, são suas, só suas. Os experimentos não definem quem você é nem o que vai fazer daqui para a frente.

Dessa vez, ele não conseguiu conter as lágrimas, que rolaram por seu rosto sem qualquer resquício de vergonha. Afundou o rosto no pescoço de Beca.

— Eu quase matei *tu hermano*, Beca. Machuquei tanta gente inocente, mesmo sem querer... E essa maldita fera ainda vive dentro de mim, ainda pede para se libertar. Eu sei que você tem pesadelos sobre o que fiz, que deve me odiar...

Abraçada a ele, Beca já não tinha mais dúvidas do que deveria dizer. A intensidade do que sentia ainda a assustava, mas ele merecia a verdade.

— Nikolai... Eu estou aqui pra você. Eu sempre estarei aqui pra você. Depois de tudo o que vivemos juntos, como poderia te odiar? Só quero o seu bem.

Ela beijou seu cabelo arrepiado, a bochecha molhada pelo choro, o queixo áspero com a barba por fazer, a testa franzida por custar a acreditar nas palavras que ouvia. Quando beijou os lábios dele, teve certeza de que fazia a escolha certa.

— *Te quiero* — sussurrou.

Nikolai a abraçou com força, devolvendo suas palavras e seus beijos como se tivesse reencontrado a motivação para seguir em frente. Quando se separaram, ele ainda trazia o peso das preocupações no olhar avermelhado, mas parecia menos sobrecarregado.

— Você tem que falar com o Edu — disse. — Se os meus poderes não sumiram, os dele devem estar voltando. Ele precisa se preparar.

Beca concordou com a cabeça e comprimiu os lábios. Edu ainda se recuperava de tudo o que viveu, mas não dera as costas para a família. Era certo que aquele novo baque seria complicado, mas eles resolveriam juntos.

— Eu vou falar com ele mais tarde. Agora quero ficar aqui do seu lado.

Nikolai sorriu e a beijou mais uma vez, tentando recuperar o tempo perdido. Aos poucos, o brilho em seu olhar retornava e ele voltou a observar o céu azulado com uma expressão aliviada. Ficaram calados por longos minutos, aproveitando a proximidade e o fim dos segredos entre eles. Beca mantinha os olhos fechados, desejando permanecer para sempre naquela bolha de proteção que criaram.

Só foi despertar desse sonho quando a risada de Nikolai ecoou alto pela sacada, como se ele tivesse se lembrado de uma piada cabeluda.

— O que foi? — perguntou, prevendo o que ouviria a seguir.

— Acabei de me dar conta, *cariño*, que foi só eu levantar a camisa e você resolveu não desgrudar mais de mim.

Ela revirou os olhos enquanto ele gargalhava com sua reação. Não imaginava que se sentiria tão bem ao ouvir uma daquelas bobagens.

— Idiota... Não cansa, não?

— Enquanto tiver graça, acho que não, *cariño*.

"Que bom. Eu quero te ver sorrindo desse jeito mais vezes", pensou ela, mas não disse nada. Em vez disso, franziu o cenho e entrou no jogo.

— Se me chamar de *cariño* de novo, vou ter que te empurrar desta sacada...

Ele levantou as mãos em sinal de rendição. A diversão era bem-vinda, mas ambos sabiam que a realidade batia à porta, exigindo que a abrissem. Nikolai endireitou os ombros e recuperou um pouco da seriedade.

— O que faremos agora?

Beca deu um longo suspiro e encostou a testa no peito do homem que amava, ouvindo as batidas fortes do seu coração.

O futuro guardava muitas incertezas, mas não foi sempre assim? Não havia uma receita de paz universal, não havia um mundo encantado e justo. Os últimos que tentaram criar tal lugar mataram bilhões de pessoas pelo "bem maior".

O que importava era continuarem provando à Legião que pessoas comuns, os tais bárbaros que eles tanto odiavam, tinham mais força de vontade do que previam — aquele era o verdadeiro raio de esperança que conseguia romper o véu.

— Nós vamos viver.

TRANSMISSÃO 25.038

Ano 54 depois do véu.
Você ouve agora Hannah, direto da Torre...

AGRADECIMENTOS

Quando escrevi *A torre acima do véu*, confesso que não pensava em uma continuação. No entanto, depois de receber inúmeras mensagens e pedidos, a semente de uma nova história começou a germinar e *A ilha além do véu* nasceu.

A publicação deste livro é a realização de um desejo de muitos anos e, se não fosse pelos leitores que acompanham esse mundo desde 2014, isso não seria possível. Estou muito feliz e ansiosa para que todos que esperaram tanto leiam estas páginas e se aventurem novamente no topo dos megaedifícios.

Meus mais profundos agradecimentos à HarperCollins Brasil por ter acreditado nessa história desde o primeiro livro e abraçado a continuação com o mesmo zelo e empolgação, à agência Três Pontos, em especial minha agente Taissa Reis, por todo o cuidado com minhas histórias e minha carreira, e também à minha família, que sempre me deu todo o suporte, mesmo com as inúmeras dificuldades do dia a dia.

Obrigada a todos os leitores que me apoiaram e incentivaram, que compraram todas as edições de *A torre acima do véu*, que me acompanharam em inúmeros eventos e feiras literárias, que jamais desistiram da continuação e me mantiveram acreditando mesmo nos momentos mais incertos. *A ilha além do véu* foi escrito especialmente para vocês.

Boa leitura!

Este livro foi impresso pela Lisgráfica, em 2024, para a
HarperCollins Brasil. O papel do miolo é pólen natural 70g/m²,
e o da capa é cartão 250g/m².